Das Buch

Die Castell-Geschwister würden ihre Kindheit am liebsten vergessen. Misshandlungen waren für den jüngeren Noah an der Tagesordnung, bis Gabriels Eingreifen das Blatt wendete und den beiden zur Adoption verhalf. Noahs labile Psyche allerdings verwehrte ihm die Chance auf ein normales Leben. Der vermeintliche Mord am besten Freund seines Bruders brachte ihn im Jugendalter in die Psychiatrie. Zehn Jahre später holt Gabriel ihn zurück. Doch Noahs Psychosen werden zur Zerreißprobe für ihn und sein Umfeld. Als dann der korrupte Psychiater Noahs tot aufgefunden wird, beginnt die Uhr zu ticken.

Die Autorin

Senta Herrmann wurde 1991 im Südwesten Deutschlands geboren. Sie bekennt sich dazu, selbst wenig zu lesen, hegte aber bereits im Jugendalter den Wunsch, Schriftstellerin zu werden. Dieser brachte sie während des Abiturs zur Arbeit an ihrem ersten Manuskript. Zunächst dem Fantasy-Genre zugetan, schlug sie mit ihrem Debütroman »Grenznebel« den Weg zu anderen Ufern ein. Der Psychothriller entstand während ihres Studiums der Germanistik und Geschichte im Ruhrgebiet.

Senta Herrmann

GRENZNEBEL

IM IRRGARTEN DES VERSTANDES

Psychothriller

Bibliografische Information der Deutschen
Nationalbibliothek:
Die Deutsche Nationalbibliothek verzeichnet diese
Publikation in der Deutschen Nationalbibliografie; detaillierte bibliografische Daten sind im Internet über
https://dnb.dnb.de abrufbar.

© 2019 Senta Herrmann
Herstellung und Verlag:
BoD – Books on Demand, Norderstedt

ISBN: 9783748174288

In jedem Menschen steckt Wahnsinn.
Manche lassen ihn an ihrer Umgebung aus, andere
machen ihn zu ihrem besten Freund.
Und die dritte Kategorie malt Bilder oder schreibt
Bücher.

Für Lara.

PROLOG

In der Brise, die durch das geöffnete Fenster hereinwehte, züngelte die Flamme einer einsamen Kerze. Gestutzte Fingernägel tippten ziellos auf dem Rand der Laptop-Tastatur, ohne dabei die Tasten zu berühren. Seit Stunden saß er davor, starrte mit den unterschiedlich gefärbten Augen auf den Bildschirm. Draußen war die Sonne längst untergegangen. Das markante Kinn auf die Faust der zweiten Hand gestützt, hing er auf dem schwarzen Schreibtischstuhl wie ein nasses Baumwollhemd auf der Leine.

›Kapitel 12‹ stand auf dem Bildschirm. In der unteren rechten Ecke hielt die Zahl 198 tapfer ihren Platz, ebenfalls seit etlichen Stunden. Es schien, als hätte seine Kreativität ihn verlassen. Der kühle Windhauch, der auf dem nackten Unterarm einzelne Härchen aufrichtete, pustete beherzt die Kerze aus. Ein Seufzen war zu hören. Getaucht in das unnatürliche bläuliche Licht der Display-Beleuchtung, lehnte der androgyn wirkende Endzwanziger sich auf seinem Schreibtischstuhl zurück. Fingerkuppen strichen durch lange blonde Strähnen. Die Haare, die ihm sonst bis unter die Schulterblätter reichten, waren zu einem lockeren Knoten gebunden. Wie es aussah, gab er sich für heute geschlagen. In dem Augenblick, in dem der Blonde sich erhob, schaltete der Rechner sich in den Ruhemodus.

»Noah? Schatz, bist du hier?« Dumpf drang eine schwache, weibliche Stimme durch das Holz der Tür. Barfüßige Schritte steuerten den Zugang an und schmale

Finger streckten sich nach der Türklinke aus. Sie wurde heruntergedrückt und die Tür geöffnet. Davor stand eine kleine, zierliche Blondine mit lockigen Haaren. Ihr zerzauster Zustand und das zerknitterte Satinnachthemd verrieten, dass sie gerade erst das Bett verlassen hatte.

»Dachte, du würdest schlafen.« Die melodische Stimme des Mannes klang verwundert. Er sah zu der Frau hinab, die er um einen Kopf überragte. Im Flur brannten zwei Energiesparlampen und tauchten den Gang in ein diffuses Licht. Noahs Blick schweifte zu den nackten Beinen seiner Freundin, die von einem Fuß auf den anderen trat. Wissend rang er sich ein Feixen ab.

»Ich bin aufgewacht und du warst weg«, erklärte sie schmollend und linste an ihm vorbei ins Arbeitszimmer. »Sitzt du im Dunkeln?« Ihre bronzefarbene Haut schimmerte im fahlen Licht. Noah nickte.

»Seit zwei Stunden. Habe versucht, weiterzuschreiben, aber die Blockade ist hartnäckig.« Knarzend zog er die Tür hinter sich ins Schloss, rieb sich über die blasse Gesichtshaut.

»Dann komm wieder ins Bett. Du bist übermüdet.« Sie quengelte. Eine filigrane Hand streckte sich nach der ihres Gegenübers aus. Die Denkfalten auf seiner Stirn vertieften sich, als ihre Wärme unter seine Haut kroch. Ihm war nicht aufgefallen, wie ausgekühlt er war. »Vielleicht kommt dir im Traum ein Geistesblitz.«

Sie stellte sich auf die Zehenspitzen, um ihm einen Kuss auf die Wange zu hauchen. Er gab es ungern zu, aber mit einem Aspekt hatte sie recht: Es wurde nicht besser, wenn er weiterhin seinen Tag-Nacht-Rhythmus auf den Kopf stellte. Viel zu häufig verbrachte er die Nächte am Computer. Resigniert zuckte er mit den Achseln, bevor er ihre Hüften umfasste und sie näher zog. Kurz vergrub er die Nase in ihrem verknoteten Haarwust, atmete den Magnolienduft des vertrauten Shampoos ein.

»Ich besorge mir noch ein Glas Wasser, dann komme ich«, versprach er versöhnlicher, nur um sich von ihr zu lösen und nach einem knappen Zuspruch den Weg in Richtung Küche einzuschlagen. Das Laminat unter seinen Füßen war frostig und er tat einen großen Schritt, um auf den orientalischen Teppich zu treten, der der Länge nach den Flurbereich zierte. Bevor die Frau hinter ihm im Badezimmer verschwand, wandte Noah sich zu ihr um.

»Helena?«

Mit einer Hand am Türrahmen blinzelte sie aus mandelförmigen, dunkelblauen Iriden in seine Richtung. »Ja, bitte?«

»Du weißt doch: Kein Traum«, grinste er verspielt und überheblich auf eine Art, wie er es gerne tat, »kann eine Geschichte fortsetzen, die von der Wirklichkeit geschrieben wurde.« Helenas klingendes Auflachen erfüllte den Wohnungsflur.

»Sehr philosophisch, mein Lieber!« Die Hände in die Taille gestemmt, verzog sie die vollen Lippen zu einem Schmunzeln. »Dann hoffe ich, dass du die Realität bei all der Fiktion nicht wieder aus den Augen verlierst.«

Was im ersten Moment wie ein Scherz klang, hätte sie ernster kaum meinen können. Noah Castell war nicht stabil. Im Gegenteil: Den Grat zwischen Realität und Wahn hatte er einige Male übertreten. Manches lag Jahre zurück, anderes Wochen und Tage. Dieser Fakt machte ihn in Verbund mit seiner Intelligenz und seiner partiellen geistigen Klarheit zu dem, was er war: ein Widerhall seiner Vergangenheit.

1
WIEDERAUFERSTEHUNG

Das Wohnzimmer wurde vom Flimmern des surrenden Fernsehers und zwei Teelichtern erhellt. Draußen stürmte es und ich war in eine dicke Kuscheldecke eingepackt. Aus der waagerechten Position heraus starrte ich auf den Röhrenbildschirm, ohne wahrzunehmen, welches Programm lief. Mutters Schoß war behaglich und ich genoss die Streicheleinheiten. In der linken Hand ihr Buch, fuhr sie mit den Fingern stetig durch mein blondes Haar.

»Mama?«, fragte ich tonlos. Der Unterton klang pikiert und sie musste mir anmerken, dass mir etwas auf der Seele brannte. Gleichwohl sah sie nicht von ihrer Lektüre auf.

»Ja, Engelchen?« Mutter hielt ihre Stimme gesenkt. Ich legte den Kopf in den Nacken, sah zu meinem zwei Jahre älteren Bruder, der auf der anderen Sofaseite lag. Er schlief eingerollt in ein dickes Fell. Vater hatte uns erklärt, dass es sich um ein Schafsfell handelte. Erst vor ein paar Tagen hatte er es vom Flohmarkt mitgebracht. Gabriel, den unsere Eltern oft Gab nannten, war kürzlich eingeschult worden. Ein bisschen neidisch war ich. Obwohl ich gewieft war, wollte Vater derzeit nicht, dass ich die Schule besuchte. Überhaupt wünschte er sich wenig für mich. Das Fell hatte er Gabriel geschenkt. Mir hatte er nichts mitgebracht, wie es meistens der Fall war.

»Warum bekomme ich keine Katze?«, grub ich das Streitthema vom Vormittag wieder aus. Im gleichen Moment breitete sich in mir das Gefühl aus, dass ich besser nicht gefragt hätte. Mutter spannte sich an und seufzte. Graugrüne Augen sahen

bedrückt zu mir hinab, als sie ihr Buch zuklappte. Sie merkte sich stets die Seite.

»Du weißt doch, Papa mag keine Katzen.« Verständnisvoll schmunzelte meine Mutter. Gwendolyns Lächeln hatte auf Gabriel und mich lange eine heilsame Wirkung ausgeübt. Vater hatte es ihre ›Aura‹ genannt. Eine, die jeden um sie herum ebenso strahlen ließ. Die Fältchen um ihre Mundwinkel wurden tiefer, als ich die Stirn krauszog. An diesem Tag prallte ihre Aura an mir ab. Ich verstand es nicht und sie wusste, dass ich es nicht verstand. Ihre Hand strich mir lose Haarsträhnen aus dem Gesicht. Für einen Augenblick hatte ich das Gefühl, unsere Mutter wäre abwesend, versunken in meinen Augen. Eines war graugrün wie ihre, das andere mahagonifarben.

»Die von dem Treffen sind daran schuld, oder? Die, die er jeden Dienstag und Donnerstag besucht.« Ich rollte mich auf den Rücken und drückte die Plüschkatze an meine Brust. Ich war trübsinnig gewesen, weil ich kein Geschenk bekommen hatte. Aus dem Grund war Mama mit mir in die Stadt gefahren und hatte mir das Kuscheltier gekauft. Die Augen unserer Mutter glänzten im Schein des Fernsehers und sie wirkte auf einmal bestürzt. Ein Schlucken folgte einem beherrschten Nicken.

»Manche Menschen glauben, dass Katzen das Tor zur Hölle wären. Dass sie böse sind, verstehst du, Noah? Papa hat Angst vor Katzen.«

»Eli hat Angst vor Spinnen«, gab ich brummend von mir. »Sind die auch ein Tor zur Hölle?« Geflüstert zog ich den Kopf ein und schielte zu meinem älteren Bruder herüber. ›Eli‹. Den Spitznamen hatte ich mir angewöhnt, als ich sprechen gelernt hatte. Am Anfang war ›Gabriel‹ mir zu kompliziert gewesen. Dann hatte Mama mir erklärt, dass mein Bruder mit zweitem Namen ›Elias‹ heißt.

Ich vergrub die Nase in dem weichen Plüsch und zog die Decke höher. Wenn er mitbekam, dass ich gepetzt hatte, bekam ich Ärger. Zum Glück schlief Gabriel tief und fest. Ich sah den dunkelbraunen Wust an Haaren unter dem Schafsfell hervorlugen und hörte seinen gleichmäßigen Atem.

»Gab hat eine große Spinne im Terrarium der Nachbarn gesehen. Er ist erschrocken. Das ist ein bisschen anders.«

Mein Kopf reflektierte Mutters Worte und versuchte, sie zu verstehen. »Hat Papa dann auch Angst vor mir? Weil mein Auge auch etwas mit der Hölle zu tun hat?« Ich war ein schrecklich wissensdurstiges Kind und hinterfragte alles, was ich nicht verstand. Sogar dann, wenn ich es zu meinem eigenen Schutz besser nicht gewusst hätte. Gabriel hingegen war scheu und gehorsam. Er tat immer das, was man von ihm verlangte.

Unsere Mutter atmete zittrig aus, legte das Buch beiseite und hob die freie Hand zu ihrem schmalen Mund, den ich von ihr geerbt hatte. Verzweifelt schüttelte sie den Kopf. Ich erschrak, als ich Tränen in ihren Augenwinkeln sah. Sofort richtete ich mich auf.

»Mama?« Ich rutschte auf den Knien näher und umarmte sie. Meine Finger vergruben sich in ihren dichten schwarzen Haaren. »Nicht weinen!«

»Es tut mir so leid, Noah. Papa weiß nicht, was er tut.« Das war es, was sie immer sagte. Bei jedem Fehler, den Gerôme Bruckheimer beging, meinte sie das. Als ob es eine Entschuldigung für das wäre, was er tat. Als ob es die harschen Worte weniger schmerzhaft machen würde. Ich hatte gelauscht, als sie mit Eli gesprochen hatte. Meinem großen Bruder hatte sie erklärt, dass diese Menschen für sein Verhalten verantwortlich waren. Ab dem Zeitpunkt hatte Vater angefangen, mich zu hassen. Wegen meines roten Auges. Aus dem Grund hatte ich im Gegenzug beschlossen, sie zu hassen. Weil sie mir meinen Papa

weggenommen und einen Mann aus ihm gemacht hatten, der mich nicht mehr liebte.

***

Ein gluckerndes Lachen schälte sich aus meiner Kehle und ich fuhr mir über das Gesicht. Seit Stunden lag ich wach, starrte an die weiße Zimmerdecke. Weiß. Alles hier drin war weiß. Wie ich es hasste. Grob griff ich nach dem alten Plüschtier, das neben mir im Bett lag. Die gestreifte Katze sah mich aus toten Kulleraugen an. Sie war längst nicht mehr flauschig, wie sie es vor fast zwei Dekaden gewesen war. Stattdessen war sie eine Erinnerung an eine Frau, die für mich gestorben war.

Bebend stieß ich die Luft aus den Lungen, zog bekümmert die Augenbrauen zusammen. Das Lachen war verebbt, als ich die Katze gegen meine Wange drückte und die Augen schloss. Der leere Raum war in jeglicher Hinsicht kahl, nüchtern und bitterkalt. Bald war es vorbei. Dann sah ich *ihn* wieder.

»Morgen brauche ich dich nicht mehr.« Die Worte tropften zuckersüß von meinen Lippen. Jäh kochte Wut in mir hoch und am liebsten hätte ich diesem Mistvieh von Erinnerung den Kopf abgerissen. Mit verkrampften Händen setzte ich mich auf und sah mich im Dunkel des Raumes um, der kaum größer als ein herkömmliches Krankenhauszimmer war. Ziemlich traurig für eine Privatklinik. Ich verabscheute die ganze Anlage und hasste die Menschen, die glaubten, ich gehöre eingesperrt.

Einmal im Leben machst du einen Fehler. Er wiegt alles Gute, das du je getan hast, tausendfach auf und dann sperren sie dich weg. Zehn Jahre lang. Ich betete, dass es besser werden würde. Dass ich jetzt leben durfte und mich nicht mehr so leer fühlen musste. Dass der Kampf darum, normal zu sein, ein Ende hatte. Entnervt warf ich das vermaledeite Stofftier gegen die nächste Wand. Ich war das alles so leid. Aus der Dunkelheit auf der anderen Seite des Raumes ertönte ein Stöhnen. Jämmerlich, verschlafen und agitiert.

Das Rascheln einer Bettdecke erfüllte die Kammer. Obwohl das fahl durch das Fenster hereinscheinende Licht nicht bis ans Ende des Zimmers reichte, spürte ich die Präsenz, die sich dort verbarg. Ich erhob mich von meinem Bett und ignorierte, wie der müde Blick aus den mir bekannten grauen Augen auf mir haftete.

»Irgendwann ruft sie ihre Freunde«, ertönte verspätet eine heiser klingende Frauenstimme. Ich trat zum Fenster, um es zu kippen. Weiter konnten wir sie nicht öffnen. Nicht einmal dann, wenn wir das Gefühl hatten, zu ersticken. Ich nahm wahr, wie meine Zimmergenossin das Plüschtier einsammelte. Eine beiseite geschlagene Decke und die Bewegung in meinem Rücken offenbarten mir, dass sie aufgestanden war.

»Mia, Stofftiere leben nicht«, säuselte ich und lehnte mich gegen die Wand. Mir war flau und ich brauchte frische Luft. Der Halbmond am Himmel schien durch die dreifache Verglasung und erleuchtete den Boden vor dem Fenster.

»Spielverderber«, gluckste es leise. Miranda – zumeist nannte ich sie Mia – trat an meine Seite und hielt mir die Katze hin, die ich als Kind geschenkt bekommen hatte. »Du solltest sie trotzdem nicht so behandeln.« Im Schein des Mondes glänzten die schwarzen schulterlangen Haare der einige Jahre älteren Frau wie Onyx. Wenig glücklich schnaubte ich und ließ zu, dass Miranda ihre Hand auf meinen Oberarm legte.

»Hätte ich die Möglichkeit gehabt, hätte ich das Teil längst verbrannt oder zerschnitten.« Man hatte uns alles weggenommen, was potenziell gefährlich war.

Aus dem Augenwinkel fing ich ihr Lächeln auf. Wir wussten beide, dass das gelogen war. Ich liebte es, wie ich es hasste. Finger durchkämmten meine weit in den Rücken reichenden blonden Strähnen. Miranda legte ihren Kopf auf meine Schulter, drückte mir das Plüschtier gegen die Brust, bis ich gezwungen war, es anzunehmen.

»Pack sie lieber ein, wenn du nicht schlafen kannst. Bevor du sie morgen vergisst, Noah.« Die Nähe ließ mich das Gesicht verziehen. Unter meinen Fingern spürte ich etwas, was sich wie Papier anfühlte. Ich klemmte mir die Katze zwischen Ellenbogen und Bauchseite. Dann entfaltete ich den Zettel, der mir zugesteckt worden war. Darauf standen eine Handynummer und Mias Name. Fragend taxierte ich sie mit den verschiedenfarbigen Augen, die mir diesen Schlamassel eingebrockt hatten.

»Das ist meine neue Nummer. Hab sie mir extra geben lassen, damit wir in Kontakt bleiben können.« Sie löste sich von mir, zuckte mit den Schultern und sah mich dabei an, als ob ich auch selbst darauf hätte kommen können.

»Du kommst auch raus?«, war das Erste, was über meine Lippen kam, während ich verwundert die Zahlen betrachtete. Der Gedanke missfiel mir. Sie sollte bleiben, wo sie war. Ein verdatterter Blick traf mich und ich bemerkte, dass ich scheinbar erneut nicht zugehört hatte.

»Habe ich dir erzählt.« Arme wurden verschränkt. Mia hatte sich ein Stück von mir entfernt. Ich musterte sie. Unbeeindruckt blieben meine Augen an ihrer sportlichen

Statur hängen, die sich unter dem engen Nachthemd abzeichnete.

»Natürlich hast du das«, entwich es mir trocken und ich rang mir ein Lächeln ab, ohne zu offenbaren, dass ich das zum ersten Mal hörte. »Wann war das wieder?«

»Am zehnten Dezember, also in einer Woche. Rufst du mich an?« Sie ließ die Arme sinken, wirkte versöhnlicher.

Seitdem ich sie einmal vor der Willkür eines Pflegers geschützt hatte, klebte sie sprichwörtlich an mir. Nur wenige Tage später hatte man sie in meinen Raum gesteckt – als Zimmer- und Leidensgenossin. Kaum zu erwähnen, dass gemischtgeschlechtliche Zimmer keine gängige Praxis waren. Ich fragte mich, wie man als Achtundzwanzigjährige derart versessen sein konnte.

»Ich denke drüber nach«, eröffnete ich Miranda unverblümt lächelnd. Ich würde sie nicht anrufen. Denn wenn ich hier raus war, brauchte ich sie nicht mehr. Danach war ich wieder bei Gabriel und würde die letzten zehn Jahre aus meinem Gedächtnis tilgen.

»Wirst du!« Die Worte der Frau klangen endgültig. »So leicht kommst du mir nicht davon, mein Freund.« Damit huschte sie ins Bad. Kaum dass die Tür ins Schloss gefallen war, warf ich das Plüschtier achtlos aufs Bett. Dann trat ich zum gekippten Fenster, um den Zettel in der Nacht verschwinden zu lassen. Das Lächeln von zuvor fiel von meinen Lippen. Ich griff nach dem Bilderrahmen, der auf der Fensterbank stand. Das Lachen zweier zehnjähriger Kinder strahlte mir entgegen. Unecht, gezeichnet.

»Ich hoffe, du bist pünktlich«, murmelte ich. »Was meinst du? Ob wir wieder von vorne anfangen können, *Eli?*«

2
SCHLAFLOS

»*Eli! Hey, Eli!*« *Freudestrahlend polterte Noah die knarzende Holztreppe hinauf. Gabriel, der seinem Bruder zwei Jahre voraushatte, saß in der Küche und hatte die Nase in Schulbücher gesteckt. Eine Gab inzwischen fremd gewordene Frau stand am Herd, rührte mit gesenkter Stirn in einem Topf. Vorsichtig sah Gabriel auf, als ein blonder Schopf sich durch den Türrahmen schob.*

Bange rutschte der Dunkelhaarige, dessen Locken ihm bis in den Nacken reichten, auf dem Sitz hin und her. Noahs Blick traf seinen und hektisch schüttelte er den Kopf. Mit einem Schwenk aus gemischtgrünen Augen deutete er ihm, nicht reinzukommen. Doch der Jüngere verstand nicht. Stattdessen tänzelte er zu Gabriel und legte ein verstaubtes Brettspiel auf die Tischplatte.

»*Schau mal, Eli. Das habe ich im Keller gefunden. Das gehörte bestimmt Vater. Wollen wir das nachher spielen?*« *Die Augen seines Bruders glänzten ihn an. Gabriels Finger schlossen sich fester um den Stift. Er schluckte.*

»*Später, Noah. Ich bin noch nicht fertig*«, *flüsterte er, hatte die Augen auf das Spiel gerichtet.* ›*Von Vater*‹ *hatte er gesagt. Das war ungut. Ein bekümmerter Blick fuhr zu der dunkelhaarigen Frau am Herd. Die Hose hing schlabbrig an ihren dünnen Beinen, das Sweatshirt war zu weit und ihre Haare glanzlos und strohig.*

»*Immer noch nicht?*« *Verständnislos sah Noah in das Gesicht seines älteren Bruders.*

»Nein, immer noch nicht!«, hallte es plötzlich durch die Küche und ein ohrenbetäubendes Scheppern ertönte, als der gläserne Deckel des Topfes knapp an Noah vorüberflog und abrupt von der Wand gestoppt wurde.

Gabriel hatte es befürchtet. Heftig fuhr er zusammen, hatte seinen Bruder reflexartig am Arm zur Seite gezogen. Die Frau, die sich ihre leibliche Mutter schimpfte, stand mit tiefen Augenringen wutentbrannt vor ihnen. Gwendolyn kam näher und fegte das Brettspiel vom Tisch. Noah zitterte am ganzen Körper. Panisch in sich zusammengesunken, versteckte er sich hinter dem Stuhl, auf dem Gabriel hockte.

»Mama, bitte! Es ist nur noch eine Aufgabe. Er hat nicht gestört. Ich bin fast –«

»Es ist mir egal, Gabriel. Wenn er Zeit hat, dich von deinen Hausaufgaben abzulenken, soll er rausgehen und Geld verdienen. Immerhin ist er schuld, dass euer Vater nicht mehr bei uns ist!« Der Ältere der Brüder, der Noah an Größe und Breite des Knochenbaus überragte, versuchte, den Blonden hinter sich abzuschirmen. Noah schluchzte.

»Ich habe alle Hausaufgaben gemacht!«, protestierte er. »Ich wollte doch nur –«

»Interessiert mich nicht, Noah.«

Gabriel presste die Lippen aufeinander. Zu jung und zu eingeschüchtert, um sich gegen seine Mutter aufzulehnen, brachte er keinen weiteren Ton heraus. Selbst dann nicht, als sie den Erstklässler hinter ihm am Arm packte und in Richtung Flur zerrte.

Seine Knie schlotterten, als er vom Stuhl rutschte. Zwei Schritte trat er Mutter und Bruder nach, hörte, wie sie Noah weiter anbrüllte.

»Deine Augen! Immer wieder diese Augen! Sieh mich nicht an, sonst ende ich genauso wie dein Vater. Verfluchte Göre!«

Noahs Schrei, als der erste Schlag ihn im Gesicht traf, hatte sich in Gabs Gedächtnis gebrannt. Sie verabscheute ihn. Seitdem Gerôme, ihr Vater, nicht mehr lebte, hatte sie dessen Verhaltensweisen übernommen. Seit diesem Tag war Noah ihre Nemesis. Er war nicht gut genug. Nie. Auch dann nicht, wenn er Lob aus der Schule mitbrachte. Nicht einmal, wenn er mit seinen Basteleien Geld auf der Straße verdiente. Gabriels achtjähriges Selbst drückte sich die Hände auf die Ohren. Er ertrug es nicht, wenn sie Noah verletzte.

***

Schweißgebadet schreckte Gabriel auf. In Dunkelheit gehüllt, vergrub er die Finger im erstbesten Stoff, den er zu greifen bekam. Rasselndes Keuchen drang aus seiner Kehle, während ihm Schweißperlen über die Stirn liefen. Wellige dunkelbraune Strähnen klebten ihm im Gesicht und Nacken. Die Emotionen, die der Traum hochgeholt hatte, schnürten ihm die Kehle zu. Im Raum war es kühl und nach einigen Momenten nahm Gabriel wahr, wie der Vorhang durch die hereinwehende Brise bewegte Schatten an eine Wand warf. Angespannt schloss er die Augen, rieb sich über die brennenden Lider. Es verfolgte ihn noch immer. Inzwischen waren siebzehn Jahre vergangen, in denen diese Alpträume ihn in unterschiedlich großen Abständen heimgesucht hatten. Träume, die nach Noahs Einweisung und dem ihr vorangegangenen verhängnisvollen Ereignis umso nagender geworden waren. Zerstörerischer. Die Wolkendecke des Nachthimmels brach auf und der Halbmond erhellte das Schlafzimmer.

»Scheiße.« Fluchend schaltete Gabriel das Licht ein und richtete sich im Bett auf. Die Dämonen wollten nicht verschwinden und je näher Noahs Entlassung aus der Anstalt rückte, umso unwohler wurde ihm dabei. Seine eigene Psyche machte ihm zu schaffen. Die Ungewissheit, wie die Zukunft mit seinem Bruder aussehen würde, hatte ihn rastlos werden lassen. Augen flohen zur Digitaluhr auf dem Nachttisch. Er hatte noch drei Stunden, bis der Wecker klingeln würde, und er beschloss, sie nicht im Bett zu verbringen. Die dunkle Jogginghose und das schwarze Shirt hafteten unangenehm an seinem Körper, als er aufstand. Gabriel trat zum Schrank und suchte nach Wechselkleidung. Gleichzeitig hoffte er darauf, dass eine Dusche die wiederkehrenden Gedanken wegspülen würde.

Der Mittzwanziger schlurfte durch den finstern Flur des Hauses, das seine Adoptiveltern aufgebaut hatten. Sie waren auf Reisen und mit ihrer Kunstagentur beschäftigt. Seit Jahren kamen sie immer nur kurzzeitig zurück. Bislang hatte Gabriel wenig Sinn darin gesehen, sich eine eigene Wohnung zu suchen. Ungern ließ er das Haus leer stehen, auch wenn das hieß, dass er die Dunkelheit und Kälte, die die einsamen Zimmer verströmten, alleine ertragen musste. Ihr Adoptivbruder war vor geraumer Zeit ausgezogen. Seitdem hütete Gabriel das Heim, bis seine Eltern zurückkommen würden. Nach allem, was sie für ihn und Noah getan hatten, war es das Mindeste, was er tun konnte. Sie hatten ihnen ein neues Heim gegeben. Nie hatte Gabriel das Gefühl gehabt, nur die zweite Wahl nach ihrem Adoptivbruder gewesen zu sein. Daher konnte er gar nicht anders, als unendlich dankbar zu sein.

Auf dem Weg zum Badezimmer korrigierte er seinen Gedankengang von zuvor und schloss für einen Moment die Lider über grünen Augen. Bald war er nicht mehr alleine. Wenn Gabriel an diesem Tag das Haus wieder betreten würde, wäre Noah bei ihm. Mit etwas Glück würde mit ihm die Lebensfreude zurückkehren, die er so viele Jahre vermisst hatte.

***

Stunden zu früh aufgestanden zu sein, hatte definitiv Vorteile. Die Laune hob das zwar kaum, aber immerhin brachte er es in der Zwischenzeit fertig, im Zimmer seines Bruders zu staubsaugen und das Bett neu zu beziehen. Das Lüften war nötig gewesen. Da drin roch es wie in einem lange vergessenen Kellerraum. So zügig, wie Gabriel sich gezwungen hatte, das Zimmer zu betreten, so jäh verließ er es wieder, nachdem er die Funktion von Heizung und Strom überprüft hatte. Nicht zu genau umsehen und nicht zulassen, dass die Erinnerungen erneut hochkochten. Es war grausam: Sie waren unwahrscheinlich froh gewesen, ihr altes Elternhaus hinter sich gelassen zu haben. Doch als Gab sich gerade an den Frieden gewöhnt hatte, hatte ein einziger Tag ihnen all das abermals entrissen. Eine der Folgen war, dass Noahs Zimmer bei ihm den erlebten Horror immer wieder wachrief. Das Bild seines blutüberströmten Bruders, verschmierte Flecken auf dem Bett und die schrille Sirene des Krankenwagens hatten sich festgebrannt und bereiteten ihm bis heute Alpträume.

Inzwischen stieg die Sonne über die Dachrinnen der Siedlung und Gabriel zog aufatmend die Tür hinter sich ins Schloss, bevor er sich sein Handy von der Kommode im Gang schnappte. Dort ließ er es oft zurück, weil ihm seine Chefin zu häufig außerhalb der Bürozeiten des Verlags auf die Nerven fiel. Zehn neue Nachrichten.

Unbegeistert verzog er das Gesicht, überflog die E-Mails und Kurznachrichten und machte sich auf den Weg ins Erdgeschoss. Bevor er nicht mindestens zwei Tassen Kaffee intus hatte, würde er sich nicht zurückmelden. Er hatte sich freigenommen, um Noah abzuholen und hatte keinen Kopf dafür, irgendeinem Lektor hinterherzutelefonieren.

Bald blubberte die alte Filtermaschine vor sich hin und erfüllte den Raum mit dem Geruch von frischgekochtem Kaffee. Gabriel hatte die Post reingeholt und die Werbung ins Altpapier befördert, als ein neuerliches Klingeln des Handys seine Aufmerksamkeit beanspruchte. Ein Seufzen stob ihm aus der Kehle, als er auf den Bildschirm sah und abhob.

»Guten Morgen, Vater.« Er klemmte sich das Gerät zwischen Ohr und Schulterblatt, ehe er die Kaffeemaschine ausschaltete und das dunkle Gebräu in eine bauchige Tasse goss.

»Morgen. Wusste ich doch, dass du schon wach bist. Mama hat dagegen gewettet«, tönte es vom Ende des Hörers. Den Hintergrundgeräuschen nach zu urteilen, saßen seine Eltern im Auto und hatten die Freisprechanlage eingeschaltet.

»Ich bin seit Stunden auf den Beinen«, gab Gabriel müde zurück, schnappte sich den Kaffeepott und setzte sich auf einen der rustikalen Küchenstühle. Seine Augen überflogen die Schlagzeilen der Zeitung, die er auf dem Tisch abgelegt hatte.

»Wie geht's dir, mein Schatz?« Die Stimme seiner Adoptivmutter ging fast im Rauschen der Leitung unter und sie musste schreien, damit die Worte überhaupt ankamen.

»Ich komm klar«, antwortete er kurz angebunden und nippte an seiner Tasse.

»Tust du das wirklich?« Sie klang besorgt und er konnte es ihr kaum verübeln.

»Noah und ich haben es immer geschafft und wir schaffen es auch dieses Mal«, gab er entschieden mit kratziger Stimme zurück. Er hatte nicht vor, mehr Schwäche zu zeigen als nötig.

»Gabriel, es tut uns leid, dass wir nicht da sein können. Wir sind zurzeit mit der Sammlung für das Museum beschäftigt. Hatte ich erzählt.«

»Ich weiß, Vater«, betonte sein Sohn, schielte dann zum hundertsten Mal auf die Uhr. »Wir schaukeln das hier. Seht zu, dass ihr euren Job erledigt und wir machen hier unseren.« Sein Adoptivbruder und er brauchten die Babysitter längst nicht mehr.

»Wenn etwas sein sollte, ruft an.«

Gabriel konnte nicht anders, als im selben ernsten Tonfall zu kontern: »Dasselbe gilt für euch. Passt auf euch auf und meldet euch später doch mal bei Alex.« Damit verabschiedete Gabriel sich von seinen Eltern. Sie telefonierten selten mit ihrem Jüngsten. Die Agentur war ihr Ein und Alles. Auch, wenn sie in den letzten fünf Jahren wenig Zeit für ihre Kinder gehabt hatten, gab Gab sich die größte Mühe, ihnen nicht im Weg zu stehen.

***

»Ich bin Gabriel. Das ist mein Bruder Noah.« Der Ältere saß im Schneidersitz auf einem Schreibtischstuhl des Kinderheims. Sein Hemd steckte adrett in der Jeans und die von Wirbeln durchzogenen Haare waren so ordentlich wie möglich

gekämmt. Dumpf beobachtete er den jüngeren Blonden, der auf dem Bett hockte und das fremde Ehepaar nicht beachtete. Die Frau reichte ihrem Gatten gerade einmal bis zur Schulter. Er war hochgewachsen, hatte ein kantiges Gesicht und einen stabilen Hals. Eine Hand am Kinn, ließ er den Blick von Gabriel zu Noah schweifen.

Die unterschiedlichen Farbtöne von Noahs Augen kamen durch das künstliche Licht im Raum deutlich zur Geltung, während er ein fernes Lied vor sich hin summte. Sein Shirt war übergroß, hing ihm halb heruntergerutscht auf der Schulter. Die Haare waren statisch aufgeladen und standen in alle Richtungen ab. Das schmale Erscheinungsbild und die langen Strähnen gaben ihm ein weiches, mädchenhaftes Äußeres, dem erst die Pubertät einen Wandel beibringen sollte. Mit einem spitzen Gegenstand, der sich bei genauerer Betrachtung als Stricknadel herausstellte, stach Noah immer wieder auf die Plüschkatze ein, die vor ihm auf dem Bett lag. Konzentriert und sorgfältig durchbohrte er den Schwanz, die Ohren und das Gesicht. Der Anblick war für seinen Bruder nicht neu. Die Frau vor ihm hingegen schien zur Salzsäule erstarrt zu sein.

»Was macht er da?«, fragte sie verständnislos, sah zu ihrem Mann. Das auffällig rote Haar trug sie offen und sie hatte Sommersprossen auf der Nase. Sie war mittleren Alters und ihr Gesicht von leichten Krähenfüßen gezeichnet. In Kombination mit den Lachfältchen neben ihrem Mund wirkte sie auf Gabriel herzlich. Fest presste der Zwölfjährige seine Lippen aufeinander und schüttelte den Kopf.

»Ich habe ihm gesagt, er muss damit aufhören«, brachte der Junge am Schreibtisch stimmlos hervor und verschränkte die Arme. Noah verhinderte, dass sie jemals adoptiert werden würden. Allmählich fragte er sich, ob sein kleiner Bruder das mit Absicht tat. Die Hoffnung, gemeinsam das Kinderheim zu

verlassen, sank von Tag zu Tag und in Gabriel breitete sich zunehmend größerer Gram aus.

»Noah!« Ein Zischen im Türrahmen, als die betagte Heimleiterin schimpfend mit einem befüllten Tablett eintrat. »Verzeihen Sie bitte. Schlimme Angewohnheit. Der Junge hat viel mitgemacht.« Gabriel taxierte die alten Holzdielen unter dem Schreibtischstuhl und schwieg.

»Dem scheint wohl so«, antwortete der unbekannte Mann grübelnd, dessen Haare und Dreitagebart silbern durchzogen waren.

Innerlich zählte Gabriel von Eins hoch, zog ein Knie an die Brust, während er finster seinem Bruder zusah. Gab erreichte die Drei und die Leiterin stellte geräuschvoll das verzierte Tablett neben ihm auf dem Schreibtisch ab. Bei Sechs stand sie vor Noah und entriss ihm die sicher dreißig Zentimeter lange Nadel.

»Schluss jetzt. Herr und Frau Castell sind hier, um euch kennenzulernen. Du hast gelernt, dich zu benehmen!« Ihr fülliges Gesicht nahm eine leuchtende Farbe an und Gabriel befürchtete, sie würde jeden Moment platzen.

»Gib mir das zurück, alte Hexe!«, lamentierte Noah und langte nach der Stricknadel. Empört schnaufte die Leiterin des Kinderheims, entwendete ihm das Stofftier. Protestierend schrie er auf.

»Das gehört mir! Das ist von meiner Mama! Gib es mir!« Das Plärren dröhnte in Gabriels Ohren.

Er hatte nur darauf gewartet. Immer war es dasselbe. Er zog den Kopf ein und wandte sich ab. Es würde enden wie jedes Mal: Die Familie ging und kam nie zurück, um sie abzuholen. Frau Castell, die zarte Rothaarige, griff nach den Fingern ihres Mannes. Ebenjener schien die unausgesprochene Aufforderung zu verstehen.

Eine, mit der Gabriel nicht gerechnet hatte. Seine Augen weiteten sich, als der hochgewachsene Mann mit zurückgekämmtem Haar in seinem tadellosen Anzug entschieden zwischen das Handgemenge trat. Auf den Zwölfjährigen machte er einen strengen, erhabenen Eindruck und sein Eingreifen brachte Gabriel dazu, die Szenerie weiter zu verfolgen.

»Ich bitte Sie! Das ist doch nicht nötig. Gehen Sie mit all Ihren Kindern so um?« Barsch entzog Herr Castell ihr die Stoffkatze und löste die Finger der Leiterin von Noahs Arm. Gabriels Bruder, der zuvor geplärrt hatte wie am Spieß, verstummte. Die Blicke der Kinder hafteten an dem Mann. Gab schien mit offenstehenden Lippen auf dem Stuhl festgewachsen zu sein. Herr Castell gab Noah lächelnd das Plüschtier zurück und legte ihm eine Hand auf die Schulter. Ein direkter Blickabtausch folgte.

»Du hast tolle Augen.« Dieses Lächeln war es, das nach Gabriels Verständnis die Beziehung zwischen ihm und seinem Bruder gerettet hatte. Er würde es ebenso wenig vergessen wie die folgenden Worte seiner hübschen Frau, die die Heimleiterin in Sprachlosigkeit versetzten.

»Wir würden euch gerne mit zu uns nach Hause nehmen. Beide, wenn ihr das möchtet. Ich bin Tessa und mein Mann heißt Pascall.«

3
ZURÜCK INS LEBEN

Mit einem wohlwollenden Lächeln wurde mir die lange Zeit verschlossene Tür geöffnet. Der inzwischen in die Jahre gekommene Pfleger deutete mir, ihm zu folgen. Ich schulterte die Tasche, die mein Bruder mir Wochen zuvor mitgebracht hatte. Ohne eine weitere Regung trat ich durch den trostlosen Flur. Die Stiefelschritte hallten an den Wänden wider. An die dunkle Jeans und die schwarze Jacke, die mir zu groß erschien, hatte ich mich noch nicht gewöhnt.

Ich hatte vergessen, wie es sich anfühlte, normal zu sein. Blicke ruhten auf mir. Womöglich war Mirandas dabei, die sich vor einer Stunde mit den Worten »Wir sehen uns!« von mir verabschiedet hatte. Ich sah keinen der anderen Menschen an, hatte die Augen starr auf des Pflegers Rücken gerichtet. Als die letzte schwere Tür mit der verräterischen Aufschrift ›Geschlossene Abteilung‹ hinter mir ins Schloss fiel, war der Lebensabschnitt für mich mit einem Klacken des Metalls beendet. Tief atmete ich durch. Mein Pfleger verlangsamte seine Schritte, wandte sich zu mir um.

»Dein Bruder wartet am Ausgang. Hat eben noch mit Dr. Bensley gesprochen. Ihr könnt direkt los.« Mein Gesicht verzog sich. Was hatte der alte Quacksalber Gabriel erzählt?

»Das hoffe ich, André. Keinen Tag länger ertrage ich diesen widerlichen Gestank.« Ich rieb mir demonstrativ über die Nase. Das markante Kinn nach vorn gereckt, schürzte ich die Lippen.

Mein Äußeres, das mir früher die eine oder andere Verwechslung mit einem Mädchen eingebracht hatte, sorgte heute häufig dafür, dass Menschen mich für ungemein schön erachteten. Viele weibliche Hormone, hatte man mir einst erklärt. Wie ich das Interesse von Frauen wie Mia erlangt hatte, war mir schleierhaft. Ich hatte kaum Bartwuchs, dafür aber lange, dünne blonde Haare, die mir viele Vertreterinnen des vermeintlich ästhetischen Geschlechts neideten. Das amüsierte Geräusch, das André von sich gab, war unecht. Er ließ die Hände in die Taschen des blauen Kittels sinken.

»Ich hab hier noch ein paar Jahre vor mir, Noah. Versprich mir, dass wir uns nicht wiedersehen. Das wäre mal etwas.«

Ich strich mir die Haare nach vorne über die Schulter, als wir durch die Eingangshalle traten. Allmählich kam Unruhe in mir auf. Mein letztes Zusammentreffen mit Eli war nicht lange her. Heute war es jedoch anders: Dieses Mal würde ich mich nicht von ihm verabschieden und mir anhören, dass er wiederkäme.

Meine Augen blieben an dem ebenholzfarbenen Haar vor der Drehtür hängen. Ich stoppte und sah zu, wie Gabriel seine Zigarette im Aschenbecher ausdrückte und sich mir zuwandte. Als er eintrat, trafen sich unsere Blicke und ich nahm sein Zögern wahr. Aufgewühlt biss ich mir auf die Unterlippe. André klopfte mir auf die Schulter. Fast wäre ich zusammengefahren.

»Bereit für die Freiheit?« Aus dem Augenwinkel betrachtete ich sein Grinsen. Dann löste er sich von mir, nickte Eli zu, der mit einem hörbaren Seufzen auf mich zutrat. Gabriel musterte mich. So wie mein Bruder vor mir stand, wurde mir wieder bewusst, dass er mich um einen halben Kopf überragte. Seine gesamte Statur war solider als meine. Der gepflegte Dreitagebart rahmte das ebenso eckige wie charmante Gesicht und die vollen Lippen ein. Hätte ich nicht gewusst, wie wenig Sozialkompetenz Eli besaß, hätte ich ihn als Frauenheld klassifiziert.

»Der Mantel ist wohl zu groß«, stellte er geflüstert und mit rauchiger Stimme fest und streckte eine Hand aus, als ob er mich nach einem Kurzurlaub vom Flughafen abgeholt hätte. »Gib mir deine Tasche!« Gleichzeitig schielte er zur Uhr. »Ich warte schon eine Weile. Bin froh, wenn ich hier raus bin.«

Sein Glück, dass er nicht in meiner Haut steckte, dachte ich mir. Das Gespräch mit Dr. Shaw Bensley schien ihn gestresst zu haben. André, dessen Anwesenheit ich zwischendurch ausgeblendet hatte, lachte auf.

»Sorry, Herr Castell. Ihr Bruder war noch damit beschäftigt, ein altes Plüschtier zu suchen, das er verlegt hatte.«

Der vernichtende Blick von meiner Seite traf ihn scharf. »Danke. Du darfst jetzt gehen«, zischte ich ertappt. Elis wenig amüsiertem Gesichtsausdruck nach zu urteilen, war ihm bewusst, um welches Stofftier es ging.

»Noah, deine Tasche«, erinnerte er mich harsch und zuckte mit der Hand, die er mir entgegengestreckt hatte. Verspätet reichte ich ihm die Umhängetasche aus schwarzem Leder. Dabei streiften meine Finger seine und ich hatte das Gefühl, er beendete die Berührung abrupter, als es nötig gewesen wäre. »Vielen Dank, dass Sie sich um meinen Bruder gekümmert haben, André«, bedankte Eli sich trocken bei dem Pfleger und deutete mit dem Kopf zur Tür. »Komm! Ich habe Hunger.«

Mit Gabriel verließ ich die psychiatrische Privatanstalt. Die frische Luft traf mich wie ein Faustschlag ins Gesicht. Ich war frei. Trotzdem zog sich ein trüber Schatten über das Stückchen Glück, das mir endgültig beschieden war. Ich hatte getrödelt und schloss zu Eli auf, der am Fuß der Treppe gewartet hatte. Mit einer Hand griff ich den Ärmel seiner Jacke.

»Eli?«, setzte ich geflüstert an. Schmerzhaft zog mein Herz sich zusammen.

Mit kurz aufflammender Verwunderung sah Gabriel zu mir. »Was denn?«

»Ist was passiert?« Meine Stirn legte sich in Falten. Ich gab mir Mühe, leichtherzig zu wirken. Zuckersüß lächelte ich ihn an und ließ ihn los. Der Ältere fuhr sich ruppig durch die Haare, während wir über den Parkplatz zu dem schwarzen Volvo traten.

»Nicht wirklich.« Seine Mundwinkel zuckten. »Sorry, ich habe nur nicht gut geschlafen und mein Magen knurrt.« Zweifel hatten mir etliche schlaflose Nächte bereitet und waren zu meinem ständigen Begleiter geworden. Mühsam drängte ich die Gedanken beiseite, nickte verzögert und zog die Schultern nach oben.

»Dann lass uns was zu essen besorgen.« Das Lächeln schien auf meinen Zügen festgebrannt zu sein. Ob Gabriel merkte, dass es nicht echt war?

***

Die alte Kuckucksuhr schlug achtzehn Uhr. Bei tropfendem Wasserhahn saßen wir in der alten Küche des

Castell-Hauses. Gabriel hatte die Styroporbox der Imbissbude beiseitegeschoben und tippte an seinem Handy. Seit Minuten herrschte Stille zwischen uns und ich spielte mit einer Haarsträhne, kaute zwischendurch auf übriggebliebenen Pommes herum.

Meine Augen suchten den Raum ab und es erschien mir, als ob hier die Zeit stehengeblieben wäre. Die Uhr ging seit mehr als zehn Jahren fünf Minuten vor, der Wasserhahn tropfte noch immer minutenlang nach und hier hingen dieselben Vorhänge, die ich als Kind schon nicht gemocht hatte. Draußen war es inzwischen dunkel. Der Winter hatte längst Einzug gehalten und ich sehnte mich nach dem Kamin im Wohnzimmer. Nervös biss ich mir auf die Unterlippe.

»Eli?«

»Moment, meine Chefin nervt.« Er klang gestresst. Ich streckte die zuvor angezogenen Beine wieder aus und erhob mich. Stumm sammelte ich die Essenskartons ein und brachte sie zum Mülleimer. Unvermittelt spürte ich die Augen auf mir und räumte, ohne mich davon beirren zu lassen, die Teller und Gläser ab. Gleichzeitig ließ ich Wasser ins Spülbecken, dessen monotones Plätschern binnen Sekunden die Küche erfüllte.

Die Irritation meines Bruders war greifbar. Es löste eine gewisse Befriedigung in mir aus, Emotionen in seinem Gesicht wahrzunehmen. Das erste Mal für heute. Zwar war ich derjenige gewesen, den sie weggesperrt hatten, aber der Grund dafür war an Gabriel nicht spurlos vorübergezogen. Wie es schien, hatte das Leben ihn mir entfremdet. Traurig fing ich an, das Geschirr abzuwaschen. Mit einiger Verzögerung stand Eli auf und trat hinter mich.

»Früher hast du spülen gehasst«, entfuhr es ihm. Glucksend linste ich ihn an.

»Menschen passen sich an«, war meine schwammige Antwort, ehe ich knapp nachschob: »Ich habe in der Klinik mehr gespült als du in deinem bisherigen Leben. Wetten?« Damit drückte ich ihm ein Geschirrtuch in die Hand. Fassungslosigkeit breitete sich auf seinen Zügen aus. Er starrte es an, bevor er stumm nach dem ersten Teller griff.

»Du wolltest eben etwas sagen«, murmelte er nach einigen Sekunden und sah zu mir hinab. Ich betrachtete meine eigene Spiegelung in der Seifenlauge.

»Was hat der Arzt dir gesagt?« Mit ernster Mimik hielt ich inne. Allem Anschein nach hatte Gabriel mit der Frage gerechnet. Dennoch ließ er sich Zeit mit der Antwort und räumte zunächst den Teller in den Schrank über der Spüle.

»Wir haben uns über Alex unterhalten«, eröffnete er mir nach kurzem Zaudern. Die Antwort verwunderte mich und fast hätte ich ein Glas fallenlassen.

Unser Adoptivbruder war so groß wie Eli und mit den roten Haaren seiner Mutter und denselben Sommersprossen ausgestattet. Ich dachte häufig daran zurück, wie er weinend aus der Schule nach Hause gekommen war, weil ihn seine Klassenkameraden deswegen geärgert hatten. ›Hexe‹ und ›Pixelgesicht‹ waren noch die netteren Beleidigungen gewesen. Zwei Mal hatte ich ihn von der Schule abgeholt und drei der Deppen verhauen, die ihn zum Weinen gebracht hatten. Da war ich elf oder zwölf Jahre alt gewesen, hatte mich als großen Bruder aber enorm wichtig genommen. Ich wollte immer so sein wie Gabriel, nur dass ich am Ende der gewesen war, der von dem Dunkelhaarigen gerettet werden musste, als sie mich Tage später alleine abgefangen und zu Boden geschlagen hatten. Kinder waren grausam. Inzwischen war Alex Kane einundzwanzig Jahre alt, fertig mit der Ausbildung und verheiratet. Er hatte den Nachnamen seiner Frau Julia angenommen und Castell abgelegt, weil er ein schwieriges Verhältnis zu unseren Eltern hatte. Mit etwas zu viel Schwung stellte ich das Glas auf der Arbeitsplatte ab. Alarmiert fuhr Elis Blick zu meiner Hand. Ich grunzte unleidlich.

»Das ist doch nicht alles, oder?«, kam es patzig über meine Lippen. Verärgert warf ich den Spülschwamm zurück ins Becken. »Ich weiß seit Wochen, dass er mein Integrationshelfer wird. Bensley hat dir doch noch mehr erzählt. Warst du deshalb so genervt?« Ich verengte die Augen und trocknete mir die Hände ab. Verkaufte er mich für dumm? Ich wusste genau, dass es Dinge gab, die Eli *beachten* musste, hatte mitgehört, wie der Kurpfuscher sich mit André darüber ausgetauscht hatte. Wie ich es verabscheute, dass mich alle für gestört hielten.

»Noah.« Gabriels Ton hörte sich derart streng an, dass er mich aus der geistigen Tirade riss und schlagartig wurde mir klar, dass ich laut geworden war. Ich öffnete die Lippen, erschrocken über meine eigene Reaktion und schüttelte tonlos den Kopf. Gabriel hängte das Geschirrtuch auf, nachdem er auch den letzten Rest des Geschirrs wieder im Schrank verstaut hatte.

»Ich war noch nicht fertig.« Das Kinn vorgeschoben, musterte er mich von oben bis unten. Zwar wirkte er überrascht, aber nicht in dem Ausmaß, in dem es verständlich gewesen wäre. Ich wich einen Schritt zurück, fuhr mir nervös durch die Haare und senkte beschämt die

Augen. Keine fünf Stunden war ich draußen und zeigte mich schon von meiner besten Seite.

»Tut mir leid, ich …« Bevor ich meinen Ausrutscher verarbeitet hatte, stand Gabriel direkt vor mir und legte mir die Hände auf die Oberarme. Kurz strich er darüber.

»Schon gut.« Das war mehr Zugeständnis, als ich erwartet hatte. Leise stieß Eli den Atem aus und es war offenkundig, wie schwer ihm die Nähe fiel. Trotzdem schenkte er mir ein knappes Schmunzeln, das allzu schnell wieder verebbte.

»Komm mit ins Wohnzimmer, ich erzähl's dir da«, folgten die leisen Worte. Die von Eli abstrahlende Wärme verschwand. Ich konnte mich des Seitenblickes auf meine vernarbten Unterarme nicht erwehren, versuchte vor Scham, die Ärmel des T-Shirts tiefer zu ziehen. Gabriel hatte sie nicht beachtet und doch fühlte ich mich entblößt. Ich schlurfte Eli mit verschränkten Armen hinterher, zog die Schultern gen Kopf. Im Türrahmen des Wohnzimmers sah ich dabei zu, wie er Holzscheite in den Kamin warf und nach Streichhölzern vom Wohnzimmertisch griff. Alles erschien mir gleichermaßen fremd wie heimisch und vermutlich hatte der Arzt in einem Punkt recht gehabt: Ich konnte nicht erwarten, dass mein Leben innerhalb eines Tages normal werden würde. Mich an dem Gedanken festhaltend, schnappte ich mir eine Decke vom Sofa und legte sie mir um die Schultern. Platz fand ich in derselben Couchecke, in der ich vor zehn Jahren immer gesessen hatte. Innerhalb weniger Minuten war das erste Knistern zu hören und mein Bruder erhob sich, um sich zu mir zu gesellen.

»Dr. Bensley hat mir lediglich aufgeschlüsselt, in welchen Bereichen du inzwischen stabil bist und an welchen es noch zu arbeiten gilt. Ich weiß, du sprichst da nicht gerne drüber, Noah, aber zweimal die Woche wirst du die Termine mit ihm wahrnehmen müssen.« Mir fiel auf, wie bemüht er darum war, beherrscht zu bleiben.

Mein Herz stolperte und ich vergrub mich tiefer in der Decke. Da war wieder das Kind, dem die Chance genommen worden war, erwachsen zu werden. »Niemand kann verlangen, dass ich dahin zurückgehe, Eli! Dr. Bensley selbst hat gesagt, es wäre –«

»Er sagte, es wäre wenig sinnvoll, die Therapie dort weiterzuführen. Ja, ich weiß, Noah. Der Meinung waren wir schon vor Jahren, aber wir haben die richterliche Verfügung vorher nicht bekommen.« Gabriel sog zittrig Luft in seine Lungen, hatte sich mit Abstand neben mich gesetzt und sich nach vorn gelehnt. »Ich habe das mit der Krankenkasse geklärt. Die Termine werden ambulant in seiner externen Praxis stattfinden, damit du der Zeit in der Psychiatrie nicht wieder ausgesetzt wirst.« Eli fuhr sich übers Gesicht. »Entschuldige. Ich weiß noch nicht, wie ich Dinge am schlausten formuliere. Schätze, wir haben beide noch was zu lernen.« Immer noch pochte mir der Puls im Hals. Ich legte das Kinn auf den angezogenen Beinen ab und schlang die Arme darum.

»Ich muss ihn nicht wiedersehen«, entwich es mir und ein Grinsen breitete sich um meine Lippen herum aus. Dieser manipulative Bastard. Hatten alle Ärzte ein solches Kontrollbedürfnis? Als ob ich ihn nicht ohnehin längst durchschaut hätte. Er würde sehen, dass ich seine Hilfe nicht mehr brauchte.

»Ich glaube schon. Du wirst früher oder später reden wollen. Hier draußen ist es anders als unter ständiger Beobachtung und du weißt das.« Gabriel starrte in die

Flammen, die sich in seinen glasigen Augen spiegelten.
»Alex wird morgen früh vorbeikommen und mit dir zusammen einen Wochenplan machen. Dann sehen wir weiter.«

Unzufrieden darüber, dass Eli mich bevormundete, murrte ich. Einerseits war ich froh, Alex wiederzusehen. Andererseits störte es mich, dass mich selbst nach zehn Jahren niemand eigene Entscheidungen treffen ließ. Ich war ohne mein Zutun weggesperrt und wieder entlassen worden. Es hatte verfluchte zehn Jahre gedauert, bis die Verantwortlichen endlich den Löffel abgegeben hatten.

***

Ein schriller Schrei hallte durch die Wohnabteilung der geschlossenen psychiatrischen Anstalt, wurde von den Wänden zurückgeworfen und echote in meinen Ohren.

»Noah, um Gottes Willen, hören Sie auf damit!«, schrie mich die junge Schwester an. Zitternd fiel die kurzhaarige, stämmige Blondine vor mir auf die Knie.

Ich hockte auf dem Boden des Raumes, den ich mir mit Miranda teilte – sah nicht auf, gab keinen Ton von mir. In der rechten Hand hielt ich ein abgebrochenes Stück Holz, das sich bei genauerer Betrachtung als Stuhlbein herausstellte. Zäh tropfte das Blut von der gesplitterten Spitze. Gleichzeitig hing mein linker Arm leblos hinab. Es pochte und die dicke Flüssigkeit quoll unaufhörlich aus der Wunde. Der Boden und die helle Kleidung waren rot gesprenkelt. Ich merkte erst, dass ich bebte, als die Krankenschwester mir meine Waffe aus der Hand riss. Vernichtend sah ich zu ihr auf und fragte mich, ob meine Wangen von Tränen feucht waren oder ob ich mir Blut ins Gesicht geschmiert hatte.

»Er wollte nicht auf mich hören«, kam es wimmernd aus einer Ecke. Gleichzeitig schrie die Schwester um Hilfe und zog mich auf die Beine. Mias Jammern wummerte durch das Zimmer. *»Er hat nicht aufgehört, ganz egal, was ich gesagt habe!«* Ruppig wurde mir eine zusammengeknüllte Schürze auf den geschundenen Arm gedrückt.

»Es ist gut, Miranda!«, herrschte die füllige Frau meine Zimmernachbarin an, die mit angezogenen Beinen auf ihrem Bett saß und um Atem rang. Fleisch und Sehnen der Wunde lagen offen und die Stellen, die ich nicht wie gewollt erwischt hatte, waren oberflächlich vom Holz zerkratzt, als ob mich eine Katze attackiert hätte. *»Drücken Sie das auf die Wunde, Himmel, und kommen Sie mit!«*

Die in Panik geweiteten Augen Mias starrten mir nach, als die Krankenschwester mich am unverletzten Arm zur Tür dirigierte. Ferne Schreie drangen an meine Ohren und ein Schaudern kroch mir durch die Glieder. Ich war nicht geisteskrank und ich brauchte keine Hilfe! Sie sollten mich in Frieden lassen. Hektisch riss ich mich los, stolperte in den Flur. Der scharfe Laut der Schwester drang kaum zu mir durch. Ebenso wenig wie Mirandas plötzliches Auflachen.

»In dem Laden sind alle irre.« Das Blut rauschte mir in den Ohren. *»Bleibt einfach alle weg von mir! Fasst mich nicht an!«* Die Schürze rutschte auf den Boden und ich hielt die Frau mit ausgestrecktem Arm auf Abstand. Sie sollte mir bloß nicht zu nahe kommen.

»Noah, beruhigen Sie sich!« Mit erhobenen Händen kam sie auf mich zu.

»Gar nichts mache ich! Ihr macht mich krank und sonst niemand!« Feindselig spie ich die Worte aus und warf der frisch ausgebildeten Angestellten, die mich zum Mittagessen hatte abholen wollen, einen angewiderten Blick zu. Ganze drei

Schritte weiter kam ich, bis mich André und ein anderer Pfleger erreichten.

»Noah, es ist alles in Ordnung, komm runter!« André hatte mein Handgelenk gegriffen und fing mich ab, bevor ich den Gang hinablaufen konnte.

»Nichts ist in Ordnung!«, plärrte ich panisch und merkte, wie meine Beine nachgaben. Aus dem Augenwinkel nahm ich Miranda in der Tür unseres Zimmers wahr. Wie sie dastand und unbeteiligt zuschaute. Mit ihren Fingernägeln spielend und abgeklärt, als ob es ihren vorherigen Ausbruch nie gegeben hätte. An beiden Unterarmen hielten die Pfleger mich fest, wobei sich der Jüngere davor zu scheuen schien, in die Wunde zu greifen. Ein Fehler.

Ich entfloh dem Griff, schlug ihm dabei ins Gesicht. »Lasst mich los, ich will nach Hause! Ihr könnt mich nicht länger einsperren! Ich verrecke lieber, als noch einen Tag hier zu bleiben!«

André bekam meinen linken Arm zu greifen, bevor ich erneut nach seinem Kollegen schlagen konnte. Hysterisch kreischte ich die halbe Abteilung zusammen, hörte die Stimmen kaum, die auf mich einprasselten.

»Rufen Sie Dr. Bensley!«, drang es stumpf zu mir durch, bevor André mich endgültig packte und gegen die Wand drückte. Mit seinem eigenen Körper nahm er mir den Freiraum und zwang mich damit, stillzuhalten. Der andere Pfleger hatte sich zügiger wieder gefangen, als ich gehofft hatte. Meine Wange hinterließ rote Striemen auf dem Putz. »Noah, wir wollen dir nichts Böses. Aber du musst dich beruhigen!«

»Es bringt nichts, André. Ich spritze ihm jetzt Clopixol. Der bringt sich um.«

Da waren sie mit ihrem Witz wieder am Ende. Wenn ihnen kein anderer Weg einfiel, griffen sie zu Neuroleptika. Der unliebsame Druck in dem von André fixierten Oberarm entlockte mir einen gequälten Laut. Ich versuchte, mich loszureißen, doch es funktionierte nicht. Stattdessen presste ich Augen und Kiefer aufeinander und schlug die Stirn gegen die Wand. »Ich bringe euch um!«

»Du bist kein Mörder.« Bevor ich mich versah, hatte ich eine Hand vor den Augen und mein Kopf wurde mit einer weiteren von hinten fixiert. »Schluss mit dem Theater.«

»Du hast keine Ahnung«, blubberte es aus mir heraus. »Frag Dr. Bensley, ich habe ihn getötet. Eigenhändig, sonst wäre ich nicht hier. Nur deshalb haben sie mich weggesperrt.« Ein Lachen sprudelte aus meiner Kehle. Ich klappte zusammen, wurde von vier Händen gestützt. Die Lippe biss ich mir blutig, bis der Eisengeschmack mir die Galle hochtrieb. Ich wollte nach Hause, zurück zu Gabriel. Doch die Ärzte verboten mir, ihn zu sehen. Wenn er aus meinem Leben verschwand, war diese Existenz sinnlos. Eli war das Einzige, was ich hatte. Ich hatte all das für ihn getan. Nur für ihn.

Alles drehte sich, als ich die Augen das nächste Mal öffnete. Ich erkannte die weiße Zimmerdecke, die ich so verabscheute. Irgendwer war an meinem linken Arm zugange und Hände drückten mich auf die Matratze. Aus halbgeöffneten Lidern schielte ich unversöhnlich in das langgezogene Gesicht des Psychiaters mit Brille und zurückgekämmtem ergrauten Haar.

»Die Wunde wird jetzt versorgt und ich spritze Ihnen gleich noch ein weiteres Beruhigungsmittel, Herr Castell. Ich befürchte, auf ihren Stuhl müssen Sie vorerst verzichten.« Er seufzte, hantierte mit irgendetwas herum, was ich nicht sah.

»Fahrt zur Hölle.« Der Fakt, dass Miranda nicht längst ihren Senf dazugegeben hatte, ließ mich konkludieren, dass sie nicht mehr im Zimmer war. Ihr Bedürfnis nach Aufmerksamkeit war enorm.

»Schlafen Sie Ihre Hysterie aus und wir unterhalten uns danach noch einmal in Ruhe über das, was den Anfall ausgelöst hat.« Die beruhigende Stimme versetzte mich in Rage. Wie konnte man Spaß daran haben, im Leid anderer Menschen herumzustochern? Ich verstand nicht, warum ich mit meinem eigenen Leben nicht das tun durfte, was ich wollte. Dass ich einen Pfleger verletzt hatte, kümmerte hingegen niemanden. Menschen waren unfassbar dämlich.

4
WACKELIGE ERSTE SCHRITTE

»Herr Castell.« Der Psychiater, bei dem sein Bruder jahrelang in Behandlung gewesen war, reichte Gabriel die Hand, nachdem er ihn in sein Büro komplimentiert hatte. Mit einer Geste deutete der Ältere zu einem der Stühle vor seinem Schreibtisch.

»Dr. Bensley.« Zur Begrüßung neigte Gab knapp den Kopf, bevor er durch den Raum trat und die Handflächen auf die Rückenlehne des Stuhls bettete. Er hatte nicht vor, sich zu setzen. Wenn es nach ihm ging, würde er keine Minute länger als nötig in diesem Laden verbringen. Einige Jahre war es Gabriel verboten gewesen, Noah zu besuchen, angeblich aus der Befürchtung heraus, er könne irgendetwas bei ihm auslösen. Danach hatte der Dunkelhaarige jede Minute des kurzweiligen Aufenthaltes in der Psychiatrie verabscheut. Noahs erste Jahre in der Anstalt mussten mehr als hart gewesen sein. Im Jugendalter hatte Gabriel dem Fakt, dass sie ihn eingesperrt hatten, die Schuld an dem miserablen Geisteszustand seines jüngeren Bruders gegeben. Wer blieb schon geistig gesund, wenn man ihn mit knappen dreizehn Jahren vor der Welt wegsperrte?

»Bitte setzen Sie sich. Es gibt einiges, was ich mit Ihnen besprechen möchte«, bat der grauhaarige Mann in Pullunder und Jeans. Ordentlich auf die Nase gesetzte Brille, hervorstehenden Wangenknochen, Backentaschen, die aussahen, als liefen sie aus einem Bild heraus: Gabriel fand alles an diesem Mann unsympathisch. Der Psychiater trat hinter den Tisch und ließ sich mit gefalteten Händen in seinen Chefsessel sinken. Seine Haare waren so säuberlich zurückgekämmt, dass es

Gabriel zutiefst anwiderte. Ablehnung breitete sich in seinem Gesicht aus. Widerwillig zog er den Stuhl vor und kam der Bitte nach.

»Niemand hat mir gesagt, dass ich mich auf ein längeres Gespräch würde einstellen müssen.« Dass er unhöflich klang, war Noahs Bruder durchaus bewusst. Gabriels gesamte Existenz sträubte sich gegen diesen Tag. Seit Wochen war ihm übel und immer wieder kamen Erinnerungen an die gemeinsame Vergangenheit mit Noah hoch. Er liebte seinen Bruder. Das würde er nicht wegdiskutieren. Aber er fürchtete sich. Er war wütend und hatte Angst vor dem, was aus seinem Fleisch und Blut geworden war.

Der Psychiater schnalzte, griff nach einer Mappe, die sich als Noahs Akte herausstellte. »Es dauert nur ein paar Minuten. Das Meiste haben wir bereits am Telefon besprochen.« Der Ordner wurde geöffnet und Gabriel schlug tief durchatmend ein Bein über das andere, legte den Knöchel auf sein Knie. Stumm.

»Wie bereits geklärt, wird Ihr Adoptivbruder bei der Eingliederung helfen. Ich bin der Meinung, dass es eine gute Sache ist. Es wird uns in die Karten spielen, dass Ihre Brüder ein passables Verhältnis hatten.« Der Mann blätterte durch die Akte. »Dennoch gibt es Dinge, die ich mich anzusprechen gezwungen fühle.«

Erst jetzt sah Dr. Shaw Bensley über den Rand der Gläser hinweg zu Gabriel auf. Unweigerlich wurde Gabriels Mimik finster. »Was wollen Sie damit sagen? Dass er nie wieder gesundwerden wird?« Missgunst tropfte aus jedem Wort. Vor einigen Jahren hatte er schon einmal einem Gespräch zwischen dem Psychiater und ihrem Adoptivvater beigewohnt. Die Quintessenz: Noah war ein hoffnungsloser Fall. Gabriel konnte und wollte das nicht akzeptieren und war dem vermeintlichen Arzt dementsprechend feindselig gesinnt.

Bensleys Züge verhärteten sich. »*Das hängt von Ihnen ab, Herr Castell. Wir haben getan, was wir konnten und die Therapie wird in abgesprochener Weise weitergeführt. Allerdings bin ich kein Hellseher und kann nicht sagen, wie der Einfluss seiner Familie sich auswirken wird.*«

Unterschwellig bemerkte der Mittzwanziger, wie er seine Finger vor Nervosität knetete. Er erinnerte sich an einen Besuch in der Anstalt, bei dem sein Bruder ihn und ihre Eltern angefleht hatte, ihn rauszuholen. Eiskalt lief es Gabriel über den Rücken. Wie lange hatte er sie angebettelt? Doch Tessa und Pascall waren ebenso die Hände gebunden gewesen wie ihm. Hinter der Zwangseinweisung stand jemand anderes. Jemand, der die Fäden gezogen hatte und dessen Einfluss erst in diesem Jahr erloschen war.

»*Was ich Ihnen mit auf den Weg geben möchte, ist Folgendes: Bitte behalten Sie jederzeit im Hinterkopf, dass Ihr Bruder an einer Borderline-Erkrankung leidet. Wir haben ihm die Möglichkeiten, sich zu verletzten, weitestgehend genommen und er scheint seit über einem Jahr stabil zu sein. Das heißt aber nicht, dass die Rückfallgefahr draußen nicht höher ist, wo ihm besagte Optionen wieder zur Verfügung stehen. Noah ist intelligent und er weiß das. Das macht es schwerer einzuschätzen, inwieweit wir den aktuellen Ergebnissen vertrauen können. Zornesausbrüche und Impulsivität werden Ihnen künftig weiterhin begegnen. Bitte machen Sie sich darauf gefasst und seien Sie sich der Tatsache bewusst, dass Sie die Person sind, an die er sich klammert.*« *Während der Psychiater pausierte, wälzte der hochgewachsene junge Mann die Worte für einen Moment hin und her. Er zwang sich zur Ruhe.*

»*Wäre es für einen Borderliner nicht typisch, wenn er mich von sich stoßen würde?*«, *murmelte Gabriel und dachte daran, wie seine Eltern ihm damals erklärt hatten, dass Noah sich auf die Beziehung zu ihm versteift hatte. Sein großer Bruder war sich bis heute nicht sicher, ob er mit der Verantwortung zurechtkam.*

»Mir ist bekannt, dass das bislang nicht geschehen ist. Aber in aller Regel gibt es einen Initiator für entsprechendes Verhalten. Wenn Sie bisher nichts getan haben, was ihn dazu bewogen hätte, kann es durchaus sein, dass er dieses Symptom nicht aufweist. Wenn Sie wieder zusammenleben, ist es aber nicht unwahrscheinlich, dass er Auslöser von Wutanfällen auf Sie projizieren wird.« *Dr. Bensley lehnte sich im Stuhl zurück und rückte seine Brille zurecht.* »Das war es aber nicht, auf was ich Sie noch einmal hinweisen wollte.«

Der Themenumschwung ließ Gabriel seine Hände reiben und auf die Uhr lugen. »Sondern?«

»Die Störungen, unter denen Noah leidet, sind komplex und schwer abgrenzbar. Schlussendlich war ich jedoch gezwungen, ihm neben der Persönlichkeitsstörung eine Psychose zu diagnostizieren. Sicher wissen Sie bereits davon?«

Dunkel erinnerte Gabriel sich an die Unterhaltung. »Sie spielen auf die Wahnvorstellungen an.«

»Korrekt. Ihr Bruder leidet an einer ›anhaltenden wahnhaften Störung‹, wie wir sie nennen. Bei Noah äußert sie sich darin, dass er die Ereignisse mit Ihrem gemeinsamen Freund von vor zehn Jahren nicht richtig verarbeiten kann.«

Der Kerl trieb ihn zur Weißglut. Gabriel war ebenso wenig dazu in der Lage, die Ereignisse zu verarbeiten. Doch während seine Psychologin ihm eine Posttraumatische Belastungsstörung angedichtet hatte, zerstörten sie hier die Zukunft Noahs, indem sie ihn gleich für vermeintlich verrückt erklärten. Schnaubend erhob sich Gabriel.

»Wie ich Ihnen bereits am Telefon gesagt habe, bin ich wenig überzeugt von der Diagnosestellung und werde mit

Ihnen auch nicht weiter darüber sprechen.« Seine Gesichtszüge wurden härter, als sie es ohnehin schon waren.

Dr. Bensley hob eine Augenbraue. »Und wie ich ihnen bereits sagte, handelt es sich hier nicht um eine Amnesie im Sinne einer Posttraumatischen Belastungsstörung, Herr Castell. Ihr Bruder verdreht die Schuldfrage um den Tod Ihres Freundes auf eine Art und Weise, die –«

»Ich weiß!«, rauschte Gab dem Psychiater lauter als gewollt dazwischen und hielt sich den Kopf. Das Blut schäumte ihm in den Ohren. Er würde sich das nicht anhören, war in seiner eigenen Aufarbeitung nicht weit genug dafür. Hätte Gabriel besser aufgepasst, wäre Matt noch am Leben. Und wäre er weniger egozentrisch gewesen, hätten sie Noah nicht eingewiesen. Wenn an der Misere jemand Schuld hatte, dann er.

Der Dunkelhaarige stand auf. »Ich möchte das nicht weiter bereden. Danke fürs Gespräch. Aber wie Sie bereits sagten: Ab jetzt ist er mein Problem. Ich würde ihn gerne einsammeln und mich dann auf den Weg nach Hause machen und wäre dankbar, Sie würden uns für heute entlassen.« Während er seinen Mantel zuknöpfte, nahm Gabriel wahr, wie Dr. Bensley sich erhob. Wenig glücklich sah der Psychiater ihn an.

»Wenn Sie meinen, es sei klug, meine Warnungen in den Wind zu schlagen, bitte.« Ein Arm deutete schroff zur Tür. »Vergessen Sie nicht, dass ich fast so viel Zeit mit Ihrem Bruder verbracht habe wie Sie und ich bin mir sicher, Sie werden auf mich zurückkommen.«

Der Kommentar traf und der Angesprochene biss sich auf die Unterlippe. Genau solche Aussagen waren es, die das trotzige Kind in Gabriel hervorholten. Er hatte keinerlei Motivation, sich überhaupt noch einmal mit diesem furchtbaren Menschen zu unterhalten. Auch wenn er wusste, dass das in Anbetracht der Situation vorerst nicht funktionieren konnte.

»Wir werden sehen«, folgte die kurz angebundene Antwort, ehe er sich zum Gehen wandte.

»Ich lasse Ihnen Noah zum Ausgang bringen. Schönen Tag noch.« Damit schien sich das Thema auch für Bensley fürs Erste erledigt zu haben. Ob er sich jetzt die nächste Familie aussuchen würde, die er zerstören konnte?

***

Angespannt öffnete der Medienkaufmann die Haustür und stellte seine Tasche im Flur ab. Seufzend fuhr er sich durch die Haare, ehe er sich seines Mantels und der Schuhe entledigte. Gabriel hörte Alex' Stimme aus dem Wohnzimmer und vernahm ein leises Lachen von Noah. Bewusst hatte er an diesem Tag nur wenige Stunden gearbeitet und sich doch den Kopf darüber zerbrochen, dass zu Hause irgendetwas schieflaufen könnte. Wenn er ehrlich war, sorgte er sich wegen der Warnungen, die Bensley ausgesprochen hatte. Seine eigene Unruhe verflog nicht und ihm fehlte der Ansatz, Noah richtig zu händeln. Umso erleichterter war Gabriel, als er in den Wohnraum zwischen Küche und Wohnzimmer trat und sah, wie seine beiden Brüder vor einer Menge Papier am Tisch saßen. Alex nahm sich eine Tasse Kaffee von dem Tablett, das er soeben abgestellt hatte und überschlug grinsend die Beine.

»Auch schon da?« Er lachte über den Gesichtsausdruck des Neuankömmlings, wobei derselbe nicht anders konnte, als zwischen Alex und Noah hin und her zu blicken. Die roten Haare ihres Adoptivbruders leuchteten unter der Glühbirne und die Sommersprossen kamen umso besser zur Geltung.

»Ist ja schön, dass ihr Spaß habt«, flüsterte Gabriel mit einem knappen Kopfschütteln und trat näher zum Tisch. Noah war, wie er erwartet hatte, aufgestanden und hatte ihn von der Seite grinsend umarmt. Einen Arm legte der Blonde auf die Schulter seiner Hauptbezugsperson und Gabriel stellte wieder fest, wie unbehaglich es ihm war.

»Willkommen zu Hause, Eli. Wir haben die nächsten Wochen verplant und ein paar Anschläge auf dich vor«, eröffnete Noah voller Elan, bevor er sich von ihm löste und sich die Haare zu einem Pferdeschwanz band.

»Richtig. Ich hoffe, du hast am 18. Dezember noch nichts vor, *Eli.*« Alex feixte und klimperte mit dem Löffel in seiner Kaffeetasse. »Da geht's zum Weihnachtsmarkt.« Das Dröhnen in Gabriels Kopf wurde stärker und er blinzelte vermehrt. Nicht dazu in der Lage, mit der Information zu arbeiten, nickte er achselzuckend.

»Ja, ähm, okay. Machen wir.« Es war nicht so, dass er seinen eigenen Terminplan auswendig kannte. Viel eher wusste er in der Sekunde nicht, wie er reagieren sollte und hoffte einfach, dass ihm kein anderer Termin in die Quere kommen würde.

Langsam schweiften die Augen des Dunkelhaarigen zu Noah. Er wirkte so normal. Ausgelassen. Für Gabriel war es entlastend, zu wissen, dass der Rotschopf scheinbar einen solch positiven Einfluss auf ihn hatte. Er selbst hingegen empfand sich als nicht fähig, seinem leiblichen Bruder zu geben, was er brauchte. Etwas verabscheute der Älteste sich dafür. Er wollte für Noah da sein, aber je mehr er sich zwang, umso weniger funktionierte es. Und solange er die Ereignisse rund um Matts Tod nicht zu akzeptieren lernte, würde diese Kluft zwischen ihnen bestehen.

Noah, der einen von Gabriels Pullovern trug, griff nach dem Kalender, der auf dem Tisch lag und zeigte ihn ihm. Die Geste erinnerte ihn an den kleinen fröhlichen Jungen, der mit seinem Brettspiel in die Küche gestürmt kam, um sich danach Schläge von ihrer Mutter einzufangen. Prügel, die immer mehr zum Alltag geworden waren.

***

Verschlafen öffnete der Zehnjährige die Augen, als er eine Bewegung neben sich wahrnahm. Fluoreszierende Klebesterne erhellten die Tapete. Wohl wissend, wer zu ihm gekrochen war, rückte der Junge näher zur Wand, um Platz zu schaffen. Er rümpfte die Nase. Ein leises Schniefen erfüllte den Raum und Gabriel hob die Decke an, unter der das Häufchen Elend sich versteckt hatte.

»Hast du schlecht geträumt?« Die Kinderstimme hörte sich belegt an, als Gab ein Gähnen unterdrückte. Er hatte das Gefühl, gerade erst eingeschlafen zu sein.

»Ich muss mich verstecken«, folgte die geschluchzte Antwort, die Gabriel bis zum heutigen Tag das Blut in den Adern gefrieren ließ. Binnen Sekunden war er hellwach.

»Wovor?« Der Ältere senkte seinerseits die Stimme, schlug ihnen beiden die Decke über den Kopf. Danach rutschte er tiefer und nahm die Hände seines Bruders. »Du musst nicht weinen. Ich bin bei dir. Hier holen dich die Monster nicht.« Dabei wusste er genau, dass Noah sich nicht vor einem Wesen aus den Gruselgeschichten verbarg. Das, wovor er sich fürchtete, war sehr viel realer.

»Nicht so laut.« Ein leises Hauchen, als eiskalte Finger sich um Gabs schlossen. Noahs Atem streifte dessen Wange. »Sie hört uns.«

Gabriel löste eine Hand aus der seines Bruders, streckte zögerlich die Fingerspitzen nach dem Gesicht des Blonden aus. Stumm ertastete er die Tränen. Noah zuckte zusammen.

»Deine Wange ist ganz heiß.« Gabriel hatte schmerzlich gelernt, was das bedeutete.

Anstatt zu antworten, drehte der Kleinere den Kopf weg und ein Wimmern breitete sich unter der Decke aus, die er für den einzigen Schutz gehalten hatte. »Ich habe so Angst vor ihr, Eli. Sie hört nicht auf. Nie hört sie auf.«

Gabriel verkrampfte sich und er biss sich auf die Unterlippe. Er war ein Feigling. Seine Aufgabe war es, Noah zu beschützen. In ihm legte sich ein Schalter um. Sie mussten verschwinden. Egal wohin, Hauptsache, sie würde sie nicht wieder finden. Dann konnte sie Noah auch nicht mehr wehtun. Und kaum war der Gedanke zu Ende gedacht, öffnete sich unheilvoll quietschend die Tür. Das Licht aus dem Flur drang bis unter die Decke und Noah erstarrte.

***

»Wie wäre es, wenn wir den an den Kühlschrank hängen?« Zuckersüß lächelte Noah ihn an und alles, was Gabriels Kopf ausspuckte, war ein schlechtes Gewissen. Er hatte Magenschmerzen und fragte sich, wie viel von seinem unbeschwerten kleinen Bruder noch übrig war. Spielte er all das nur oder war es ihren Erzeugern nicht gelungen, ihn völlig zu zerstören?

Ein trockenes »Mach nur« war die Antwort und Gabriel war bewusst, dass er dastand wie ein Stein. Unbeteiligt und fehl am Platze. Die Quittung kam sofort. Fast konnte er fühlen, wie Noah neben ihm zögerlich wurde und die überschwängliche Freude abebbte. Gleichzeitig bemerkte er Alex' durchdringenden Blick auf seinem Haupt.

»Wo haben wir Klebstreifen?«, fragte Noah nach einer Sekunde der Überforderung und wandte sich ab. Am liebsten hätte Gabriel sich getreten. Warum nahm er ihn nicht einfach in den Arm? Ehe er sich versah, war der Jüngere in Richtung Küche verschwunden.

Verspätet rief der Dunkelhaarige ihm nach: »Nimm die Magnete, die in der zweiten Schublade liegen!« Dabei zupfte er verloren an seinem Hemd. Der leibliche Sohn von Tessa und Pascall Castell verschränkte die Arme.

»Bei dir würd ich auch Borderline kriegen. Ich wüsste auch nicht, ob ich dich lieben oder verprügeln soll«, nuschelte der Castell-Sprössling. Gezischt schob er nach: »Was soll das denn?« Gabriel verspürte das Bedürfnis, sich zu rechtfertigen. Stattdessen schnaubte er. Er war nicht gut mit sozialen Kontakten. Auch dann nicht, wenn es um seine Familie ging.

»Du hast gut reden«, gab er düster zurück. Alex hatte ein gutes Gespür für Menschen und scheinbar stets die passenden Worte parat. Das Rascheln aus der Küche drang an seine Ohren. Resigniert ließ Gab sich auf einen Stuhl fallen. »Ich mache doch gar nichts.«

»Ja, genau das ist das Problem«, brummte der Rothaarige sein Gegenüber mit gesenkter Stimme an und zog die Augenbrauen zusammen. »Wenn du nicht bereit dafür bist, hättest du ihn nicht zu dir nehmen sollen.« Die Worte klangen derart final, dass der Wunsch nach Protest in Gabriel aufkeimte.

»Glaubst du, es wäre besser geworden, wäre er länger dort geblieben?«, blaffte er im selben leisen Tonfall zurück.

»Bin mir nicht sicher, wenn ich mir das hier so anschaue.« Die Geräusche in der Küche verstummten und plötzlich hielten beide Männer inne.

»Hast du sie gefunden?«, rief Gabriel alarmiert in Richtung Nebenzimmer. Seine Augenbrauen zogen sich zusammen. Grüne Augen lagen auf der blaugrauen Iris seines Bruders.

»Ja«, tönte es dumpf aus der Küche. »Ich hab mich nur beim Kramen an einem Messer geschnitten, halb so wild.« Alex schloss stöhnend die Augen, bevor er auffordernd in Richtung Küche nickte. Nicht, dass dafür eine Notwendigkeit bestanden hätte. Gabriel war längst aufgestanden und auf dem Weg zu seinem leiblichen Bruder.

»Du bist ein Tollpatsch«, meinte Gab mit aufgesetztem Schmunzeln, als er den Raum betrat. Noah stand inmitten der Küche, hatte Küchenpapier um die Wunde gewickelt. Der entschuldigende Ausdruck auf seinem Gesicht ließ Gabriels Miene weicher werden. In einer der Schubladen suchte er nach den Pflastern.

Mit verzogenen Lippen zuckte Noah mit den Achseln. »Entschuldige, Eli.«

***

»Ich bin morgen um neun Uhr wieder hier«, erklärte Alex, als sein ältester Bruder ihn zwei Stunden später zur Tür brachte. Beide sahen sich mit ihren fast ein Meter neunzig von Gleich zu Gleich ins Gesicht. Gab beobachtete, wie sein Adoptivbruder Schal und Jacke überzog, lehnte sich gegen die Wand.

»Wieso ziehst du nicht einfach wieder hier ein?« Die nachdenklichen Worte waren nicht durchdacht. Viel mehr resultierten sie aus dem Bedürfnis, mit der Bürde nicht alleine zu sein. Für den Augenblick wirkte der Rothaarige überrumpelt, winkte dann aber ab.

»Nein, danke. Ich wollte das Haus nie. Abgesehen davon bekommt meine Frau mich selten genug zu Gesicht. Wenn ich jetzt auch noch ausziehe, reicht sie vermutlich die Scheidung ein«, scherzte er mit einem Grinsen auf den Lippen.

Gabriel mühte sich ein Zucken der Mundwinkel ab, hatte Schwierigkeiten, Emotionen nach außen zu tragen. Die Hand des ehemaligen Castells legte sich auf die Türklinke. Gab wollte schon näher zu Alex treten, um die Haustür wieder hinter ihm zu schließen, als der Rotschopf auf einmal zögerte.

Ohne Gabriel anzusehen, meinte Alex unvermittelt: »Du weißt, dass das Absicht war, oder?« Unheilvoll sah er über die Schulter in den leicht gebräunten Teint Gabs.

»Was war Absicht?«, hakte der Dunkelhaarige irritiert nach und fuhr sich mit einer Hand über die Stoppeln an seinem Unterkiefer. Unbewusst nahm er das Plätschern aus dem Badezimmer wahr. Noah hatte sich in die Badewanne verzogen.

»Die Aktion eben, Gab.« Dass Alex nicht die Augen verdrehte, war das höchste aller Gefühle. »Wie fixiert bist du eigentlich, dass du –?« Im selben Moment riss ein Klingeln ihn aus dem Konzept. Genervt hob er eine Hand, während er mit der anderen das Mobiltelefon aus seiner Jacke kramte. »Ich schreibe dir gleich. Geh in die Küche und guck dir die Schublade an, in der die Magnete sind.« Damit öffnete er die Tür und nahm auf halbem Weg nach draußen das Telefongespräch an. »Hi Julia, ich bin auf dem Weg. Sorry, hat länger gedauert als gedacht.«

In absoluter Verwirrung ließ Alex seinen Bruder zurück. Einige Momente vergingen, bis Gabriel annähernd dämmerte, wovon er gesprochen hatte. Gab schien auf der Stelle festgewachsen zu sein. Doch das Geräusch der in die Angel fallenden Tür holte ihn zurück ins Hier und Jetzt. Er stieß einen Fluch aus. Die Farbe war aus Gabriels Gesicht gewichen und mit in Schrecken geweiteten Augen eilte er in die Küche. Bensley hatte gesagt, Noah wäre stabil. So etwas tat er nicht. Er konnte nicht. Doch als Gab die Schublade aufriss, musste er erkennen, dass Alex' Bedenken ihre Daseinsberechtigung hatten. In dem Fach lagerten eine Menge Schreibutensilien, Klebestreifen, die gesuchten Magnete und ein alter Kalender mit Ledereinband.

»Ich hab mich nur beim Kramen an einem Messer geschnitten.«

In der Schublade war kein Messer. Gabriel hielt sich an der Arbeitsplatte fest und legte mit zusammengepressten Augen die Stirn gegen einen der Hängeschränke. Wenn das Noahs Art war, Aufmerksamkeit zu bekommen, würde das mit ihnen nicht funktionieren. Womöglich hatten Bensley und Alex recht: Er war sich nicht im Klaren darüber gewesen, was ihn bei Noah erwartete.

5
ZURÜCKWEISUNG

»Eli?« Auf leisen Sohlen trat ich in sein Schlafzimmer und ließ die Hand über die mir bekannte, alte Kommode streifen. Mein Bruder saß an seinem Schreibtisch aus dunklem Holz und hatte die kleine Lampe, die darauf stand, eingeschaltet. Ansonsten lag der Raum im Dunkeln und erschien mir erstaunlich vereinsamt.

Gabriel sah mit erschreckend tiefen Augenringen von seinen Papieren auf, eine Hand in den Haaren. »Was ist, Noah?« Wirkte er gestresst? Überfordert? Übermüdet? Ich scheiterte daran, den Unterton zu fassen, und schluckte. Für einen Moment blieben meine Augen an dem Laptop hängen, der am Rand des Schreibtischs stand. Langsam trat ich näher.

»Kann ich heute Nacht bei dir schlafen?«, brachte ich zögernd hervor. Nicht gerne zeigte ich mich derart wehrlos, aber ich hatte das Gefühl, dass die Schatten der Vergangenheit in meinem eigenen Zimmer verweilten und mich bis in den Schlaf verfolgten. Beschämt über die Frage senkte ich den Blick, begutachtete angespannt den Boden.

»In meinem Zimmer ist es eiskalt.« Unweigerlich verschränkte ich die Arme und als ich wieder aufsah, musterte mein Bruder mich mit beispiellos neutraler Mimik.

»Die Heizung in deinem Zimmer ist warm«, schmetterte er die Bitte ab. »Ich habe sie erst entlüftet.«

»Mir ist aber kalt!«, brachte ich fassungslos über die Lippen und ließ die Arme sinken. »Vielleicht hast du es nicht richtig gemacht?« Eli ignorierte die Stichelei. Der Stift in seiner Hand wurde beiseitegelegt und der Dunkelhaarige drehte sich auf dem Schreibtischstuhl ein Stück in meine Richtung.

»Noah, du bist dreiundzwanzig Jahre alt. Dann zieh Socken und einen Pullover an. Nimm dir einen aus meinem Schrank. Wir gehen morgen einkaufen. Bei mir wird es heute spät.« Eli hatte keinerlei Motivation, mit mir zu diskutieren. Der gleichgültige Tonfall ließ mich zusammenzucken.

»Es stört mich nicht, wenn du arbeitest. Ich kann auch schlafen, wenn das Licht an ist.« Ich biss mir auf die Innenseite der Unterlippe, während meine Augen von dem fahlen Gesicht Elis zum Laptop-Bildschirm schweiften. Sie blieben an einer Schlagzeile hängen.

›Schizoaffektive Störung – Symptome und Diagnose‹

Die Überschrift versetzte mir einen Stich und mein Atem überschlug sich. »Was machst du da?« Sofort war die Argumentation von zuvor vergessen. Gleichermaßen sauer wie besorgt spannte ich mich an. Eli, dem sein Fehler direkt aufgefallen war, schielte zum Display und klappte den Laptop zu. Als ob er die Worte damit ungelesen machen würde.

Ich trat zwei Schritte rückwärts, wäre fast über die Kante des alten Teppichs gestolpert. Das Aufseufzen meines Bruders war kaum besänftigend. Ebenso wenig wie die Tatsache, dass er sich langsam erhob. Seine gesamte Haltung war brettsteif und er sah mich nicht an.

»Ich will dich gerade nicht hier haben, Noah. Du raubst mir den letzten Nerv.« Der scharfe Blick traf mich und der Ärger in seinen Worten schnitt tief.

»Wovon redest du?« Verspätet fand ich meine Stimme wieder, verstand seine Reaktion nicht. Ich hatte mir die größte Mühe gegeben, ihm keine Last zu sein. Heute hatte ich sogar zugestimmt, mit dem Psychiater zu sprechen, obwohl er in meinen Augen ein Heuchler war. Und Eli? Ihm fiel nichts Besseres ein, als mir weitere Krankheiten anzudichten? Für mich stand außer Frage, dass die Recherche mit mir zu tun hatte. Die Erkenntnis tat weh. Ein dicker Kloß verhinderte, dass ich weitersprach. Ich schüttelte mit schwimmenden Augen den Kopf.

»Danke, Gabriel! Wirklich.« Enttäuschter hätte ich mich kaum anhören können. Stimmt, er hatte recht. Ich war dreiundzwanzig Jahre alt, aber ich hatte niemals gelernt, normal mit Menschen zu interagieren. Mir hatte nie jemand erlaubt, erwachsen zu werden. Gabriels Gesicht wurde zu einer Grimasse und binnen Sekunden erschien er mir leidend. Er kam auf mich zu und bevor ich ausweichen konnte, griff er einen meiner Arme.

»Ich versuche doch nur, dir zu helfen. Glaubst du, du bist der Einzige, dem es nicht gutgeht? Die letzten zehn Jahre waren nicht nur für dich schwer, geliebter Bruder.«

»Hör auf, Eli!« Meine Worte klangen mehr nach einer Bitte als nach einem Befehl und ich versuchte, mich loszureißen. Fest presste ich die Kiefer aufeinander. Er hielt meinen Arm stur umfasst und drückte mir in der nächsten Sekunde meine zuvor verletzte Hand unter die Nase.

»Du machst es mir mit solchen Aktionen nicht leichter, Noah. Verletz dich nicht selbst, nur weil ich nicht reagiere, wie du das möchtest!«

Der verbale Schlag in die Magengrube war heftig und abrupt hielt ich in meiner Bewegung inne. Fassungslos. Ich starrte Eli an, als wäre er ein Geist und lugte dann selbst zu dem Pflaster. Er war der Meinung, ich hatte mir den Schnitt mit Absicht zugefügt? Das plötzliche Gurgeln kam ohne mein Zutun. »Für wie krank hältst du mich eigentlich?« Als ob es nicht reichte, dass ich in den letzten zehn Jahren behandelt worden war, als ob ich ein geisteskranker Psychopath wäre.

***

»Eigentlich sollten wir nicht hier sein.« Gabriel hielt die Arme verschränkt, trabte trotz der beklommenen Worte neben mir und seinem besten Freund her. Wir kämpften uns den Hang eines lichten Waldstücks hinauf. Die Sonne stand tief und würde bald untergehen. Genervt trat ich einen Stein vor mir her und gab mir alle Mühe, maulig zu wirken.

Matthew Rouen, Elis bester Freund, hatte uns hier raus gelotst, um uns etwas zu zeigen. Ich war nur wegen meines Bruders dabei und langsam bekam ich Hunger. Ich hasste, hasste, hasste diesen Kerl. Matthew hatte immerzu ein Strahlen im Gesicht und ging mir damit auf den Geist. Ständig kam er auf irgendwelche Schnapsideen, die Eli gleich mit in Schwierigkeiten brachten. Da ich Gabriel nicht von der Seite wich, bekamen wir alle Ärger. Wir erreichten das Ende des Wäldchens und vor uns erstreckten sich einige Meter unbefestigter Erde auf Stein. Sie endeten in einer Sackgasse, einem Abhang, an dem wir uns nicht aufhalten durften. Das sagte zumindest das Schild, das das Areal als Gefahrenzone ausschrieb. Keine fünfzig Meter vor uns fiel der Hang hinab ins Tal. Ein belustigter Laut schälte sich aus meiner Kehle.

»Das wolltest du uns zeigen, Matthew? Wirklich? Hier ist es total langweilig«, spie ich gehässig grinsend aus und begutachtete die wenig begeisterten Gesichtszüge meines Bruders.

»Was ist denn hier?«, fragte Gabriel skeptisch und schaute sich seinerseits um. Er schien ebenso verdrossen wie ich, war er doch der größere Angsthase von uns beiden. Die Zeit nutzte Matt, um über das Absperrband zu klettern. Einige Bäume und deren Wurzeln zogen sich fast bis zur Klippe. Sie hatten den Stein durchbrochen.

»Wartet ab! In einer halben Stunde geht die Sonne unter«, brüstete sich Matthew. Unbedarft legte er den mitgebrachten Rucksack mit Verpflegung und Picknickdecke ein gutes Stück vom Abgrund entfernt ab. Matthew war einer dieser Jugendlichen, die sich für einmalig hielten. Er hatte die blonden Haare hochgegelt, trug eine punkige Jeansweste über dem teuren Shirt und ein Lederband um den Hals, das er nie ablegte. Gabriel war fünfzehn Jahre alt, Matthew sechzehn und ich mit dreizehn das uncoole Anhängsel.

»Du hast uns wegen eines Sonnenuntergangs hergeschleppt?« Miesepetrig verschränkte ich die Arme. »Eli, ich will nach Hause. Wir verpassen das Abendessen und ich habe Hunger.« Seit dem Mittagessen waren bereits etliche Stunden vergangen. Schmollend blieb ich stehen, wobei mein Bruder kurz die Stirn runzelte, bevor er seinerseits die Beine über die Absperrung schwang. Ich konnte nicht glauben, dass Matthew ihn schon wieder dazu brachte, gegen Regeln zu verstoßen.

»Wir kommen sowieso nicht mehr rechtzeitig zum Abendbrot«, meinte er vorsichtig und trat zu Matt, schenkte ihm ein Lächeln. »Hast du den Sonnenuntergang hier schon einmal gesehen?« Zurückgelassen stand ich jenseits des Bandes und verzog zähneknirschend den Mund. Wieder ignorierte Eli mich. Matthew sollte verschwinden und aufhören, ihn für sich

zu beanspruchen. Und vor allem sollte er damit aufhören, uns mehr Ärger aufzuhalsen als nötig.

»Na klar, sonst wüsste ich's ja nicht. Ich hab übrigens Bier geholt.« Matthew ließ die Finger in die Taschen der tiefsitzenden Jeans gleiten und deutete zu dem Proviant.

Zischend folgte ich den beiden. »Eli darf noch keinen Alkohol trinken!« Wie so häufig strich sich Gab den zu langen Seitenpony aus dem Gesicht und zuckte mit den Schultern.

»Stimmt, aber weiß ja niemand.« Ein Windzug ließ seine schwarze Jacke flattern und wehte ihm die Kapuze auf den Kopf. Mein älterer Bruder fluchte und Matt zog sie wieder zurück.

»Ist windig hier oben. Ey Noah! Wenn dir kalt ist: Ich hab noch 'ne Decke in der Tasche.« Gerade war ich zu den beiden gestoßen und betrachtete den Hinterkopf meines Bruders.

»Mir ist nicht kalt. Aber ich habe immer noch Hunger.«

»Kannst notfalls auch meine Jacke haben«, kam es gedankenverloren von Gabriel, der zurückhaltend ein Stück näher zum Abgrund trat. Mir wurde mulmig, wenn ich ihm zusah. »Der Ausblick ist beeindruckend«, stellte er fest. Damit hatte Matthew wieder gewonnen und wir blieben.

»Schön! Und was machen wir eine halbe Stunde lang? Steine auf der Erde zählen? Oder die Blätter, die in den Abgrund fallen?« Unzufrieden trat ich auf einen Ast vor meinen Füßen. Mit hochgezogenen Augenbrauen musterte Matthew mich.

»Ich hab ein Kartenspiel dabei«, schlug er vor und grinste breit. Er kapierte es nicht. Kurzerhand winkte ich ab.

»Das ist öde. Außerdem fliegen die Karten eh nur weg.« Meine Augen huschten zum Abhang und blieben an einem Baum hängen, der über die Schlucht hinausragte. Aus dem Anblick wurde der Impuls geboren, der Matt den Hals kosten

würde. Verschmitzt grinste ich. Gleichzeitig schob ich die Ärmel des zu großen Pullovers nach oben. »Ich habe eine bessere Idee.«

***

Um Atem ringend schlug ich die Augen auf. Mein Körper durchfuhr ein unkontrolliertes Zittern. Mir war kalt und für einen Moment war ich wie gelähmt. Ich starrte zum Fenster. Seit Monaten hatte ich nicht mehr von diesem Tag geträumt. Oder waren es Jahre? Jahre in denen ich nie ein schlechtes Gewissen gehabt hatte. Nie. Ausgerechnet jetzt, wo ich wieder zu Hause war, holte der Tag mich ein und ließ die Eiseskälte derart weit in meine Glieder kriechen, dass ich zu erfrieren drohte. Ich war ein Mörder. Und Gabriel hatte es mir nie verziehen. Er hasste mich. Das hatte ich nicht nur bei jedem seiner Besuche, sondern auch in den letzten Stunden schmerzhaft lernen müssen.

Obwohl die Heizung aufgedreht und ich in zwei Decken eingepackt war, wich das Frösteln nicht. Es kam nicht von außen, sondern schien von innen an die Oberfläche zu strömen. Es brachte Leere mit sich und das Wissen, dass ich ein armseliger Mensch war. Vor einigen Stunden war ich wütend gewesen. Jetzt war nichts mehr davon da. Alle Emotionen waren wie weggefegt. Bis auf eine: Ich wollte nicht alleine sein. Das Zimmer schien mir fremd wie nie und selbst das hereinscheinende Licht des Mondes hinterließ einzig Melancholie und ein Fernweh, das ich nicht zu fassen vermochte. Hilflos legte ich die Arme um das uralte Katzen-Stofftier meiner leiblichen Mutter. Dann aber kämpfte sich die Erkenntnis an die Oberfläche, dass Eli mich nie wieder verlassen konnte. Er mochte verärgert sein und verzweifelt in meiner Psyche nach weiteren Störungen graben, aber ich war trotzdem hier.

***

Noch am darauffolgenden Tag war die Distanz deutlich spürbar. Ich entfernte mich emotional und versuchte, mich abzuschotten, um zu verhindern, dass es mir weiter wehtat. Nie hatte ich vorgehabt, meinen Bruder kaputtzumachen. Niemals. Dennoch war es das, was er mir nach anderthalb Tagen, in denen ich hier wohnte, vorwarf. Wir mussten zusammenhalten, aber er gab mir keine Chance dazu.

Pünktlich wie besprochen stand Alex vor der Haustür. Das Klingeln war es, was mich nach einer schrecklichen Nacht aus dem Schlaf riss. Von unten hörte ich die Stimmen, die wie Nebel die Treppenstufen nach oben zu rollen schienen. Meine Motivation, mich mit Gabriel auseinanderzusetzen, war denkbar gering. Ich wandte der Zimmertür den Rücken zu, senkte die Augenlider und lauschte den Geräuschen. Es dauerte keine zehn Minuten, bis es klopfte und ich das Quietschen der Tür hinter mir hörte.

»Guten Morgen, Sonnenschein. Bist du wach?« Die Stimme näherte sich meinem Bett. Ich fühlte mich miserabel und diese ätzende Positivität im Nacken machte mich rasend. Sie erinnerte mich an Matt und den ertrug ich gerade am wenigsten.

»Lass mich in Ruhe«, raunte ich über die Schulter. »Mir geht's nicht gut. Wahrscheinlich bin ich mittlerweile krank, weil ich letzte Nacht gefroren habe.« Die

Patzreaktion als solche war mir bewusst. Trotzdem bereitete es mir eine perfide Freude, zuzusehen, wie Alex mit hochgezogener Braue zum Heizkörper stiefelte.

»Funktioniert die Heizung nicht?«, fragte er mehr sich selbst, während ich mich im Bett aufrichtete.

»Wer weiß«, gab ich ernst zurück und fingerte mir aufgebracht durch die zerzausten Strähnen. »Geschlafen habe ich jedenfalls nicht und Eli will mir anscheinend 'ne schizophrene Ader andrehen und mich loswerden. Mir geht es blendend.« Die Ironie tropfte aus meinen Worten. Ich suchte unter dem Kissen nach dem in der Nacht verlorenen Haargummi und band mir die langen Strähnen aus dem Gesicht. Alex' Hand ruhte auf der Heizung, als er sich verdattert zu mir umwandte. Schnell war das Kälteproblem übergangen und ich konnte riechen, wie ihm das Blut hochkochte. Ziel erreicht.

»Was hat er denn jetzt wieder gesagt?« Er hielt sich eine Hand vor die Stirn. Wie es schien, bereiteten wir ihm schon jetzt Kopfschmerzen. Und ich war noch nicht fertig mit dem Tag. Wenn Freundlichkeit dazu führte, dass mich alle für gestört hielten, würde ich mein Verhalten überdenken.

»Frag ihn selbst, Alex. Ich wäre offensichtlich besser in der Anstalt geblieben. Da durfte ich mir wenigstens nicht anhören, dass ich am Übel der Welt Schuld bin.« Ich fühlte mich machtlos mir selbst gegenüber. Als ob ich mich spielen und von außen zusehen würde. All das war nur seine Schuld. Warum war er derart abweisend zu mir? Da war es wieder, das gehässige Kind in meinem Kopf, das mich darauf hinwies, dass er schon zu Kinderheim-Zeiten wütend auf mich gewesen war. Weil wir *wegen mir* lange keine neue Familie gefunden hatten.

Sich über den Nacken reibend, trat Alex schnellen Schrittes zur Tür. »Ich bin mir sehr sicher, dass er das so nicht gemeint hat. Beruhig dich, okay? Ich rede mit ihm. Zieh dich bitte um und komm nach unten. Ich habe Brötchen mitgebracht und Gab hat Kaffee gekocht.« Ein Blick auf die Uhr auf dem Nachttisch folgte. »Wir wollen in einer Stunde los. Wird Zeit, dass du neue Klamotten bekommst.«

Der Rothaarige zwinkerte mir zu. Alex war mit mir erstaunlich geduldig. Umso befriedigender war es, als schon im Hausflur die Stimme erhoben wurde. Ich schlug die Decke beiseite und labte mich an der Feindseligkeit des Integrationshelfers Gabriel gegenüber. Es geschah ihm recht. Schnell zog ich eine dunkelblaue Jeans, ein Shirt und einen schwarzen Pullover über, begutachtete kurz das Pflaster, dessen Ursache scheinbar der Grund für den Streit am Vorabend gewesen war. Mit gerunzelter Stirn zog ich es ab. Ich ging zu meinem Schreibtisch und ließ es in den Mülleimer fallen. Noch immer vernahm ich Gespräche von unten, fragte mich kurz, ob Alex und Eli stritten.

Der Schnitt war nicht übermäßig tief und sah nicht weiter dramatisch aus. Ich hielt die Hand gegen das hereinscheinende Licht. Er glaubte, dass ich mir solch eine Wunde bewusst zugefügt hätte? Zugegeben: Es klang nach mir, die Verletzung möglichst unauffällig erscheinen zu lassen. Trotzdem hatte ich mich in der Schublade geirrt. Ich musste meinen unwissenden großen Bruder leider enttäuschen. Stumpf ließ ich meinen Blick durch den Raum schweifen. Ziellos, bis er wieder am Schreibtisch hielt und an einem Becher mit Schreibutensilien hängenblieb. An den Stiften und an der Schere.

Ob ich Gabriel zeigen sollte, was ich *nicht* getan hatte? Der Herzschlag pulsierte mir in den Ohren und ich wurde unweigerlich zitterig, als sich meine Hand nach dem schwarzen Griff der Schere ausstreckte.

»Noah?« Die Tür wurde geöffnet und mir rutschte das Herz in die Hose. Der Dunkelhaarige stand im Rahmen und prompt ließ ich die Hand sinken. Aus großen Augen starrte ich meinen Bruder an. Er schien penibel dafür zu sorgen, dass er die Türschwelle nicht übertrat. Es war, als ob etwas hier drin ihm größtes Unbehagen bereiten würde.

»Ja?« Unauffällig erhob ich mich und biss mir im tiefsten Inneren in den Hintern. Ich verabscheute es, diese Impulse nicht unter Kontrolle zu haben.

»Ich … ich dachte, du wärst wieder eingeschlafen.« Die Haare hatte er halbwegs gebändigt und zurückgekämmt, trug ein langärmliges Hemd und eine schwarze Hose. Gegenläufig zu seinem aparten Äußeren räusperte Gabriel sich unstet und klang erstaunlich weich. »Ich habe dir heißes Wasser gekocht, falls du Tee willst.« Den Blick wieder in Richtung Flur gewandt, rieb er sich die Hände. »Und wir besorgen dir nachher noch eine Decke. Bevor du wirklich krank wirst.« Das Lächeln, das sich auf meine Lippen stahl, war bittersüß. Glaubte er, dass damit die Sache gegessen war?

»Danke, Gabriel. Zuvorkommend von dir.« Ohne in sein verdattertes Gesicht zu sehen, drängte ich mich erhobenen Hauptes an ihm vorbei und eilte die Treppenstufen hinab. Dass ich ihn bei seinem kompletten Vornamen nannte, war Zeichen genug für meine Missgunst.

6
GABRIELS BESTE FREUNDIN

»Du willst wieder los?« Alex stellte zwei mit Kleidung vollbepackte Taschen neben dem Küchentisch ab. Gleichzeitig hievte der Jüngere seiner Adoptivbrüder Einkaufstüten auf die Arbeitsplatte. Der Angesprochene rieb sich über den Hinterkopf, hielt das Handy in der anderen Hand.

»So sieht's aus. Ich habe eine Verabredung vergessen«, murmelte er. Noah lehnte sich seufzend gegen den Kühlschrank und verschränkte die Arme. Seinen Mantel hatte Gab direkt anbehalten. Er rechnete damit, dass Noah Aufstand proben würde, wenn er ging. Stattdessen rümpfte der Blonde die Nase und winkte ab. Er stieß sich vom Kühlschrank ab, würdigte Gabriel keines Blickes.

»Lass ihn halt, Alex. Hab in einer Stunde ohnehin einen Termin bei Bensley. Ist nicht so, als ob Gabriel eine Hilfe wäre.«

Gabriels Gesichtsausdruck zeigte seine Enttäuschung. Nicht einmal die gemeinsame Shoppingtour hatte geholfen, um Noah zu beschwichtigen. Genau genommen hatte er sich die ganze Zeit an Alex gehalten und seinen älteren Bruder weitestgehend ignoriert. Fragen hatte er beantwortet. Zwar nicht patzig, aber derart kurz angebunden, dass der Dunkelhaarige seinen Ärger zu spüren bekommen hatte.

»Beim Bezahlen der Rechnungen war ich scheinbar eine ausreichend große Hilfe«, entfuhr es ihm frustriert und er schüttelte den Kopf. Gabriel steckte das Handy weg. Eine halbe Stunde zuvor hatte eine alte Freundin ihn an ihr für heute angesetztes Treffen erinnert. Er hatte nicht vor, es für Noah, das motzige Kind, zu verschieben.

»Du hast einen Großteil mit der Kreditkarte meiner Eltern bezahlt«, mischte sich der Rothaarige entschieden ein und stützte eine Handfläche auf der Tischplatte ab.

Gabriel biss sich auf die Unterlippe und schnaubte. »Nicht alles. Entschuldige, dass ich mir vielleicht etwas mehr Dankbarkeit erhofft habe, Alex.« Seine Stimme war gedämpft.

Noah zog die Schultern gen Kopf. »Wofür? Dass du so gut bist, mir wieder ein Leben zu ermöglichen, nachdem ich jahrelang eingesperrt war?« Er warf die Arme in die Luft. »Ich bin dir total dankbar! Vor allem dafür, dass du dir eine tierische Mühe gegeben hast, mich aus der Klapse zu holen, bevor ich *wirklich* verrückt werde.«

Mit energischen Schritten war er um den alten Tisch in der Küche des Familienhauses getreten und erwischte Gabriel im Türrahmen, der sich mit einem knappen »Das höre ich mir nicht an« hatte zurückziehen wollen.

Noah griff seinen älteren Bruder am Ärmel, hielt ihn fest. »Fällt dir jetzt auf, dass du mir nicht mehr ausweichen kannst, wenn es Probleme gibt?« Seine Mimik hatte sich zu einer gleichzeitig wütenden wie verletzten Grimasse verzogen. Er musterte den Älteren von oben bis unten, der ihm nach kurzem Zögern verdattert den Oberkörper zugewandt hatte.

»Noah, hör auf! Das ist nicht fair.« Alex verdrehte stöhnend die Augen und strich sich durch die Locken. Er erreichte die beiden, als Gabriel seinen Arm aus dem Griff befreite und tief durchatmete. Wenn Gab sich jetzt nicht beruhigte, würde er etwas sagen, was er später garantiert bereuen würde. Noah hatte nie gelernt, Konflikte zu bewältigen und Himmel, er selbst sollte vernünftig sein, anstatt wegzulaufen. Das war es, was Alex' Mienenspiel ihm sagte, als derselbe eine Hand auf des Borderliners Schulter legte.

»Ich habe dich lieb, kleiner Bruder. Aber du bringst mich jetzt schon an die Grenze meiner Geduld.« Dabei wagte Gabriel es nicht, in seine Augen zu sehen. Es fiel ihm schwer, seine Gefühle offenzulegen. »In spätestens drei Stunden bin ich wieder da. Mach bitte nichts, was mich bereuen lässt, dich alleingelassen zu haben.« Ohne den Jüngeren erneut anzusehen, rauschte Gabriel zurück in den Hausflur. Er ertrug den Anblick dieser grausamen Heimeligkeit, ertrug das Haus, seine Geschwister und die ganze Situation nicht mehr. Ein Armutszeugnis, wenn er bedachte, dass sie noch am Anfang standen. Die zügigen Schritte hinter ihm verrieten Gabriel, dass Alex ihm gefolgt war.

»Wenn du mir eine Standpauke halten willst, tu's wann anders. Mit mir ist nicht gut Kirschenessen, wenn ich das Gefühl haben muss, ihr verschwört euch gemeinsam gegen mich«, offenbarte er ihm entschieden und schnappte sich die blank polierten schwarzen Schuhe.

»He, Gab.« Ein tiefes Schnauben folgte. »Komm schon, jetzt mach mich nicht zum Schuldigen. Ich versuch in erster Linie zu vermitteln und«, setzte er an, stieß seinen Bruder am Arm an, »fänd's gut, du würdest mich anschauen, wenn ich mit dir rede.« Gabriels Geduldsfaden hatte in den letzten Jahren gelitten. Während er als Kind einiges mit sich hatte machen lassen und ständig ›Ja‹ und ›Amen‹ gesagt hatte, war er inzwischen zu einem waschechten Choleriker geworden. Alex' empörter Unterton ließ ihn fast überschnappen. Wenn es nach ihm ginge, würde er an diesem Tag keinen von ihnen mehr ansehen. Trotzdem rief Gabriel sich zur Ruhe auf. Er neigte den Kopf halb in Alex' Richtung. Die Sommersprossen in dessen Gesicht schienen zu tanzen, als die ernste Mimik durch ein wohlwollenderes Schmunzeln ersetzt wurde. Die Grübchen an seinen Mundwinkeln erinnerten Gab an Tessa, dessen Mutter. Der Gedanke hatte etwas Beschwichtigendes.

Es war auffällig, wie die Geschwister sich unterschieden. Er selbst hatte gebräunte Haut, ebenholzfarbene Haare und ein kantiges Gesicht. Alex hingegen war blass, wie es bei Rothaarigen häufig der Fall war. Sein Bartwuchs hatte etwas Flaumiges und seine Züge waren weicher. Sie ähnelten sich einzig in ihrer Größe und der ungestümen Haarmähne, was ob der nicht vorhandenen Verwandtschaft reiner Zufall war. Mit seinem leiblichen Bruder hingegen hatte er fast noch weniger Ähnlichkeit. Noahs Haut war sehr hell, seine Haare glatt. Dazu kamen die beeindruckenden Katzenaugen und die Iris-Heterochromie. Noah war kleiner und schmaler. Und wo Gab täglich seinen Dreitagebart pflegte, hatte der Jüngere nie einen erwähnenswerten Bartwuchs entwickelt. Das Einzige, was sich an ihrem Äußeren deckte, waren der markante Unterkiefer und die Nase. Ersteres hatten sie den Genen ihres Vaters, die Nase denen ihrer Mutter zu verdanken.

Ab und an ertappte Gabriel sich dabei, wie er an ihrer Verwandtschaft zweifelte. Dann fragte er sich im nächsten Atemzug, was wäre, wenn es so sein sollte: Wollte er sich aus der Verantwortung ziehen?

»Ich weiß, dass es im Moment hart ist. Gib euch Zeit und komm ihm erst einmal entgegen, soweit es geht«, schlug Alex vor und klopfte ihm auf die Schulter, riss ihn damit aus den Überlegungen.

»Ich komme ihm soweit entgegen, wie ich kann, ohne mich zu vergessen«, brachte Gabriel sich auf den Boden der Tatsachen zurück. Daraufhin folgte ein kurzer Blick auf seine Armbanduhr. »Würdest du Noah zur Therapie bringen und ihm erklären, wie er sich ein Taxi ruft?«, bat er seinen Bruder leise. Er eiste sich los, nur um die Schublade einer Kommode zu öffnen und eine Packung Zigaretten herauszukramen, die er in der Tasche seines Mantels verschwinden ließ.

Der erstaunte und gleichzeitig besorgte Ausdruck auf den Zügen seines Adoptivbruders entging ihm nicht. »Weil ihr's seid. Seit wann rauchst du wieder?« Eine vorwurfsvolle Frage.

»Was glaubst du?«, hakte Gabriel mit kratziger Stimme stichelnd nach und schielte Alex an, als er zur Tür trat. »Seitdem ich ständig Menschen entgegenkommen muss. Ich dachte, ich hätte mir das abgewöhnt.« Ein Brummen. Überaus ernst meinte er die Worte nicht und wenn er ehrlich war, war er nur nicht bereit zuzugeben, dass er schon vor einigen Wochen wieder zu rauchen angefangen hatte. Das mit dem Aufhören war nicht so sein Ding, obwohl er genau wusste, was das mit seiner Gesundheit tat. Menschen neigten dazu, Dinge zu tun, die im Jetzt positive Effekte hatten. Und ließen dabei das ferne Morgen schnell außer Acht.

»Manchmal kann ich dich echt nicht leiden!«, tönte es hinter Gab her, der den ersten Schritt ins regnerische Dezemberwetter gesetzt hatte. Er setzte den Hut auf und es gelang ihm mit einiger Beherrschung, das bittere Lächeln zu unterdrücken. Er sich selbst auch nicht. Sogar etwas häufiger als manchmal.

✳✳✳

»Noah, was machst du denn? Komm da weg!« Gabriel rutschte das Herz in die Hose. Sein kleiner Bruder war zu nah am Abgrund, kletterte über den aufgebrochenen Boden und die Wurzeln, die sich darunter hervorgekämpft hatten. Zunächst hatte Gabriel fassungslos neben dem Proviant gestanden, den Matt mitgebracht hatte. Verzögert schluckte er und trat mit größerer Vorsicht näher an die Kluft.

»Ja ja, jetzt beachtest du mich.« Fast wären die Worte des Jüngeren vom Wind davongetragen worden. Demselben Wind, der die Haare des Blonden in sein Gesicht peitschte, als er nach dem ersten niedrigen Ast des knorrigen, alten Baumes griff.

»Ey, mach keinen Mist!« Matt schüttelte keuchend den Kopf und rauschte an Gabriel vorüber. Schmerzlich zog sich die Brust des Dunkelhaarigen zusammen und er überwand die eigene Angst, um Noah und seinem Klassenkameraden zur Klippe zu folgen. Gleichzeitig musste er dabei zusehen, wie sein Bruder sich binnen weniger Momente von Matt losgerissen hatte. Er schwang sich erstaunlich sicher auf die ersten Verzweigungen des Riesen, dessen Auswüchse gefährlich weit über der Tiefe schwebten.

»Bist du verrückt? Du bringst dich um, Noah!« Matthew hatte ebenfalls einen Fuß auf die Wurzeln gesetzt. Die in Gabriel aufkeimende Panik, als Noah umso höher kletterte, würde er sein Lebtag nicht vergessen.

»Das ist viel zu gefährlich!« Der Puls pochte in seinem Hals und Schwindel breitete sich aus. Die Äste bogen sich bedrohlich

unter dem geringen Gewicht seines Bruders und der Wind wehte die letzten verbliebenen Blätter in den Schlund.

»War doch Matthews Idee, herzukommen, nicht meine!«, rief Noah gegen das säuselnde Pfeifen an und umklammerte einen Ast, hockte sich auf einen anderen. Das breite Grinsen in seinem Gesicht machte seinen Bruder fassungslos. Dass er nie Angst hatte, wenn es lebenserhaltend gewesen wäre!

»Ja, schön! Und was willst du uns jetzt damit beweisen?!«, brüllte Matt vom Fuße des Baumes aus. Inzwischen ging die Sonne unter und der Himmel wurde in trügerisch friedliches Pastell getaucht.

»Du bist doch sonst so mutig. Ich hab mich getraut – jetzt du«, stichelte Noah feixend in Matts Richtung. Gabriel schüttelte ungläubig den Kopf. Es reichte.

»Ich geh jetzt nach Hause, Noah. Ohne dich! Und erzähle Vater und Mutter, dass ich dich nie wieder mitnehme! Nie, nie wieder!« Seine Stimme wurde lauter. »Du bist alt genug, um zu wissen, dass das eine echt blöde Idee ist.« Die Szene bescherte ihm einen halben Herzinfarkt und er konnte das nicht weiter mit ansehen. Noahs schockierten Blick fing Gab noch auf, dann wandte er sich zum Gehen.

»Hey, Eli! Warte!« Die Stimme seines Bruders klang auf einmal schrecklich weinerlich.

Der Fauxpas, den Gabriel mit den vorangegangenen Worten begangen hatte, bereute er bitter. Denn kaum hatte er sich ein paar Meter vom Abgrund entfernt, fuhr ihm der unerwartete Aufschrei Noahs durch Mark und Bein.

✳✳✳

»Gab, hier hinten!« Die klingende Frauenstimme hallte durch das Café, in das Gabriel zuvor den Fuß gesetzt hatte. Davor hatte er die dritte Zigarette, die er auf dem Weg in die Stadt geraucht hatte, im Aschenbecher vor der Tür ausgedrückt. Seinen Schirm ließ er beim dafür vorgesehenen Ständer zurück, behielt den Mantel zunächst an. Es war nervenaufreibend, dass diese Erinnerungen bis heute stets hochkamen, wenn er sie traf. Obwohl sie wusste, wer Schuld an der Tragödie war, kam sie ihm mit einer engelsgleichen Gnade entgegen, die ihm – und vor allem Noah – sonst niemand aus ihrer Familie gewährt hatte.

Gabriel steuerte durch das modern eingerichtete Interieur aus hellem Holz und Glas. Kurz hatte er eine Hand gehoben, um seiner Verabredung deutlich zu machen, dass er sie gesehen hatte. An den besetzten Tischen vorbeisteuernd, nahm er beiläufig den Smalltalk der anderen Besucher auf und begrüßte auf halbem Weg knapp einen Kellner. Tief atmete er durch, darum bemüht, die Erinnerungen ruhen zu lassen. Als sein Blick von den mannshohen Pflanzen zu dem Ecktisch schweifte, zu dem er gelotst worden war, glänzten ihm die dunkelblauen Augen seiner besten Freundin entgegen. Sie erhob sich von ihrem Platz und strahlte ihn mit einer Leichtigkeit an, die ihn für den Augenblick den Ärger zu Hause als nichtig erachten ließ.

»Helena«, stieß er erleichtert aus und umarmte sie, als sie sich ihm regelrecht an den Hals warf. Der vertraute Magnolienduft ihres Shampoos stieg ihm in die Nase. »Es tut mir leid, dass ich die Verabredung verschwitzt habe. Gerade ist alles etwas chaotisch und ich weiß nicht, wo mir der Kopf steht«, rechtfertigte er seine verwirrte Nachricht auf ihre vorherige Frage, ob das Treffen noch stand.

»Gar kein Problem. Ich komme auch gerade erst aus dem Shop. Eine Kollegin ist krank und ich musste ihre Gestecke fertigmachen.« Sie hatte ihre Stimme gesenkt, ließ ihn zunächst nicht los, drückte ihn umso fester. »Und ich kann mir lebhaft vorstellen, was im Moment bei euch zu Hause los ist.« Helena reichte Gabriel bis zur Schulter. Langsam löste er sich von ihr, um dem dicken Haarwust aus mittelblonden Wellen zu entgehen, der ihn fast zum Niesen gebracht hätte. Gabriel stieß den Atem aus, entledigte sich seines Mantels und rieb sich über die juckende Nase. Das puppenhafte Wesen vor ihm ließ sich wieder auf den Stuhl sinken, von dem es sich erhoben hatte und stützte den Kopf auf eine Hand.

»Du siehst ausgelaugt aus. Willst du erzählen, wie es läuft?«, fragte die Floristin mit gekräuselter Stirn.

Zaudernd ließ Gabriel sich auf den hölzernen Stuhl sinken und stieß ein geräuschvolles Stöhnen aus. »Bist du dir wirklich sicher, dass du das hören willst?«, fragte er und hatte den Blick zu dem Kellner gewandt, der im selben Moment auf sie zu eilte. Ohne auf eine Antwort zu warten, hakte er beiläufig nach: »Hast du schon bestellt?«

»Nein. Ich nehme einen Milchkaffee. Und ich bitte dich, Gab: Fang nicht wieder damit an! Natürlich will ich das hören. Du weißt genau, wie ich zu der Sache stehe.« Aus dem Augenwinkel bemerkte er, wie sie ihre Arme verschränkte. Die Worte zupften an seinem Mundwinkel. Kaum dass der Kellner sie erreicht hatte, gab Gabriel die Bestellung auf und setzte sich dann endlich richtig auf seinen Stuhl. Er rückte ihn näher zum Tisch.

»Noah raubt mir momentan den letzten Nerv«, gestand er. »Er ist für mich unberechenbar und treibt mich schon nach zwei Tagen an den Rand meines Nervenkostüms.

Langsam glaub ich, ich sollte ein Antiaggressionstraining absolvieren.« Gestresst lehnte Gabriel sich auf seinem Stuhl zurück und beobachtete, wie Helena die Ärmel des rosafarbigen Kapuzenpullovers in ihre Handfläche zog.

»Geduld ist schon lange keine deiner Stärken mehr. Was macht Noah denn?« Ihr Gesicht verzog sich nachdenklich.

»Er reagiert chronisch über«, war die abrupte Antwort. »Er verhält sich wie ein Kind. Wie eines, das seinen Lolli nicht bekommt. Gestern hat er sich an einem Messer geschnitten. Alex glaubt, er hätte es mit Absicht getan, um Aufmerksamkeit zu kriegen. Wenn das stimmt, dann – ich – ich ...« Er wurde kirre!

Helenas Gesichtszüge wirkten skeptisch, dann aber neigte sie den Kopf und schielte kurz aus der großen Fensterfront. »Meinst du denn, das war so?«

»Er war außer sich, als ich ihn drauf angesprochen habe und meinte, es wäre ein Versehen gewesen.« Gab grunzte und dachte mit Unwohlsein an den vorherigen Abend zurück.

»Und was glaubst du?«, fragte sie erneut und taxierte ihn prüfend.

Gabriel öffnete die Lippen und zuckte nach kurzem Bedenken mit den Schultern. »Ich weiß es nicht, Helena. Wirklich nicht.« Forsch rieb er sich über die Augen und kaum hatte er die Hände wieder sinken lassen, legte Helena eine von ihren auf seinen Handrücken.

»Wenn nicht du, wer sonst? Ich kenne niemanden, der Noah besser kennt als du«, bekräftigte sie, drückte seine Finger unter ihren.

»Doch. Der dämliche Scheißarzt, den deine Eltern dafür bezahlt haben, Noah eine Störung nach der anderen zu attestieren!« Die Worte waren unüberlegt und taten ihm sofort leid. Bestürzt betrachtete er Helenas Züge, doch sie verzog keine Miene.

»Daran glaube ich nicht. Er hat überhaupt keinen Bezug zu Noah und –«, setzte sie an, wurde von einem hilflosen Lachen unterbrochen.

»Tut mir leid, dass –«

»Schon okay«, antwortete sie fest. »Aber du hast mich nicht ausreden lassen, mein Lieber.« Damit zog sie ihre Hand zurück. Helena war niemand anderes als die Schwester von Matthew und hatte ebenso wie Alex kürzlich das einundzwanzigste Lebensjahr erreicht. Die Zeit schritt gnadenlos voran, auch ohne ihn.

»Verzeihung«, gab Gabriel klein bei, wie er es bei sonst niemandem tat. »Red weiter.« Er sah noch, wie Helena den Kopf auf ihren Handrücken legte, ehe er die Augen niederschlug und sich über den Hals rieb.

»Ich wollte nicht wissen, wer seine Dämonen besser kennt. Nennen wir sie doch so, ja? Dämonen, die sein ›Ich‹ unterdrücken. Die kennt Bensley vielleicht besser. Aber du bist sein Bruder, sein Ein und Alles. Ich glaube, Gabriel, dass du dieses ›Ich‹ besser kennst. Du musst es den Dämonen nur wegnehmen und ihm helfen, sie zu besiegen. Bensley diskutiert mit den Dämonen und versucht, sie zu beschwichtigen. Aber wenn sie Noah immer noch dazu bringen, dass er sich verletzt«, grübelte sie, einen Finger an die Lippen gelegt, »dann musst du dafür sorgen, dass er stark genug wird, die Dämonen zu bekämpfen. Richtig? Ich denke, dass das weder Alex noch irgendein Psychologe oder Psychiater kann. Das ist deine Aufgabe.« Gabriel wusste nicht, ob er lachen oder weinen wollte.

»Nur keinen Druck«, murrte er tief durchatmend.

»Na, ich sag dir nicht, was du hören willst, sondern das, was du hören musst.« Deshalb war Helena seine beste Freundin.

***

Geraume Zeit und ein ungesundes Abendessen beim Schnellrestaurant später schloss Gabriel zu Hause die Tür auf. Der Regen hatte nachgelassen und nur noch vereinzelt tropfte es vom Efeu, der sich an einigen Stellen der Hauswand angesiedelt hatte. Der Flur des Hauses lag im Dunkeln und das Einzige, was zu hören war, war das Klimpern seines eigenen Haustürschlüssels. Draußen war es inzwischen dunkel. Ihm war nicht wohl dabei, dass Noah alleine vor der Tür gewesen war. Trotzdem hatte er Zeit mit Helena rausgeschlagen, weil er nicht zu früh nach Hause wollte. Zwischendurch hatte er sich allerdings von Alex bestätigen lassen, dass Noah sich nach seiner Heimkehr bei ihm gemeldet hatte.

Unterdessen hatte Gabriel seine Fassung wiedergefunden und eingesehen, dass der Streit unnötig gewesen war. Der Mantel wurde an denselben Haken gehängt, an dem er immer hing und die Schuhe ordentlich auf das dafür vorgesehene Holzregal gestellt. Der Schlüssel fand seinen Weg auf die Kommode und Gabriel ertappte sich dabei, wie er in der Dunkelheit nach Geräuschen lauschte. Das Licht schaltete er nicht ein, griff sich sein Handy aus seiner Hosentasche und trat mit Blick auf das Gerät durch den Flur in den Wohnbereich. Seine Chefin hatte ihm schon wieder eine Nachricht hinterlassen, die vorerst ignoriert wurde. Erst jetzt nahm Gabriel ein leises Säuseln wahr, betätigte mit dem Ellenbogen den Lichtschalter im Esszimmer. Nebenbei öffnete er die zweite SMS im Posteingang:

›Wenn du Hilfe brauchst, oder meinst, Noah könnte einen Babysitter vertragen, sag Bescheid. – Helena‹

Sie war ein Goldstück und wieder fragte er sich, womit er sie verdient hatte. Verspätet schweifte Gabriels Aufmerksamkeit durch den Raum und aus dem Augenwinkel erkannte er das bläuliche Leuchten vom Fernseher. Kurzentschlossen steckte Gabriel das Gerät wieder in seine Hosentasche und trat durch das Durchgangszimmer ins Wohnzimmer. Es roch ein wenig verkohlt und im Kamin offenbarten sich abgebrannte, rötlich glühende Holzscheite. Der Fernseher war eingeschaltet, aber leiser gedreht worden. Nach zwei weiteren Schritten legte Gabriel die Unterarme auf die Rückenlehne des Sofas und seufzte. Er beobachtete seinen jüngeren Bruder, der unter der dicken Felldecke eingeschlafen war. Womöglich hatte er sich umsonst gesorgt. Das gleichmäßige Heben und Senken von Noahs Brustkorb erinnerte Gabriel zurück an längst vergangene Tage, in denen sie gemeinsam im selben Bett geschlafen hatten. Die, an denen sein jüngerer Bruder aus Angst vor ihrer Erzeugerin unter seine Bettdecke gekrochen war. Meistens hatte Gabriel Wache gehalten, bis er eingeschlafen war und dann dem beruhigenden Atem gelauscht, der auf ihn selbst eine einschläfernde Wirkung ausgeübt hatte. Er trat um die Couch herum und ließ sich auf der Kante nieder.

Die langen Strähnen, die Noahs Gesicht umrahmten, waren zerzaust. Auf ihn wirkte er wieder wie das hilflose

Kind, das bei ihm Schutz gesucht hatte. Es war absurd. Gabriel legte ihm eine Hand auf den Arm und entschied sich dafür, ihn zu wecken.

»Noah.« Der Ältere nahm sich vor, so entspannt wie möglich zu bleiben. Sie hatten nichts davon, sich gegenseitig Vorwürfe zu machen. Möglicherweise hatte Helena recht: Wenn es irgendjemanden gab, der Noah dabei helfen konnte, gesund zu werden, dann war er es. Der Blonde gab ein verschlafenes Seufzen von sich und sein Gesicht wirkte zerknirscht, als er schlaftrunken ein Auge öffnete.

»Wie spät ist es?« Nicht mehr als ein Nuscheln, das Gabriel fast zum Grinsen gebracht hatte. Die Auszeit hatte ihm wahrhaftig gutgetan. Ein Blick auf die alte Uhr über dem Fernseher folgte.

»Fast neunzehn Uhr«, offenbarte er mit gesenkter Stimme und zog seine Hand zurück. Wie es schien, hatte er Noah aus dem Tiefschlaf gerissen. Er brauchte einige Momente, bis er sich aufgesetzt und die Beine angezogen hatte. Kurz rieb er sich über die Wange.

»Das waren lange drei Stunden. Oder hast du mich einfach schlafen lassen?« Die vorwurfsvolle Intonation war wieder da, verlor aber wegen der Müdigkeit an Schärfe.

»Nein. Ich bin gerade die Tür reingekommen. Hat länger gedauert, als vorgesehen.« Damit stand Gabriel auf und ging zum Kamin, um ihn erneut anzufachen.

»Mit wem hast du dich getroffen?«, fragte Noah geradeheraus, lehnte sich zurück und zupfte ausgiebig die Decke zurecht.

»Helena«, war die ehrliche Antwort. Mit einem Seitenblick musterte er die Gesichtszüge seines Bruders auf dem Sofa.

»Deine Freundin?« Die Frage kam derart trocken, dass Gabriel sich beinahe an seiner Spucke verschluckt hätte.

Er schüttelte den Kopf. »Was glaubst du bitte? Wäre ich vergeben, wüsstest du das.«

»Gut zu wissen«, brummte Noah noch immer angefressen und kaute auf seiner Unterlippe. Er war wahrlich ein Kind. »Wer ist sie?«

Gabriel ließ sich mit etwas Abstand auf das Sofa sinken, achtete dieses Mal darauf, den Blickkontakt nicht abreißen zu lassen. »Dass du fragen musst! Helena Rouen, Matts kleine Schwester.«

Noah fiel sprichwörtlich alles aus dem Gesicht und Gabriel merkte, wie sich der Körper des anderen anspannte. »Du hast immer noch Kontakt zu den Rouens?« Plötzlich lachte der Blonde bissig auf. »Wow, ziemlich ironisch, nachdem die Familie Schuld dran war, dass –«

»Ich weiß, was ihre Eltern getan haben!« Abermals wurde Gabriel laut und klang dabei bedrohlicher, als er beabsichtigt hatte. Erschrocken hatte Noah die Augen geweitet. Zähneknirschend zwang sein Bruder sich zur Ruhe. Er ließ die Schultern hängen. »Das ist nicht Helenas Fehler gewesen. Sie hat dich immer gemocht, und genau wie Tessa, Pascall und ich«, setzte er zur Erklärung an, »hat sie immer wieder versucht, auf ihre Eltern einzureden. Hätten wir gekonnt, hätten wir dich früher rausgeholt. Helena genauso wie wir anderen!«

Noah schwieg einen Moment, bevor er nachgiebiger murmelte: »Ich konnte sie damals gut leiden. Mehr als Matthew jedenfalls.«

»Ich weiß.« Gab schluckte, lehnte sich zurück. »Und ich glaube, sie würde sich freuen, dich wiederzusehen.« Dann kam ihm ein Gedanke. »Nicht nur sie im Übrigen.«

Kurzerhand fasste er einen Beschluss und stand auf, um nach seinem Handy zu kramen. »Ich kontaktiere gleich unsere Eltern. Wird Zeit, dass du sie wieder zu Gesicht bekommst.«

7
FAMILIENBANDE

»Steht auf dem Vertrag irgendetwas Interessantes?«, riss mich die Stimme meines älteren Bruders aus den Gedanken. Im Auto war es dunkel und die Lichter der Stadt flogen an uns vorbei. Wir passierten das letzte Ortsschild und die Finsternis verschluckte uns. Leise tönte die Musik aus dem alten Autoradio und ich rutschte tiefer in den Sitz.

»Nein, eigentlich nicht.« Ich sah auf, schielte Gabriel an. »Ich war in Gedanken.«

»Wegen des Jobs?«, hakte Eli weiter nach und kurz fiel mein Blick auf die Kreuzkette, die sich aus der Jacke verirrt hatte. In den letzten Wochen war sie mir immer häufiger aufgefallen. Der Anhänger war unscheinbar, kaum zwei Zentimeter groß. Das angelaufene Silber war alt. Ich verstand bis heute nicht, warum mein Bruder die Kette trug. Sie hatte unserem leiblichen Vater gehört. Dem, der mich fast umgebracht hatte.

***

»Papa, was machst du da?«

Ein leises Rascheln inmitten meines Zimmers hatte mich aufgeweckt. Das durch die Gardinen scheinende Mondlicht fiel auf die Silhouette des hochgewachsenen, blonden Mannes. Bis spät am Abend hatte ich mit Mutter und Eli auf ihn gewartet. Irgendwann hatte sie uns ins Bett geschickt. Es war Donners-

tagabend. Ein langes Wochenende stand uns bevor und Gabriel und ich konnten am nächsten Tag ausschlafen. Doch wenn es nach Gerôme Bruckheimer gegangen wäre, wäre ich nie wieder aufgewacht und hätte meine Augen in dieser Nacht ein für alle Mal geschlossen. Die, die das Tor zur Hölle sein sollten. Eine Hölle, die ich erst durch den erlebte, dessen Aufgabe es gewesen wäre, mich zu beschützen.

»Du weißt, dass du verflucht bist.« Die dunkle Stimme meines Vaters durchdrang düster den Raum. Ich erkannte die hochwertige Jeans, die er immer zu den Treffen mit diesem Verein trug, und das gute Hemd, das Mama ihm zum letzten Geburtstag geschenkt hatte. Er wandte sich zu mir um, hielt eine Box in den Händen. Das Mondlicht ließ seine Augen und die Bartstoppeln schimmern.

»Ich weiß nicht, was du meinst.« Meine Stimme hörte sich verschlafen an. Mit großen Augen beobachtete ich, wie er über den sternförmigen Teppich am Boden meines Kinderzimmers auf mich zutrat.

»Natürlich nicht. Du verstehst es auch nicht. Das kannst du gar nicht«, murmelte er mit bebender Stimme. Ich fragte mich, ob er weinte. Unruhe machte sich in mir breit und ich zog die Decke bis zu meinem Kinn, hatte mich aufgesetzt.

»Papa? Haben sie dir was getan?«, hakte ich weiterhin nach. Unterbewusst versuchte ich, das Gespräch am Laufen zu halten. Doch ehe ich mich versah, holte er mit dem Behältnis in seinen Händen aus. Ich zuckte zusammen und hielt meine Arme schützend über den Kopf. Der Schmerz blieb aus. Stattdessen traf mich eine stinkende Flüssigkeit, die aus der Box schwappte. Ein wimmernder Laut entwich mir und sofort rutschte ich über die Matratze bis an die Wand.

»Was ist das? Du machst mir Angst!« Ich hörte das Zittern in meinen Worten.

Gurgelnd stellte Gerôme den Kanister beiseite und kramte nach etwas in seiner Hosentasche. »Das wird bald aufhören. Bald muss niemand mehr Angst haben«, folgte das leise Nuscheln. Die folgenden Silben vermischten sich zu einem Singsang. »Dann ist alles vorbei. Und wir sind vom Teufel erlöst. Für immer. Für immer.«

***

»Nein, nicht wegen des Jobs.« Ich setzte ein künstliches Lächeln auf, legte den Kopf gegen die Seitenscheibe und zog ein Knie an den Körper. Die Landstraße war öde und die Bäume standen in Reih' und Glied, bildeten ein System ohne Ausreißer.

›Wir gehören alle zu einem Kollektiv‹, überlegte ich. ›Nur, dass ich ständig aus der Reihe tanze.‹

Ich schob den Gedanken beiseite und schloss die Augen. Wie ein Schluck Wasser hing ich im Sicherheitsgurt. »Ich lasse es einfach auf mich zukommen. Solange du mir alles zeigst, werde ich das hinbekommen.« Gabriel murrte und bog bei der nächsten Auffahrt auf die Autobahn ab.

»In der Tat. Ich denke nicht, dass du beim Sortieren, Drucken und Scannen so viel falsch machen kannst.« Der Kommentar kam trocken über seine Lippen. »Ich weiß nicht, ob ich es sein werde, der dir alles zeigt.« Ich war verwundert, dass Eli mich nicht dazu anhielt, eine anständige Sitzposition einzunehmen. »Die Drucker stehen in einem anderen Büro«, schob Gabriel gesenkt nach und sah mich flüchtig an. »Unsere Kollegen sind alle teamorientiert. Du bist gut aufgehoben.« Versuchte er gerade, mich zu überzeugen oder sich selbst?

Unglücklich kräuselte ich die Stirn. Wir schrieben den 10. Dezember 2011 und mein großer Bruder hatte mir eine Stelle in dem Verlag besorgt, in dem er arbeitete. Seit einer Stunde knisterte ich mit dem Vertragsdokument auf meinem Schoss. Seine Chefin war zuvorkommend und freundlich gewesen. Trotzdem war mir mulmig. Was, wenn ich das alles nicht hinbekam? Es passte nicht zu mir, solche Selbstzweifel an den Tag zu legen.

Die Autobahn war fast leer und es war stockfinster. Schuld war eine totale Mondfinsternis, die uns dazu brachte, über die Bahn zu schleichen. Der Himmel war bewölkt und Schneefall sorgte dafür, dass Eli den Scheibenwischer einschaltete. Wir waren auf dem Weg zum Landhaus unserer Eltern, in dem sie sich wegen eines Auftrags dieses Wochenende aufhielten. Nur eine Nacht. Es war das erste Mal, dass ich sie sehen würde, seitdem ich aus der Anstalt entlassen worden war.

»Bist du nervös?«, wollte Eli auf einmal wissen und ich fragte mich, ob er die Stille unangenehm fand. Womöglich war er selbst nervös.

Ich befeuchtete meine von der Jahreszeit mitgenommenen Lippen. »Ich habe Tessa und Pascall lange nicht gesehen.« Dass die Antwort nicht recht zur Frage passte, war mir bewusst. Die Nase vergrub ich in meinem breiten Wollschal, nachdem ich die Mappe in die Umhängetasche im Fußraum gesteckt hatte.

»›Tessa und Pascall‹? Ich hoffe, du hast nicht vor, sie so zu nennen.« Ein missbilligender Blick traf mich. Ich schwieg, war unentschlossen, ob ich das plante. Nach unserer Zeit im Kinderheim war ich es gewesen, der die beiden ungewöhnlich früh ›Ma‹ und ›Pa‹ genannt hatte. Eli hatte sehr viel länger gebraucht, bis er sich zu einem

›Mutter‹ und ›Vater‹ durchgerungen hatte. Das hatte sich bis heute gehalten.

»Nicht sicher«, gab ich ton- und emotionslos zurück. Warum warf ich ihnen vor, mich im Stich gelassen zu haben? Sie hatten alles getan, um gegen den Gerichtsbeschluss Widerspruch einzulegen. Und waren gescheitert. Es sollte mich nicht wundern, wenn ich mir die Fakten ansah.

Ich hatte Matthew Rouen im Besitz meiner vollen geistigen Gesundheit ermordet. Seine Eltern wussten das. Sie waren einflussreich gewesen und hatten dafür gesorgt, dass ich weggesperrt wurde, so wie die Gesellschaft es mit Mördern tat. Die andere Seite malte jedoch ein differenzierteres Bild: Außer ihnen und mir glaubte niemand, dass ich ein Killer war. Die Psychiater meinten, ich wäre geistesgestört, hätte Matthew aber nicht absichtlich getötet. Sie sprachen von einem Unfall. Das war der Grund dafür, dass ich nicht im Gefängnis oder im Maßregelvollzug gelandet war, sondern in einer Privatpsychiatrie. Die Rouens waren an deren Auswahl beteiligt gewesen und hatten dafür Sorge getragen, dass ich in den ersten fünf Jahren meine Familie nahezu nicht gesehen hatte. Und danach noch einmal genauso lange dort versauert war. Bis zu ihrem Unfalltod in diesem Jahr. Da hatte ich meine Antwort:

›Ich bin wütend, weil niemand derselben Meinung gewesen ist wie die Rouens und ich. Trotzdem hat es keiner geschafft, mich rauszuholen.‹

Die gedankliche Korrektur folgte auf der Stelle: Gabriel war bewusst, dass ich es gewesen war, der seinen Freund getötet hatte. Er hatte es mit angesehen und unseren Eltern davon erzählt.

»Noah?« Fragend klang Gabriels Stimme zu mir durch. Ich blinzelte und schob die Argumentationsstruktur in meinem Kopf beiseite. »Willst du deine Gedanken mit mir teilen?« Er bemühte sich wahrhaftig.

»Ich denke nicht, Eli. Nein.« Es war nie etwas Gutes daraus gewachsen, wenn ich solche Gedanken ausgesprochen hatte.

Gabriel schürzte die Lippen, kam dann zum Thema zurück: »Lass deinen Frust nicht an unseren Eltern aus.« Entschieden schaltete er das Radio aus. Ich stöhnte und sah zu, wie er mit derselben Hand an seinem Schal zupfte.

»Werde ich schon nicht. Du machst dir zu viele Sorgen.« Ich wollte nicht weiter darüber nachdenken und beschloss, das Aufeinandertreffen einfach auf mich zukommen zu lassen. Bevor Eli weiter darauf herumhacken konnte, schweifte ich um: »Warum trägst du immer noch diese Kette?« Mir war kalt. Ich drehte die Heizung höher und wich dem Blick aus, der mich traf. Einige Sekunden dauerte es, bis mein Bruder auf die Frage reagierte.

»Gegenfrage: Warum hast du immer noch Gwens Plüschkatze? Benutzt du sie bis heute als Voodoopuppe?« Anscheinend wichen wir beide gewissen Gesprächsthemen aus. Die Anspielung auf die Zeit im Waisenhaus, in der alle spitzen Gegenstände zu meinen besten Freunden geworden waren, war unüberhörbar.

»Du beleidigst mich, liebster großer Bruder. Ich habe das nie aus derart abergläubischen Gründen getan. Einzig des Frustabbaus wegen.« Mein Mundwinkel zuckte nach oben, als Gabriel die nächste Autobahnabfahrt ansteuerte.

»Hast du sie daher behalten? Um deinen Ärger an ihr auszulassen?«

»Nein. Sie errinnert mich einfach an die Zeit, in der Gwendolyn Bruckheimer noch normal im Kopf war«, beschloss ich. Das kam der Realität am nächsten. Den Laut, den Eli von sich gab, konnte ich zuerst nicht deuten.

Finger strichen über die Kette an seinem Hals. »Eigentlich liebst du das Stofftier. Trotzdem hast du es ständig massakriert. Manchmal denke ich, dass du angefangen hast, die Aggressionen gegen dich selbst zu richten, als dir das untersagt wurde«, teilte Gabriel seine Gedanken mit mir. »Die Heimleitung und unsere Eltern haben dir vermittelt, dass dein Verhalten unnormal ist. Und du fingst an, dich selbst zu verletzen. Im Geheimen, wo es niemand sieht.«

Diese gnadenlose Ehrlichkeit hatte ich immer an ihm geschätzt. Trotzdem zog ich die Augenbrauen gen Haaransatz. Für mich war die Selbstverletzung kein Tabuthema, für ihn normalerweise schon und ich fragte mich, worauf das hinauslief. »Oh, zwischendurch hatte ich immer mal wieder das Bedürfnis, dem Vieh die Ohren rauszureißen.«

»Hast du aber nicht.« Gabriel schielte mich an. »Ich bin verwundert, wie sehr wir uns unterscheiden.«

Das drückende Gefühl, das sich in meiner Brust breitmachte, schnürte mir die Luft ab. Ich biss die Zähne zusammen. Der Gedanke, dass wir so unterschiedlich sein sollten, gefiel mir nicht. »Was macht dich anders?«, presste ich hervor. ›Und was hat das mit dem dämlichen Kreuz zu tun?‹

»Mich erinnert die Kette nicht an die schöne Zeit. Sondern an das, was Gerôme uns angetan hat. Daran, wie ich niemals werden will.« Finger festigten sich um das Leder des Lenkrads. Wann hatte ich das letzte Mal eine derart vernichtende Wut bei ihm gespürt? Gabriel steckte das Kreuz unter seinen Schal und fuhr fort: »Ich werde nicht zulassen, dass mir noch einmal jemand meine Familie nimmt, wie er es getan hat. Nie wieder, Noah. Und deshalb trage ich dieses Kreuz.«

***

Ich setzte den bestiefelten Fuß aus dem Wagen und versank in der dichten Schneelandschaft. Die Einfahrt unseres Familienlandhauses war im Wintermärchenwald versunken und auf dem alten Citroën SM unserer Adoptiveltern hatten sich mehrere Zentimeter des weißen Pulvers abgesetzt.

Tief atmete ich durch und stieg aus. Die Blumenkübel waren mit Schnee gefüllt und obwohl die Hollywoodschaukel nicht mehr auf der hölzernen Terrasse thronte, wie es vor Jahren der Fall gewesen war, holten die Erinnerungen mich ein. Einige Laubbäume schlossen das rustikale, alte Haus ein und standen knöchern und kahl im Vorgarten. Wären nicht die vereinzelten Schneeflocken und das warme Licht aus dem Wohnbereich gewesen, hätte der Ort einsam gewirkt. Verlassen. Nur eine Erinnerung an die alte Zeit.

Gabriel hatte den Wagen abgestellt und trat seinerseits um das Gefährt herum, um die beiden Reisetaschen aus dem Kofferraum zu holen. Wie angewurzelt stand ich da und beobachtete. Schatten waren im Küchenfenster zu sehen. Ein beklommenes Lächeln schlich sich auf meine Züge und während Eli geradewegs zu den wenigen Treppenstufen der knarzenden Terrasse trat, wagte ich keinen Schritt.

»Komm schon, Noah«, raunte er mir zu. Ohne ein weiteres Wort darüber zu verlieren, hatte er meine Tasche geschultert. Keine Beschwerden, keine verdrehten Augen. Zunächst rührte ich mich nicht und der Schneezauber verfing sich in meinen Haaren. Sicherlich waren sie unordentlich. Ich war auf der Fahrt eingeschlafen und plötzlich befürchtete ich, dass ich mich so nicht blicken lassen konnte. Hektisch strich ich mir durch die Haarknoten und mit beschleunigtem Puls folgte ich meinem Bruder über den zugeschneiten Weg.

»Eli, warte«, bat ich ihn leise. Er hatte die Taschen auf der Matte abgestellt, hielt inne. »Ich bin noch nicht so weit.« Was war ich für ein Jammerlappen?

Mein älterer Bruder ließ die Hände in den Taschen versinken und schlenderte auf mich zu. »Du hattest die ganze Fahrt über Zeit. Ich dachte, du kämst klar.« Seine Stimme war gelassen und doch nicht so desinteressiert, wie ich ihn in den letzten Tagen des Öfteren erlebt hatte.

Ich verschränkte die Arme im Angesicht meines Bruders und zog die Schultern hoch. Dann aber setzte ich ein Lächeln auf. »Ich dachte mir, wir könnten uns den Schnee einfach noch etwas –« Abrupt unterbrach ich die zugegebenermaßen nicht allzu glaubhafte Ausrede.

»Meine Kinder!« Augenblicklich rutschte mir das Herz in die Hose. Elis breitere Statur hatte mir den Blick zur Tür versperrt. Jetzt aber, wo er sich herumdrehte, stand ich nur wenige Meter vor Tessa Castell, unserer Adoptivmutter. Sie hatte die roten Haare hochgesteckt, wobei sich einige lose Strähnen aus der Spange verirrt hatten und zeigten, dass sie für solche Frisuren nicht lang genug waren. Ihr Lächeln war genau so, wie ich es in Erinnerung gehabt hatte: ehrlich und herzerwärmend. Wie ein kleines Kind stand ich mit großen Augen da und bekam den Mund nicht auf.

»Hallo, Mutter.« Gabriel rettete mich, indem er sofort auf sie zuging und sich in die ausgebreiteten Arme schließen ließ. Neben Eli sah sie aus wie ein Kind. Schlank und kleiner als ich es war. Etwas, was mir in dem Ausmaß nie aufgefallen war. Doch jetzt, wo ich sie beobachten konnte, ohne im Fokus ihrer Aufmerksamkeit zu stehen, überraschte es mich. Sie war winzig. Nur wenige Momente hatte ich, um mich zu fangen. Tessa hatte bei der Umarmung Gabriels die Augen geschlossen und schlug sie verspätet wieder auf. Ihr Blick blieb unweigerlich an mir hängen. Es war für mich an der Zeit, zu sozialisieren.

»Hallo Mama«, flüsterte ich. Ich hatte mich nicht im Griff. Beschämt rieb ich mir den Nacken. Unsere Mutter löste sich kopfschüttelnd von Gabriel und kam mit erhobenen Händen und glänzenden Augen auf mich zu. Ihre Lippen kräuselten sich zu einem überwältigten Schmunzeln, als sie aus dem Lichtschein des Flurs ins fahle Licht der Laterne im Hof trat.

»Noah …« Sie schluckte und ehe ich mich versah, war ich auf sie zu getreten und hatte meine Arme um sie geschlungen. Ich biss mir auf die Lippe, vergrub die Nase an ihrer Halsbeuge und atmete das blumige Parfum ein. Das Schluchzen an meinem Ohr ließ mich berührt einen Mundwinkel hochziehen.

»Ich bin zu Hause«, brachte ich so fest wie möglich hervor. Aus dem Augenwinkel sah ich, wie unser Vater lautlos in den Türrahmen trat und sich mit einem Arm dagegen lehnte. Er trug einen grauen Strickpullover und seine Haare hatten inzwischen denselben Farbton angenommen. Gleichzeitig festigte sich die Umarmung unserer Mutter. Sie schniefte leise gegen meine Schulter.

»Verzeih uns, Liebling!« Das Wimmern kroch mir bis ins Herz. Stumpf strich ich ihr über den Rücken. Ich hatte erwartet, zornig zu sein. Doch stattdessen war ich erleichtert und froh.

»Ist schon gut, ihr habt alles getan«, schenkte ich ihr die Absolution, von der ich bis gerade nicht einmal sicher gewesen war, sie geben zu können. Mein Vater lächelte. Gabriel hatte sich unterdessen wieder in Bewegung gesetzt. Nach einer kurzen Begrüßung unseres Adoptivvaters pflückte er die Taschen, über die Mutter zuvor gestiegen war, von der Matte. Er schlüpfte unter dem Arm des fast zwei Meter großen Hünen hindurch und ließ mich mit ihm und Tessa zurück.

Ich widerstand dem Drang, einen Arm nach Gabriel auszustrecken. Ich war erwachsen. Ich konnte das alleine. Tief sog ich die kalte Nachtluft ein und hielt meine Mutter, bis die Tränen langsam nachließen und sie ihren Griff lockerte. Vorsichtig löste ich mich von ihr, berührte ihre Oberarme und machte mich etwas kleiner, um ihr ins Gesicht zu sehen. Ihre Augen waren gerötet und doch lächelte sie noch immer. Sofort legte sie mir eine Hand auf die Wange und ich ertappte mich dabei, wie ich über beide Ohren grinste. Unsere Mutter war ein Engel, schon immer gewesen.

***

Mit einer Flasche Limonade in der Hand saß ich auf der Schaukel und wippte unzufrieden mit einem Bein. Neben dem Spielplatz waren allerhand Zelte aufgebaut worden. Laute

Musik und ein Grölen drangen vom Bierstand an meine Ohren. Ich beobachtete, wie Matthew mit seiner Schwester und Gabriel durchs Tor trat. Mit Currywurst in der Hand lachten sie scheinbar über den kräftigen Mann am Essensstand. Sein Dialekt hatte schon mich eine Stunde zuvor zum Schmunzeln gebracht, als Mama Alex und mir Bratwurst und Pommes gekauft hatte. Unsere Eltern trieben sich irgendwo auf dem Schützenfest herum. Mein älterer Bruder hingegen war mit den Rouens nachgekommen, hatte bei ihnen übernachtet. Nur widerwillig war ich zu Hause geblieben und ich war immer noch motzig deswegen. Trotzdem sprang ich von der Schaukel und trat den anderen entgegen. Die zehnjährige Helena ging fast hinter ihrem Bruder und Eli unter.

»Wo wart ihr so lange?«, rief ich ihnen zu und hatte das Gefühl, dass sich Helenas Gesichtsausdruck aufhellte, als sie mich sah.

»Euer Vater hat uns eben am Schießstand üben lassen«, brüstete sich Matthew und biss in sein Brötchen. Ich fragte mich, warum er bei den hochsommerlichen Temperaturen eine Lederjacke trug, kommentierte es aber nicht.

»Pa hat euch schießen lassen?«, hakte ich skeptisch nach und rümpfte die Nase.

Gabriel lächelte mich beschwichtigend an, während Helena näher zu mir trat und einwarf: »Ich durfte nicht schießen.« Sie gab einen unwilligen Laut von sich.

»Weil du noch zu jung bist!«, stöhnte ihr Bruder, nachdem er fertig gekaut hatte. »Warum läufst du uns ständig hinterher? Hättest auch daheim bleiben können, echt.« Matthew war unleidlich und hatte scheinbar keinerlei Intention, sich mit seiner jüngeren Schwester zu beschäftigen.

»Sei nicht so fies«, flüsterte Gabriel, schielte das Mädchen entschuldigend an.

»Du bist doof, Matt!« Bevor ich reagieren konnte, hatte Helena sich mit Tränen in den Augen herumgedreht und war in Richtung der Zelte gerannt.

Ich biss mir auf die Unterlippe. Wie konnte man so gemein zu seinen kleinen Geschwistern sein? Für mich war es nach einigen Startschwierigkeiten toll gewesen, einen jüngeren Bruder zu bekommen. Mit Alex hatte ich mich nie gestritten. Umso weniger konnte ich Matthews Verhalten nachvollziehen.

»Ganz klasse, Matthew.« Enttäuscht warf ich Eli noch einen bösen Blick zu, bevor ich Helena nachlief. Am Rande nahm ich wahr, wie Gabriel ihm sagte, dass sie bestimmt zu ihren Eltern rennen würde. Dann verließ ich den Spielplatz und erreichte das Mädchen kurz vor dem Dorfbrunnen, um den herum die Zelte aufgebaut worden waren. Ich bekam Helenas Schulter zu greifen, hielt sie auf. *»Lass uns zu meiner Ma gehen«*, bot ich ihr an. *»Sie lässt uns sicher auch mal schießen.«*

Helena schniefte, rieb sich über die verweinten Wangen. *»Meinst du?«*, fragte sie mit einem Hicksen, als ich sie losließ.

»Ganz sicher. Letzte Woche hat sie mir an dem Schießstand bei uns im Keller gezeigt, wie man mit einer Glock 17 schießt!«, brüstete ich mich und deutete ihr, mir zu folgen. Der Platz war rappelvoll und ich behielt Helena über die Schulter hinweg im Auge, um sie nicht zu verlieren.

Sie trabte neben mir her. *»Total cool! Ist das ein Revolver?«*

Ich schüttelte den Kopf. *»Nee, das ist eine halbautomatische Pistole.«* Vermutlich kannte sie den Unterschied sowieso nicht. *»Aber hier dürfen wir sowieso nur mit einem Luftgewehr üben.«*

Helena zog die Stirn kraus, nahm dann zu meiner Überraschung meine Hand. Auf einmal strahlte sie über beide Ohren. *»Darf Alex denn auch schießen? Er ist genauso alt wie ich!«* Sie klang hoffnungsvoll.

»Bei Pa nicht«, überlegte ich. »Aber Ma lässt ihn manchmal heimlich.« Ich hatte mich ein Stück zu ihr gebeugt und legte mir einen Finger an die Lippen. »Aber sag's keinem!«

»Deine Mama ist echt klasse«, gab das Mädchen begeistert zurück.

»Sie ist die Beste!«

***

»Du bist so ein schöner Mann geworden«, offenbarte unsere Mutter mir derart beiläufig, dass ich die Verwunderung darüber nicht zu verbergen wusste. Die Erinnerung verflog und anstatt zu antworten, stieß ich verwundert den Atem aus, der sich bei der Kälte als Nebel in der Luft abzeichnete.

»Mach mich nicht verlegen!« Wieso hatte ich den Drang, ihr zu sagen, dass ich gute Gene hatte; nur, um dann zu bemerken, dass ich meine Gene weder ihr noch Pascall zu verdanken hatte? Der Gedanke zwickte, doch mir blieb keine Zeit, in ein Loch zu fallen.

»Er sieht immer noch aus wie ein Mädchen, Mutter.« Elis scherzende, rauchige Stimme war wie Balsam in meinen Ohren. Selbst in dem Moment, in dem ich womöglich besser beleidigt gewesen wäre. Ich sah von Tessas sommersprossigen Wangen auf. Die Taschen hatte Eli ins Haus geschafft, war danach zurückgekommen. Jetzt lehnte er neben unserem Vater an der Hauswand und zündete sich eine Zigarette an.

»Und du bist unverbesserlich!«, fluchte die Rothaarige kopfschüttelnd und trat schimpfend auf ihren älteren Adoptivsohn zu. »Hattest du nicht mit dem Rauchen aufgehört?«

»Mehrfach«, meldete sich endlich unser Vater trocken zu Wort und zuckte mit den Achseln. »Jeder braucht ein Laster. Deines sind geschminkte Augen, obwohl du weißt, dass du weinen wirst.« Gewohnt distanziert und doch auf seine Weise sorgenvoll trat er zwischen unsere Mutter und Gabriel. Er wischte ihr mit dem Daumen über die mascaraverschmierten Wangen. Das Grinsen, das wieder auf meinen Lippen klebte, war echt. Ebenso wie das, das Pascall mir im nächsten Moment schenkte. Seine Augen schienen im Licht der Straßenbeleuchtung zu strahlen.

»Kommt rein! Mama hat Nudelauflauf im Ofen. Hoffe, ihr habt Hunger für mindestens eine Kompanie Soldaten mitgebracht.« Amüsiert schielte er zu Tessa, während er zu mir trat und mir eine Hand auf den Rücken legte. »Wird Zeit, dass du mal was auf die Rippen bekommst.«

»Nicht jeder will deine Wampe«, brummte Gabriel unumwunden. Ich verbiss mir das Auflachen nicht minder als unsere Mutter und trat mit dem anwesenden Rest der Familie in den heimeligen Flur. Die Wände waren in warmen Farben gestrichen und das dunkle Holz das gleiche wie im Stadthaus. Ich entledigte mich meiner Jacke, indessen Eli sich den nächsten Tadel zuzog, weil er die Zigarette mit nach drinnen genommen hatte. Am Fußende der im Halbdunkel liegenden Wendeltreppe standen die Taschen.

»Noah, trinkst du ein Bier mit uns?«, tönte Vaters Stimme aus der Küche. Ich fischte mein Handy aus der Jacke und rümpfte die Nase.

»Solange es bei einem bleibt.« In Gedanken versunken schaute ich auf das Display und hielt verwundert inne. Das Nachrichtensymbol verriet mir, dass ich einen Posteingang von einer unbekannten Nummer hatte. Doch als ich die Kurznachricht öffnete, wurde mir bewusst, dass ich den Absender kannte.

Oh Noaaaah – Wer bin ich, wer bin ich? Bin endlich draußen und ein Vöglein hat mir deine Nummer gezwitschert. Hast du mich vermisst?

8
WIEDERENTDECKTE BRÜDERLICHKEIT

Gabriel wusste, dass er das Feingefühl eines Nashorns hatte. Und doch war Noahs gekippte Laune selbst ihm aufgefallen. Sein jüngerer Bruder war nie der große Esser gewesen: Am Samstagabend hätte er den Nudelauflauf fast alleine verputzt. Er mochte kein Bier: Statt Softdrinks hatte er sich einen Gerstensaft nach dem anderen in den überfüllten Magen gekippt.

Am nächsten Morgen saß Gabriel bei Sonnenaufgang in der Küche und hatte sich einen Aschenbecher von der Veranda besorgt. In einer Ecke des Raumes standen zwei Leinwände mit halbfertigen Malereien. Sie trugen die Handschrift ihrer Eltern. Andere waren dahinter gestapelt und zeigten verschiedene Acrylbildnisse. Einen Kaffeebecher vor der Nase und die Zigarette zwischen den Lippen, saß Gab auf der Eckbank in der Küche und blätterte in der Zeitung vom Freitag, zu deren Lektüre er bis jetzt nicht gekommen war. Konzentration war an diesem Morgen jedoch Mangelware und ihm geisterte die Situation vom Vorabend im Kopf herum.

***

»In den ersten Jahren haben die mich immer eingesperrt«, lallte Noah mürrisch und stützte den Kopf auf seinen Handflächen ab. »Wie ein Tier im Käfig. Mit diesen verfluchten ›Hab-mich-lieb‹-Jacken, die es heut in keiner anständigen

Klapse mehr gibt.« Scharf sog Tessa die Luft ein, als Noah im dritten Teller Nudelauflauf stocherte und die Portion in seinem Mund mit einem großzügigen Schluck Bier runterspülte.

»Uns haben sie gesagt, du wärst instabil.« Ohne Noahs Verhalten zu kommentieren, beobachtete Pascall die bedenklichen Völlereiattacken von Elis jüngerem Bruder. »Dass sie nicht zu dir durchkämen.« Gabriel schwenkte die halbleere Bierflasche – seine erste, nur fürs Protokoll – in der Hand.

»Natürlich kamen sie nich' zu mir durch«, gluckerte Noah. »Die haben mir auch alles weggenommen, womit ich mir hätte wehtun können. Aber eigentlich war's alles, womit ich mich hätte beschäftigen können. Nicht mal Bücher durfte ich ohne Aufsicht lesen. Was haben die geglaubt? Dass ich mich am Papier schneide?« Der verräterische Schluckauf erwuchs zu einem hysterischen Lachanfall, der so lange anhielt, bis die Mutter der Brüder aufstand.

»Noah, bitte hör auf damit.« Seufzend hielt sie ihm die Hand hin. »Dir wird nur übel. Papa trinkt den Rest.« Unweigerlich musste Gabriel an die Zeit denken, in der die Heimleiterin Noah die Stofftiere und alle Gegenstände, mit denen er sie hätte malträtieren können, aus den Händen gerissen hatte. Tessa hingegen bat, statt zu fordern. Stumm beobachtete Gab, wie Noahs Gesicht sich verzog.

Der Dreiundzwanzigjährige gab Tessa die Bierflasche und ließ den Kopf neben dem Teller auf die Tischplatte sinken. »Mir ist kotzübel«, nuschelte er mit gesenkten Augenlidern.

Pascalls Züge waren hart und gleichzeitig glaubte Gabriel, Verbitterung in seines Adoptivvaters Gesicht zu erkennen. »Ich bringe ihn ins Bett«, entschied der Ältere der Brüder leise und schob den Stuhl zurück. Seine halbvolle Bierflasche ließ er ohne weitere Beachtung auf dem Tisch stehen und wandte sich an Noah. »Schaffst du's nach oben?«

Noahs Augen waren abwesend und vernebelt, als er zu ihm aufblickte. »Vielleicht. Aber nur, wenn du mich trägst.«

∗∗∗

»Guten Morgen.« Die wenig motiviert klingende Stimme seines Bruders ließ Gabriel von der Zeitung aufsehen. Neugierig musterte er Noah und suchte nach Spuren, die der Vorabend bei ihm hinterlassen haben musste. Einen Sekundenbruchteil zu spät realisierte er, dass ihm die glühende Asche der Zigarette auf die Hose gefallen war. Fluchend sprang Gab auf und klopfte seinen Schoß ab.

Noah entwich ein belustigtes Geräusch. »Ma wird begeistert sein, dass du hier drin rauchst. Fackel nicht noch die Bude ab!« Sein älterer Bruder schenkte ihm einen unzufriedenen Blick und drückte die Zigarette im Aschenbecher aus. Daraufhin trat er zur Spüle, um einen Handfeger aus dem Schrank zu holen.

»Nichts passiert«, flüsterte er und rieb sich forsch über die Augen, bevor er zurück zum Tisch ging und die Asche vom Holz fegte. Gleichzeitig beobachtete er aus dem Augenwinkel, wie Noah sich auf einen Stuhl neben seinen sinken ließ. »Wie schlimm ist dein Kater?«

»Kater? Ich habe keinen«, merkte Noah an und stützte mit aufgesetzter Arroganz das Kinn auf seinen Handrücken. Er sah zu Gabriel hinab. »Als ob mich ein paar Flaschen Bier aus der Bahn werfen würden.«

»Ist das dein Ernst? Du hast eine Stunde lang das Bad blockiert!«, empörte sich Gabriel und hielt vor Noahs Füßen mit dem Kehrblech inne.

»Habe ich?« Der Blonde wirkte irritiert. »Ich erinnere mich nicht.« Das hieß dann vermutlich, dass er nichts mehr von dem wusste, was er ihnen am Vorabend erzählt hatte. Gabriel kommentierte das nicht weiter. Es war besser so. Es zeigte, dass Noah noch immer manches aufzuarbeiten hatte. Und so ungern er es zugab: Wahrscheinlich galt das für sie beide.

Nachdenklich richtete er sich aus der Hocke auf und beförderte die Asche in den Mülleimer, bevor er den Handfeger wieder verstaute.

»Sag mal, kleiner Bruder«, setzte Gabriel plötzlich an, sprach aber zunächst nicht weiter. Noah erhob sich von seinem Sitz und trat zum Wasserkocher, nahm sich eine Tasse aus einem offenen Regal. Sein Bruder beobachtete ihn dabei, wie er in dem dunklen Hausanzug alles automatisiert zusammensuchte. Den Tee aus der silbernen Box auf der Anrichte, den Löffel aus der dritten Schublade. Hier hatte sich in den letzten zehn Jahren nichts verändert.

»Hm?«, signalisierte Noah mit einem leisen Summen, dass er ihn gehört hatte.

»Was hat dich gestern Abend so aus der Bahn geworfen?« Die Augen Gabriels lagen prüfend auf Noahs Profil. Er hatte seine Haare locker geflochten und sich den Zopf nach vorn über die Schulter gelegt. Für einige Sekunden erstarrte er. Gabriel ahnte, dass er sich eine Ausrede überlegen würde. Wie er es immer tat, wenn ihm etwas unangenehm war. In den letzten Tagen hatte er gelernt, dass Noah selbst ihm gegenüber eine Maske aufgesetzt hatte.

»Miranda Leroy.« Die gesummte Antwort kam mit einiger Verzögerung. Aber sie kam. Durch das Fenster drang das erste Licht des Tages herein und machte die eingeschaltete Lampe überflüssig. Das natürliche, diffuse

Schimmern ließ Noahs Haut wie Porzellan wirken. Die vornehme Blässe hatte schon im Kindesalter dazu geführt, dass Nachbarn ihm angeraten hatten, häufiger an die frische Luft zu gehen. Es war so ironisch. Wo doch vor allem Noah bei Wind und Wetter draußen gewesen war. Auch dann, wenn er lieber drinnen gespielt hätte.

***

»Guck mal, der da!« Der Junge, der neben Gabriel her schlenderte, lachte. Zusammen hatten sie die Straße überquert und Gabriel strich sich die Locken aus der Stirn. Sein Blick folgte dem seines Klassenkameraden. »Was macht der da?«

Die Augen des Erstklässlers weiteten sich. Dann biss er sich auf die Unterlippe. »Lass ihn in Ruhe«, bat er den Gleichaltrigen und senkte die Augenlider. Trotzdem beschleunigte er seine Schritte.

»He, wo gehst du hin? Kennst du den etwa?«, wurde ihm nachgerufen. Gabriel ballte die Hände zu Fäusten.

»Das ist mein kleiner Bruder. Lass ihn, er muss das machen.« Ohne den Kameraden eines weiteren Blickes zu würdigen, lief Gab los. Es regnete. Dicke Wassertropfen prasselten auf den mit Feuerwehrautos bedruckten Regenschirm. Als er bei Noah ankam, hatte der Schirm sich wegen des Gegenwinds umgeklappt. Einige Streben waren gebrochen. Der Dunkelhaarige warf ihn beiseite, ohne ihm weitere Beachtung zu schenken. Dafür würde er später Ärger bekommen. Arme schlossen sich um den kleineren Körper. »Was machst du denn hier draußen, wenn es so schlimm regnet?«

Noah saß auf einem niedrigen Hocker mitten im Regen. In Regenjacke und Stiefel gekleidet, hatte er einen kleinen Stand aufgebaut.

»Ich muss doch Geld verdienen, Eli.« Das Schild aus Pappe zeigte die Aufschrift ›Noahs Bastelkram‹. Das hatte ihre Mutter geschrieben, ohne Zweifel. Als Gabriel zu den teilweise aufwendigen Basteleien blickte, kamen ihm fast die Tränen. Sie waren alle zerstört. Lampions aus Papier waren in sich zusammengefallen, ebenso die Teelichthalter, die mit buntem Transparentpapier versehen waren. »Ich muss doch Geld verdienen«, wiederholte Noah unglücklich und vergrub das Gesicht schluchzend an der Brust seines Bruders.

✱✱✱

»Wer ist Miranda Leroy?« Gabriel räusperte sich. Warum hatte er das Gefühl, dass Noah sich genau so gefühlt haben musste, als es um Helena gegangen war?

»Mia«, ergänzte Noah mit gesenktem Blick und spielte mit dem Teebeutel zwischen seinen Fingern. »Die, die jahrelang mit mir auf einem Zimmer war, obwohl sie gar nicht hätte dort sein dürfen.«

Gabriels Ausdruck wurde skeptisch. »Was hat sie mit deinem Verhalten von gestern Abend zu tun?« Ohne darauf zu warten, dass Noah sich wieder in Bewegung setzte, ging Gab um ihn herum und schnappte sich den Wasserkocher, um die blumige Tasse seines Bruders zu füllen. Der Blonde selbst war es, der den Teebeutel in das kochende Wasserbad sinken ließ. Dann stützte er sich am Rand der niedrigen Arbeitsplatte ab.

»Sie wurde scheinbar auch entlassen. Total dumme Entscheidung«, murrte er. »Die Frau hat nicht mehr alle Latten am Zaun. Ist schizophren und vollkommen irre.« Verspätet fiel der Blick aus unterschiedlich gefärbten Augen auf Gabriels Züge. Das Grinsen auf Noahs Lippen hatte etwas Unheimliches. Oh Himmel, wenn er gewusst hätte, wie wahnsinnig er selbst gerade aussah.

»Woher weißt du, dass sie aus der Anstalt raus ist?«, hakte Gabriel stimmlos nach.

»Sie hat mir geschrieben. Ich hatte gestern eine Nachricht von ihr.«

»Auf dem Handy?« Mit ungläubiger Mimik ging er zurück zum Tisch und griff sich seinen Kaffee. Die Brühe war längst nur noch lauwarm.

»Jap.« Wie Noah so unbeschwert wirken konnte, war ihm ein Rätsel. Der Jüngere lehnte sich gegen die Arbeitsplatte. Die Sonne im Rücken und die Tasse in den Händen, neigte er den Kopf. »Ich hatte gehofft, ich müsste die alle nicht mehr wiedersehen. Keinen von ihnen. Und sie am allerwenigsten.«

»Woher hat sie deine Nummer?«, wollte Gabriel ernster wissen. Er selbst hatte gerade erst den Vertrag abgeschlossen. Außer ihm, seinen Eltern, Alex und Bensley hätte niemand die Nummer haben dürfen.

»Wer weiß«, gab Noah brummend zurück. »Von mir jedenfalls nicht.« Der bloße Gedanke war beunruhigend. Zwar kannte Gabriel die Frau nicht, aber das musste er auch nicht. Und er hatte nicht vor, das zu ändern.

»Könnte Bensley —« Gab stoppte, als er ein Quietschen auf den alten Treppenstufen vernahm. Sofort wandte er den Oberkörper gen Küchentür.

»Hey Ma.« Noah wirkte ausgelassen wie eh und je.

***

»Die Ausstellung in Paris lief unglaublich«, erzählte Tessa begeistert und faltete die Hände vor dem Gesicht.

»Und wir haben eine Menge neuer Künstler kennengelernt. Einige in eurem Alter. Oder noch jünger.«

»Klingt, als liefe die Agentur nicht schlecht.« Noah wirkte beeindruckt und schob sich das letzte Stück des kalten Rühreis in den Mund.

»Es könnte besser laufen«, gab Pascall, der kurz nach ihrer Mutter die Treppen hinabgekommen war, zu. »Die Museumsleitung unseres momentanen Großprojekts hat einige Werke abgelehnt und wir kämpfen nebenbei mit der Archivierung des Bestandes eines Sammlers. Katastrophale Zustände.«

»Wann wart ihr das letzte Mal zu Hause?« Der Blonde ließ die Gabel sinken und sah zu, wie sein Vater in seiner Tasse rührte.

»Das ist schon eine Weile her.« Tessa lachte und doch bildeten sich Falten auf ihrer Stirn. Gabriel hatte in seinem Tun innegehalten. Er stand auf einer kleinen Klappleiter und kämpfte mit den Spitzengardinen, die ihre Mutter gewaschen hatte. Ihr Vater litt unter chronischen Rückenbeschwerden, weshalb Gabriel die Aufgabe übernommen hatte, sie wieder aufzuhängen.

»Manchmal wäre ich wirklich froh, ihr kämt zurück«, eröffnete Gab seinen Adoptiveltern. Dabei ließ er aus, dass ihre Beziehung zu Alex massiv unter der Agentur gelitten hatte. Sie hatten ihren Jüngsten Gabriel überlassen, bevor er auf eigenen Beinen gestanden hatte. Es war nicht verwunderlich, dass ihr leiblicher Sohn sich distanziert hatte.

»Es ist nicht immer so einfach«, winkte Pascall ab, wie er es gerne tat. Anstatt darauf einzugehen, griff er nach der Zeitung, die Gabriel zuvor auf dem Küchentisch zurückgelassen hatte. Scheinbar beiläufig las er vor:

»»Neuer Mord an Psychotherapeut: Zufall oder kalte Berechnung?«»

»Ach wie gut, dass wir keine Psychologen sind«, witzelte Noah wenig beeindruckt, während sein Bruder neben der Spüle kniete und sich nach der Gardinenstange ausstreckte.

»Das ist ja furchtbar.« Tessa lehnte sich zu ihrem Mann, um den Artikel zu überfliegen. »Die Menschen wollen helfen und werden dafür verteufelt.«

Das Gesicht ihres ältesten Sohnes schnitt eine Grimasse zu seinem Bruder, der die Teller abgeräumt und zur Arbeitsplatte gebracht hatte. Noah zischte: »Die meisten nutzen ihre Machtposition doch schamlos aus.«

Bevor es jedoch zu einer größeren Diskussion um das Thema kommen konnte, unterbrach eine Melodie das Gespräch. Die Familie verstummte und Gabriel entwich ein Stöhnen. Finger fummelten an den kleinen Haken herum. »Noah, hintere rechte Hosentasche. Geh dran.«

Sein Bruder zögerte, zupfte erst nach einer weiteren Aufforderung das Handy aus Gabriels Hose. »Es ist Helena.« Die Melodie wurde lauter.

»Geh ans Handy, Noah!« Ihr Vater seufzte. Mit säuerlicher Mimik hob der Angesprochene ab.

»Hier spricht der Sklave von Gabriel Castell. Mein Name ist Noah. Was kann ich meinem Master ausrichten?« Sein Bruder wäre vor Verblüffung beinahe abgerutscht, fing den Sturz mit einer Hand am Fenster ab. Scharf sog Tessa die Luft ein und Gabriel rätselte, ob sie sich um seine Sicherheit sorgte oder um die Sauberkeit der Scheibe.

»Noah?«, hallte es verzögert und blechern aus dem Hörer. Der Angesprochene hatte den Lautsprecher eingeschaltet. Der Verwunderung folgte ein klingendes Lachen vom anderen Ende der Telefonleitung. »Ich hätte deine Stimme fast nicht wiedererkannt! Hier ist Helena Rouen. Wie geht es dir?« Gabriel beschloss, sich etwas Zeit mit den letzten drei Gardinenhaken zu lassen, lauschte aber dennoch dem Gespräch. Der leise Tadel von Seiten seiner Mutter bestätigte seine Vermutung, dass die Schnappatmung den fettigen Abdrücken auf dem Fensterglas zuzuschreiben war.

»Ich gewöhne mich ein, schätze ich. Und selbst?«, antwortete Noah leiser als zuvor. Er war inmitten des Raumes stehengeblieben und Gabriel war dankbar, dass seine Eltern sich nicht einmischten. Es wäre von Vorteil, wenn sein Bruder und Helena ihre Bekanntschaft wiederaufleben lassen würden.

»Bescheiden! Ich habe mir das Handgelenk verstaucht«, offenbarte Helena beiläufig. Sie kicherte geniert.

Gabriel konnte sich das Grunzen nicht verkneifen. Diese Frau war wundersam. »Tollpatsch«, raunte er weniger überrascht, als er es sein sollte.

»Das – das klingt schmerzhaft. Was hast du gemacht?« Noah hörte sich an, als ob er noch nie Konversation betrieben hätte. Gleichzeitig wirkte sein Blick zu Gabriel genervt.

»Ich bin in unserer Einfahrt ausgerutscht. Ganz blöde Geschichte. Ähm, sag mal: Ist Gabriel in der Nähe? Ich muss umziehen und wollte fragen, ob er mir vielleicht etwas unter die Arme greifen könnte.«

Abermals wäre Gabriel um Haaresbreite der Schwerkraft zum Opfer gefallen. »Warum ziehst du um?!«, rief er alarmiert durch die Küche. Die Gardine hing und der Dunkelhaarige kletterte von der Leiter.

»Er hört zu«, bestätigte Noah das Offensichtliche.

»Na ja, Raphael hat 'ne Andere. Und ich bin gegangen«, folgte scheppernd das Geständnis von Gabriels bester Freundin.

***

Seit einer Viertelstunde saß er ihm gegenüber. Noahs Augen hatten sich seitdem nicht einmal von der Tischplatte gehoben. Vor einigen Tagen hatte Gabriel das zwanzigste Lebensjahr erreicht. Der Kalender zeigte den ersten März 2006. In seinen Händen hielt er einen Brief, den sein jüngerer Bruder ihm geschrieben hatte. Er war in den Besucherraum gekommen, hatte ihm den Umschlag vor die Nase gelegt und kryptisch gemeint: »Für dich, zum Geburtstag. Lies ihn später.«

Seitdem mühte Gabriel sich ab, ein Gespräch aufzubauen. Es war ihr erstes Treffen seit Ewigkeiten. Zuvor war es ihm untersagt gewesen, Noah regelmäßig zu besuchen. Die Reaktion seines jüngeren Bruders schien ernüchternd. Wahrscheinlich wollte er gar keinen Kontakt mit ihm. Gab konnte es ihm nicht übelnehmen. Er hatte ihn in den Schlamassel gebracht, indem er Noah die Schuld für das Geschehene gegeben hatte. Dabei war es doch seine eigene Unfähigkeit gewesen, die Matt den Hals gekostet hatte.

»Mutter und Vater sind ständig auf Reisen«, setzte er erneut an, nachdem er versucht hatte, Noah von seiner Ausbildung zu erzählen. »Und Alex ist in der Hochphase der Pubertät. Könnte ihm zwischendurch den Hals herumdrehen.« Gabriel rang sich ein betrübtes Auflachen ab.

»Ihr wohnt alleine?«, nuschelte Noah und knibbelte an einem Hautfetzen neben seinem Daumennagel. Gabriel nickte, bis ihm auffiel, dass sein Gegenüber ihn immer noch nicht ansah.

»Irgendwie schon«, *murrte er und kratzte sich am Hinterkopf. Die Stimmung im Raum war gedrückt.*

»Aber was anderes: Ich habe gehört, du hast hier deinen Abschluss gemacht, Noah.« Er startete einen neuen Versuch. Gabriel war nie sonderlich begeisterungsfähig gewesen, trotzdem bemühte er sich um motivierende Worte. »Ich bin stolz auf dich. Genauso wie Mutter und Vater.«

»Mhm.« Keine weitere Reaktion von Seiten seines Bruders. Statt die Konversation voranzutreiben, lächelte Noah vor sich hin, summte zwischendurch und nickte. Es war zum Mäusemelken und Gabriel fragte sich, ob es an ihm lag oder an der Gesamtsituation.

Seufzend ließ er sich zurück auf den Stuhl sinken, betrachtete den Brief. »Ich denke, ich sollte mich auf den Weg machen«, flüsterte er verzögert. Das hier war deprimierend. Und doch: Kaum waren die Worte ausgesprochen, ruckte Noahs Kopf nach oben.

Aus seiner Starre erwacht, sah er mit großen Augen in Gabriels Gesicht. Ein Blick zur Uhr an der Wand folgte. »Aber du hast doch noch zehn Minuten«, meinte er hektisch, zog beschämt schmunzelnd die Schultern hoch. »Magst du mir nicht noch etwas von Alex erzählen? Wie geht es ihm? Hat er eine Freundin?«

Gabriel stockte. Mit geöffneten Lippen folgten seine Augen Noahs. Er hatte recht, was die Uhrzeit anbelangte. Ohne zu verstehen, wie sein kleiner Bruder tickte, lehnte er sich nach vorn und stützte die Ellenbogen auf den Tisch.

»Er ist in einer rebellischen Phase. Aber seine Noten sind okay«, grübelte er. »Vor ein paar Tagen hat er ein Mädchen mit nach Hause gebracht. Sie heißt Julia. Sagt aber, sie wäre nicht seine feste Freundin.« Gabriel rieb sich über den Dreitagebart.

»Glaubst du, sie ist es doch?«, fragte Noah. Er wirkte verschüchtert und überforderte seinen Bruder damit maßlos. Sie hatten ihn kaputtgemacht. Anders konnte Gabriel sich sein Verhalten nicht erklären.

»Weiß nicht.« Der plötzlich allzu durchdringende Blick aus Graugrün und Mahagoni ließ ihn das Papier zwischen seinen Fingern taxieren. »Ich habe keine Ahnung von Beziehungskram. Ich glaub, alle um mich rum sind mittlerweile in festen Händen.« Wahrscheinlich war das nicht das passende Thema, um Smalltalk zu betreiben. »Ich hab keine Zeit dafür«, bemühte Gabriel sich darum, es abzuschließen. Noahs stechender Blick jedoch schien ihn zu durchbohren und wie eine Lichtschranke sein Innerstes zu analysieren. Das dazugehörige, aufgesetzte Lächeln war gruselig.

»Wer ist denn noch in festen Händen?«, fragte er ungeniert, überging den Anflug von Melancholie in den Worten seines Bruders.

Der angehende Medienkaufmann brauchte kurz, um zu antworten. »Helena«, antwortete er. »Die Schwester von –«

»Matthew, nicht wahr?« Noahs Mimik veränderte sich nicht, während Gabriels Magen sich langsam umdrehte. Er hatte den Eindruck, alle Farbe aus seinem Gesicht weichen zu spüren.

»Ja, richtig«, nickte er. »Sie ist seit einigen Monaten vergeben. Raphael heißt er. Ist ein ganz netter Kerl, soweit ich das einschätzen kann.« Grübelnd legte Gab die Stirn in Falten, brachte Noah dazu, ein fragendes Geräusch von sich zu geben.

»Das ist gut für sie, oder?«, hakte der Blonde nach.

»Schon«, begann sein Gegenüber. »Aber sie hat immer von dir geschwärmt. Immer dann, wenn du nicht dabei warst.« Gabriel kratzte sich am Hinterkopf. »Vielleicht habe ich gehofft, dass sich das hält, bis …« Er stoppte.

Für eine Sekunde wirkte Noah überrascht. Dann lachte er auf und winkte ab. »Du meinst, sie war in mich verliebt? Na, lass sie mal bei ihrem Raphael.« *Ohne Umschweife schob er den Stuhl zurück und erhob sich.* »Ich bin mir sicher, der ist besser für sie.«

Erst als sein jüngerer Bruder in komplett weißer Tracht vor ihm stand, fiel Gabriel auf, dass seine Unterarme bis zum Handgelenk verbunden waren. In dem Wissen um das, was mit ihnen geschehen war, presste er die Lippen aufeinander. Bis zu diesem Tag hatte niemand Noah gesagt, dass die Rouens Schuld an seiner aktuellen Lage waren. Und niemand würde die Aufgabe übernehmen, solange Noah nicht kooperierte und die Therapie abschloss. Erst vor kurzer Zeit hatte er angefangen, zu reden. Zuvor hatte er beinahe fünf Jahre lang die Hilfe abgewiesen und sich auf die kreativsten Arten selbstverletzt.

»Noah, ich …« *Er wusste nicht, was er sagen sollte und rieb sich die Hände.*

»Wir haben leider keine Zeit mehr, Eli.« *Noahs Mundwinkel zogen sich nach unten, während er tapfer versuchte, das Lächeln aufrecht zu halten.* »Lass uns beim nächsten Mal weitersprechen, ja?« *Die Worte waren kaum raus, als sich die Tür öffnete.*

9
WIEDERSEHEN MIT HELENA

»Mensch, Matt! Hör auf damit und gib mir das wieder!« Die Augen des Mädchens glänzten vor Tränen und seine Locken hüpften auf den schmalen Schultern. Auf den Zehenspitzen versuchte es, dem älteren Bruder das Tagebuch wegzunehmen, das er ihm stibitzt hatte. Es war ein heißer Julitag und die Sonne hatte in den vorangegangenen Wochen unaufhaltsam die Grashalme verbrannt. Der Sommer zeigte sich von seiner zerstörerischen Seite.

»Ich will wissen, in wen du verknallt bist, Helena. Stell dich nicht so an und lass mich gucken.« Mit einer Hand hielt er sie auf Abstand, während er versuchte, das Buch aufzuschlagen. Das Gekreische hallte durch den großen Garten bis zum Tor hinab, das Eli und ich gerade durchschritten hatten. Kaum kamen wir bei dem Haus der Rouens an, gab es aufs Neue Theater mit Matthew. Ich konnte nicht anders, als Gabriel vielsagend anzuschauen.

»Er ärgert schon wieder seine Schwester«, gab ich missgelaunt von mir und beschleunigte meine Schritte. Der Weg war mit bunten Steinen gepflastert, führte eine Steigung hinauf zum Teich und einer großen Terrasse. Mein Bruder schwieg, sah aber zu, dass er Schritt hielt. Erst als wir die beiden fast erreicht hatten, sah ich Helena in ihrem rosafarbenen Kleid auf einem Stuhl sitzen und weinen. Matt hingegen blätterte in dem Büchlein, das auch beim zweiten Hinsehen nicht ihm gehörte: Es war pink, mit Glitzer versehen und mit Tierstickern verziert.

»*Was machst du denn da?*«, *rief Eli Matt skeptisch zu. Ich verdrehte die Augen.*

»*Ich will wissen, in wen meine Schwester verliebt ist!*«, *warf Matt uns entgegen. Kurz betrachtete ich das verweinte Gesicht Helenas, die panisch wieder aufsprang.*

»*Das darf aber niemand wissen!*«, *schrie sie aufgeregt, fiel fast über ihre eigenen Füße. Während ich überlegte, ob ich Matthew treten wollte, tat Gabriel etwas, womit ich nicht gerechnet hatte.*

»*Sei nicht so ego!*«, *gab er bedacht von sich. Da er nicht nur mich, sondern auch seinen Freund überragte, war es für ihn ein Leichtes, ihm das Buch zu entreißen. Kurzerhand entzog er es Matts Händen und trat einige Schritte rückwärts.* »*Die Rache von Mädchen kann grausam sein. Du solltest dich nicht mit ihnen anlegen.*« *Ich grinste so zufrieden, als ob es mein Verdienst gewesen wäre. Gabriel war nicht so wie Matthew. Er war ein toller Bruder und hatte mich nie geärgert. Jedenfalls nicht, dass ich mich erinnern konnte.*

»*Ey, komm schon! Ich verrat dir, was ich rausfinde.*« *Matthew versuchte, ihn zu erreichen. Eli lief einmal um den Gartentisch herum, bevor er Helena das Tagebuch in die Hand drückte.*

»*Brauchst du nicht. Ich weiß ja, wen sie mag*«, *neckte Gabriel ihn achselzuckend und wandte sich dann an Matts Schwester.* »*Du brauchst ein Schloss dafür.*« *Peinlich berührt lächelte er und wandte den Blick ab. Mein Bruder war nie gut mit dem weiblichen Geschlecht gewesen.*

»*Wie, du weißt das?*«, *brach es empört aus seinem besten Freund heraus. Er jagte Gabriel hinterher, der lachend den Weg hinunter stolperte. Nur für einen Moment sah ich den beiden nach und beobachtete, wie sie an den Rosenbeeten vorbeirannten.*

Helenas Tränen waren verebbt. Vorwitzig wandte ich mich ihr zu und musterte sie nachdenklich. »Warum weiß Eli, in wen du verknallt bist?«

***

Eine Stunde nach unserem Telefonat mit Helena nahm Gabriel die Autobahnabfahrt in Richtung Heimat. So hatten wir uns unsere Wochenendplanung nicht vorgestellt. Helena hatte uns am Telefon kleinlaut gebeichtet, dass sie wegen der Schmerzen in der Hand ihr Auto hatte stehenlassen und nun alleine in einem Café saß. Sie wollte nicht zurück in ihr leerstehendes Elternhaus.

»Das heißt, sie wird einige Tage bei uns bleiben?«, fragte ich gezwungen unbeschwert. Ich wollte mich anstrengen, mir Mühe geben und dafür sorgen, dass Eli mir wieder vertraute. Es lag nicht in meiner Macht, ihm den Freund zurückzugeben, den ich ihm genommen hatte. Bis heute bereute ich meine Tat nicht. Die Welt war besser dran ohne Matthew. Schließlich hatte er nicht nur Gabriel ständig in Schwierigkeiten gebracht, sondern auch seiner Schwester nur wehgetan.

»Vermutlich. Wir bringen sie erst einmal im Gästezimmer unter.«

»Was ist mit ihrem Ex? Sie hat gesagt, sie ist ohne Tasche gegangen«, hakte ich weiterhin nach. Gleichzeitig hafteten meine Augen an der zweiten Nachricht Mias, die ich kurz vor unserer Abreise erhalten hatte:

Meld dich, Noah. Ich weiß, dass du das liest. Komm schon, verstecken ist zwecklos.

Und mich hielten alle für gestört. Ich wollte mit Miranda nichts zu tun haben. Lange genug hatte ich in diesem Käfig verbracht. Sie erinnerte mich an jede verdammte Minute ab dem Zeitpunkt, an dem sie plötzlich in meinem Zimmer erschienen war. Einfach so, ohne es auch nur für nötig zu halten, mir eine Erklärung dafür zu liefern. Ich war mir sicher, dass sie irgendwen bestochen hatte, um die Regelung zu getrenntgeschlechtlichen Zimmern zu umgehen.

»Wir sammeln Helena in der Stadt ein und fahren dann mit ihr zur Wohnung und holen ihr Zeug.« Es sah nicht so aus, als ob Eli das erst jetzt entschieden hatte. Mein Kopf sank gegen die Kopflehne und ich beobachtete die versteinerte Mimik meines Bruders. Seine Augen waren zu Schlitzen verengt, die Wangen- und Kieferknochen ragten deutlich hervor und zeugten von seiner Anspannung. Ich war mir nicht sicher, was ich von Helena hielt. Es stimmte, dass ich sie einst gemocht hatte. Seitdem waren etliche Jahre ins Land gezogen und ich musste mir ein eigenes Bild von der Frau machen, die meinen Bruder Hals über Kopf aus unserem Landhaus aufbrechen ließ.

»Ich bin fast eifersüchtig, dass du sie so gerne magst«, platzte es aus mir heraus.

»Unfug.« Gabriels Antwort folgte auf dem Fuß. »Du bist mein Bruder, sie meine beste Freundin. Ihr konkurriert um gar nichts.« An der nächsten Ampel hielt er den Wagen und setzte den Blinker, um in die Innenstadt abzubiegen. Ich betrachtete den schmutzigen Schneematsch am Rand der Straße und wägte die Worte meines Bruders ab.

»Doch«, befand ich. »Wir wollen beide deine Aufmerksamkeit.« Mit gesenkten Lidern wartete ich auf Elis

Reaktion. Ob er mir irgendwann sagte, dass ich keinerlei Recht dazu hatte, irgendetwas von ihm zu fordern?

Gabriel ließ ein ungläubiges Geräusch verlauten. »Jetzt, wo Raphael sich von ihr getrennt hat, muss ich eher befürchten, bald das dritte Rad am Wagen zu sein.«

Es klang fast wie ein Scherz und ich starrte ihn perplex an. »Was soll das denn heißen?«

Der Dunkelhaarige lachte über meinen Gesichtsausdruck, bevor er bei Grün den Wagen wieder in Bewegung setzte. »Ich glaube, ich hatte dir schon einmal gesagt, wie viel sie auf dich gehalten hat. Womöglich kommt das ja zurück.«

Dunkel dämmerte mir, worauf er anspielte. »Damals hast du noch gehofft, dass das passiert«, stichelte ich. Gleichzeitig war ich mir noch immer sicher, dass ich niemand war, in den man sich verlieben wollte.

»Habe ich das gesagt? Meinte ich bestimmt anders.« Eli zupfte mit den Zähnen an seiner Unterlippe, während er nach einem Parkplatz Ausschau hielt.

»Weißt du, großer Bruder: Es sind nicht immer tiefere Gefühle im Spiel, nur weil Menschen sich gut verstehen«, gab ich amüsiert zurück.

»Stimmt auffallend«, antwortete Gabriel trocken und mir wurde klar, dass ich mir selbst ein Bein gestellt hatte. Womöglich war meine Eifersucht unnötig.

✳✳✳

Ich verließ mit Gabriel das Parkhaus. Es war Sonntagnachmittag und die Straßen waren wie leergefegt. Gemeinsam liefen wir durch die Fußgängerzone und lediglich in dem einen oder anderen Café saßen Menschen.

Vor einem kleinen Restaurant stand eine Frau und telefonierte. Aus der Bar in einer Nebenstraße drang lautes Grölen und kurz fragte ich mich, ob der städtische Fußballverein an diesem Tag spielte. Der Himmel hatte sich zugezogen und als Eli und ich in die nächste Seitenstraße einbogen, ragte das Schild des Cafés mit dem Namen *LatteMafabulous* in Braunbeige vor uns auf.

»Da wären wir.« Gabriel schaute zur Uhr. Ich pustete meine Wangen auf und konnte mir das Grinsen wegen des eigentümlichen Namens nicht verbeißen.

»Ist sie das?«, fragte ich leise und nickte in Richtung Eingang. In der Nische stand eine Blondine mit erdbeerblondem Haar und Locken, die ihr nach vorn über die Schulter fielen. Ihre Aufmerksamkeit lag auf ihrem Handy und ihr rundliches Gesicht kam mir bekannt vor. Der Blick meines Bruders blieb an der in einen hellgrauen Mantel gehüllten Frau hängen. Ein knappes »Ja und sie hat ihre Haare schon wieder gefärbt« flog in meine Richtung, ehe er ohne Umwege auf sie zusteuerte.

Ich für meinen Teil blieb zurück, schlenderte nur langsam hinter Gabriel her und musterte die Gestalt Helenas. Sie war nicht besonders groß und wirkte jünger, als sie war. Ihr Rock reichte bis kurz über die Knie, war gerade lang genug, um nicht billig zu wirken. Skeptisch neigte ich den Kopf und ließ meine Hände in den Taschen der Jacke verschwinden.

»Danke, dass ihr hier seid«, drang es an meine Ohren. Sie klang verzweifelt, als sie Gabriel umarmte. Ich seufzte, wandte mich ab und blieb einige Meter entfernt stehen, wie ich es schon beim Wiedersehen mit unseren Eltern gehandhabt hatte. Ich fühlte mich fehl am Platz und wusste nicht, wie ich damit umgehen sollte.

»Wir sind so schnell gekommen, wie es ging.« Eli hörte sich an, als wäre jemand gestorben. »Komm, ich steh unten in der Tiefgarage vom Rathaus.« Aus dem Augenwinkel beobachtete ich, wie Gabriel ihr eine Hand auf den Rücken legte und sie regelrecht vor sich her schob. Bevor ich mich versah, standen die beiden vor mir.

Das puppenhafte Gesicht wirkte unsicher und doch lächelte Helena mich an, derweil sie ihre Handtasche an ihre Brust drückte. Sie hatte geweint. Ihre Augen waren gerötet und ich hatte den Eindruck, dass sie ein Zittern unterdrückte. »Es ist schön, dich wiederzusehen, Noah!«, offenbarte sie mir und zog die Schultern hoch. »Auch, wenn die Umstände etwas ungünstig sind.« Der fast schon drohende Ausdruck auf dem Gesicht meines Bruders sorgte dafür, dass ich mich zumindest zu einem Hochzucken der Mundwinkel durchrang.

»Das sind sie wohl«, gab ich vage zurück. »Lass uns erst einmal deinen Exfreund verhauen und dann sehen wir weiter.« Elis Mimik lockerte sich. Wie es schien, war er mit meiner Antwort zufrieden. Im Gegensatz zu mir. Diese Frau war mir nicht koscher und ich fragte mich, wie viel von ihrer Nettigkeit bloß aufgesetzt war. Wickelte sie damit all ihre Freunde um den Finger? Und wozu diese erdbeerblonde Haarfarbe? Warum rannten Frauen erst einmal zum Frisör, wenn ihre Beziehung den Bach runterging? Bis dato hatte ich immer geglaubt, das wäre ein haltloses Vorurteil.

***

Beherzt schob sich Gabriels Fuß über die Türschwelle und verhinderte damit, dass die Tür ins Schloss geworfen wurde. »Raphael, ich mein's ernst. Helena hat ein Recht dazu, ihre Sachen zu holen!«

Ein dunkelhaariger Schopf war zu sehen, die Haare zerzaust. Helena stand neben meinem Bruder, ich auf der anderen Seite schräg hinter ihr.

»Ich hab Besuch! Hast du nicht zugehört? Komm einfach morgen wieder. Einen Tag kannst du wohl auf dein Schminkköfferchen verzichten, oder?« Er klang angetrunken und roch auch so.

Ich spürte, wie die junge Frau vor mir sich anspannte. »Nein, kann ich nicht, Raphael!«

Eli hatte die Hand gegen die Tür gedrückt, während Helenas Exfreund zu einem neuerlichen Versuch ansetzte, sie zuzuschieben. »Mann, ich ruf die Polizei, wenn ihr euch jetzt nicht verzieht!« Die Alkoholfahne, die uns entgegenschlug, war nicht auszuhalten und ich drehte den Kopf weg.

»Jetzt pass mal auf: Ich nehme Muffin mit! Das ist mein Kater. Also mach die blöde Tür auf oder *ich* rufe die Polizei!« Erstaunt beobachtete ich, wie die zierliche Blondine die unverletzte Hand gegen den Türrahmen donnerte. Hätte ich ihr gar nicht zugetraut. Bevor der Kerl auf der anderen Seite der Tür seine Worte wiederfand, flutschte etwas Pelziges durch den Spalt und flüchtete an uns vorbei die Treppen hinauf.

»Ach scheiße!«, stieß Helenas Exfreund aus und nahm den Fuß von der Tür, öffnete sie ein Stück. »Das ist mein verdammter Kater! Der liebt mich doch viel mehr als dich!« Er machte Anstalten, dem Tier zu folgen, doch ich stellte mich ihm in den Weg. Ich hatte genug von seinem Verhalten. Mit dem Arm am Rahmen nahm ich ihm die Möglichkeit, Muffin nachzulaufen.

»Eli, hol doch bitte den Kater, ja?«, bat ich meinen Bruder mit ernstem Unterton, als ich Raphael genauer musterte. Ich korrigierte meinen Gedankengang: Im Licht waren seine Haare nicht schwarz, sondern straßenköterblond – und sahen aus, als hätte er sie eine Woche nicht gewaschen. Mein Bruder klopfte mir nach kurzem Zögern auf die Schulter und verschwand im Treppenhaus.

»Was bist du eigentlich für ein Clown?« Raphael baute sich vor mir auf und ich verdrehte die Augen.

»Noah Castell. Sagt dir vielleicht was. Hab den Bruder von Helena auf dem Gewissen, also geh beiseite oder du bist der Nächste!«, zischte ich ihn an. Die junge Frau neben mir sog scharf die Luft ein und einen Sekundenbruchteil überlegte ich, ob ich es übertrieben hatte. Raphael hingegen sah mich an wie ein Koboldmaki auf Koffein. Als ich ihn mit beherztem Druck zurück in die Bude schob, war das Einzige, was folgte, ein genervtes Fluchen und eine Beleidigung in einer Sprache, die ich nicht verstand. War das Russisch? So oder so: Der Kerl war besoffen, aber er war höchstens so groß wie ich und noch schmaler. Was die Frau mit ihm zu schaffen gehabt hatte, konnte ich nicht nachvollziehen.

Helena folgte mir auf den Fuß in den Wohnraum. Hier war niemand. Von wegen Besuch. Die Schlafzimmertür stand offen. Raphael war allemal mit einer Packung Chips und einem Kasten Bier verabredet, wenn ich mir die leeren Flaschen auf dem Wohnzimmertisch so ansah. Helena holte zu mir auf und rieb sich die verbundene rechte Hand.

»Noah«, tuschelte sie mit ungläubigem Unterton. »Danke für deinen Einsatz, aber was machen wir, wenn er dich anzeigt?«

»Wofür?«, fragte ich trocken und lachte auf, als ich inmitten des Wohnzimmers stehenblieb. Ich sah in die tiefblauen Augen. »Hier ist kein Zeuge außer dir«, erinnerte ich sie. Engelsgleich lächelte ich sie an.

Kurz wirkte sie überrumpelt, schmunzelte dann aber. »Ich weiß nicht, was du meinst.« Braves Mädchen. Aus seiner Schockstarre erwacht, trabte Raphael uns röchelnd hinterher.

»Verschwindet aus meiner beschissenen Wohnung!«, blaffte er uns an, kaum dass er hinter seiner Exfreundin stand. Ich wollte ihm eine passende Antwort geben, doch im selben Augenblick drehte Helena sich zu ihm um. In der Bewegung fischte sie einen Schlüssel vom Wohnzimmertisch, drückte ihn ihrem Exfreund energisch gegen die Brust.

»Weißt du was? Behalt die ›beschissene Wohnung‹! Ich packe jetzt mein Zeug und dann will ich dich nie wieder sehen. Und du«, betonte sie und trat umso näher zu ihm, drückte ihm die Fingerspitze gegen die Schulter, »hältst dich jetzt endlich klein, hockst dich da hin, rauchst dein Gras und hältst den Mund, bis ich meinen Kram zusammengesucht habe!« Mit Ende des Satzes rauschte sie an ihm vorbei ins Schlafzimmer. Ich beobachtete kurz, wie sie einen Koffer unter dem Bett hervorzog, gefolgt von einer großen Reisetasche. Schreiend warf Raphael ihr den Haustürschlüssel hinterher, den sie wohl bei ihrem Abgang am Morgen liegengelassen hatte. Auf dem Boden des Schlafzimmers schlug er klimpernd auf. Bevor der Angetrunkene auf die Idee kommen und Helena folgen konnte, trat ich erneut in sein Sichtfeld.

»Das ist Hausfriedensbruch!«, schrie er die Wohnung zusammen und warf die Hände in die Luft, taumelte in

Richtung Sofa und griff nach einem Handy, das er unter einem der großen Kissen hervorzog. »Ich ruf jetzt die –«

»Du rufst niemanden«, widersprach Gabriel mit zusammengebissenen Zähnen, als er verspätet den Raum betrat. Der rotweiße Kater wurde mir mit einem entschiedenen »Halt mal« in die Hände gedrückt. Gabs Augen begutachteten abfällig Raphaels Silhouette. Mit einem Kopfschütteln schritt mein älterer Bruder auf ihn zu, zog ihm das Handy aus der Hand und warf es auf die Tischplatte. »Die Wohnung gehörte Helenas Eltern und ist nach ihrem Tod an sie übergegangen. Mach mal die Augen zu, dann siehst du was dir gehört, du Intelligenzphobiker! Spiel dich hier nicht so auf.« Ich liebte meinen Bruder, hatte ich das schon einmal erwähnt? Kaum war er mit der Ansage fertig, wandte er sich an seine beste Freundin: »Helena, lass dein Auto hier stehen, ich hol das morgen ab.« Sein Blick zu Raphael sprach Bände. Wehe ihm, es würde auch nur einen Kratzer haben.

***

Im Halbdunkel der Energiesparleuchte im Gästezimmer hievte ich die große Reisetasche auf die eine Seite des Doppelbettes. Die Blumenbettwäsche war sicher schon eine halbe Ewigkeit nicht mehr gewechselt worden und es roch muffig. Ursprünglich war das Alex' Raum gewesen. Seitdem fungierte er als Gästezimmer, hatte Eli mir erzählt. Nicht, dass er häufig Besuch bekam. Ich fuhr mir durch die Haare, als Gabriel mit seiner besten Freundin hinter mir den Raum betrat. Er stellte den schweren Koffer neben dem Bett ab und atmete hörbar aus, bevor er zum Fenster ging.

»Sorry, hier hat schon ewig niemand mehr geschlafen«, offenbarte er schuldbewusst und kippte das Fenster. Inzwischen hatte Helena ihre Locken zu einem Pferdeschwanz gebunden. Die Umhängetasche wurde neben die Reisetasche aufs Bett geworfen und die Box mit dem mosernden Kater zum Koffer gestellt. Prüfend sah Helena sich um.

»Ich finde es klasse!«, meinte sie felsenfest und strahlte uns nacheinander an. Der Dunkelhaarige schnaubte.

»Weiß nicht, ob ich das bedenklich finde. Aber umso besser. Was haltet ihr von Pizza?«

Erstaunt über den Vorschlag, zog ich eine Augenbraue hoch und lehnte mich gegen den dunklen Kleiderschrank. Normalerweise kochte Gabriel, wenn er nicht gerade halb am Verhungern war. Der Kater hatte in seiner Box die Ohren angelegt und maunzte jämmerlich.

»Klingt nach einem Plan«, stimmte ich zu. Pizza war eine tolle Erfindung, von der ich in der Anstalt viel zu wenig gehabt hatte. Dabei konnte man sie so vielfältig belegen und hatte quasi jedes Mal ein anderes Gericht!

»Vier-Käse bitte. Groß, mit doppelt Käse und scharf.« Helena ließ sich auf die freie Bettseite fallen und breitete die Arme aus.

»Deine Geschmacksnerven sind schon lange abgestorben, oder?« Mein Bruder verzog das Gesicht und ich musste glucksen.

»Ich beziehe gleich das Bett neu. Schinken und Peperoni, bitte.« Damit trat ich zu Eli und umarmte ihn kurzerhand. »Und wenn du mich lieb hast, bitte noch eine Flasche Cola!«

»Du ernährst dich katastrophal«, stellte er trocken fest, stieß mich aber nicht von sich.

»Komm schon, Eli! Ich hatte zehn Jahre lang nur Salat, Gemüse, Dosensuppe und Wasser«, erinnerte ich ihn, bevor ich mich von ihm löste und die Schultern hängen ließ. Das Argument schien überzeugender zu sein, als ich erwartet hatte.

»Schinken, Peperoni, Cola und 'ne Vier-Käse-Pizza mit doppelt Käse, alles klar.« Mit den Worten verließ er haareraufend das Zimmer.

»Und scharf!«, rief Helena ihm lachend hinterher. Ich seufzte und bemerkte erst im zweiten Moment, dass sie sich wieder aufgesetzt hatte. Ihr Blick klebte an meinen Zügen.

»Hab ich was im Gesicht?«, fragte ich, ohne sie weiter anzusehen, und öffnete den Schrank, um nach Bettzeug zu suchen.

»Nein«, überlegte Helena leise, »ich bin nur ziemlich beeindruckt, wie du Raphael eben entgegengetreten bist.« Offensichtlich sollte ich mich entschuldigen. Es war nicht klug gewesen, vor ihr breitzutreten, dass ich ihren Bruder getötet hatte. Wenn Gabriel recht hatte, hatte sie es nicht verdient, daran erinnert zu werden. Wie ich es hasste, Fehler zu machen.

»Es tut mir leid«, gab ich kaum hörbar an sie zurück. »Ich hätte deinen Bruder außen vor lassen sollen.« Ich durchforstete die einzelnen Fächer des Schrankes.

»Ist okay!«, versprach Helena aufrichtig und ich hielt inne. »Ich bin es inzwischen gewohnt. Matt und die Anschuldigungen meiner Eltern dir gegenüber waren bei uns zu Hause Thema Nummer Eins.«

Tief atmete ich die frische Luft ein, die sich langsam aber sicher im Raum ausbreitete und griff mir eine Garnitur Bettwäsche. Inzwischen war Helena aufgestanden und hatte die Tür geschlossen. Für einen Sekundenbruchteil war ich verwundert. Dann aber hockte sie sich vor die Katzenbox und öffnete sie, um den Kater rauszulassen. Stumm beobachtete ich, wie sie Muffin streichelte und ihm irgendetwas zuraunte, was ich nicht verstand. Möglichst geräuschlos legte ich die Wäsche auf dem Bett ab. »Sag mal«, setzte ich an und mied es, sie anzusehen, »warum bist du wirklich ausgezogen?«

Keine Antwort. Helena schien erstarrt zu sein. Der Kater schlich an mir vorbei und kurz erregte er meine Aufmerksamkeit. Nach einigen Momenten schaute ich Matthews Schwester wieder an. Mit großen Puppenaugen wurde ich angestarrt. Wie es schien, lag ich mit meinem Gefühl richtig.

»Er hat keine Andere, oder? Warum hast du Gabriel angelogen?« Ich verschränkte misstrauisch die Arme. Dann passierte etwas, womit ich hätte rechnen müssen. Ihre Augen glänzten im Licht der inzwischen voll erleuchteten Deckenlampe. Dann folgte ein Schluchzen und ehe ich mich versah, war sie auf die Bettkante gesunken und hatte den Kopf gesenkt.

Ich sah, wie Tränen auf ihren Rock fielen und dunkle Spuren hinterließen. Sie betrachtete ihre verbundene Hand, legte dann die Arme um ihren Oberkörper. »Er ist ausgerastet«, brachte sie gezwungen gefasst hervor. »Ich hab seit Jahren versucht, ihn vom Alkohol und den Drogen wegzubringen, aber ...«

Ihre Stimme brach und ich ging zum Fenster, um es zu schließen. Gleichzeitig drehte ich die Heizung auf und sah zu dem Häufchen Elend, das sich zuvor nicht eine Träne in unserer Gegenwart erlaubt hatte. Mein Kopf arbeitete mit dem, was sich vor meinen Augen abspielte. Helena zog zittrig die Strickjacke von ihren Oberarmen und ermöglichte es mir damit, einen Blick auf ihre Haut zu erhaschen.

»Bitte sag's nicht Gabriel!«, bettelte sie regelrecht. Ich musste nicht nähertreten, um zu sehen, was sie meinte. Ihre Schultern und Arme waren übersät mit blauen Flecken. Kurz fragte ich mich, ob sie nur so viel Make-up im Gesicht hatte, um weitere Spuren zu verdecken.

»Er hat dich geschlagen«, stellte ich ungläubig fest. Hätte ich ihm gar nicht zugetraut. »Mehr als einmal.« Verzögert trat ich zurück zum Bett. Teilweise waren die Hämatome gelblich, was zeigte, dass sie nicht von heute stammten.

Helena zog die Jacke wieder über, bevor ich sie genauer unter die Lupe nehmen konnte und wimmerte leise. »Ich hab's nicht mehr ausgehalten!« Sie hatte Eli nichts sagen wollen, aus Angst, dass er Raphael sämtliche Knochen brechen würde. Wie konnte man sich selbst wenig genug wert sein, um zu erlauben, dass ein anderer Mensch einem das antat? Schnell aber wurde mir klar, dass ich nicht mit Steinen werfen durfte, wenn es um den eigenen Selbstwert ging. Ohne weitere Worte hockte ich mich neben sie aufs Bett und ließ zu, dass sie sich anlehnte.

10
MIRANDA ALS PLAN B

Es war erstaunlich, in welch kurzer Zeit Noah und Helena sich zusammenzuraufen schienen. Gabriel hatte erwartet, dass es misslicher werden würde, die beiden unter einen Hut zu bekommen, als ausgewachsene Katzen in einer Einzimmerwohnung zu vergesellschaften. Und das wäre nicht die Schuld seiner besten Freundin gewesen. Doch Noah riss sich erstaunlich am Riemen. Ob es ausgereicht hatte, ihm in Erinnerung zu rufen, dass er Helenas Schwarm gewesen war? Sie wohnte keine Woche bei ihnen und schon hatten sie am Frühstückstisch beschlossen, dass Helena Noah nach seinem ersten Arbeitstag abholen und mit ihm in die Stadt gehen würde. Gabriel nahm es so hin. Besser so, als dass sein borderlinekranker Bruder ihr irgendwann aus Eifersucht den Hals herumdrehte. Alex hatte Sorgen bei ihm geschürt. Gab hoffte inständig, dass es so weit nicht kommen würde.

***

Gabriel hatte Noah wenige Minuten zuvor bei Bensley abgeliefert. Zusammen mit Alex saß er in einem Café an der Hauptstraße, wenige Häuserblocks von dem überkandidelten Neubaugebiet entfernt, in dem der Arzt seine Praxis hatte. Dort stand ein hochkarätiges Einfamilienhaus neben dem anderen und sie alle hatten penibel gepflegte Vorgärten, bei denen der Rasen gefühlt mit der Nagelschere geschnitten worden war.

Dazu kamen Fassaden aus Glas und Marmor und in den Einfahrten leuchteten die teuren Sportwagen um die Wette. Diese Dekadenz widerte Gab an und er war auf hundertachtzig. Der Typ ließ sich von Helenas Eltern dazu bestechen, Noah in der Anstalt festzuhalten und machte sich mit den Unsummen ein angenehmes Leben. Wie viele Familien er wohl noch auf dem Weg zerstört hatte?

»*Ich könnt mit einem Freund sprechen*«, *schlug Alex vor und sah mit geknitterter Stirn Gabriel dabei zu, wie er seinen Kuchen mit der Gabel malträtierte. Der Rothaarige nippte am Kaffee.* »*Er ist Anwalt. Vielleicht können wir Dr. Bensley auf Schadensersatz verklagen.*«

»*Die sollen den Scheißkerl einsperren*«, *knirschte Gabriel und verengte die Augen, während er das Massaker auf seinem Teller beobachtete.*

»*Gab, hör auf, mit dem Essen zu spielen*«, *seufzte sein Bruder.* »*Der Käsekuchen kann nichts dafür.*«

Mürrisch wurde er angeschielt. »*Alex, der hat Noah etliche Jahre seines Lebens gekostet! Am liebsten würd ich ihn gar nicht mehr dorthin lassen. Aber im Moment sind alle Therapieplätze in der Umgebung belegt.*« *Alex holte Luft, doch bevor er etwas erwidern konnte, fuhr Gabriel in seiner Tirade fort:* »*Und Beweise für die Korruption haben wir auch nicht. Helena war noch nicht dazu bereit, die Bude ihrer Eltern auf den Kopf zu stellen. Sie hat sie seit ihrem Tod nicht einmal betreten!*«

Sein Bruder nickte. »*Ich hab's mitbekommen. Den Kuchen trifft trotzdem keine Schuld.*« *Alex' Haare glänzten im hereinscheinenden Licht der Sonne wie kupferne Fäden. Ertappt schnaufte Gabriel und ließ die Gabel sinken. Er war ausreichend in Rage, dass er nicht einmal richtig zuhörte.*

»*Ich seh zu, dass ich mit ihr in den nächsten Tagen zum Haus fahr und ihr beim Suchen helfe.*« *Bislang wussten sie nur von der Bestechung, weil Helena einige Jahre zuvor Gespräche ihrer Eltern belauscht hatte. Es galt, Beweise zu finden und Bensley erneut an den Pranger zu stellen.*

»Wenn du mir sagst, wann du hin willst, bin ich dabei«, bot Alex entschieden an. »Sofern ihr Hilfe gebrauchen könnt.«

»Julia bekommt dich gar nicht mehr zu Gesicht. Irgendwann schickt sie Noah und mir 'ne Briefbombe.« Gabriel lehnte sich in seinem Stuhl zurück. »Abgesehen davon brauch ich jemanden, der solange auf Noah aufpasst.«

Alex verschränkte die Arme und legte sie auf dem Tisch ab. »Ich bitte dich: Er ist kein kleines Kind mehr. Ich glaub eher, dass er nicht von deiner Seite weichen wird, wenn du mit Helena den Tag allein verbringen willst.« Mit nachdenklicher Mimik beäugte er seine Tasse.

Der Ältere zückte eine Augenbraue. »Er kommt mit Helena gut aus«, erwiderte er und schaute aus dem Fenster auf die Straße. Der Schnee war inzwischen fast geschmolzen und er sah kommen, dass es dieses Jahr keine weiße Weihnacht geben würde.

»Das kann schon sein. Du vergisst aber, dass du Noahs Bezugsperson bist. Und sie klaut in dem Moment deine Aufmerksamkeit. Ab dem Zeitpunkt könnte es sein, dass Noah sie als Problem ansieht.«

Unweigerlich dachte Gabriel an das Gespräch im Auto zurück. Aufmerksamkeit war offensichtlich bei Noah ein Thema. Zu diesem Zeitpunkt wusste Gab nicht einzuschätzen, inwieweit Noah Helena wirklich als Gefahr erachtete. Er griff nach seiner Tasse und nahm einen Schluck, bevor er den zerstückelten Kuchen zu essen begann.

Alex sah ihm einige Momente dabei zu, schob dann hinterher: »Die Schwierigkeit ist doch, Noah nicht das Gefühl zu geben, als könne er alles mit dir machen. Er würde dich in

Grund und Boden manipulieren. Gleichzeitig darf er sich aber nicht außen vor fühlen.« Damit waren sie wieder bei der Problematik. Warum hatte Gabriel heute ein Déjà-vu nach dem anderen? Bensleys Worte schwirrten ihm im Kopf herum und ließen ihn auf seine Unterlippe beißen.

›Zornesausbrüche und Impulsivität werden Ihnen künftig weiterhin begegnen. Bitte machen Sie sich darauf gefasst und seien Sie sich der Tatsache bewusst, dass Sie die Person sind, an die er sich klammert.‹

Warum ausgerechnet er? In der Quintessenz war es doch seine Schuld, dass sein kleiner Bruder überhaupt in der Psychiatrie gelandet war. Hätte er sich nicht so verhalten, wäre Matt nicht umgekommen. Und hätte er danach nicht in seiner Wut die Schuld auf Noah geschoben, hätte ihn niemand eingesperrt. Wahrscheinlich war es auf der anderen Seite nur gerecht, dass er es jetzt war, der mit Noah und seiner Krankheit kämpfte. Karma hatte ihn gefunden.

***

»Nach dem Scannen klickst du zuerst auf den Button, tippst da die Nummer ein und schickst es weg.« Gabriel hatte sich über Noahs Schulter gebeugt und ihm Aufgaben gegeben, damit er sich einfinden konnte. Natürlich war es an ihm hängengeblieben, ihm sein Tätigkeitsfeld im Verlag zu erklären.

»Krieg ich hin.« Gelangweilt schielte Noah zu ihm auf.

»Etwas mehr Elan«, zischte Gabriel ihn kopfschüttelnd an. »Wenn du hier so eine Arbeitseinstellung an den Tag legst, kommst du über den heutigen Tag nicht hinaus.«

Noah grunzte und richtete sich auf seinem Stuhl auf. »Ich bin nicht unmotiviert. Ich habe nur schlecht geschlafen, weil diese Hexe mich seit Tagen terrorisiert.«

Unweigerlich fuhr Gabriels Aufmerksamkeit zu dem Handy, das neben Noah auf dem Tisch lag. »Du meinst Miranda?« Außer ihnen war niemand im Büro.

Ein Nicken war die Antwort. »Die hat alleine gestern fünfzehn Nachrichten geschrieben und letzte Nacht dreimal versucht, mich anzurufen.«

»Wie wär's, wenn du einfach ihre Nummer blockieren würdest?«, schlug der Ältere vor und stemmte eine Hand in die Seite, nachdem er einen halben Schritt zurückgetreten war.

»Das geht?« Noah starrte ihn mit geweiteten Augen an. Kurz wollte Gabriel ihn fragen, was mit ihm los war. Er öffnete den Mund, nur um ihn dann wieder zu schließen. Mit einem Mal wurde Gabriel erschreckend deutlich, wie weltfremd sein kleiner Bruder war. Es traf ihn härter als erwartet. Die patzige Antwort, die ihm auf der Zunge gelegen hatte, war verflogen. Gabriel rang sich zu einem traurigen Lächeln durch.

»Gibt mir das Teil, ich setz sie auf die Blockliste.«

Ein plötzliches Strahlen auf des Blonden Zügen hätte Gabriel fast – aber nur fast – die Tränen in die Augen getrieben. Was hatte das Leben seinem Bruder nur angetan? Noah drückte ihm das Gerät in die Hand. »Danke, Eli. Du bist meine Rettung!«

Der Knoten im Hals wurde runtergeschluckt und Gab wandte sich ab. »Schon gut. Ich hab gleich ein Treffen mit einem unserer Lektoren. Kommst du klar?«

Eine Schulter wurde hochgezogen. »Klar. Im Notfall hab ich ja deine Nummer.« Mit dem Kopf deutete er zu dem Kabeltelefon, das neben ihm auf dem Schreibtisch stand. Kannte er seine Handynummer auswendig? Nicht, dass es Gabriel gewundert hätte.

»Oder du fragst einfach nebenan. Die beißen alle nicht. Ach ja, und Noah? Nenn mich hier bitte nicht ›Eli‹, okay?« Damit steckte er das Handy seines Bruders weg, das im selben Moment schon wieder vibrierte. Diese Frau war eine Landplage enormen Ausmaßes. Wie viel klarer, als sie zu ignorieren, musste Noah denn noch werden, damit endlich Ruhe herrschte?

***

»Ich mach Mittagspause«, gab Gabriel einige Stunden später seinen Kollegen im Büro zu verstehen und erhob sich seufzend vom Schreibtischstuhl. Manchmal fragte er sich, warum er nicht Künstler geworden war wie seine Eltern. Dann fiel ihm ein, dass er keinerlei zeichnerisches Talent hatte. Es war hart gewesen, als seine Mutter ihn als Kind gefragt hatte, ob seine Rakete ein Hund wäre.

»Gehst du rüber in die Cafeteria?«, fragte ihn eine Kollegin beiläufig. »Bring mir doch bitte eine Zeitung mit.« Gleichzeitig suchte sie in ihrer Tasche nach ihrem Portemonnaie.

»Kann ich machen.« Noah hatte gleich Feierabend und er beschloss, bei ihm vorbeizuschauen, bevor er sich etwas zu essen besorgte.

»Die Zeitung zu lesen lohnt sich momentan überhaupt nicht«, nuschelte der Grafiker, der mit ihnen im Büro saß. »In der örtlichen stehen seit Tagen seitenweise Artikel über diese Psychologenmorde. Als gäb's kein anderes Thema mehr.«

Die Kollegin streckte Gabriel einen Fünfer entgegen, den er stumm entgegennahm und in der Hosentasche verstaute. »Was glaubt ihr, wer sowas macht?«

»Was weiß ich, bin kein Profiler. Bestimmt 'n Gestörter, der gerade aus der Klapse entlassen wurde.« Gabriel schielte zum Computer seines Kollegen, der an einem Buchcover arbeitete.

»Solche Kommentare sorgen dafür, dass Menschen wie mein Bruder keine Chance haben«, gab der Medienkaufmann feindselig an ihn zurück.

Der andere stöhnte. »Ey, du gehst zum Lachen auch in den Keller, oder?«

Bevor Gabriel hätte antworten können, vibrierte es erneut in seiner Tasche. Ungläubig stand er für einige Sekunden mit geöffneten Lippen da, ehe er Noahs Handy hervorzog und einen flüchtigen Blick darauf warf.

›Unbekannte Nummer.‹ Er verdrehte die Augen und schnappte sich seine Tasche. »Ich nehm's zurück. Du könntest recht haben, wenn ich mir so angucke, was noch alles aus der Psychiatrie entlassen wird.« Gabriel eilte aus dem Raum und entschied sich im Flur dafür, den Anruf entgegenzunehmen.

»Castell?«, warf er dem Anrufer skeptisch entgegen. Kurz war nicht mehr als das Rauschen des Windes in der Leitung zu hören.

Dann fragte eine Frauenstimme plötzlich: »Hat er mich jetzt abgedrückt? Du bist Gabriel, oder? Genau so hab ich mir deine Stimme vorgestellt!« Ein melodisches Lachen drang zum ihm durch.

»Miranda Leroy?«, hakte Gab nach, um sicherzugehen. Zweifel hatte er trotzdem nicht daran, dass er genau wusste, wen er da am Hörer hatte. Sie klang schon irre.

»Ich seh schon, mein Ruf eilt mir voraus. Hey Gabriel, ich würde wirklich gerne mit Noah sprechen. Kannst du ihn mir nicht mal ans Telefon holen?«

»Ich denke nicht. Wir kennen uns nicht persönlich und ich habe Ihnen nicht das Du angeboten.« Die Feindseligkeit in seiner Stimme ließ keinen Zweifel daran, dass die Frau ihm nicht willkommen war. »Mein Bruder möchte nicht mit Ihnen sprechen, Frau Leroy. Halten Sie sich einfach aus unserem Leben heraus und lassen Sie meinen Bruder in Ruhe.« Wie zum Teufel hatte sie so schnell herausgefunden, dass ihre Nummer blockiert war? Langsam aber sicher ging sie selbst Gabriel auf die Nerven.

»Hat Noah das gesagt? Man sollte meinen, dass er inzwischen erwachsen genug ist, mir das selbst zu sagen.« Miranda seufzte, meinte dann nüchterner: »Herr Castell, ich habe es Ihrem Bruder schon geschrieben: Es ist wichtig. Ich habe vielleicht die eine oder andere Information über Bensley, die Sie interessieren dürfte. Dieser Mensch hat nicht nur Ihrem Bruder unrecht getan, sondern auch mir und weiteren Kranken. Ich möchte mich mit Ihnen zusammentun, um diesen grausamen Kerl hinter Gitter zu bringen. Also bitte geben Sie das noch einmal an Noah weiter.«

Der Älteste der Castell-Brüder stutzte und verlangsamte seine Schritte, bevor er bei dem Raum ankam, in dem Noah Unterlagen sortierte. »Woher haben Sie diese Informationen?«, fragte er ernst nach.

»Sagen wir, ich bin ITlerin und habe meine Methoden, um an Informationen von Bensley heranzukommen«, gab sie sporadisch zur Antwort. »Noah soll mich anrufen.« Damit wurde das Gespräch abrupt abgebrochen und ein leiser Piepton verriet, dass sie aufgelegt hatte.

Gabriel blickte zu dem Gerät. Zu gerne hätte er sie gefragt, ob sie dieselben Methoden genutzt hatte, um sich in Noahs Krankenzimmer verlegen zu lassen. Und ob sie so auch an die Handynummer seines Bruders gekommen war. Dennoch. Eventuell war die Frau für sie doch lukrativer, als er im ersten Moment angenommen hatte. Wie es schien, versperrte der Groll Noah die Sicht auf relevante Dinge. Gabriel musste seine Gedanken ordnen und sich überlegen, was er mit der neuen Chance anfangen wollte.

Doch bevor er sich damit befassen konnte, kam Noah ihm schon entgegen. »Das nenne ich Timing!« Da wirkte jemand erstaunlich gut gelaunt.

Gabriel stutzte, gab ihm dann aber sein Handy zurück. »Ich hab die Nummer gesperrt. Aber sie ruft inzwischen anonym unter einer anderen an«, murmelte er.

Bedrückt verzog der Blonde die Lippen, zuckte dann mit den Achseln. »Oh, okay. Egal. Danke, dass du es versucht hast!« Noah zog den Reißverschluss seiner Jacke zu und Gabriel deutete zur Glastür am Ende des Ganges.

»Ich bring dich nach unten.« Im gleichen Moment glaubte er zu merken, wie Noah körperlich mehr Abstand hielt als nötig. Überforderte ihn der Kollegen-Status, den sie auf der Arbeit hatten?

»Helena ist schon da, glaube ich.«

Gabriels graue Zellen arbeiteten mit dem Hinweis, den er soeben von Miranda erhalten hatte. Abwesend teilte er Noah mit, dass er eine Nachricht von seiner besten Freundin auf dem Handy hatte. »Sie hat geschrieben, dass sie im Auto wartet.«

»Du liest meine Nachrichten?«, fragte Noah fast schon amüsiert. Aus der Bahn gerissen, starrte Gabriel ihn verdutzt an.

»Nein, aber die Nachricht wurde mir angezeigt, als ich das Teil gerade in der Hand hatte«, verteidigte er sich. »Hab sie versehentlich geöffnet.« Ein Summen aus Noahs Kehle zeigte ihm, dass da jemand versuchte, ihn zu ärgern. Gemeinsam traten sie durch die Aufzugtür.

»Erzähl mir von deinem ersten Eindruck von heute«, lenkte Gabriel vom Thema ab.

»Ich wäre lieber Lektor!«, warf Noah sofort in den Raum. »Die Arbeit, die ihr mich machen lasst, unterfordert mich.« Mit müden Augen schaute er in die seines Bruders.

»Bewähr dich in der einen Sache, die du tust und ich schaue, was sich später machen lässt.« Immerhin würde Noah den Job nicht sein ganzes Leben lang machen. Es war mehr eine Aushilfstätigkeit zur Überbrückung und um ihm eine Chance zu geben, sich ins Arbeitsleben einzufinden. Gabriel dachte sich, dass es ätzend gewesen sein musste, den Schulabschluss in der Psychiatrie zu machen. Dass Noah seinen mittleren Bildungsabschluss spielend mit der Gesamtnote ›sehr gut‹ abgeschlossen hatte, zeigte ihm wiederum, dass sein Bruder mit so einigem unterfordert war. Es war eine Schande. »Wann seid ihr zu Hause?« Es war seltsam, ihm diese Frage zu stellen. Bislang war Noah nie alleine aus gewesen, seitdem sie zusammen wohnten – abgesehen von den Therapiesitzungen.

»Ich weiß nicht, wir werden sehen«, murmelte er geistesabwesend und tippte eine Nachricht auf seinem Handy.

Gabriel lehnte sich gegen die Wand des Aufzugs, als sie nach unten fuhren. Mit der verletzten Hand sollte Helena in seinen Augen nicht Auto fahren. Aber wenn sie gegen alle Widerstände auf der Arbeit Blumengestecke machen konnte, war das wohl kaum ein Diskussionsthema. »Okay. Ich habe heute Nachmittag noch einen Arzttermin. Es dauert sicher, bis ich danach zu Hause bin.«

»Ist gut«, nickte Noah träge.

Gabriel entließ seinen kleinen Bruder einige Minuten später in die Obhut Helenas. Er erfuhr, dass sie ein Treffen mit Alex planten. Für ihn allerdings gab es nun wichtigere Dinge, auf die er sich zu konzentrieren gedachte. Wenn sie die Möglichkeit hatten, den Arzt dranzukriegen, sei es nur mit der Hilfe Mirandas, dann würde er alles daran setzen, es zumindest zu versuchen.

✱✱✱

»Du darfst es niemandem sagen«, betonte Gabriel zum dritten Mal, als er mit seinem Bruder an der Tür des Besucherzimmers stand.

Sie hatten nur noch ein paar Minuten, aber er hatte Noah nicht weiter im Glauben lassen können, dass es an ihm lag. Inzwischen war sein Bruder an dem Punkt gewesen, an dem er nicht mehr verstanden hatte, warum er nicht nach Hause entlassen wurde. Gabriel hatte neben ihm eine Hand an die Wand gestemmt, war tief zu ihm hinabgebeugt. »Wir versuchen unser Möglichstes, aber der Anwalt hat gesagt, dass es ohne Beweise hart wird. Wir arbeiten dran, bitte verhalt dich ruhig!«

»Ich könnte seit Monaten oder gar Jahren draußen sein und du verlangst echt von mir, dass ich Bensley nicht damit konfrontiere?« Noah klang verzweifelt. »Ich dachte langsam selbst, ich bin irre! Und jetzt – jetzt sagst du mir, dass der einzige Grund, aus dem ich nicht nach Hause darf, der ist, dass jemand meinen Psychiater bestochen hat?«

»Wir haben ihn inzwischen mit den Vorwürfen konfrontiert, kleiner Bruder. In drei Wochen ist die Gerichtsverhandlung. Mutter und Vater haben befürchtet, dass er dich darauf anspricht.« Seufzend rutschte Gabs Hand von der Wand und er ließ die Schultern sinken.

»Ansonsten hättet ihr es mir gar nicht gesagt?«, riet Noah ins Blaue und der Blick, der den Dunkelhaarigen traf, war mehr als ernüchtert. »Seit wann wisst ihr das?«

Statt zu antworten, schloss Gabriel schuldbewusst die Augen. »Wir wollten dich nicht mehr belasten als nötig.«

»Weil ihr glaubt, hier drin eingesperrt zu sein, wäre nicht belastend? Ich hocke seit acht Jahren hier, Eli!«

∗∗∗

»Sie sagten, der Psychiater Ihres Bruders hätte bei dem Verfahren seine Aussage verweigert?«, überlegte die etwas betagtere Frau. Ihre grauen Haare waren zu einem Dutt gebunden. Mit Strickpullover und Jeans saß sie Gabriel in einem Sessel gegenüber.

»Nahezu. Er hat es so hingestellt, als wären unsere Eltern grenzdebil und als wäre von Anfang an klar gewesen, dass er unschuldig ist«, flüsterte Gabriel und rutschte tiefer in den Ledersessel, auf dem er hockte. »Und die Eltern von Matthew und Helena konnten selbst die Telefonate mit dem Psychiater so erklären, dass unsere Vermutungen haltlos waren.« Der Prozess vor zwei Jahren ließ ihn nicht los. Anstatt sich erneut darüber zu unterhalten, dass er bis heute nicht von dem Selbstvorwurf ablassen konnte, Matt den Tod und Noah die Anstalt gebracht zu haben, wurden umso ältere Kamellen wieder ausgegraben.

Die Psychologin kritzelte auf ihren Block. »Wie haben sie die Gespräche denn gerechtfertigt?«

»Verwandtschaft.« Gabriel rieb sich übers Gesicht und beugte sich vor. »Der Typ ist über mehrere Ecken mit der Familie verwandt. Wussten wir aber nicht.«

»Und Ihre Freundin? Wie sind Helenas Eltern damit umgegangen, dass ihre Tochter Ihnen davon erzählt hat? Sie haben ja gesagt, dass das Mädchen ein Telefonat belauscht hätte.« Die Psychologin lugte von dem Notizblock auf.

»Die Beziehung zwischen Helena und ihren Eltern war zu Jugendzeiten schwierig«, erinnerte sich Gabriel. »Sie war sehr häufig bei mir und meinem Adoptivbruder. Bei ihr zu Hause gab es oft Streit deswegen. Die lose Freundschaft unserer Familien hat Matthews Tod nicht überlebt.« Gabriel hatte den Blick aus dem Fenster schweifen lassen, sah die Frau nicht an. »Sie haben Helena immer wieder für ein paar Tage rausgeworfen. Am Ende haben sie ihr und ihrem Exfreund sogar die Wohnung bezahlt, um sie aus dem Haus zu bekommen.« Abgespannt ließ er die Finger über die geschlossenen Augenlider fahren. »Sie haben sie immer als ›Schande für die Familie‹ bezeichnet.«

Kurz herrschte Ruhe, in der nur das Geräusch vom Kugelschreiber auf Papier zu hören war. »In Ordnung. Herr Castell, wie geht es Ihnen momentan damit, dass das Thema wieder aufgerollt wird?«

»Wie es mir geht?«, wiederholte Gab die Frage und taxierte den Fußboden. »Mich kotzt es an, dass Bensley immer noch so tut, als wäre alles ein großes Missverständnis. Und ich hoffe, dass wir einen neuen Ansatzpunkt finden, um gegen ihn vorzugehen.«

»Hmhm.« Die Psychologin legte ihren Block beiseite und faltete die Hände. »Und zwischen Ihnen und Ihrem Bruder? Wie sieht es da zurzeit aus? Sie hatten ja Sorgen, dass Ihr Bruder Ihnen die Schuld für alles gibt.«

Gabriel schüttelte langsam den Kopf. Er wusste es nicht. Er hatte keine Ahnung, wie es momentan zwischen ihnen lief und noch weniger wusste er, was Noah dachte. »Ich habe mich nie getraut, ihn auf den Todestag meines Freundes anzusprechen«, gab er niedergeschlagen zu.

11
BÖSE VORZEICHEN

»Was ist das? Du machst mir Angst!« Ich hörte das Zittern in meinen Worten. Gurgelnd stellte Gerôme den Kanister beiseite und kramte nach etwas in seiner Hosentasche.

»Das wird bald aufhören. Bald muss niemand mehr Angst haben«, folgte das leise Nuscheln. Die folgenden Silben vermischten sich zu einem Singsang. »Dann ist alles vorbei. Und wir sind vom Teufel erlöst. Für immer. Für immer.«

»Hier bist du«, tönte es brüsk von der Tür. Meine Mutter rieb sich über den Nacken, hatte Gabriel an der anderen Hand. Ihre Knie umspielte ein weißes Nachthemd. »Was machst du in Noahs Zimmer?«

»Dem ein Ende setzen, Gwen«, antwortete Vater scharf. Dann erkannte ich die Packung Streichhölzer in seinen Fingern. Im Halbdunkel traf mein Blick Elis. Mit einem Mal überkam mich Panik. Ich hörte meinen eigenen Schrei und wollte vom Bett flüchten. Eine Hand griff meinen Oberarm und riss mich zurück auf die Matratze.

»Mama!«

»Gerôme! Lass Noah los!« Meine Mutter überbrückte den Abstand zu Vater binnen Sekunden. Ein dumpfes Geräusch, gefolgt von einem Gluckern drang an meine Ohren. Sie hatte den Kanister umgestoßen, langte nach dem Arm ihres Mannes. Er überragte sie um einen Kopf, ließ mich dennoch los.

»Verschwinde, Gwen! Wir müssen das tun!« Das Brüllen dröhnte in meinem Bewusstsein. Gerôme schmetterte sie von sich und sie stürzte. Mutter krabbelte über den Boden. Ich rutschte in *die andere Ecke des Bettes, schluchzte. Ein Funke, dann Feuer. Gabriel plärrte meinen Namen und die Stimme Gwendolyns hallte im Raum wider. Erneut stürzte sie sich auf ihn. Das Streichholz fiel und binnen Sekunden wurde das Zimmer taghell erleuchtet. Flammen züngelten über den Boden. Laute Stimmen vermischten sich zu unverständlichen Tönen und ich entzog meinen Fuß der Hitze, die sich nach ihm reckte.*

Hektisch steuerte Gabriel auf das Kinderbett zu, zerrte mich unsanft auf den Boden. Ich weinte, während er nach Mutter schrie. Sie rang mit unserem Vater, wurde an den Schultern gepackt und aus der Reichweite des Feuers gedrängt. Mit einem Stöhnen prallte sie gegen eine hölzerne Kommode.

»Du verrätst unseren Herrn, indem du diese Höllenbrut beschützt!« Ein Jaulen breitete sich im Raum aus. Gerômes Hose hatte Feuer gefangen. Unsere Mutter rutschte benommen am Schrank hinab. Neben ihr zerschellte eine Vase.

»Lauft weg!«, brüllte sie uns tränenverzerrt an. Die Flammen hatten das getränkte Bett verschlungen. Der Qualm drang in meine Augen und kroch uns bis in die Lungen. Das Letzte, was ich sah, bevor Gabriel mich auf die Beine zog, war, wie unsere Mutter nach einer großen Scherbe griff.

»Noah, komm schon!« Mein älterer Bruder rupfte an meinem Arm. Hustend stolperte ich ihm hinterher. Gleichzeitig brannte sich das Kreischen in unserem Rücken in mein Gedächtnis. Ich konnte nichts sehen, schnappte nach Atem. Heiße Tränen liefen über meine Wangen. Unsere Familie war zerstört.

***

»Wie war euer Nachmittag?«, tönte es aus dem Arbeitszimmer von der anderen Flurseite, als ich die Küche betrat. Ich hatte beim Hereinkommen das brennende Licht gesehen, aber erst die Einkaufstüten abstellen wollen. Gemeinsam mit Elis bester Freundin und Alex hatte ich Dekoration für ihr Elternhaus eingekauft. Sie hatte den Wunsch nach einem persönlichen Touch im Haus geäußert. Zuvor waren wir in ihrem Lieblingscafé gewesen. Einige Minuten hatte ich den Eindruck gehabt, sie hätte mir die stichelnden Kommentare zu dem bemerkenswert kreativen Café-Namen *LatteMafabulous* übelgenommen. Dann hatte sie beschlossen, dass ich ihre Taschen tragen durfte und ich hatte nachgegeben. Sehr zu meinem Leidwesen, wie ich festgestellt hatte.

»Die Frau ist mindestens genauso grausam wie du. Habt ihr den Sklaventreiber-Workshop zusammen besucht?«, gab ich grunzend an Eli zurück und schlenderte in Richtung Arbeitszimmer. Helena, die direkt ins Badezimmer verschwunden war, als wir die Tür reingekommen waren, trat nun den Flur entlang und blickte an mir vorbei zu ihrem besten Freund.

»Noah übertreibt.« Empört verschränkte sie die Arme.

»Ich war bei ihr in der Lehre«, folgte Elis trockene Reaktion. Ich verkniff mir die zugegebenermaßen etwas sexistische Aussage auf meinen Lippen und gesellte mich zu den beiden. Gleichzeitig beobachteten Helena und ich, wie Eli auf dem Boden saß und Ordner durchstöberte. Das Chaos um ihn herum zeigte, dass er etwas suchte. Zögernd trat ich ein und beugte mich nach vorn. Über Kopf versuchte ich zu lesen, was er da in den Händen hielt.

»Wonach suchst du?«, wollte ich mit gerunzelter Stirn wissen. Unsere momentane Mitbewohnerin stand schweigend hinter mir in der Tür. Seufzend huschten die Augen meines Bruders über das Blatt vor seiner Nase, dann klappte er den alten grauen Aktenordner zu und legte ihn neben sich. Ernst sah er zu mir auf und fuhr sich durch die Haare.

»Ich such nach den Anwaltsschreiben von 2009.« Er hatte einen Moment gewirkt, als ob er die Wahrheit lieber für sich behalten hätte. Von mir lugte er geradewegs zu Helena. Angespannt stand sie da und zog die Schultern gen Ohren, als würde sie frösteln.

»Von 2009?«, fragte ich mit gesenkter Stimme und richtete mich wieder zu meiner vollen Größe auf.

»Von dem Prozess gegen Bensley und meine Eltern«, gab Helena mir zu verstehen, sah mich jedoch nicht an. Stattdessen schien ihr Blick meinen Bruder zu durchbohren. »Ist dir noch was eingefallen?«

Eiseskälte kroch mir in die Knochen und ich zupfte an den langen Ärmeln meines Pullovers. »Wozu?« Mir kamen die unzähligen Nachrichten Mias in Erinnerung. Ich hatte für mich entschieden, dass ich nicht bereit war, mich damit auseinanderzusetzen. Im Moment wollte ich einfach nur meine Ruhe. Irgendwann, wenn wir andere Anhaltspunkte als Helenas belauschtes Gespräch und ausgerechnet Mirandas vermeintliche Informationen hatten, dann würde ich mich damit beschäftigen.

Eli atmete tief durch und stand vom Boden auf. Sein legeres Jackett war zerknittert und die dunkle Jeans verstaubt, so wie der Rest des Raumes. »Ich hab mit Miranda telefoniert.«

Er hätte mir genauso gut eine Bratpfanne ins Gesicht schlagen können. Der erzielte Effekt wäre derselbe gewesen. Umgehend kochte mir das Blut hoch. Sie hatte in meinem Leben nichts mehr verloren. Genauso wenig wie der vermaledeite Psychiater. Ich war auf dem besten Weg, ihm zu zeigen, dass ich gesund war. Ich brauchte ihn nicht mehr und sie sollten alle – alle, alle! – aus meinem Leben verschwinden!

»Warum?!«, fauchte ich Gabriel an. Ungläubig starrte ich in sein Gesicht. »Du solltest nur ihre Nummer blockieren!«

»Das habe ich«, antwortete Gabriel fest und rieb sich über die Wange. Für einen Sekundenbruchteil lag mein Augenmerk auf der Kette um seinen Hals.

»Und dir die Nummer rausgeschrieben, um mit ihr zu reden? Ganz großes Kino, Eli!« Enttäuscht warf ich die Arme in die Luft, wurde lauter als ursprünglich geplant. »Ich dachte, du wolltest mich *nicht* hintergehen!«

»Jetzt hör mir doch erst einmal zu, Noah! Ich hab die Nummer blockiert und als ich dich nach der Arbeit holen wollte, hat sie anonym angerufen. Ich hab abgehoben, um ihr zu sagen, dass sie aufhören soll, dich zu nerven.« Ich bemerkte, wie schwer es ihm fiel, nicht selbst laut zu werden.

»Aha«, schleuderte ich ihm misstrauisch entgegen. »Und sie hat dich eingelullt und dir ihre blöde Geschichte erzählt.«

»Sie hat mir eben nichts erzählt«, korrigierte Gabriel mich. »Du hast mir verschwiegen, dass sie uns vielleicht weiterhelfen kann. Warum schmeißt du deine Chance auf Genugtuung aus dem Fenster?« Inzwischen war Gabriel vor mich getreten und hatte den Kragen meines Pullovers gegriffen.

»Ich räche mich noch früh genug!«, knurrte ich ihn an und sah grollend in die mir allzu bekannten Augen. »Dafür brauche ich ihre verfluchte Hilfe nicht!« Entschieden schob ich die Hand meines Bruders weg und trat einen Schritt zurück.

»Du läufst weg!« Gabriel schlug mit der flachen Hand gegen den Schrank neben mir. Unweigerlich zuckte ich zusammen. »Ich versuche, dir zu helfen, Noah! Und du lässt keinen Grund aus, um allen um dich herum Vorwürfe zu machen. Glaubst du vielleicht, dass das angenehm ist?« Inzwischen war er lauter als ich und der Choleriker zurück.

»Hey!«, blökte Helena plötzlich dazwischen und Himmel, ich wusste nicht, woher sie den Mut nahm, sich zwischen uns zu stellen. »Hört auf, euch anzugehen! Damit ist niemandem geholfen!« Sie drückte Gabriel die linke, unverletzte Hand auf die Brust, die sich in seiner Nervosität aufgebracht hob und senkte.

Ich biss mir auf die Unterlippe und wandte mich ab. »Ihr habt keine Ahnung, wie ich mich fühle. Also urteilt nicht danach.« Meine Stimme hatte ich gesenkt, wollte nicht vor Helena zugeben, wie sehr die Worte mich getroffen hatten. Energisch knotete ich meine Haare hoch, um meine Hände zu beschäftigen.

»Und du hast scheinbar keine Ahnung, wie ich mich fühle«, warf mein Bruder den Ball zurück. »Oder du weißt es und verletzt bewusst!«

Ich glaubte, meinen Ohren nicht zu trauen, und wusste nicht, was er meinte. »Wie kommst du darauf?«, fragte ich verständnislos.

»Du hast angedeutet, dass ich dich hintergehe«, knurrte Gabriel und Helena ließ die Hand sinken, als er plötzlich damit anfing, das Chaos auf dem Boden aufzuräumen. Ohne mich anzusehen, schob er nach: »Ich bin nicht wie unser Scheißvater!« Energisch pfefferte er die

Ordner zurück in das Regal. Verdattert öffnete ich die Lippen.

»Ich habe nie ...« Ich stoppte mich selbst. Oder hatte ich doch? Mir blieben die Worte im Halse stecken. Gabriel stützte sich am Regal ab und schluckte, den Blick gen Boden gerichtet.

»Ich versuche doch nur, dich zu beschützen«, murmelte er auf einmal, als er mich nach einigen Momenten wieder ansah. Aus dem Augenwinkel erkannte ich, wie Helena mitleidig von ihm zu mir sah. »Ich bin nicht wie *der*, der dich mir fast weggenommen hätte. Ihm kann ich nicht mehr die Leviten lesen. Er ist tot. Aber ich kann zumindest versuchen, den zu überführen, der mir meinen kleinen Bruder zehn Jahre entzogen hat.« Gabriel hatte sich verändert. Als Kind war er ruhig, zurückhaltend und angepasst gewesen. Doch die Zeit hatte ihn impulsiv und gleichzeitig verschlossen auf eine Art und Weise werden lassen, die mich jetzt überfordert zurückließ. Schmerzlich wurde mir klar, dass ich genau so agierte, wie es meinem Profil entsprach. Ich war aufbrausend und verletzte bewusst den Menschen, der mir am wichtigsten war.

»Helena?«, flüsterte ich niedergeschmettert, ohne sie anzusehen. Ich brauchte nicht fortzufahren. Abwehrend hob sie eine Hand.

»Bin schon weg.« Damit verließ sie das Arbeitszimmer und zog die Tür hinter sich zu. Eli schluckte seinen Ärger runter, als er mich müde und abgeschlagen betrachtete. Mit ineinander verschränkten Fingern ging ich zu ihm und benetzte nervös meine Lippen.

»Es«, setzte ich unstet an, »tut mir leid, Eli.« Ein entschuldigendes Lächeln rang ich mir ab. Ich wollte mehr sagen, doch meine Augen brannten schon wieder.

Warum war ich bei allem, was ihn involvierte, so unfassbar nah am Wasser gebaut? Mein Bruder knurrte und ehe ich mich versah, hatte er mich am Arm näher gezogen. Die Umarmung dauerte nur einen Augenblick.

»Du treibst mich in den Wahnsinn. Vergiss nicht, dass du das nicht alleine machen musst.« Er löste sich von mir und griff meine Schultern. »Hier draußen bist du kein Einzelkämpfer mehr. Und ich bin vieles … aber ich bin nicht wie unser Erzeuger!«

**

»Ich geh jetzt nach Hause, Noah. Ohne dich! Und erzähle Vater und Mutter, dass ich dich nie wieder mitnehme! Nie, nie wieder!« Gabriels Stimme wurde lauter. »Du bist alt genug, um zu wissen, dass das eine echt blöde Idee ist.«

Die Umgebung war in unnatürliche Blauviolett-Töne getaucht. Das Gesicht meines Bruders verzog sich zu einer Fratze, als er sich von mir abwandte. Er ging, ließ mich zurück. Mit einem Menschen, den ich mehr als alles andere hasste. Der Ärger kochte in mir hoch.

»Dann geh doch!«, schrie ich ihm hinterher. Und doch würde es das letzte Mal sein, dass er mich verließ. Ich ließ nicht zu, dass sein Freund ihn weiter beeinflusste. Oh, es kam mir so gelegen, dass Matthew nach meinem Bein griff.

»Super, Noah! Du hast alles kaputtgemacht! Alles! Komm von dem beknackten Baum runter oder ich hol dich!« Sollte er mich holen. Ich zog meinen Fuß weg und angelte nach dem nächsten Ast über meinem Kopf. Weiter, noch weiter nach oben. Bedrohlich und eisig zog der Wind mir durch die Haare. Die Finger an dem knorrigen Ast verkrampft, sah ich nach unten zu Matthew.

»Komm und hol mich doch.« Und dann, wenn du nah genug bist, wenn du dich ein weiteres Mal nach mir ausstreckst, werde ich dich los. Ich drückte mich auf meinem Sitz in eine hockende Position. Unter mir wartete der Tod. Als Matthew in seiner dümmlichen Art immer höher kletterte, um mich zu erreichen, war der Moment gekommen.

»Noah, gib mir deine Hand! Du hast gewonnen, wir gehen nach Hause.« Ich reichte ihm meine Hand. Dann zog ich. So lange, bis er nach vorn kippte und ihm die morsche Borke unter den Füßen wegbrach. Die unendliche Tiefe verfärbte sich rot, als die Millisekunde der Erkenntnis seine Miene verfinsterte. Meine Hand entglitt ihm. »Noah!«

✻✻✻

Als ich die Augen aufschlug, merkte ich, dass ich es war, der schrie. Die Lider weit aufgerissen, starrte ich an die düstere Zimmerdecke. Erst Sekunden später spürte ich die Hände an meinem Arm. Ich fuhr zusammen und sah in dunkelblaue Tiefen.

»Noah.« Es war Helenas Stimme. Ruppig entzog ich ihr meinen Arm und setzte mich stocksteif auf. Mein Brustkorb schmerzte und mein Puls raste. Es war früh am Morgen, Helena in einen fliederfarbenen Bademantel gehüllt. »Du hast geträumt«, eröffnete sie mir vorsichtig, zog den Mantel fester um ihre Schultern und gab mir den Abstand, den ich forderte.

»Scheiße«, entfuhr es meiner trockenen Kehle und ich vergrub für einen Augenblick das Gesicht in den Händen. »Warum jetzt?« Eine Frage, die ich in erster Linie mir selbst stellte. Mir wäre es lieber gewesen, sie hätte nichts davon mitbekommen.

Helena schüttelte langsam den Kopf. »Soll ich Gabriel rufen?« Er war so ziemlich der Letzte, den ich jetzt sehen wollte.

»Nein!«, blaffte ich sie gereizt an und mied es, ihr einen neuerlichen Blick zu schenken. »Er hat genug mitgemacht. Er hasst mich sowieso schon.« Die Worte waren schneller und verbitterter raus, als ich über sie nachgedacht hatte. Manchmal war diese Sprunghaftigkeit tödlich für jegliche Intelligenz.

»Was meinst du damit?«, fragte sie mich todernst und suchte nach meinen Augen.

Ich ballte meine zitternden Hände zu Fäusten. »Nichts meine ich. Nur ein Alptraum, vergiss es einfach.«

»Ich denke nicht.« Entschieden erhob sie sich von der Bettkante. Erst jetzt schielte ich feindselig zu ihr auf.

»Es geht dich nichts an.« Knapp nahm ich ihren Aufzug in Augenschein. Die erdbeerblonden Locken waren mit einer Spange hochgesteckt, ihre Beine unter dem Morgenmantel nackt. Wahrscheinlich hatte mein Schrei sie aus dem Bad geholt. Sie war ungeschminkt. Auf ihrer Wange glaubte ich, die Überbleibsel eines Veilchens erkennen zu können. Jenseits der Tür war ein Maunzen zu vernehmen. Helena hatte Muffin gegen seinen Willen ausgesperrt und er protestierte lautstark.

»Natürlich geht es mich etwas an, wenn du schlecht über meinen besten Freund redest«, gab sie entschieden zurück. Der Tonfall war hart. »Gabriel könnte dich niemals hassen! Wenn er das täte, wärst du nicht hier. Ich fasse nicht, was er alles für dich tut und getan hat. Und du tust ihm immer noch Unrecht, indem du behauptest, er würde dich hassen? Das ist unfair, Noah. Und vor allem unglaublich undankbar.«

Diese dreiste kleine Zwergin schaffte es, mich so anzugiften, dass mir für einen Wimpernschlag die Sprache wegblieb. Fast hatte ich mich daran gewöhnt, von den meisten Menschen mit Samthandschuhen angefasst zu werden. Ich schlug die Bettdecke beiseite und sprang in Jogginghose und Shirt auf. »Du hast überhaupt keine Ahnung! Ich habe seinen besten Freund auf dem Gewissen und tief in seinem Inneren weiß er das auch!« So viel zur Schonung.

Ungläubig stieß Helena Luft aus ihren Lungen. Dann wurde ihre Stimme weicher. »Warum müssen Gabriel und du euch ständig für alles die Schuld geben, Herrgott nochmal?«

Ich war zu dem Stuhl getreten, auf dem ich meine Klamotten für den heutigen dritten Advent zurechtgelegt hatte. Innehaltend schloss ich die Augen. »Du hast wirklich keinen Grund, deshalb zu heulen«, murmelte ich undeutlich. Ich konnte es nicht leiden, wenn Helena weinte. Um ihr Schniefen zu hören, musste ich sie nicht ansehen.

»Doch, Noah!«, klagte sie, stieß einen leisen Fluch aus und trat zum Schreibtisch, um sich ein Taschentuch zu holen. »Es macht mich traurig. Zum einen kann mein Bruder nie Ruhe finden, wenn ihr euch so quält wegen ihm, und zum anderen tut es mir weh, wenn es euch so schlecht geht!«

Sie ließ sich auf meinen Schreibtischstuhl sinken und schnäuzte ihre Nase. Mit geschürzten Lippen wandte ich mich zu ihr um. Sie war zu gut für diese Welt. Ich hatte nicht einmal Schuldgefühle. Kaum war der Gedanke zu Ende gedacht, biss mein Traum mich in den Hintern. Fing Matthew jetzt, wo ich mit seiner Schwester zu tun hatte, an, mir aus dem Jenseits ein leidiges Gewissen zu bereiten?

»Seit Jahren ist Gab mit seiner Posttraumatischen Belastungsstörung bei meiner ehemaligen Psychologin. Ich finde sie klasse, aber ich hab das Gefühl, die Therapie hilft ihm nicht.« Ein erneutes Schluchzen. »Wie kann *er* denn immer noch so darunter leiden, wo *ich* Matt längst habe gehen lassen?« Unsere Blicke trafen sich. Ich war überfordert, hatte nicht gewusst, dass er einen Psychologen aufsuchte.

»Er hat 'ne PTBS?«, fragte ich nach und schnappte mir endgültig meine Klamotten vom Stuhl. Helena sah mich an, als hätte sie einen Geist gesehen.

»Du wusstest das nicht?«, fragte sie mich im Flüsterton. Als ich einfach nur mit hängenden Schultern den Kopf schüttelte, seufzte sie und warf die Arme in die Luft. »Ich sollte aufpassen, was ich von mir gebe, echt!« Ihre Augen waren verheult und doch lachte sie. »Ich erzähl dir immer Kram, den ich besser für mich behalten hätte.«

Ich murrte, bewegte mich dann aber Richtung Zimmertür, um sie ihr aufzuhalten. »Glaub mir, du bist besser dran, wenn du gar nicht mehr mit mir redest«, beschloss ich mit einem aufgesetzten Feixen. »Ich würd mich gerne umziehen. Geh dich schminken, bevor Gabriel noch das blaue Auge sieht.«

Sich brüstend stand sie auf. »Na hör mal, so charmant wurde ich auch noch nicht rausgeworfen.« Das lag womöglich daran, dass ich einfach nicht charmant war. Trotzdem schien sie es mir nicht übelzunehmen. Stattdessen bedankte sie sich für die Erinnerung und ging.

Gabriel litt an einer Posttraumatischen Belastungsstörung und hatte mir nichts davon gesagt. Er gab sich ebenfalls die Schuld an dem, was vor zehn Jahren geschehen war. Warum? Weil er gegangen war, ohne mich aufzuhalten? Glaubte er vielleicht, er hätte irgendetwas tun können? Bis heute war ich mir sicher, dass er nicht derselben Meinung war wie die meisten anderen um mich herum. Er kannte mich, war dabei gewesen: Eli musste wissen, dass ich und niemand sonst Matthew getötet hatte. Wie konnte er mit dem Wissen leben – *ohne* mich zu hassen – und sich gleichzeitig die Mitschuld geben? Meine Gedanken rotierten und ich ertappte mich dabei, wie ich mir nervös über die Narben an meinem Unterarm kratzte. Es fing wieder an.

***

Den halben Tag lang kreisten meine Gedanken und fanden keine Ruhe. Zwischen Gabriel und mir war alles halbwegs im grünen Bereich und ich hatte mich dazu breitschlagen lassen, mich bei Mia zu melden, sobald ich es mit mir und meiner Psyche vereinbaren konnte. Doch eine zunehmende innerliche Unruhe machte sich in mir breit. Die Leere, die lange Zeit mein Gemüt befallen hatte, war wie weggefegt. Zurückgeblieben war eine Dysphorie, die mich an diesem Tag das eine ums andere Mal einholte. Die unmenschliche Angst, Gabriel zu verlieren, breitete sich aus.

Der Traum vom Unfalltag ließ mir keine Ruhe. Und der Fakt, dass ich Miranda kaum weiter ignorieren konnte, trieb mich in die Verzweiflung. Schon am Frühstückstisch war ich ausreichend geistig abwesend gewesen, dass Eli mich zweimal darauf hingewiesen hatte, dass mein Teewasser fertig war.

Es war der 18. Dezember, der Tag, den wir für unseren gemeinsamen Besuch auf dem Weihnachtsmarkt auserkoren hatten. Während ich bei der Planung mit Alex noch motiviert gewesen war, hätte ich mich jetzt am liebsten verkrochen. Helena telefonierte im Flur mit den Vermietern ihrer alten Wohnung, um sie auf Raphael umschreiben zu lassen, und Muffin wurde zum wiederholten Mal von Eli von der Arbeitsplatte in der Küche gejagt. Ich hingegen saß am Tisch und blätterte unkonzentriert durch die Zeitung, die am Morgen gekommen war. Die Psychologenmorde waren noch immer auf der Titelseite und erregten meine Aufmerksamkeit. Der inzwischen dritte Mord an einem Therapeuten in kürzester Zeit. Die Polizei tappte im Dunkeln. Ein weiterer Psychiater wurde seit ein paar Tagen vermisst.

»›Wir halten es für unwahrscheinlich, dass der Mörder die Opfer persönlich kannte‹, erzählt Oberkommissar Frey. ›Vermutlich versucht hier ein psychisch verwirrter Patient, eine ganze Berufsgruppe auszuradieren. Irgendwer, der mit Therapeuten schlechte Erfahrungen gemacht und seinen Groll von einer Person auf den gesamten Bestand an Psychologen und Psychiatern in der Stadt ausgeweitet hat. Es ist wahrscheinlich, dass das erste Opfer in Verbindung mit seinem Mörder stand‹«, las ich gedankenverloren vor, während Gabriel die Spülmaschine ausräumte. Vollkommen unreflektierte Gewalt, ohne einen Gedanken daran zu verschwenden, ob der Genozid einer Berufsgruppe Sinn machte.

»Was hältst du davon?«, fragte Gabriel mich, während er ein Glas abtrocknete. Aus dem Flur war noch immer leise die Stimme Helenas zu hören. Ich meinte auszumachen, dass sie über den Tod ihrer Eltern sprach.

»Glaubst du, ich war's?«, stellte ich die Gegenfrage und schaute meinen Bruder düster an. Eli ließ fast das Glas fallen.

»Natürlich nicht. Red keinen Mist! Mich würde nur interessieren, wie du darüber denkst. Wenn jemand mit Irren zu tun hatte, dann du. Abgesehen davon weißt du, wie es ist, Psychiater zu verabscheuen«, erklärte er beiläufig. Stumm begutachtete ich ihn. Er trug ein schwarzes Hemd und eine Jeans. Seine Haare waren weitestgehend mit Gel gebändigt. Der Dreitagebart war ordentlich zurechtgestutzt und überhaupt machte Gabriel einen Eindruck wie aus dem Ei gepellt. Grüne Augen trafen auf meine.

»Weiß nicht«, antwortete ich mit trockenem Mund. »Bei dem, was ich erlebt hab, würd es mich nicht wundern, wenn da irgendwann jemand abdreht. Zeugt von Realitätsverlust und einer Wut, die verblendet.« Meine Stimme wurde eintönig und ich betrachtete das Bild des Oberkommissars in der Zeitung. »Andererseits passiert sowas, wenn Menschen Gott spielen. Da hat jemand seinen eigenen Richter erschaffen, nehme ich –«

»Was machst du da?« Eli unterbrach mich und legte das Geschirrtuch beiseite. Sofort sah ich wieder zu ihm.

»Was soll ich machen?« Verständnislos blinzelte ich. Mit einem Nicken deutete er zu meinen Händen. Mein Unterarm hatte rote Striemen, die von den Fingernägeln der anderen Hand stammten. Umgehend ließ ich sie sinken und starrte auf die zerkratzte Stelle, als würde der Arm nicht mir gehören.

»Ich hab's nicht gemerkt«, meinte ich hektisch und zog die hochgekrempelten Ärmel des roten Pullovers bis zu den Fingerknöcheln.

»Du hast allen Grund, Bensley zu hassen«, meinte Gabriel streng. »Es wird Zeit, dass wir uns nach einem anderen Therapeuten umsehen. So geht es nicht weiter.« Die Worte klangen final und ich fühlte mich bevormundet. Trotzdem widersprach ich nicht.

»Na, wenn du einen in der Nähe findest, der sich noch traut, Patienten anzunehmen.« Helena war zurück in die Küche getreten. »Also ich kenne da eventuell eine gute.« Das war nicht der Wink mit dem Zaunpfahl – an dem Pfahl hing der komplette Zaun. Ihr Blick zu Eli war derart auffällig, dass ich mich fragte, ob ich den mit weniger Wissen übersehen hätte. Auch wenn sie sich nicht am Morgen um Kopf und Kragen geredet hätte, wäre er mir sicher nicht entgangen.

»Bei meiner letzten Recherche habe ich keinen mit freien Plätzen gefunden. Das ist das Problem«, presste Eli hervor und holte wieder Luft, als es klingelte.

»Ich geh schon. Ist vermutlich Alex.« Prompt war ich auf den Beinen und aus der Küche gehechtet. Auf dem Weg zur Haustür rieb ich mir über den malträtierten Arm. Es wurde schlimmer und ich hatte es offenbar nicht unter Kontrolle.

12
UNTER BEOBACHTUNG

Es war bitterkalt. Die Sonne schien und täuschte über die Temperaturen hinweg, zeigte sich von ihrer schönsten Seite. Gabriel, seine beiden Brüder und Helena waren gemeinsam zum Weihnachtsmarkt gefahren. Inzwischen war es früher Nachmittag und in der Innenstadt herrschte geschäftiges Treiben. Die Anfang Zwanzigjährigen betraten gemeinsam den großen Platz, auf dem der Markt aufgebaut worden war.

Gabriel hatte gehofft, dass die Ablenkung Noah guttun würde. Zuvor hatte er sich kurz mit Helena alleine unterhalten und das, was sie bezüglich Noahs Zustand gesagt hatte, beunruhigte ihn. Er musste an Bensleys Warnung zurückdenken und daran, dass Noah die Wahrheit um Matthews Tod verdrehte. Dass er sich einredete, schuld zu sein, war Gab bekannt. Welches Ausmaß das angenommen hatte, konnte er zu dem Zeitpunkt jedoch nur ahnen.

»Also ich find Glühwein für den Start eine gute Idee!«, beschloss seine beste Freundin grinsend.

»Wenn Gabriel uns nach Hause bringt«, gab Alex zu bedenken und zog die Schultern hoch. »Ich wär dabei. Die Woche war anstrengend.«

»Entschuldigung.« Noah verstaute die Hände in seinen Jackentaschen und vergrub die Nase im Schal.

»Ach«, gluckste Alex, »als ob du das Problem wärst. So häufig, wie Gabriel dich für was anderes abgestellt hat, komm ich bei dir als Integrationshelfer doch gar nicht zurande!«

»Ich versuche nur, dir unter die Arme zu greifen«, erinnerte Gabriel ihn. »Du wolltest ihm einen Job in einer Härterei besorgen!« Der tadelnde Blick, der den Rothaarigen traf, wurde ignoriert. Die Gruppe trat an den ersten Ständen vorüber. Glockenspiele, Kerzen und Duftöle fesselten kurz Helenas Aufmerksamkeit, bevor sie sich wieder den Männern zuwandte.

»Ihr habt das essenzielle Thema vergessen: Was ist jetzt mit Glühwein? Ja oder ja?« Motiviert stieß sie Noah an und Gabriel schwante Böses.

»Ich fahr schon.« So viel zum Prinzipiellen. »Aber ich glaub nicht, dass Noah trinken sollte.« Wenn er so an das letzte Mal und die Katastrophe im Landhaus dachte, wurde im mulmig.

Sein jüngerer Bruder rieb sich die frostigen Hände. »Ich hab noch nie Glühwein getrunken«, gab er zu und Gab hatte den Eindruck, dass er noch immer angespannt war. Wiederholt sah Noah sich um, blickte über die Schulter zurück, als ob ihn jemand verfolgen würde.

»Ist schon okay, bist ja nicht alleine«, klinkte sich Alex ein und klopfte Noah auf die Schulter. Vom nächsten Glühweinstand dröhnte lautes Gelächter. Der Blonde ließ sich ein Stück zurückfallen und sah Gabriel fragend an.

»Und, trägst du mich nach Hause?«, fragte er ihn mit offensichtlich unechtem Lächeln.

»Klar, wir tragen dich auch ins Bett!«, rief Helena über ihre Schulter, bevor sie den Stand ansteuerte. Gabriels Atem zeichnete sich vor seinem Gesicht ab.

»Ich will sehen, wie du ihn auch nur ins Auto beförderst«, nuschelte er in Richtung seiner besten Freundin.

Gleichzeitig schweiften Noahs Augen wieder durch die Menge und Gab zog ihn endgültig am Arm näher. »Hey, was ist los?« Gemeinsam verlangsamten die Brüder ihre Schritte. Noah wich dem Blick des Älteren kurz aus, entschied sich dann aber offenbar für die Wahrheit.

»Miranda.« Er zog sein Handy aus seiner Tasche und drückte es Gab in die Hand. Derselbe nahm beiläufig wahr, wie Alex und Helena beim Glühweinstand verschwanden und zog Noah an die Seite, um nicht mitten im Weg stehen zu bleiben. »Sieh dir die letzte Nachricht an«, flüsterte der Jüngere und rieb sich über die Oberarme. Gabriel zögerte und besah sich das Gerät in seiner Hand. Warum gab sie keine Ruhe? Der Aufforderung nachkommend, überflog er in dem Moment die besagte Nachricht, in dem die anderen beiden mit insgesamt drei Bechern zurückkamen.

Lass dir Zeit für deine Entscheidung. Solange bin ich immer in deiner Nähe.

***

Gabriel fragte sich den halben Abend, ob es Miranda war, vor der Noah sich fürchtete. Oder war es vielmehr der Fakt, dass er sie mit einer furchtbaren Zeit assoziierte, vor der er wegzulaufen versuchte? ›Weglaufen‹ jedenfalls war der richtige Term, wie sich in den darauffolgenden Stunden zeigen sollte. Die Truppe war vom einem Getränkestand zum nächsten gewandert und Noah trank schon wieder in einer Geschwindigkeit, dass Gabriel sich langsam sorgte. Sein Bruder war Alkohol in keiner Weise gewohnt. Ebenso wenig wie Helena, die nur selten trank. Mittlerweile war die Sonne am Horizont verschwunden und die Gruppe bei einer Bierzeltgarnitur festgewachsen. Alex war recht trinkfest und hockte kopfschüttelnd neben ihm, während er mit einer Portion Pommes frites Helena und Noah beäugte, die ihnen grölend gegenübersaßen.

»Ich meine, wer braucht so jemanden?«, lachte sie sprudelnd auf, als ihr Kopf auf Noahs Schulter fiel. »Wie kann man sich so betrinken, dass man das Badezimmer mit dem Schlafzimmer verwechselt?!«

»Dein Ex war ein Vollidiot«, war die Antwort Noahs, als er versuchte, sich ihren Haarwust aus dem Gesicht zu streichen.

»Großes Kino«, knurrte Gab seinen Adoptivbruder an.

»Lass sie doch. Sie haben beide 'ne harte Zeit hinter sich.« Der Rotschopf nippte an seiner Tasse, verzog dann das Gesicht. »Kalten Glühwein?«, bot er Gabriel nonchalant an.

»Nein, danke.« Der Dunkelhaarige seufzte und beobachtete mit gemischten Gefühlen, wie Noah einen Arm um Helenas Schultern legte und ihr etwas ins Ohr flüsterte. Scheinbar war er lustig, denn innerhalb der nächsten Sekunden schälte sich erneut schallendes Gelächter aus ihrer Kehle und sie wäre fast von der Bank gerutscht. Um sie herum war es proppevoll. Betrunkene fielen an ihnen vorüber und die einzige Beleuchtung waren mehrere Lichterketten, die zwischen den Ständen angebracht worden waren. Dann erhob Alex sich plötzlich, hatte sein Handy in der Hand.

»Julia ist gerade mit der Bahn angekommen. Ich hol sie ab.« Brummend ließ Gab ihn ziehen. Ließ er ihn eben mit den Säufern alleine! Stirnrunzelnd beobachtete er, wie Noah den Kopf auf die Tischplatte sinken ließ. Hatte er das nicht schon einmal gesehen? Entnervt zog er eine

Packung aus seiner Jackentasche und zündete sich eine Zigarette an. Dabei blieb sein Blick unweigerlich an einer jungen Frau hängen, die alleine am Glühweinstand stand und zu ihnen hinüber sah. Im Licht wirkten ihre Haare dunkelbraun mit einem Rotstich. Sie trug eine dunkle Jacke und einen gemusterten Schal, prostete Gabriel mit ihrer Tasse zu.

»Wo's Alex hin?«, zog Helena Gabriels Aufmerksamkeit zurück zum Tisch. Nur kurz sah er zu ihr.

»Holt seine Frau ab«, gab er ausreichend laut zurück, um das Gegröle um sie herum zu übertönen. Die Weihnachtsmusik nervte ihn. Er war dieses Jahr nicht in Stimmung. Noah hatte sich inzwischen wieder aufgerichtet und die Arme um die Taille der Blonden gelegt. Helena schien es nicht zu stören.

»Dann muss ich dich wenigstens nicht mit ihm teilen«, säuselte er ihr fernab jeder Logik entgegen.

Gabriel stellten sich die Nackenhaare auf, als Noah die Stirn gegen ihre lehnte. »Noah, reiß dich am Riemen!«

›Das konnte er noch nie!‹

Eine Stimme viel zu nah an seinem Ohr schickte Gabriel einen eiskalten Schauer über den Rücken. Als er aufsprang, räumte er den halben Tisch ab. Sein Herz schlug ihm bis zum Hals.

Helena quietschte, als ihre Tasse umfiel. Noahs Fluchen wurde ignoriert und Gabriel fuhr herum. Er glaubte, einen dunklen Haarschopf in der Menge verschwinden zu sehen, und keuchte. Der Horror schlich sich unter seine Haut und hätte er nicht gewusst, dass er stocknüchtern war, hätte er das als Einbildung abgetan.

»Scheiße«, entfloh ihm und erst dann drang die Stimme seines Bruders wieder zu ihm durch.

»Hey Eli! Hilfst du mal?« Damit lag Gabriels Augenmerk auf dem Chaos, das er veranstaltet hatte. Helena bemühte sich darum, die Flecken aus ihrer Jacke zu reiben, und Noah versuchte mit Taschentüchern den Biertisch wieder trockenzulegen. Pommes waren überall verteilt und eine der Tassen auf den Boden gefallen.

✳✳✳

Wenige Minuten später war Alex mit seiner Frau zurückgekehrt. Gabriel hatte es entgegen dem allgemeinen Konsens durchgesetzt, dass er nach Hause fahren würde. Das Ereignis alleine hätte ihn wohl nicht derart beunruhigt. Erinnerte er sich jedoch an die Nachricht, die sein Bruder zuvor erhalten hatte, lief ihm ein Schauer nach dem anderen den Rücken hinab. Wenn das Miranda gewesen war, dann *war* das ein Grund zur Beunruhigung. Alex und seine Frau wurden zu Hause abgesetzt, bevor der Dunkelhaarige zurück zu seinem Elternhaus fuhr. Helena war in der Zwischenzeit auf der Rücksitzbank eingeschlafen und Noah hörte nicht mehr auf zu reden.

»Ich finde, wir hätten noch länger bleiben können«, beschwerte er sich zum dritten Mal, seitdem sie in der Stadt losgefahren waren.

»Ich bin müde, Noah.« Gabriel hatte keine Nerven für Diskussionen und fuhr schneller, als es für die Witterung zuträglich war. Gerade wollte er nur eines: Noah sicher nach Hause bringen. Als er vor der großen Garage aus dem Auto stieg, war der Boden unter seinen Füßen weiß, ebenso wie die Grashalme im Vorgarten. Es hatte gefroren. Ohne auch nur den Versuch zu starten, Helena zu wecken, öffnete Gabriel die hintere Seitentür seines Wagens. Noah hatte es inzwischen selbst aus dem Auto geschafft und wie es schien, konnte er immerhin geradeaus laufen. Mit einiger Mühe schnallte Gab seine beste Freundin ab und hievte die schmale Statur von der Rücksitzbank.

Mit möglichst leiser Stimme bat er seinen Bruder, der schon an der Haustüre lehnte: »Nimm mal den Schlüssel aus meiner Jackentasche.« Gleichzeitig versuchte er, auf dem Steinweg zum Haus nicht auszurutschen oder Helena fallenzulassen. Der Efeu an der Hauswand war nicht minder bestäubt und die klirrende Kälte betäubte Gabriels Finger, bevor er bei Noah angekommen war. Das Rascheln im Geäst ließ seinen Atem stocken. Sicherlich war es nur der Wind und doch konnte er sich den Blick in die Düsterkeit des Gartens nicht verkneifen. Es war Gab ein Rätsel, wie Noah es bei seinem Alkoholspiegel schaffte, den Schlüssel aus seiner Tasche zu fummeln und die Tür ohne Probleme aufzuschließen. Gleichzeitig landeten ein Stück Papier und ein Taschentuch aus der Jackentasche auf der Fußmatte. Der Jüngere stolperte in den Hausflur, stieß sich den Kopf an der Garderobe.

»Noah, heb den Kram auf und mach die Tür zu!«, stöhnte Gabriel und bevor Helena ihm aus den Händen rutschte, brachte er sie aufs Sofa, ohne dabei auch nur das Licht einzuschalten. Maunzend tänzelte der Kater ihm zwischen den Füßen herum, war ihm auf halbem Weg entgegengekommen. Die Motivation, Helena die Treppe hochzutragen, war denkbar gering. Also zog er ihr kurzerhand die Schuhe aus, schob ihr ein Kissen unter den Kopf und warf ihr die dicke Felldecke über, die Noah sonst für sich beanspruchte. Binnen Sekunden hockte der Kater schnurrend neben seinem Frauchen auf der Decke.

»Ich glaub, heute bekommst du keine Streicheleinheiten mehr, Muffin.« Gabriel richtete sich auf und horchte nach Lebenszeichen seines Bruders. »Noah?« Sofort eilte er in die Küche. Wieder ertappte er seinen Puls dabei, wie er stolperte. Und erst, als er die Fliesen betrat und Noah vor dem Kühlschrank auf dem Boden sitzen sah, kam langsam etwas Ruhe in seinen Körper.

»Zettel auf'm Tisch«, murmelte Noah und lehnte verschlafen den Hinterkopf gegen den Schrank.

»Bleib da sitzen«, ordnete Gabriel aufatmend an, ließ es sich nicht nehmen, unter der Spüle einen Eimer herauszunehmen und ihn dem Blonden in die Hand zu drücken. »Falls dir übel werden sollte.« Danach checkte Gab zur Sicherheit noch einmal die Haustür. Er sperrte ein weiteres Mal ab. Damit war hoffentlich alles ausgesperrt, was dieses Haus nicht betreten sollte. Wie Gabriel erwartet hatte, hing Noah würgend über dem Eimer, als er zurück in die Küche kam. Angewidert verzog er das Gesicht.

»Dumme Idee, merkst du selbst, oder?« Das zuvor verlorene Taschentuch warf er in den Mülleimer. Dann faltete er den Zettel auseinander – nur um festzustellen, dass er ihn lieber nicht gesehen hätte.

Ich weiß, wo ihr wohnt, Eli.

***

Er wusste nicht, wann er aufgegeben hatte. Womöglich war es in dem Moment passiert, in dem er hatte erkennen müssen, dass Noah nicht nur übertrieb. Dass er wirklich verfolgt wurde. Die Angst um seinen Bruder hatte ihm die Kehle zugeschnürt. Zwischendurch hatte er vergessen, wie es sich anfühlte, sich um Noah zu sorgen. Wie es war, der große Bruder zu sein.

Nun aber zog er die Bettdecke weiter über die schlummernde Silhouette neben sich. Nachdem Noah auch das letzte bisschen Mageninhalt losgeworden war, hatte Gabriel ihn in sein Bett manövriert. In das, in das Noah vor zwei Wochen fast gekrochen wäre, hätte er ihn nicht derart vor den Kopf gestoßen. In der Dunkelheit der Nacht lag der Ältere neben ihm, beobachtete die entspannten Gesichtszüge, die von dem hereinscheinenden Mond in ein blasses Licht getaucht wurden. Dr. Bensley hatte in einem Punkt recht gehabt: Noah war nicht gesund.

Das würde er aber auch nicht werden, wenn er immer und immer wieder mit dem Trauma der letzten zehn Jahre konfrontiert werden würde. Gedankenverloren legte Gabriel eine Hand auf Noahs Arm und strich über die Narben, die ihn den Rest seines Lebens begleiten würden. Und um die oberflächlichen Kratzer, die er sich an diesem Tag in seiner Nervosität zugefügt hatte. Stechend fühlte er sich an die Nacht zurückerinnert, in der sein Bruder panisch zu ihm gekrabbelt war und ihm gesagt hatte, dass ihre Mutter niemals aufhören würde. Die Nacht, in der er die Entscheidung getroffen hatte, sie von der Tyrannei Gwendolyns zu befreien.

***

»Deine Wange ist ganz heiß.« Gabriel hatte schmerzlich gelernt, was das bedeutete. Anstatt zu antworten, drehte der

Kleinere den Kopf weg und ein Jammern breitete sich unter der Decke aus, die er für den einzigen Schutz gehalten hatte.

»Ich habe so Angst vor ihr, Eli. Sie hört nicht auf. Nie hört sie auf!« Die Tür öffnete sich quietschend, gefolgt von der angetrunkenen Stimme ihrer leiblichen Mutter.

»Glaubst du, ich weiß nicht, dass du hier bist?«, tönte es blechern durch den Raum. Gabriel biss sich auf die Unterlippe und sah, wie Noah wimmernd die Augen zusammenkniff.

»Es wird alles gut«, hauchte er dem Blonden entgegen. »Ich bin bei dir.« Bebend wie Espenlaub kroch Gabriel unter der Decke hervor. Er war selbst erst zehn Jahre alt und kletterte über Noah, um sich auf die Kante zu setzen. »Er wird nicht rauskommen, Mama.«

Von hinten angeleuchtet stand Gwen – oder das, was von ihrer Selbst noch übrig war – im Türrahmen seines Kinderzimmers. Ihr Nachthemd war zu groß, die Knochen ihrer Knie und Ellenbogen standen ebenso deutlich hervor wie ihre Schlüsselbeine. »Schlaf weiter, Gabriel!«, herrschte sie ihn an und betrat kopfschüttelnd den Raum. »Noah soll dich schlafen lassen.«

»Du lässt uns nicht schlafen«, brachte der Dunkelhaarige schluckend über seine Lippen. Er liebte seine Mutter, zumindest war es einst so gewesen. Doch die Frau, die da mit einem Gürtel in den Händen vor ihm stand, war nicht mehr seine Mutter. »Lass Noah einfach in Ruhe!«

»Er war ungezogen, Gab! Er darf nicht schlafen, weil er mich auch nicht schlafen lässt!« Sie erreichte ihren ältesten Sohn griff sein Handgelenk. »Du verstehst das alles nicht.«

Mit zusammengebissenen Zähnen und Tränen in den Augen zog er seinen Arm zurück. »Nein, du verstehst das nicht! Du bist genau wie Papa. Du tust Noah immer nur weh!«, platzte es aus ihm heraus. Er schrie in die graue Grimasse, die er kaum richtig erkennen konnte und zerrte an ihrem Griff. Hinter ihm raschelte die Decke und er spürte, wie Noah sich zurückzog.

»Du hast Hausarrest, Gabriel.« Die blanke Enttäuschung lag in Gwendolyns Stimme. Noch nie hatte er Hausarrest gehabt. Nie war sie so wütend auf ihn gewesen. Gabriel stockte. Sie ließ ihn los, wollte an ihm vorbei aufs Bett. Die Hand war bereits nach der Bettdecke ausgestreckt, sollte sie jedoch nicht erreichen. Gabriels Kopf setzte aus, als seine Augen an dem Gürtel hängenblieben. Dann warf er sich auf seine Mutter. Er dachte nicht nach. Es war nicht mehr wichtig, das erkannte er nun. Diese Frau war nicht ihre Mutter.

Schreie erfüllten den Raum und er riss an ihrem Arm, brüllte sie an. Tränen verklärten ihm die Sicht. Der Hieb, der ihn in der Magengrube traf, ließ ihn zu Boden gehen. Eine Sekunde blieb er keuchend liegen. Das dumpfe Klagen Noahs wurde lauter, als ihm der Schutz der Decke genommen wurde.

»Hör auf zu heulen!«, war das Letzte, was sich in Gabriels Sinne brannte. Sie holte aus.

In der nächsten Sekunde war Gab auf den Beinen. So schnell sie ihn zu tragen vermochten, stürzte er aus dem Zimmer. Im Flur riss er Dekoration von der Kommode, fiel fast über die Teppichkante. Es dauerte Sekunden, bis er im Schlafanzug in die eisige Nacht hinausrannte und nur weitere, bis er beim Nachbarhaus ankam. Den Ton der Klingel würde er niemals vergessen, musste er sie doch für sein eigenes Gefühl unendlich oft drücken, bis sich endlich jemand öffnete.

»Sie bringt ihn um! Bitte helfen Sie mir. Bitte!«

***

Irgendwann hatte er die steile Abwärtskurve von Noahs Psyche übersehen. Sie war an ihm vorbeigezogen, während er bei den Castells endlich begonnen hatte, ein normales Leben zu führen. Auf Kosten seines Bruders. Er war weitergegangen und hatte nicht gesehen, dass sein kleiner Bruder hinter ihm zurückgeblieben war. Dass er immer noch schreiend wie am Spieß in diesem Bett lag, während ihn ein Schlag nach dem anderen traf.

»Matt ist niemals der Grund gewesen.« Das Wispern ging in dem blonden Schopf vor seiner Nase unter. Mit fest aufeinandergepressten Augen war Gabriel näher zu seinem noch immer schlafenden Bruder gerutscht, hatte die Arme um ihn gelegt. Hatte er gewusst, dass die psychische Erkrankung nichts mit Matthew zu tun gehabt hatte? Dass sein Tod eine Verkettung unglücklicher Umstände gewesen war, die unweigerlich zur Einweisung Noahs hatten führen müssen?

»Selbst, wenn wir an diesem Tag nicht mit ihm gegangen wären«, erkannte er mit einem leisen Gurgeln und vergrub die Hand in seinen Haaren. »Früher oder später hätten sie dich trotzdem eingesperrt, nicht wahr, Noah? Dann wäre es vielleicht jemand anders gewesen.« Tonlos kamen die Worte über Gabriels Lippen. Das Zimmer hatte sich verdunkelt, Wolken den Mond verhangen. Wie hatte er so ignorant sein können? Wahrhaftig war er für den Tod seines Freundes verantwortlich gewesen. Aber nicht, weil er an diesem Tag so gemein zu Noah gewesen war. Oder zu feige, um ihn selbst von diesem Baum zu holen. Sondern, weil er irgendwann damit aufgehört hatte zu sehen, dass sein Bruder Hilfe brauchte. Dass die Rettung durch die Nachbarn in dieser Nacht vor fünfzehn Jahren keine Heilung gewesen war. Sie hatten vielleicht verhindert, dass weitere blaue Flecken dazukamen. Doch Gabriel hatte nie kapiert, dass jedes einzelne Hämatom auch Spuren auf seiner Seele hinterlassen hatte. Sie hinderten Noah daran, sich von ihrem Elternhaus loszureißen, das mehr als einmal fast sein Grab geworden wäre. Mit steigender Frustration spürte der Mittzwanziger die Tränen auf seinen Wangen. Er war hoffnungslos.

13
SPUREN

Mit einem unangenehmen Gefühl in der Brust stiegen Helena, Gabriel und ich aus dem schwarzen Volvo P1800 GS meines älteren Bruders. Der Weg hatte uns durch ein hohes eisernes Gartentor und über einen langen gepflasterten Zugangspfad geführt. Der Vorgarten war mit eisigem Weiß überzogen. Das Anwesen der Rouens war nicht mehr so, wie ich es in Erinnerung hatte.

Die einstmals rosafarbenen Außenwände waren weiß gestrichen und das Dach mit dunklen Ziegeln neu gedeckt worden. Der hohe verschnörkelte Zaun, der den Vorgarten umgab, kam mir ebenso wenig bekannt vor wie die marmornen Stufen und die Säulen im Eingangsbereich. Dort, wo früher das hölzerne Tor gewesen war, das zu dem am Hang befestigten Garten hinter dem Haus geführt hatte, befand sich heute ein pompöser Torbogen. Alles an diesem Ort schien mir fremd. Mein Blick zu Helena ließ mich erahnen, dass auch bei ihr keine Nostalgie aufkam. Ihre Gesichtszüge waren hart und angespannt. Die Schultern hatte sie hochgezogen.

Hinter uns war Alex' Wagen zum Stehen gekommen. Unser Adoptivbruder warf die Fahrertür zu und ein erstauntes Pfeifen drang an meine Ohren. »Da hat jemand viel Geld in sein Ansehen gesteckt.«

Kopfschüttelnd ging er auf Gabriel zu, der seinerseits den alten Volvo abschloss und mit finsterer Mimik die Nase rümpfte. »Scheint so.«

Mein Seitenblick haftete an der Rouen-Erbin, die langsamen Schrittes auf die Treppen der Veranda zusteuerte.
»Meine Eltern haben ein Heidengeld für das Haus verprasst«, murmelte sie laut genug, dass ich sie verstand.

Ich setzte mich verspätet in Bewegung, folgte ihren Schritten. Etwas in mir hatte in den letzten gemeinsam verbrachten Tagen dafür gesorgt, dass ich mich dieser Frau geöffnet hatte. Inzwischen verstand ich, warum mein früheres Selbst sich dafür entschieden hatte, sie zu mögen. Ich rieb mir über die Unterarme und erreichte Helena bei der Treppe. Ihre Finger zuckten und hielten inne, bevor sie sie in ihrer Jackentasche vergraben konnte. Aus einem Impuls heraus streckte ich meine eigene Hand nach ihrer aus. Ohne darüber nachzudenken, berührte ich die behandschuhten, zierlichen Fingerkuppen, während meine Schulter sich gegen ihre lehnte.

»Wovor hast du Angst?«, hakte ich gleichermaßen leise wie vorwitzig nach. Helena gab mir nicht das Gefühl, das abstellen zu müssen. Im Gegenteil: Ihre Angewohnheit, jedes Mal darauf einzusteigen und mir Dinge zu offenbaren, die sie nie hatte erzählen wollen, bestärkten mich in meinem Verhalten. Gleichermaßen pflanzte sie den Samen für etwas, was mir Sicherheit gab. Der Blick aus dunkelblauen Puppenaugen traf mich. Die Präzision, mit der sie wortlos ihr Missfallen zum Ausdruck bringen konnte, war eindrucksvoll.

»Ich hatte kein gutes Verhältnis zu meinen Eltern.« Sie klang, als hätte ich das wissen müssen. Ungeachtet dessen umfasste sie meine Finger, als ob es nichts Selbstverständlicheres gegeben hätte.

Ein schiefes Grinsen zupfte an meinem Mundwinkel.
»Ich auch nicht.«

Sie gluckste trocken. Alex hingegen brachten die Worte zum Verstummen. Gerade noch hatte er Gabriel irgendetwas von Landschaftsarchitektur erzählt. »Zu welchen Eltern?«, fragte er mich ernst. Das Gespräch war derart makaber, dass Gab scharf die Luft einzog.

»Ich hab den Eindruck, beide Parteien hätten mich lieber einige Meter unter der Erde gesehen.« Ich hielt dem schockierten Aufflackern in Helenas Mimik stand. Es war so unfassbar simpel, Menschen zu erschüttern.

»*Unsere* Eltern wollten nie, dass du ins Gras beißt!«, zischte Alex mich an. Ein Schlag im Kreuz brachte mich zum Aufkeuchen. Ich ließ Helenas Hand los und lugte meinen Adoptivbruder über die Schulter hinweg an.

»Alex hat recht. Sprich nicht von den Bruckheimers, als wären sie unseren Eltern!«, erwiderte Gabriel scharf. »Den Titel haben sie vor Ewigkeiten verspielt.« Mit entschiedenen Schritten trat er zu seiner besten Freundin, hielt ihr die Hand hin, um ihr den Schlüssel abzunehmen. »Ich weiß«, fuhr er an sie gerichtet fort, »wie hart das für dich ist. Aber du musst das nicht alleine machen.«

»Woher willst *du* wissen, wie hart das ist?« Ich knackte mit den schmalen Fingern und in dem Moment, in dem sie zögerlich den Haustürschlüssel aus ihrer Jackentasche zog, fischte ich ihn meinem Bruder vor der Nase weg. Wir schlugen Wurzeln. Allmählich wurde es dunkel und ich wollte das hier schnellstmöglich hinter mich bringen – nicht zuletzt, weil wir wegen vermeintlichen Dokumenten hier waren, die Dr. Shaw Bensley belasten würden.

»Weil er vor ein paar Jahren euer ursprüngliches Elternhaus zum Abriss freigegeben hat«, antwortete Helena entschieden. »Deshalb weiß er das.« Die Worte trafen mich und ich wagte es nicht, zu Gabriel zu sehen.

»Oh.« Mehr Eloquenz brachte ich in der Sekunde nicht zustande. Bilder eines alten, baufälligen Eckhauses, eingeklemmt in einer Nische zwischen hohen Nachbarhäusern kam mir ins Gedächtnis. Bewachsen mit Kletterpflanzen, Löchern im Dach und eingeworfenen Fenstern. Die Nägel der freien Hand bohrten sich in meine Handfläche. »Das wusste ich nicht«, schob ich tonlos nach.

Ich hatte erwartet, dass meine Worte Gabriel sauer aufstoßen würden. Dass sie einen bitteren Nachgeschmack hinterließen, doch mein Bruder legte mir nur eine Hand auf die Schulter. Bevor ich danach fragen konnte, flüsterte er mir ein entschiedenes »Du *musstest* das nicht wissen« entgegen. Womöglich hatte er recht: Das zählte zu den Dingen, die wahrhaftig sechs Fuß unter die Erde gehörten.

***

»Das hier ist dein neues Zimmer, Noah.« Mit einem herzlichen Lächeln führte Tessa mich zu einer Tür aus dunklem Holz und drückte die Klinke herunter. Die Krähenfüße wurden tiefer, als sie mich anlächelte und den Raum betrat. Ich war verstummt, drückte die Plüschkatze unserer leiblichen Mutter fester an meine Brust.

»Magst du Musik? Wir haben gestern erst die kleine Anlage gekauft. Wenn du möchtest, können wir morgen ganz viele CDs für dich besorgen.«

Ich schielte dem Mann, dessen Namen ich mir nicht gemerkt hatte, und Gabriel nach. Er brachte meinen Bruder zu einem Nebenzimmer. Sie lachten.

»Wir haben nicht dasselbe Zimmer«, stellte ich langsam und mit misstrauischem Unterton fest. Die rothaarige Frau vor mir

stutzte, lächelte dann aber. Ein Finger unter meinem Kinn drehte meinen Kopf. Ich hatte sie nicht angesehen.

»Nein, du hast dein eigenes. Ist das nicht schön?« Ich spürte, wie ihr Blick mich analysierte.

»Weiß nicht. Wir hatten früher getrennte Zimmer.«

»Und das war nicht gut?« Unsere Adoptivmutter legte eine Hand an ihre Wange, als ob sie darüber nachdachte, uns doch ein gemeinsames Zimmer zuzuteilen.

»Nein. Ich hab mich immer bei Eli versteckt.«

»Eli? Deinem Bruder? Nennst du ihn so?« Es wirkte, als ob es unsere neue Mutter wirklich interessieren würde.

»Ja. Weil er Gabriel Elias heißt. Weißt du doch.«

Tessa, wohl verblüfft über meine dreiste Antwort, gluckste. »Ja, du hast recht. Aber weißt du was? Hier musst du dich nicht verstecken. Wir passen hier alle auf dich auf. Und wenn du nachts doch einmal Angst hast, ruf einfach nach uns.«

Ich gab nicht gerne zu, dass ich ihr glaubte. Sie hatte diese Art an sich. »Warum habt ihr uns adoptiert?«, kam es mir nun in den Sinn. »Uns wollte nie jemand.«

Ich sah ihr an, dass sie damit nicht gerechnet hatte. Trotzdem folgte die Antwort ohne lange Überlegung: »Ich habe mir immer Geschwister für Alex, euren neuen Bruder, gewünscht. Aber ich kann keine Kinder mehr bekommen. Und als ich euch gesehen habe, wusste ich sofort, dass ihr zu uns passt.«

Grübelnd runzelte ich die Stirn. »Warum?«

»Weil ihr auch anders seid, genau wie wir. Wir sind Künstler.« Tessa lachte leise. »Menschen sagen, wir wären sehr eigen. Ich glaube, ihr seid auch etwas Besonderes. Andere sehen es nur nicht immer.«

Ein Summen war meine einzige Antwort. Auf meinen Fingernägeln kauend, linste ich an ihr vorbei und beäugte das Zimmer. Es war geräumig. Ein großes Bett, ein riesiger

Schrank und ein Schreibtisch. Die Bettwäsche mit Galaxiemuster fesselte mein Interesse.

»Magst du Raumschiffe?«, hakte Tessa weiter nach. Ihre Augen hafteten am Bett.

»Nein. Aber ich hatte früher ein Buch über die Planeten.« Warum erzählte ich ihr das? Langsam trat ich zum Bett und besah mir die Galaxie. »Und das hier ist so nicht richtig. Der Planet da hat die falsche Farbe.« Ich klang desinteressiert. Dann hörte ich, wie die Frau näherkam und leise kicherte.

»Ich kenne mich nicht so gut damit aus. Sollen wir dir ein neues Buch darüber kaufen?«

Verspätet sah ich zu ihr auf. »Kommt Gabriel mit?«

Tessa hob erstaunt die Augenbrauen. »Ja, natürlich. Und Alex. Den holen wir gleich auf dem Weg ab.«

»Ich will keinen neuen Bruder«, nuschelte ich mit gesenktem Kopf. »Andere Kinder mögen mich nicht.«

»Oh, ich bin mir sehr sicher, Alex wird dich gernhaben. Immerhin bist du jetzt sein großer Bruder. Ist das nicht cool?«

***

»Noah, ich glaub, sie haben was gefunden.« Alex betrat seufzend die Küche. Draußen war es längst dunkel und er wirkte angespannt. Zuvor hatte ich mich dafür entschieden, Brote für alle zu schmieren. Ich blickte auf. »Komme gleich«, gab ich zurück und belegte eine Scheibe Brot mit Käse. »Du siehst genervt aus.«

Mein Adoptivbruder lugte zur Uhr. »Ist schon gut.« Es wirkte nicht, als wäre alles gut.

Ich legte das Messer beiseite und neigte den Kopf, musterte ihn. Alex trug einen Wollpullover mit mehrfarbig durchzogenen Fasern. Seine Haare standen wie gewohnt wirr in alle Richtungen ab und obwohl Winter war, waren die Sommersprossen, das Merkmal seiner Mutter, deutlich zu sehen.

»Und jetzt noch einmal die Wahrheit«, bat ich und krempelte zum wiederholten Mal die Ärmel meines Langarmshirts nach oben. Dabei offenbarte ich einen Verband an meinem linken Arm, der dafür sorgen sollte, dass ich mir nachts nicht die Haut blutig kratzte. Zudem hatte Helena ein Stück Mull mit entzündungshemmender Salbe darunter gepackt, damit sich die inzwischen offenen Striemen nicht entzündeten.

Alex seufzte. »Julia wartet seit einer Stunde auf mich«, gestand er und zuckte mit den Schultern. »Aber ich habe versprochen, dass ich euch helfe und das halte ich auch.«

»Hat Gabriel gesagt, du sollst hierbleiben?« Ich konnte es mir beim besten Willen nicht vorstellen.

»Nein, aber ich halte meine Versprechen.« Das klang fast schon autoritär. Dabei hatten wir heute alle gearbeitet und waren müde. »Abgesehen davon ist Gab ziemlich angespannt. Ich möchte euch unter die Arme greifen, so gut es geht.«

»Uh-hu.« Ich belegte die letzte Brotscheibe und griff mir den Teller. Entschieden schob ich Alex vor mir her aus der Küche. Leise protestierte er, als ich ihn in Richtung des Wohnzimmers drängte. Helena saß mit einem Hefter in den Händen auf dem Sofa, während Gabriel Schränke wieder einräumte. Auf dem Wohnzimmertisch lag ein Stapel loser Unterlagen. Teilweise wirkten die Dokumente alt und hatten Knicke.

»Wir haben zwei Briefe gefunden«, gab Helena unheilvoll an mich weiter. »Bei den Unterlagen, die neben dem Aktenvernichter lagen.«

Ich trat hinter Alex hervor und stellte den Teller mit den belegten Broten auf dem Tisch ab. »Erzählt mir gleich, was drinsteht.« Ich seufzte, ehe ich ernster ergänzte: »Sobald wir Alex entlassen haben. Wir haben ihn lange genug beschlagnahmt.«

»Noah, ist schon okay. Ich habe Julia schon geschrieben, dass es später wird.« Unser jüngster Bruder hob eine Hand zur Abwehr, als die Blicke zu ihm wanderten.

»Nein, ist es nicht. Deine Frau hat momentan sehr wenig von dir. Und ich möchte nicht dafür verantwortlich sein, wenn sie sich von dir scheiden lässt!« Entschieden sah ich ihn an.

»Ich will wissen, was ihr gefunden habt. Ich häng da auch mit drin. Außerdem hat ein Freund von mir zugesagt, uns in dem Prozess gegen Bensley – sofern es zu einem kommt – zu vertreten.«

Gabriel stieß den Atem aus und kam auf uns zu, bevor seine Augen an der Uhr hängenblieben. »Ich hab nicht auf die Zeit geachtet. Ist später, als ich erwartet habe«, gab er murmelnd zu. »Hey, fahr nach Hause. Wir schauen uns den Kram in aller Ruhe an und ich ruf dich morgen an.« Aus dunklen Augen sah er Alex von Gleich zu Gleich ins Gesicht.

Der Rothaarige brummte, schürzte die Lippen. »Schreib mir nachher eine Nachricht. Nur, ob's brauchbar ist oder nicht.«

»Das wird dein Freund entscheiden –«

»Machen wir!«, unterbrach die weiche Stimme den rauen Tenor meines älteren Bruders. Helena war aufgestanden und hatte den Hefter abgelegt. Mit einem warmen Lächeln deutete sie mit dem Kopf in Richtung Flur. »Komm, wir bringen dich nach draußen.«

Eli war verstummt. Es war erstaunlich, dass Helena ihn derart unter Kontrolle hatte. Aber ein noch größeres Wunder war es, dass Alex wahrhaftig nachgab. Ich fühlte mich bestätigt und war froh, dass ich geholfen hatte. Dennoch saß irgendetwas in meinem Hinterstübchen und nagte unaufhörlich an meinem Selbstwert. Ich war sein großer Bruder und doch hörte er nicht auf mich, solange Eli dem nicht zustimmte. Gemeinsam gingen wir zur Haustür und Gabriel eilte uns voraus, um sie zu öffnen. Er stierte in die Dunkelheit, als ob er nachsehen wollte, ob die Luft rein war.

»Gabriel, was hast du?« Helenas Stirn legte sich in Falten. »Du schaust schon den halben Abend ständig aus dem Fenster.«

Alex, der sich gerade Schuhe und Jacke überzog, wurde hellhörig. »Vielleicht glaubt er, Julia sucht ihn heim, weil ich immer noch nicht zu Hause bin.« Neckend schmunzelte er. Ich hingegen hatte den Blick starr auf Eli gerichtet. Es war mir vorher nur unterschwellig aufgefallen, doch etwas stimmte nicht.

»Ihr bildet euch das ein.« Für eine Sekunde trafen die grünen Augen auf meine. Bevor ich seine Mimik allerdings hätte lesen können, wandte Gabriel sich von mir ab. Damit war das Thema für ihn beendet und er ließ keinerlei Zweifel daran aufkommen, dass er nicht vorhatte, uns irgendetwas anderes zu erzählen.

»Wahrscheinlich sind wir alle übermüdet«, schlug Helena vor, als wir zu viert das Haus verließen und über die Veranda die Treppen hinab traten. Die Autos standen im Dunkeln, eine der hohen Laternen des Pflastersteinweges funktionierte nicht. Kalt krabbelte der Wind unter mein Shirt und ich verschränkte schaudernd die Arme.

Der Garten war finster und die Büsche raschelten wegen des Windes. Unsere Schritte hallten auf dem Weg wider. Der Mond war wolkenverhangen und das knorrige Geäst, das erst im Frühjahr wieder grünen würde, hatte etwas Gruseliges an sich. Ebenso wie die beiden aus Stein gehauenen Statuen, die bei dem kleinen versiegten Marmorbrunnen inmitten des Vorgartens standen. Helena und Alex liefen einige Meter vor uns und erreichten seinen Wagen, noch bevor ich meine Wachsamkeit von den Statuen abgewendet hatte.

»Halt Schritt, Noah.« Die Worte viel zu nah neben mir ließen mich zusammenzucken. Gabriel war zurückgekommen und griff nach meinem Unterarm.

»Du bist wirklich seltsam in den letzten Tagen«, kam es über meine Lippen, während mein Puls sich überschlug. Ich runzelte die Stirn.

»Du hörst die Flöhe husten, ich will dich nur nicht verlieren.«

»Wie solltest du mich auf dem eingezäunten Grundstück verlieren?« Ein Grunzen entwich mir. »Bin ich ein Hund?« Im Halbdunkel fixierten meine Augen Gabriels. Seine Gesichtszüge waren scharf und Falten zeigten eine Sorge in seinem Gesicht, die ich nicht verstand.

»Niemand redet davon, dass du wegläufst.«

»Gabriel, Noah!« Helenas Stimme war gerade so laut, dass wir sie hörten und ich glaubte, Unruhe darin wahrzunehmen. Alarmiert wandten wir uns ihr und Alex zu. Beide waren einige Meter an den Autos vorbeigetreten und Helena deutete mit halb ausgestrecktem Arm in Richtung des Tors. Sekunden später waren wir bei ihnen und jeder Schritt auf dem Stein unter meinen Schuhen gab mir den Eindruck, dass mich etwas verfolgte. Das Gefühl bestärkte sich, als wir erkannten, was Helena meinte. Ein dunkler Wagen stand halb im Gebüsch diesseits des Tors, das wir bei unserer Ankunft nicht geschlossen hatten. Einsam, ohne Fahrer oder Nummernschild.

»Ein betrunkener Nachbar vielleicht?« Alex wirkte nicht einmal selbst von dem überzeugt, was er da gerade vorschlug.

»Das ist das letzte Haus in der Straße. Wer fährt denn ohne Nummernschild?« Helena rieb sich nervös die Oberarme.

Unwillkürlich sah ich mich um. »Hast du den Wagen schon einmal gesehen?«, fragte ich mit gesenkter Stimme.

»Nein!« Sie klang fast panisch, heftete ihre Konzentration auf Gabriel, der wortlos neben mir stand. Meinen Arm hatte er immer noch nicht losgelassen. »Gabriel, du hast eben was gesehen. Ist doch so. War da jemand?«

Am liebsten hätte ich ihn gar nicht angesehen. Ich spürte die Anspannung in seiner Haltung und glaubte, seinen Herzschlag zu fühlen. Fröstelnd entzog ich ihm langsam meinen Arm.

»Ich war mir nicht sicher«, antwortete er mit einiger Verzögerung. »Noah, wann hat Miranda dir das letzte Mal geschrieben?«

Ich spürte, dass es ihm zuwider war, mir die Frage zu stellen. Allein der Name reichte aus, um mir Bauchschmerzen zu bereiten.

»Vorgestern. Ich hatte dir die Nachricht gezeigt.«

»Jetzt macht aber mal halblang.« Alex stöhnte. »Lasst ihr euch von einem Mädchen wirklich so aus der Fassung bringen? Sie will Noah Angst machen, mehr nicht.« Stöhnend ging er zurück zu seinem Wagen. »Macht den Kram fertig, fahrt nach Hause und kommt morgen nach der Arbeit wieder. Wenn der Wagen dann immer noch hier steht, ruft ihr die Polizei.« Damit schloss er sein eigenes Auto auf. »Wahrscheinlich hat da einfach jemand versucht, seinen Blechschrott loszuwerden. Immerhin steht das Haus schon ein paar Tage leer.«

Helena rückte näher zu mir, hakte sich an meinem Oberarm ein. Elis Blick sprach Bände, doch er kommentierte es nicht. Vermutlich hatte Alex recht und wir übertrieben maßlos.

»Wir holen das Zeug und fahren nach Hause. Helena, ich will, dass du vorerst bei uns bleibst.« Herrisch legte Gabriel einen Arm um unsere Rücken und drehte dem unbekannten Wagen die Kehrseite zu. »Ich gehe hier keine Risiken mehr ein.« Ich wurde das Gefühl nicht los, dass mein älterer Bruder mir etwas verschwieg, was ich wissen sollte.

***

Mit einem dumpfen Geräusch fielen Notizblock und Stift zu Boden. Der Stuhl kippte, Fingerkuppen drückten sich in die Tischplatte.

»Und Sie sind noch immer der Meinung, dass wir das erfinden?« Ich hatte die Nase gestrichen voll und ich sah es nicht ein, mich weiter für unterbelichtet verkaufen zu lassen. Es wäre eine Sache gewesen, mich wegzusperren, weil ich ein Menschenleben beendet hatte. Eine andere, weil irgendein hohes Tier Geld dafür bezahlte, dass ich von der Bildfläche verschwand. Dass der Kerl selbst jetzt noch die Fakten wegdiskutierte, machte mich so rasend, dass ich kurz davor war, mich endgültig zu vergessen.

»Noah, ich bin mir sicher, deine Familie hat dich davon unterrichtet, dass der Prozess damals zu meinen Gunsten beendet wurde. Und ich kann dir nicht helfen, wenn du mich anschreist.« Dr. Shaw Bensley hatte mit stoischer Mimik die Hände vor dem Körper gefaltet und schob das Kinn vor.

»Sie haben mich noch nicht schreien gehört!«, lachte ich gurgelnd auf. Wir wussten beide, dass das nicht stimmte.

»Du bist wieder einmal hysterisch und hörst nicht zu. Wir machen hier keinerlei Fortschritte, weil du deinen Fehler auf andere projizierst und dir Sündenböcke suchst. Also sprechen wir noch einmal über das, was 2001 passiert ist.«

Mit den Zähnen mahlend, lief ich neben dem Tisch auf und ab. »Ich glaube, Sie haben etwas missverstanden. Ich weiß, was 2001 passiert ist. Sie hingegen nicht. Und genau das«, grollte ich, »ist doch das Problem.« Ich würde nicht noch einmal mit ihm über Matthew sprechen. Meine Schritte verlangsamten sich und ich trat neben den Psychiater, schlug die Hand auf die Platte nahe seiner Kaffeetasse. Das Gebräu schwappte über. Ich spürte, wie der grauhaarige Mann mit seiner dämlichen Brille und der langen Visage sich anspannte.

»Junge«, flüsterte er drohend, »setz dich wieder hin, damit wir die Sitzung beenden können.« Das breite Grinsen auf meinen Lippen sprach eine eigene Sprache. Ich war fertig.

»Wir werden die Sitzung beenden. Das war die letzte, die wir gemeinsam hatten.« Meine Stimme wurde leiser und ich erlaubte es mir, mich ein Stückchen näher zu Dr. Bensley zu lehnen. »Aber machen Sie sich keine Hoffnungen. Ich versichere Ihnen, dass Sie nicht das letzte Mal von mir gehört haben.«

***

»Hast du ihm gesagt, dass wir etwas gefunden haben, was ihn belastet?« Gabriel stöhnte.
»Nein, habe ich nicht.« Ich lag auf dem Sofa und blätterte in dem alten Buch über Astronomie, an das ich mich zurückerinnert hatte. Nach kurzem Suchen hatte ich es aus der Kommode in meinem Zimmer gefischt. Mit der anderen Hand streichelte ich Helenas Kater, der sich nach einigen Tagen der Antipathie mit mir angefreundet und sich nun auf mir langgemacht hatte.
»Das war taktisch nicht ganz klug, liebster Bruder.« Das sagte Gabriel zum vierten Mal. Er lief wie ein aufgescheuchtes Huhn im Wohnzimmer auf und ab.
»Ich hab ihn nicht mehr ertragen, Eli.« Wenig glücklich setzte ich mich auf.
Brummend rutschte Muffin tiefer auf meinen Schoß und sprang auf den Boden. Kurz sah ich ihm nach, als er motzend in Richtung Küche tapste. Erst dann widmete ich mich wieder meinem älteren Bruder. »Versetz dich doch einmal in meine Lage. Ich hab echt lange so getan, als würde ich ihm jeden Scheiß abkaufen. Ich bin durch damit!«
»Und er hilft ihm nicht. Hast du selbst gesagt«, stimmte Helena mir zu, die neben mir auf dem Sofa saß und ihrerseits einen Roman las. Wir waren beide seit einigen Stunden zu Hause, lediglich Gabriel war von seiner Chefin mal wieder zu Überstunden verdonnert worden.

Derselbe blickte seine beste Freundin an, als ob sie ihm in den Rücken gefallen wäre. »Darum geht es nicht. Ich befürchte nur, dass er jetzt alarmiert ist und ihm noch was einfällt, um sich wieder aus der Schusslinie zu lavieren.« Endlich stellte Eli seine Tasche neben dem Sofa ab.

»Du bist so unentspannt.« Ich hatte den Kopf über die Armlehne des Sofas gelegt und stierte ihn kopfüber an. »Jeder Mensch bekommt, was er verdient.«

»Du meinst, so wie du?« Gabriel warf die Hände in die Luft und fluchte, als er meinen verdutzten Gesichtsausdruck sah. »Sorry, war nicht so gemeint. Ich glaub nur nicht an Schicksal und nehme das lieber selbst in die Hand.« Ehe wir uns versahen, hatte er eine Zigarettenpackung aus seiner Hosentasche gezogen. Ich beobachtete, wie er mit zitternden Händen eine herausnahm und anzündete.

»Jetzt geht's aber los! Seit wann rauchst du im Haus?« Entrüstet musterte seine beste Freundin ihn.

»Ich geh schon raus.« Er war grummelig.

»Eli?« Mit verengten Augen richtete ich mich auf. »Hast du die Kopie von den Briefen und den Kontoauszügen denn eingeworfen?«

»Natürlich hab ich das.« Damit verließ er den Raum. Die Sorge um ihn schien Helena ins Gesicht geschrieben zu sein. Sie strich sich über den Pferdeschwanz, bevor sie ein Bein an den Körper zog. Meine Knöchel, die zuvor auf ihrem Schoß gelegen hatten, zog ich in den Schneidersitz und klappte das Buch zu. Aus der Küche hörte ich das Meckern des Katers. Wie es schien, erbarmte sich Gabriel und gab ihm Futter.

»Sieht so aus, als würde ich Weihnachten bei euch verbringen«, bemerkte Helena beiläufig.

Die Worte trieben mir ein Lächeln ins Gesicht, für das ich mich im gleichen Atemzug am liebsten getreten hätte.

»Er macht sich nur Gedanken.«

»Das Auto war doch vorgestern nicht einmal mehr da. Ich habe das Gefühl, wir werden alle paranoid.« Sie zog die perfekt gezupften Augenbrauen zusammen. »Hat diese Miranda dir noch einmal geschrieben seit dem Weihnachtsmarkt?«

»Neue SIM-Karte«, war meine trockene Antwort. »Aber ich befürchte, ich werd mich mit ihr auseinandersetzen müssen.« Finsteren Gemüts stand ich von der Couch auf, kratzte mir nervös über den Arm. Mittlerweile brachte mir der Verband nichts mehr. Ich riss ihn nachts im Halbschlaf herunter und die offenen Stellen juckten und brannten gleichermaßen.

»Noah, hör auf damit.«

»Ich hör damit auf, sobald Bensley und Leroy endlich mein Leben verlassen haben.«

14
ROTE WEIHNACHT

Kaum hatte Gabriel den Hörer aufgelegt, ertönte ein neuerliches Klingeln. Der Name seiner Chefin leuchtete im Display auf und mit einem Seufzen hob er ab, klemmte sich das Telefon zwischen Ohr und Schulter. Er war alleine im Büro und im gesamten Verlag herrschte seit Tagen der Weihnachtsblues. Über die Hälfte der Angestellten war im Urlaub und der Rest arbeitete allenfalls mit halber Motivation.

»Hallo Jessica. Was gibt's?« Hoffentlich fragte sie ihn nicht, wie weit er mit dem Projekt war. Es lief nichts. Der Rest der Truppe kam nicht in die Gänge oder war auf Mallorca.

»Gabriel, ich bräuchte Sie in meinem Büro. Schnellstmöglich.« Selten hatte er seine Vorgesetzte derart strikt erlebt.

»Bin auf dem Weg.« Sofort schnappte er sich sein Handy aus seiner Jackentasche und verließ das Gemeinschaftsbüro. Mit wachsender Unruhe stieg er in den Aufzug. Es war kurz vor Feierabend. Gabriel betete, dass sie ihn nicht länger dabehalten würde. Nicht an Heiligabend. Wenige Minuten später stand er vor einer Glastür. Daneben hing ein Schild mit der Aufschrift ›Jessica Kent – Stellv. Verlagsleitung‹. Gabriel atmete tief durch, ehe er klopfte und eintrat. Seine schwarzhaarige Chefin fuhr sich durch den kurzgeschnittenen Bob, als sie ihren Mitarbeiter erblickte und schlug die Beine übereinander.

»Vorweg: Ich kann heute wirklich keine Überstunden machen, Jessica. Ich hab meinen kleinen Bruder und eine Freundin zu –«

»Darum geht es nicht«, winkte die Anfang Vierzigjährige ab und deutete mit einer Hand zum Stuhl vor ihrem Schreibtisch. Ihre Nägel hatten dasselbe satte Rot wie ihr Bleistiftrock und ihre Lippen. Der Rest ihres Outfits war in Schwarz gehalten. Missmutig ließ Gabriel sich auf den Stuhl sinken und biss sich auf die Lippe. Gleichzeitig beugte seine Chefin sich in dem teuren Bürostuhl vor und sah an der Grünpflanze auf ihrem Tisch vorbei in seine sorgenvolle Mimik. Dann schob sie einen Brief über die Tischplatte.

»Können Sie sich darauf einen Reim machen?« Ein langer, künstlicher Fingernagel tippte auf das Blatt. Für einige Sekunden zögerte Gabriel. In seinem Kopf spielte sich eine Reihe von Szenarien ab, eines katastrophaler als das andere. Hatte jemand ihn wegen irgendetwas angeschwärzt, von dem er gerade nicht wusste, dass er es verbrochen hatte? Waren Nacktfotos von der Oberstufenfahrt in ihren Besitz geraten? Oder hatte gar Noah irgendetwas angestellt? Gabriel streckte die Hand nach dem Papier aus, versuchte innerlich, sich zu beruhigen und sich nichts anmerken zu lassen. Womöglich war es auch einfach nur ein Jobangebot. Oder es hatte sich doch jemand über ihn beschwert.

Sein Gedankengang brach jäh ab, als er den Blick auf das Schriftstück senkte. »Was ist das?«, entwich es ihm deutlich verwirrt.

»Das wüsste ich gerne von Ihnen.« Jessica verschränkte die Finger ineinander und stützte die Ellenbogen vor sich auf der hellen Tischplatte ab. Die Ringe an ihren Fingern reflektierten das letzte hereinscheinende Licht. Die Sonne ging unter.

»Ich habe nicht die geringste Ahnung.« In den Händen hielt er einen Drohbrief – oder zumindest etwas, was dem sehr nahe kam. Schnipsel waren aus Zeitschriften ausgeschnitten und zu einer Nachricht zusammengeklebt worden. Gabriel kam sich vor wie in einem schlechten Krimi.

Noah Castell ist ein Mörder und Psychopath. Entlassen Sie ihn, solange Sie noch können. Oder Sie werden es bitter bereuen.

»Haben Sie eine Idee, von wem das kommen könnte?«, fragte Jessica versöhnlicher als zuvor und ließ die Hände sinken.

»Nein.« Gabs Antwort kam wie aus der Pistole geschossen. Gleichzeitig dachte er darüber nach, wer auf eine solche Schnapsidee kommen würde. »Ich bin mir sicher, da hat sich jemand einen schlechten Scherz erlaubt.« Gabriel bemühte sich darum, so sicher wie möglich zu wirken, während sich ganz nebenbei sein Magen herumdrehte.

»Würden Sie mir davon eine Kopie machen?«, fragte er dann allerdings zögerlich. »Ich werde zu Hause mit meinem Bruder sprechen. Eventuell kann er sich einen Reim darauf bilden.«

»Natürlich, ich bitte darum.« Unverzüglich nahm sie den Brief wieder an sich und trat zum Drucker, der am anderen Ende des Raumes stand. Ihr Rock war wie so oft zu kurz und spannte über den Hüften.

Mit dem Handrücken rieb der Medienkaufmann sich über das markante Kinn. »Wird das Folgen für Noah haben?«, wagte er es, nach einigen Sekunden der Stille zu fragen.

Die schlanke Frau wandte sich mit verschränkten Armen zu ihm. »Beruflich? Nein. Ich lasse mir nicht drohen. Was das allerdings privat mit ihm macht, können Sie eher einschätzen als ich.« Gabriel glaubte für einige Sekunden, ihm würde der Kaffee wieder hochkommen. Er stützte sich an den Armlehnen ab und stand langsam auf, um folgend die Kopie entgegenzunehmen.

»Sie sind etwas bleich um die Nase. Machen Sie Feierabend und kümmern Sie sich um Ihre Familie.« Jessica nickte zur Tür. »Ich wünsche Ihnen ein ruhiges Weihnachtsfest.«

***

»Wo ist Noah?« Gereizt, mit übersäuertem Magen und sichtbarer Erregung stieg Gabriel ins Auto. Nur Minuten zuvor hatte er Helena darum gebeten, ihn abzuholen. Seinen eigenen Wagen hatte er bei der Firma stehenlassen, nachdem er sich erst einmal auf der Toilette übergeben hatte. Das Ganze war auch seinem Nervenkostüm nicht gerade zuträglich. Dabei behauptete Gab von sich, einen recht stabilen Magen zu haben. Umso mehr verunsicherte ihn die Situation.

»Er ist eben zum Schwimmbad gelaufen. Ich fand das eine gute Idee, damit er sich mal auspowert. Sein Arm sieht schlimm aus. Er braucht Ablenkung«, erklärte sie. »Welche Katastrophe ist nun wieder passiert?«

Die stickige Wärme in dem kleinen Auto trieb ihm die Galle hoch. »Erzähl ich dir gleich. Fahr bitte zum Schwimmbad. Wir holen Noah ab.«

Seine beste Freundin grunzte leidlich. »Soll ich dich nicht erst einmal nach Hause bringen? Du siehst aus wie eine gekalkte Wand.«

»Hol ihn ab, bitte!« Gabriel hatte keine Lust zu diskutieren und blickte Helena durchdringend an. »Ich glaube, jemand verfolgt ihn.«

Blonde Locken tanzten, als Helena zurückzuckte. »Okay? Ähm, seit wann weißt du das?« Umgehend startete sie den Wagen und prügelte den ersten Gang rein. Gab entging nicht, dass sie beim Schalten noch immer Schmerzen in der Hand hatte.

»Sorry, für die Umstände. Ich hätte mir ein Taxi holen sollen«, ging ihm verspätet auf und er schloss die Augen, lehnte den Kopf zurück. Tief ein- und ausatmen.

»Alles in Ordnung. Es ist schon besser. Aber jetzt sag, was ist passiert?« Ein besorgter Blick aus blauen Augen folgte.

»Jemand hat meiner Chefin einen Drohbrief zukommen lassen. Sie solle Noah entlassen, er sei ein Mörder und Psychopath.« Düster gab der Älteste der Castell-Brüder den Inhalt des Schreibens wieder. Das war alles so absurd. Er konnte sich beim besten Willen nicht ausmalen, welchen Nutzen jemand aus solch einer Nummer zog.

»Waaas? Einfach so? Und jetzt?« Helena stockte der Atem und als Gab die Augen öffnete, fuhr sie viel zu schnell und unkonzentriert auf eine gelbe Ampel zu.

»Helena, rot!« Die folgende Vollbremsung hätte fast dazu geführt, dass ihm auch noch der letzte Rest seines Frühstücks aus dem Gesicht gefallen wäre. Gabriel verkniff sich den Würgereiz.

»Glaubst du, das war diese Mia? Oder Bensley? Er ist sicher angefressen, weil Noah ihm gedroht hat!« Mit bemerkenswerter Entrüstung ignorierte sie das jämmerliche Geräusch, das ihrem besten Freund entfleuchte.

***

»Was läuft bei euch eigentlich falsch herum?«, fragte Noah fluchend, als er tropfend und in Badehose in die nächste Umkleidekabine eilte. »Erst wollt ihr, dass ich selbstständiger werde und jetzt macht ihr hier einen Aufstand, als wäre jemand gestorben! Nur um mir zu sagen, dass Gabriel sich den Magen verdorben hat?«

»Das ist nicht der Grund«, nuschelte sein Bruder, lehnte sich gegen die Kabine und fuhr sich übers Gesicht. Helena stand daneben, ihre Jacke hing über dem Unterarm. Besorgt musterte sie ihren besten Freund.

»Worum sonst?«, kam umgehend zurück.

»Im Auto.« Mehr Informationen sollte Noah auch vorerst nicht bekommen. Mit hochgebundenen, halbtrockenen Haaren krabbelte er einige Minuten später auf die Rücksitzbank und warf seine Sporttasche neben sich. Bevor er noch einmal das Wort ergreifen konnte, wandte Helena sich auf dem Fahrersitz um und sah mit besorgter Mimik zu ihm.

»Noah, wer würde dich als Mörder bezeichnen?« Die Frage kam derart unerwartet, dass er sie mit geöffneten Lippen einfach nur anstarrte. Dann lugte er zu seinem Bruder, der ihn zwar nicht ansah, sich aber dennoch halb zu ihm umgewandt hatte.

»Ist das eine Fangfrage?«, wollte er wenig amüsiert wissen.

»Ganz und gar nicht«, gab Helena umgehend zurück und legte Gab eine Hand auf den Oberschenkel.

Der Blick Noahs blieb kurz an ihr hängen. »Jeder, der einigermaßen bei klarem Verstand ist«, presste er hervor. Die Luft im Auto wurde dünner. Vernichtend schielte Gabriel seinen Bruder an.

»Du weißt genau, dass uns das nicht weiterhilft. Das ist nicht witzig! Würde Miranda dich so nennen? Einen Mörder und Psychopathen?«

Noah knackte mit den Fingergelenken. »Was weiß ich?« Sehr plötzlich wurde sein Gesichtsausdruck arrogant und verschlossen. Eiskalt, als ob Gabriel ihm massiv auf die Füße getreten wäre.

»Eure Chefin hat einen Brief bekommen.« Helena sprang dazwischen, drückte kurz das Bein ihres besten Freundes, um zu verhindern, dass er ausfallend wurde. Ebenso schnell, wie der Anflug von Eiseskälte gekommen war, verschwand er wieder. In Noahs Gesicht blieb nicht mehr als Verwirrung zurück.

»Mit welchem Inhalt?« Damit schienen sie endgültig die Aufmerksamkeit des Blonden zu haben. Helena drehte sich wieder nach vorn, startete den Wagen, während Gabriel den Brief aus seiner Tasche zog und das zusammengebastelte Stück Papier nach hinten reichte.

»Was ist dein erster Gedanke: Wer war das? Miranda? Bensley?«

»Bensley würde sich eher erhängen als mich als Mörder zu titulieren.« Noahs Stimme wirkte trocken und Gabriel ahnte, dass ihm unwohl war. »Die Formulierungen wären für Miranda untypisch. Kann ich mir kaum vorstellen.«

Gabriel schluckte und er senkte den Blick zu seinen Händen. Es war an der Zeit, hier mit einigen Dingen rauszurücken. Dabei hatte er gehofft, er käme drum herum und es würde sich im Sand verlaufen. Die richtigen Worte fand er jedoch nicht auf Anhieb. Stattdessen schwieg er, während Helena mit Noah darüber debattierte, ob Mia klug genug wäre, sich zu verstellen und welchen Zweck sie mit derartigen Aktionen verfolgte.

»Erschließt sich für mich nicht«, war die Quintessenz Noahs, als Helena auf dem Anwesen der Castells vorfuhr und den Wagen abstellte. Als Gabriel ausstieg, bemühte er sich darum, nicht vor der Haustür auszurutschen. Beiläufig sah er, wie Noah Helena eine Hand anbot, um ihr aus dem Auto zu helfen. Und sein kleiner Bruder war tatsächlich der Meinung, keineswegs charmant zu sein? Wahrscheinlich hatte er genug Charme für sie beide abbekommen. Grämlich stapfte Gabriel über den eisig glänzenden Weg zur Tür.

»Wurde noch jemand aus der Anstalt entlassen, der dich auf dem Kieker hatte? Ich kann mir vorstellen, dass man sich da schnell Feinde macht«, versuchte Helena es weiter.

»Von denen kommt da so schnell niemand mehr raus. Ich hatte keine Feinde außer dem Personal.« Er wirkte gedankenverloren. Gleichzeitig fiel Gabs Blick auf ein Päckchen, das vor der Tür auf dem Boden lag und an Noah adressiert war. Mit skeptischen Gesichtszügen hob er es auf.

»Einer der Pfleger hat Miranda nachgestellt, als sie eingewiesen wurde. Tage- und wochenlang. Irgendwann bin ich dazugekommen, als er sie vor anderen Patienten bloßgestellt hat. Hat ihr die Klamotten vom Leib gerissen. An dem Tag hab ich mir den ersten Feind gemacht«, erinnerte sich Noah und stockte erst, als er Gabriels Mienenspiel sah.

»Das ist für dich.« Zögerlich hielt der Dunkelhaarige Noah das Paket entgegen.

Unheilvoll sah Helena sich um. »Sag mir, dass du was bestellt hast.« Noahs Mimik war eindeutig. Hatte er nicht.

»Wir sollten damit zur Polizei«, beschloss Gabriel und wollte es ihm wieder aus der Hand nehmen. Noah hingegen schnalzte und lachte auf einmal auf.

»Jetzt macht ihr euch aber alle ins Hemd!« Er entzog das Päckchen der Reichweite seines Bruders, bevor er einen halben Schritt zurücktrat und es betastete. »Das ist keine Bombe.«

»Da bist du dir ganz sicher?« Helena wirkte wenig überzeugt.

»Ziemlich. Jetzt schließ schon die Tür auf, Eli. Du siehst immer noch scheiße aus und ich muss aufs Klo!«

Gabriel war nicht glücklich mit der Entscheidung. Hatte Noah sich plötzlich akklimatisiert? Vor ein paar Tagen hatte *er* sich fast in die Hose gemacht. Jetzt tat er so, als ob sie nicht mehr alle Latten am Zaun hätten.

***

Er hatte es geahnt. Kaum dass Gabriel sich aus dem Schlafzimmer eine Tablette gegen Übelkeit besorgt hatte, hörte er die aufgeregte Stimme Helenas aus der Küche. Zischend stürmte er die Treppen herunter.

»Wer macht denn sowas?« Helena winselte und als Gab die Küche betrat, bot sich ihm ein Bild, das er so schnell nicht wieder vergessen würde. Der Tisch war mit Blutflecken gesprenkelt. Doch entgegen seinem ersten Impuls war hier nichts in die Luft geflogen. Noah stand vor dem Küchentisch, hatte sich ein Geschirrtuch um die Hand gewickelt. Mit wahnsinnigem Blick starrte er auf die Platte. Inmitten von Blutstropfen lagen eine verschlossene Packung Rasierklingen, einiges an Füllmaterial und ein kleiner Zettel.

»Was zum Teufel?« Gabriel knirschte, eilte zu seinem Bruder und griff nach dessen Hand. In einer Schublade kramte Helena nach Pflastern.

»Wie können Menschen so abartig sein?«, fluchte sie weiterhin, wurde fündig, bevor Gabriel etwas sagen konnte. Noah ließ es stumm zu, dass sein Bruder ihm das Tuch entzog, um sich die Wunde anzusehen. Mehrere Schnitte zeichneten sich in seiner Handfläche ab. Sie waren nicht tief, aber so sauber, wie es nur eine Rasierklinge oder frisch geschliffene Messer vermochten.

»Wie ist das denn passiert?« Gabriel legte das Tuch beiseite, schaute in die starre Maske seines Bruders.

»Da fand sich jemand sehr kreativ«, kicherte Noah und trieb dem Älteren den Horror ins Gesicht. Gabriel unterdrückte den Drang, Noah anzuschreien. Helena reichte ihm mit bebenden Fingern eine Packung Pflaster.

»Abgebrochene Klingenstücke zwischen der Füllung«, offenbarte Noah gluckernd. Ein neuerlicher Beweis dafür, dass Noahs geistige Gesundheit auf einer Kante balancierte, die kaum schmaler hätte sein können. Der Faden, der ihn zusammenhielt, war hauchdünn. Gabriels Augen flohen sorgenerfüllt zu dem Gesicht seines Bruders.

»Reiß dich zusammen.« Er hätte kaum hilfloser klingen können.

Nur Sekunden später, nachdem Gabriel den letzten Schnitt verpflastert hatte, brach sein kleiner Bruder zusammen. Schlotternd. Geistesabwesend. Und hysterisch lachend. Auf dem Zettel, der bei den Klingen gelegen hatte, stand nur ein Satz:

Willst du es nicht noch einmal versuchen?

***

Zu sagen, er wäre stinksauer, wäre gelogen gewesen. Er war bekümmert, verstört, fassungslos. Wie er mit dem, was geschehen war, umgehen sollte, war ihm ein Rätsel. Am liebsten hätte er sich dauerhaft in seinem Zimmer eingeschlossen und Noah nie wieder ins Gesicht gesehen. Nun saß er seit Stunden an seinem Schreibtisch und wartete darauf, dass sein jüngerer Bruder seinen Raum verließ. Aber nichts tat sich, bis auf den Fakt, dass Alex, der noch im Grundschulalter war, klagend im Flur auf dem Boden hockte. Das Klopfen an Noahs Zimmertür hatte er aufgegeben. Jetzt wartete er. Ihre Adoptiveltern waren beim Anwalt, sprachlos wegen Matthews Tod und dem Fakt, dass ihrem jüngsten Adoptivsohn die Schuld in die Schuhe geschoben wurde. Gabriel plagten die Gewissensbisse. Er selbst hatte Noah beschuldigt, war derjenige gewesen, der erzählt hatte, dass Matt ihm vom Baum hatte helfen wollen. Dass Noah unvorsichtig gewesen war und sein bester Freund deshalb hatte sterben müssen. Aber da hatte er doch nicht geahnt, was das alles nach sich ziehen würde. Sie waren Kinder, unfähig zu begreifen, dass es genau das war, was Noahs Schicksal besiegeln würde.

Die Uhr an der Wand über Gabriels Zimmertür tickte unaufhörlich. Allmählich ging die Sonne unter und im ganzen Haus war es ruhig geworden. Die alles verschluckende Stille ließ Gab immer häufiger zur angelehnten Tür blicken. Nur, wenn er sich konzentrierte, hörte er leise Alex' Wimmern. Wie er vor Noahs Raum hockte und flehte, dass er ihn doch hereinlassen möge.

Gab legte seinen Stift beiseite und klappte den Aufsatz zu, den er für die Schule schreiben musste. Lautlos schlurfte er auf Socken zur Tür, schob sie quietschend auf und spähte in den dumpf beleuchteten Flur der oberen Etage des Familienhauses.

»Lass ihn. Er schläft wahrscheinlich«, kam es heiser über Gabriels Lippen. In den letzten zwei Tagen hatte er so viel geweint, dass sein Hals ganz rau war. Alex lehnte an Noahs Zimmertür, zog die Schultern hoch, als er die Stimme seines ältesten Bruders hörte.

»Ich glaube nicht, dass er schläft«, gab Alex vorlaut zurück und stieß sich von der Tür ab. »Ich glaube, er hat eben geweint. Oder gelacht. Die Tür macht er mir trotzdem nicht auf!« Zugegebenermaßen war es ungewöhnlich für Noah, Alex zu ignorieren, jetzt, wo er sich selbst als Bruder so wichtig fühlte. Das Gefühl der Beklemmung in Gabriels Brust wurde stärker.

»Ist doch kein Wunder, dass er heult.« Es war erschreckend, wie abfällig er sich dabei anhörte. Trotzdem kam er den Flur hinab und klopfte lauter, als Alex es sich getraut hatte, an die dunkle Tür. »Noah, was machst du da drin? Mach die Tür auf. Ich hab keine Lust auf den Blödsinn!« Stille. Der Seitenblick zu Alex verriet ihm, dass er es ihm ja gesagt hatte. Verspätet fiel Gabriels Aufmerksamkeit auf die hohe Kommode im Flur.

»Das nervt!«, rief er gereizt in Zimmerrichtung. Schlussendlich trat er zu dem Schrank und durchwühlte die oberste Schublade.

Neugierig sah Alex ihm dabei zu und verzog die Augenbrauen. »Brechen wir da jetzt ein?«

»Nein, Blödmann«, schimpfte der Ältere und zog einen Schlüssel hervor. »Hier sind die Ersatzschlüssel für die

Zimmer.« Gabriel hatte ein Gespräch seiner Eltern zu dem Thema mitbekommen.

Als Noah auch beim letzten Ruf keinerlei Anstalten machte, die Tür zu öffnen, schloss Gabriel von außen den Raum auf. Von innen steckte kein Schlüssel. Das Zimmer lag im Dunkeln. Für einen Moment fragte Gabriel sich, ob er aus dem Fenster geklettert war. Dann aber schaltete er das Licht ein. War es Alex' gellender Schrei, der ihn zusammenfahren ließ oder der Anblick, der sich ihm bot? Er war sich nicht sicher, doch sein Körper bewegte sich von allein.

Noah saß auf dem Bett, hatte sich gegen die Wand gelehnt. Die Laken und die Wand hinter ihm waren blutverschmiert. Auf dem Boden verteilt lagen zerrissene Hefte, Stifte, Kleidung und Stofftiere. Die Schränke hatte er aufgerissen und alles heraus gefegt. Es dauerte Sekundenbruchteile, bis Gabriel bei seinem Bruder am Bett war. Ihm schlug das Herz bis zum Hals und seine Atmung setzte aus, als er die blutige Rasierklinge neben seinem Bruder auf dem Laken wahrnahm.

»Noah!« Er hörte seine eigenen Rufe, die von dem ohrenbetäubenden Kreischen Alex' übertönt wurden. Dann öffneten sich Noahs Augen, just in dem Moment, in dem Gabriel zitternd wie Espenlaub seine tief zerschnittenen Arme sah. Immer mehr Blut quoll aus den Wunden.

»Was machst du denn für einen Mist?!«, schrie der Ältere ihn schluchzend an. Er stützte sich auf dem Bett ab. Unter seinen Fingern war es feucht, die Matratze triefte. Gabriel hielt die Luft an und wurde leichenblass.

Die unterschiedlichfarbigen Augen waren rot unterlaufen. Noahs Lider flatterten. »Ich muss mich bestrafen.«

Die Worte hallten in Gabriels Gedanken wider und wollten nicht verstummen. Entfernt erinnerte er sich daran, dass Noah nicht mehr ansprechbar gewesen war und dass er Alex ange-

brüllt hatte, einen Rettungswagen zu rufen. Dann wurde alles schwarz.

***

»Was heißt das?«, blökte Gabriel Castell den Polizeibeamten aufgebracht an und drückte die Hände fester in die Stuhllehne.

»Es tut mir leid, Herr Castell. Wir werden den Brief natürlich weitergeben, um zu sehen, ob sich Fingerabdrücke finden. Aber momentan können wir Ihnen nicht weiterhelfen.« Der stämmige Mann zuckte mit den breiten Schultern.

»Ich verstehe, dass Sie aufgebracht sind. Aber der Brief hat keine Briefmarke. Dadurch wird es noch schwieriger, etwas herauszufinden«, stimmte seine jüngere Kollegin ihm zu. Sie stand mit verschränkten Armen hinter ihm, während Gabriel glaubte, Noah immer weiter in sich zusammensacken zu sehen.

»Wie wahrscheinlich ist es, dass bei einer Anzeige gegen Unbekannt irgendetwas rumkommt?« Helena legte Noah eine Hand auf den Oberarm, bevor sie besorgt zu Gab schielte. Gleichzeitig kaute der Jüngere auf den Nägeln der Finger, die sein Bruder nicht mit Pflastern versehen hatte.

»Gering«, kam es von ihm wie aus der Pistole geschossen. Erst jetzt sah er unheimlich grinsend zu den Beamten auf. »Ist doch so.« Gabriel wandte den Blick von Noah ab. Der Wahnsinn, der da aus ihm sprach, überforderte ihn.

»Wir haben das Schreiben, das Ihrer Chefin zugetragen wurde und das Päckchen. Wir werden natürlich sehen, welche Hinweise wir weiterhin daraus ziehen können.«

Die Polizistin ließ die Arme sinken und deutete zu den inzwischen in Tüten verpackten Beweisstücken.

»Jemand versucht, meinen Bruder um die Ecke zu bringen!« Gabriel sah allmählich rot.

»Nun bleiben Sie erst einmal ruhig. Eventuell war das alles nur ein fieser Scherz.« Der Polizist fuhr sich über den Bart, musterte Noah eine Sekunde zu genau.

»Was wollen Sie mir sagen? Dass ich das selbst war?« Kreidebleich um die Nase setzte Noah sich wieder anständig auf.

Der Blick, den die beiden Beamten austauschten, sprach für seinen älteren Bruder Bände und er erhob sich. »Das hören wir uns sicher nicht an.«

»Das haben wir nicht behauptet. Jetzt beruhigen Sie sich ganz schnell mal wieder.« Die Beamtin hatte ihre Stimme erhoben und strahlte eine erstaunliche Autorität aus. »Wir werden Nachforschungen anstellen, was diese Miranda Leroy angeht.« Kurz hatte sie auf die Unterlagen auf dem Tisch geschielt, um den Namen abzulesen. »Wir haben die Nummer, die Sie uns gegeben haben und werden Sie informieren, sobald wir Genaueres wissen.«

Helena seufzte, stand nun ihrerseits auf und schob das Kinn vor. »Und was sollen wir Ihrer Meinung nach tun?«

»Darauf nicht eingehen. Häufig ist es so, dass Stalker ihren Opfern nur Angst machen wollen. Sie würden sich wundern, wie schnell die meisten daran den Spaß verlieren, wenn sie sehen, dass es nicht funktioniert.«

»Oh, alles klar. Das heißt, ich bringe mich nicht um? Ich dachte schon, das wär die gängige Methodik.« Deutlich lauter als zuvor keifte Noah den Mann vor sich an, bevor er geräuschvoll den Stuhl zurück schob und zur Tür stürmte.

Besorgt sah Helena ihm nach und stieß den Atem aus. »Warte!« Sie folgte ihm, warf die Tür hinter sich ins Schloss. Gabriel rührte sich nicht.

»Ich verstehe, dass Sie Angst haben«, versuchte die Polizistin es noch einmal, nachdem sie tief Luft geholt hatte.

»Das können Sie gar nicht.« Gab fuhr sich resigniert über das Gesicht, faltete die Hände davor und ließ sich wieder tiefer in den Stuhl sinken.

Der kräftigere Beamte zog den Kopf zurück. Sein Doppelkinn trat deutlich hervor und er verengte die Augen zu Schlitzen. Er machte einen zerknautschten Eindruck. »Ist da noch etwas, was Sie gerne loswerden möchten?«

***

»Was heißt ›Du hast sie gesehen‹?«, fragte Helena ungläubig. Sie stand mit hochgesteckten Haaren in ihrem grau-rosa gemusterten Hausanzug in der Küche. Muffin, der zu viel auf den Rippen hatte, hing in ihrem Arm wie ein nasser Sack und drohte, ihren kleinen Händen einfach zu entfleuchen. Aber wenigstens schnurrte er derart laut, dass er keinen Zweifel daran ließ, wie sehr er die Aufmerksamkeit genoss.

»Das, was es heißt.« Angeschlagen starrte Gabriel die Fliesen unter seinen Füßen an. Anstatt draußen zu rauchen, hatte er einfach in der Küche das Fenster geöffnet. Die weißen Spitzengardinen waren ohnehin vergilbt und brauchten eine Waschmaschine. Angespannt zog er an seiner Zigarette, bevor er fortfuhr: »Sie war auf dem Weihnachtsmarkt. Relativ groß für eine Frau, dunkle, mittellange Haare. Hat mir einen Zettel zugesteckt.« Er gab das nicht gerne zu, aber die Wahrscheinlichkeit, dass sie für den Psychoterror hier verantwortlich war, war in seinen Augen sehr hoch.

»Was für einen Zettel?« Noah stand im Türrahmen, war schon wieder mit den Fingernägeln an seinem Unterarm zugange. Dahin war seine Ruhe und keiner hatte in dieser Sekunde die Kraft, ihn von der Selbstverletzung abzuhalten.

»›Ich weiß, wo ihr wohnt‹ stand drauf.« Gabriel fühlte sich ertappt wie ein kleines Kind, das Süßigkeiten geklaut hatte. Energisch drückte er die halb fertig gerauchte Zigarette neben sich im Aschenbecher aus.

»Und das sagst du uns jetzt?«, platzte es aus Helena heraus und fast wäre ihr der Kater abhandengekommen. Schnaubend ließ sie ihn runter, während Gabriel nur darauf wartete, dass Noah explodierte.

Doch nichts dergleichen geschah. Er grunzte und biss sich angefressen auf die Unterlippe. »Ich kümmere mich selbst drum. Ich setze mich in den nächsten Tagen mit Mia auseinander.« Offensichtlich hatte er die Nase voll.

»Das ist eine dumme Idee«, widersprach Gabriel leise.

»Vor einigen Tagen war genau das deine Idee!«, gab Noah todernst zurück an seinen Bruder und brachte denselben damit widerwillig zum Verstummen. »Ich bin oben. Helena, schläfst du heut Nacht bei mir? Ich glaub, ich werd paranoid alleine.« Dass er sich das eingestand, war ein großer Schritt. Trotzdem fühlte Gabriel sich übergangen und der Tritt in die Magengrube war schmerzhafter, als er erwartet hatte.

»Du kannst auch bei mir schlafen, wenn du willst. Lass Helena doch ihr Bett.«

»Ist schon gut.« Helena lächelte und klopfte sich die Katzenhaare vom Oberteil. »Ich mach das schon. Dann kann ich auch verhindern, dass er sich wieder was aufkratzt.« Ohne auf sie zu warten, verschwand Noah im Dunkel des Flurs und nur Atemzüge später war das Knirschen der Dielen zu hören. Gabriel warf seiner Freundin einen vorwurfsvollen Blick zu.

»Das könnte ich auch. Suchst du eine Ausrede, um bei ihm die Nacht zu verbringen?«

»Warum sollte ich?«, prustete sie ungläubig. »Er hat mich gefragt. Oder brauche ich deine Erlaubnis?« Die Hände in die Seiten gestemmt, trat sie vor Gabriel und baute sich vor ihm auf. Er stutzte.

»Natürlich nicht.« Erst im zweiten Moment wurde ihm klar, dass er sich wie ein besorgter Vater verhielt. Hatte er nicht geahnt, dass das passieren würde? »Tu, was du nicht lassen kannst.« Das tat sie ohnehin.

Damit hatte sich Heiligabend erledigt und Gabriel hoffte inständig, dass sie wenigstens an den nächsten Feiertagen noch etwas voneinander hatten. Ohne dass er sich Gedanken darum machen musste, dass irgendjemand seinen Bruder scheinbar lieber tot als lebendig wusste. Gabriel schloss das Fenster in der Küche und bekam ein schlechtes Gewissen, weil er nicht zum Rauchen nach draußen gegangen war. Die minimale Weihnachtsdeko, um die Helena und Noah sich in den letzten Tagen bemüht hatten, belief sich auf Fensterbilder und das eine oder andere Gedeck. Ein kleiner künstlicher Weihnachtsbaum stand in einer Ecke der Arbeitsplatte und die Fensterbänke im Wohnzimmer und in der Küche waren mit Schneemännern gespickt. Doch das Einzige, was das alles bei Gabriel bewirkte, war der Wunsch, die Zeit auf das Jahr 2000 zurückzudrehen. Es war das letzte Weihnachten gewesen, das er mit seiner gesamten Familie verbracht hatte. Die Nachricht ihrer Eltern auf dem Handy vertrieb die Melancholie nicht im Geringsten.

15
IN DER DEFENSIVE

Trotz dessen, dass es über das restliche Fest hinweg friedvoll blieb, fand ich keine Zerstreuung. Jedes kleine Geräusch machte mir Angst und brachte mich an die Grenze meines Verstandes. Mehr als einmal stand Gabriel abends im Bademantel und mit Zigarette vor der Tür und leuchtete mit einer Taschenlampe die Umgebung ab. In der Nacht ließ das Maunzen des Katers mich ebenso hochfahren wie der Regen, der gegen mein Fenster prasselte. Helena hatte neben mir gewacht, teilweise minutenlang auf mich eingeredet und meine Finger davon abgehalten, den ohnehin schon geschundenen Arm zu drangsalieren. Ich raubte uns beiden den Schlaf. Die Festtage vergingen, der Schrecken blieb.

Zähne malträtierten meine Unterlippe, als ich im großen gemeinsamen Badezimmer auf der Ecke des Toilettendeckels saß und mir die Mullbinde vom linken Unterarm zog. Der Verband lag zu meinen Füßen auf den marmorierten Fliesen. Pochende Schmerzen hatten mich aus dem Bett geholt, lange bevor ich hatte aufstehen wollen. Helena und ich hatten an diesem Tag frei und mein Ziel war es gewesen, sie endlich schlafen zu lassen. Es war noch dunkel und ich hatte nicht auf die Uhr gesehen, ahnte aber, dass Gabriel sich bald für die Arbeit würde fertigmachen müssen. Mit schwimmendem Blick aus müden Augen betrachtete ich den Zustand meiner Haut.

»Verfluchter Mist.« Ich zischte, erhob mich und streckte den Arm von mir, um ihn am Waschbecken abzuwaschen. Stellenweise hatte sich Wundschorf gebildet, den ich weggekratzt hatte. Rundherum war die Haut gerötet und wenn ich die vereinzelten Stellen genauer besah, war das Ganze auf dem besten Weg, sich zu entzünden. Ich musste wissen, dass Fingernägel das perfekte Milieu für Keime waren. Fluchend drehte ich den Wasserhahn auf und stellte prompt fest, dass das eine dumme Idee gewesen war. Den jämmerlichen Laut verbiss ich mir gerade ausreichend, um nicht die halbe Etage zu wecken.

Bei dem hektischen Versuch, das Wasser abzudrehen, stieß ich mir den Ellenbogen an der Kante des Waschtisches und warf den Seifenspender auf den Boden. Hastig griff ich mein Handgelenk und trat einige Schritte zurück. Mein Spiegelbild starrte mir mit tiefen Augenringen entgegen und ich ließ die Schultern hängen. Wenn ich jemals wieder schlafen wollte, musste ich mit Miranda sprechen. Mein Blick schweifte bedrohlich langsam zu meinem Handy, das in einem der Regale lag. Minuten später stand ich vor der angelehnten Zimmertür Gabriels und klopfte. Er musste aufstehen, wenn er nicht zu spät kommen wollte.

»Gabriel?« Mit einem Flüstern schob ich die Tür ein Stück auf. Für einen Augenblick war mir mulmig und ich gab mir alle Mühe, meine Fantasie nicht mit mir durchgehen zu lassen.

»Warum bist du schon wach?«, drang es verwundert an meine Ohren. Das Nachtlicht neben dem Bett brannte und mein Bruder stand bereits halb angezogen vor seinem Schrank und knöpfte sein Hemd zu. Mit zerzausteren Haaren als üblich musterte er meine Gestalt.

Ich fühlte mich wie ein kleines Kind, ihn das zu fragen, tat es dennoch: »Haben wir Salben hier, die wir noch nicht ausprobiert haben?«, fragte ich ihn kleinlaut und rieb mir über den Nacken.

»Für deinen Arm?« Gabriel wirkte umgehend alarmiert. »Warum, was ist damit?«

»Nichts weiter. Hab's wieder aufgekratzt.« Es war nicht mein Plan, ihm die Wunde unter die Nase zu halten. In den letzten Tagen hatte Helena sich um die Pflege der Kratzer gekümmert und Eli nichts davon erzählt.

»Was heißt das?« Er schloss die Tür des großen, massiven Kleiderschranks und kam mit ausgestreckter Hand auf mich zu. Ich zögerte, strich mir die Haare über die Schulter nach vorne. Dann aber trat ich gänzlich in den Raum und schob die bis heute quietschende Tür hinter mir zu.

»Ich mache das nicht mit Absicht«, versicherte ich Gabriel ernst, bevor ich letzten Endes nachgab. Er kam vor mir zum Stehen, zog die dunklen Augenbrauen zusammen und schaltete die Deckenleuchte ein, ehe er nach meiner Hand griff. Prüfend drehte er die Wunde ins Licht. Ein strenger Seitenblick durchbohrte mich. Umgehend ging ich in Abwehrhaltung.

»Das ist ein Reflex! Selbstverletzung ist wie eine Sucht, die kann man sich nicht einfach so abtrainieren –«

»Ich habe nichts gesagt, Noah.« Gabriel rückte seine Armbanduhr zurecht. »Seit wann sieht das so aus?«

»Erst seit heute.« Ertappt ließ ich die Augen über das penibel gemachte Bett meines Bruders schweifen. Wenigstens einer hatte sein Leben im Griff.

»Zieh dich an. Ich bring dich auf dem Weg zur Arbeit zum Arzt. Der soll sich das anschauen.«

»Ich wecke Helena, wenn ich jetzt nach Klamotten suche!«, protestierte ich.

»Umso besser!«, herrschte der Ältere mich auf einmal an und entfernte sich von mir, um den Rollladen hochzuziehen. »Da du auf mich nicht hörst, kann sie dir dann erklären, dass du dir gerade eine Blutvergiftung holst. Und ich kann sie direkt fragen, warum sie mir das nicht schon vorher gesagt hat.« Er war deutlich um Fassung bemüht, versuchte nicht einmal, leiser zu sprechen.

»Es ist nicht ihre Schuld.« Da war jemand empfindlich. Am liebsten hätte ich die Arme verschränkt, sah aber ob der brennenden Wunde davon ab.

»Ist mir egal, wer schuld ist. Du gehst damit zum Arzt und Helena darf dich abholen«, entschied Gabriel über meinen Kopf hinweg. »Jetzt zieh dich bitte an.«

»Eli, ich bin keine fünf Jahre alt. Ich kann auch mit der Bahn fahren.« Seine herrische Art brachte mich zur Weißglut.

»Du fährst alleine nirgendwohin, solange da draußen irgendein Irrer rumrennt, der es witzig fände, du würdest dein Leben beenden.« Die grünen Augen taxierten mich, als er seine Kette ins Hemd steckte und die letzten Knöpfe schloss. Mir schien, als ob er allmählich lernte, die Situation zu händeln – trotz dessen, dass alles zunehmend schwieriger wurde.

***

Ich verstaute das Rezept in meiner Tasche und verließ zielstrebig die Praxis. Auf der Straße bog ich in die nächste Gasse ein. Pünktlich, um einen Anruf von Helena entgegenzunehmen.

»Bist du raus? Ich war einkaufen, ich kann dich abholen«, tönte es aus dem Hörer. Die Übertragung kratzte, verursacht durch die hohen Gebäude zu meinen Seiten.

»Nicht nötig.« Finster betrachtete ich die grauen Steine unter meinen Füßen. Es roch unangenehm und aus einem der Fenster weit über meinem Kopf drang laute Musik. Kinder schrien. Menschen stritten und Dunst zog aus der Tür einer Restaurantküche.

»Noah – – bist du?« Die Frage drang kaum zu mir durch.

»Auf dem Weg in die Innenstadt. Ich rufe dich an, wenn du mich abholen kannst. Ich muss noch was erledigen.«

»Wie – –? Du solltest – – alleine – –« Ein Piepsen ertönte und die Verbindung brach ab.

»Helena?« Keine Antwort. Seufzend beendete ich das Telefonat und beschloss, ihr eine Nachricht zu schreiben. Den Blick auf das Display gerichtet, verließ ich das Gässchen und trat in die Geschäftigkeit der Altstadt. Mir war speiübel, aber ich wusste, dass ich diesen Schritt gehen musste. Und zwar besser früher als später, bevor ernsthaft etwas passierte. Kaum war die Kurznachricht an Helena raus, öffnete ich ein anderes Chatfenster.

›Wo bist du?‹, tippte ich widerstrebend und kaum, dass ich sie verschickt hatte, legte sich plötzlich eine Hand auf meine Schulter.

»Hier.« Ich musste mich nicht umdrehen, um die Stimme zu erkennen. Erschrocken fuhr ich zusammen. Dass ich die Hand wegschlug, war ein Reflex. Ich hatte mich herumgedreht und mit zwei großen Schritten Abstand zwischen mich und mein Gegenüber gebracht.

Miranda stand in Boyfriend-Hose und farblich abgestimmtem Zwiebellook vor mir. Ihre bronzefarbene Jacke war geöffnet und offenbarte mehrere sportliche Sweatjacken im Fledermausstil. Darüber trug sie einen schmucklosen Schal, dessen Ende sie über ihre Schulter warf. Das Grinsen auf ihren Lippen wurde breiter und ihre Augen hatten diesen abwesenden Glanz, der mir allzu bekannt war.

»Buh, hab ich dich erschreckt?«, fragte sie, kräuselte die Mundpartie. Ihre dicken, dunklen Haare lagen locker auf ihren Schultern und ihre Wangen waren von der Kälte gerötet. Für einen Moment brachte ich keinen Ton heraus und hätte mich fast an meiner Spucke verschluckt. Feindselig zog ich die Augenbrauen zusammen.

»Ahh, komm schon, Noah! Du siehst mich an, als hätte ich dir deine letzten Pommes weggegessen!«, witzelte sie lachend und stieß mich am Arm an. Umgehend drehte ich mich zur Seite, um ihrer Berührung zu entgehen.

»Weißt du«, startete ich, »einerseits ist es schon ziemlich bezeichnend, dass du plötzlich hinter mir stehst. Auf der anderen Seite schenke ich mir so die drei Straßen zum Café.« Überheblich musterte ich sie und für einen Augenblick wirkte sie verwundert.

»Hattest du vor, direkt wieder abzuhauen? Ich denke nicht, dass ich dir in wenigen Sätzen alles mitteilen kann, was ich weiß.«

»Mir ist egal, was du weißt«, antwortete ich entschlossen. »Ich brauche deine Informationen nicht, um gegen Bensley vorzugehen. Und ich will auch deine Hilfe nicht.« Was auch immer sie mir hatte erzählen wollen, ich war mir sicher, es waren ohnehin Lügen. Mia verschränkte die Arme vor der Brust und legte den Kopf zurück.

»Ist das so?« Das Gewicht auf ihr anderes Bein verlagernd, vollführte sie eine wegwerfende Geste mit der Hand. »Dann nehme ich an, es interessiert dich nicht, dass ich mit Dr. Shaw Bensley persönlich vögle und –«

»Richtig, Mia«, unterbrach ich sie angewidert. »Aber immerhin weiß ich jetzt, wie du an meine Handynummer und meine Adresse gekommen bist. Oh und lass mich raten: Du hast dich in der Anstalt damals in mein Zimmer ›gevögelt‹?« Ich wurde lauter und vorbeilaufende Menschen drehten sich nach uns um.

Missgestimmt verzog sich Mirandas Mimik, doch sie widersprach nicht. Stattdessen gab sie nur ein leises »Autsch, das hört sich aus deinem Mund echt böse an« von sich.

»Wie gesagt: Es interessiert mich nicht im Geringsten, mit wem du ins Bett gehst und welche Informationen du von Bensley zu haben glaubst.« Damit wir uns richtig verstanden.

»Schön, warum bist du dann hier?«, fragte sie verspätet mit einem Singsang, von dem ich allzu gut wusste, dass er aufgesetzt war. Ich konnte die Wut, die mein Gleichmut auslöste, in ihrem Gesicht sehen. Um zu verhindern, dass wir weiter begafft wurden, deutete ich mit dem Kopf an den Rand der Straße in den Hauseingang eines Amtes, das wegen Umbauarbeiten geschlossen hatte. Widerwillig kam sie meiner Aufforderung nach.

»Wir könnten auch einfach was trinken gehen, anstatt uns hier draußen den Arsch abzufrieren.« Wieder machte sie Anstalten, nach meinem Arm zu greifen.

»Lass das!« Hatte sie das immer noch nicht verstanden? Mit dem Rücken lehnte ich mich gegen die roten Backsteine im Eingang und zog einen Zettel aus meiner

Tasche. »Ich will nur zwei Sachen von dir. Erstens: Ist das von dir?« Es war der Wisch, den ich aus der Luftpolstertasche mit den Rasierklingen gezogen hatte. Der, der andeutete, dass ich ein weiteres Mal versuchen sollte, mir das Leben zu nehmen.

Ungehalten zupfte sie mir den Zettel aus der Hand. »Was ist das?«

»Würde ich auch gerne wissen!«, brummte ich zurück und musste an mich halten, nicht aggressiv zu werden.

»Hab ich nichts mit zu tun.« Die Antwort kam derart großspurig, dass ich mir auf die Innenseite meiner Unterlippe biss.

»Du hast mir keine Rasierklingen geschickt?«, hakte ich weiterhin nach.

»Nein, habe ich nicht!« Miranda beäugte mich, als ob ich völlig den Verstand verloren hätte. »Jetzt pass mal auf: Die Polizei stand gestern vor der Tür meiner Eltern und hat mir dieselbe beknackte Frage gestellt. Sie haben nichts gefunden. Und warum zum Teufel sollte ich wollen, dass du dich umbringst?«

»Habe gehofft, du könntest mir das sagen.« Ich verengte die Augen und ließ die Hände in meiner navyfarbenen Winterjacke verschwinden. Folglich machten die Beamten wahrhaftig ihre Arbeit. »Und du weißt auch nicht, wer es war?«

»Ich dachte, du willst meine Informationen nicht?« Das süffisante Grinsen kehrte auf ihre Lippen zurück. Diese Frau widerte mich an. Ich spürte das Vibrieren des Handys in meiner Jackentasche. Es sagte mir, dass ich das Gespräch besser beschleunigte.

»War es Bensley?« Ich hatte nicht vor, auf ihre Spielereien einzugehen.

»Nein«, gab sie entschieden zurück. »Aber wenn wir noch einen Kaffee trinken, könnten wir gemeinsam überlegen, wer es war.« Miranda hatte Köpfchen. Warum stellte sie sich dermaßen dämlich an? Wollte sie nicht kapieren, dass ich keine Lust auf sie hatte?

»Hast du meinem Bruder auf dem Weihnachtsmarkt den Zettel zugesteckt?«, überging ich erneut ihren kläglichen Versuch.

Plötzlich warf Mia die Arme in die Luft. »Meine Nerven, ja! Ja, das war ich. Ich habe aus Bensleys Rechner deine Adresse rausgesucht«, leierte sie herunter und begann, auf und ab zu laufen. »Ich wusste, du würdest dich nicht bei mir melden!« Der Vorwurf war nicht zu überhören.

Und wieder war da das Vibrieren. Ich spannte mich an, hielt mich davon ab, auf mein Handy zu schauen. »Wie hast du mich gerade gefunden?«, presste ich umso angespannter hervor.

»Es war Zufall, Noah! Rei-ner Zu-fall. Ich war auf dem Weg zum Café und hab dich gesehen.« Beiläufig zuckte sie mit den Schultern. Damit war das Gespräch für mich beendet. Auf der Ebene würde ich nicht mehr aus ihr herausbekommen. Das Bedürfnis, mir auch noch die letzte Haut vom Arm abzuziehen, gewann fast die Überhand. Die Frau tat mir nicht gut.

»Alles klar«, schloss ich fast stimmlos und drängte mich an ihr vorbei. »Ich will, dass du mich und Gabriel künftig in Ruhe lässt. Ich hab kein Interesse an dir. Ruf mich nicht mehr an, stell mir nicht nach und schreib mir nicht mehr.« Ich hatte für den heutigen Kontakt wieder die alte Karte in mein Handy eingelegt und etliche Nachrichten von ihr gehabt. Nicht eine hatte ich gelesen. Wie es schien, hatte sie meine neue Rufnummer noch nicht und ich hoffte, dass es dabei blieb. Damit zückte ich endgültig mein Mobiltelefon, wandte Miranda den Rücken zu. Das Klingeln verebbte, bevor ich abheben konnte.

»Mist«, brummte ich in meinen Schal und es war ein günstiger Umstand, dass mir der erdbeerblonde Schopf sofort ins Auge sprang, bevor er an mir vorbeieilen konnte. Helena hielt ihr Handy in der Hand und wirkte gehetzt.

»Helena!«, rief ich quer über die Straße und hob eine Hand, um sie auf mich aufmerksam zu machen. Im selben Moment wurde ich praktisch von den Füßen gerissen. Arme legten sich von hinten um meine Schultern, rutschten auf Halshöhe. Mein Puls beschleunigte sich und mir blieb für einen Augenblick die Luft weg.

»Deine neue Freundin ist ja wirklich zuckersüß«, wurde düster neben meinem Ohr geraunt. Mir entwich ein Keuchen. Unsanft schüttelte ich Miranda ab.

»Fass mich nicht an!«, schrie ich über die Schulter und richtete meine Kleidung. Mia stieß hinter uns gegen die Hauswand. Ein unheimliches Gackern stob aus ihrer Kehle, als sie sich durch die Haare fuhr.

»Komisch, vor ein paar Wochen war es dir noch sehr recht, als ich dich angefasst hab, nicht wahr?«

Aufgebracht hob und senkte sich mein Brustkorb, als ich Helenas besorgte Stimme hinter mir hörte. »Noah, was zum Teufel! Ich habe mir Sorgen gemacht!«

Ich schielte sie an, als sie an meine Seite trat. »Tut mir leid«, gab ich leise an sie zurück, wandte mich ihr zu und hielt sie mit einem Arm vor dem Dekolleté auf. Meine Hand griff sanft ihre Schulter. »Komm, wir gehen.«

Dieses Mal war ich nicht leichtsinnig genug, meinen Blick von Mia zu nehmen.

Die Dunkelhaarige stand noch immer an der Wand und grinste verklärt. »Ich hoffe, er lässt dich nicht genauso fallen, wie er es bei mir getan hat, Helena Rouen!«

Der Ausdruck auf dem Gesicht der Blonden war verwirrt. Dennoch ließ sie sich von mir zum Gehen bewegen. »Wer ist das?«, fragte sie mich irritiert, hielt die Augen auf Miranda gerichtet.

»Einer meiner schlimmsten Alpträume. Frag einfach nicht!«, hauchte ich ihr schaudernd entgegen. Nur um dann ihre Hand zu nehmen und sie, weit energischer als geplant, hinter mir her zu ziehen.

***

Ich riss die Augen auf. Panik und Übelkeit machten sich in mir breit, nahmen mir die Luft zum Atmen. Alles war weiß. Schon wieder.

Der Raum war in Pastell getönt, draußen vor dem Zimmer hörte ich Stimmen. Meine Augen zuckten, als ich mich in einem Anfall aus heftiger Beklemmung für Sekunden nicht zu rühren vermochte. Finger griffen die Decke über meiner Brust. Ich konnte nicht atmen. Das war nicht passiert.

»Ich habe das nicht getan«, hörte ich mich selbst japsen. Wie ein Mantra sprudelten die Worte stimmlos aus mir heraus. »Ich war das nicht. Ich habe ihn nicht umgebracht ...«

Neben mir bewegte sich etwas. Ich schnappte nach Luft, als ein Arm sich um meine Mitte legte und mir ein Wust aus Haaren ins Gesicht gedrückt wurde.

»Sonst sagst du immer, du hättest ihn getötet«, raunte die verschlafene Stimme. »Ist doch egal.«

Ich hatte Schwierigkeiten, die Situation zu erfassen. Mich dem Griff entziehend, setzte ich mich hektisch auf. Die dünne weiße Decke rutschte von meiner nackten Brust. Mit rasselndem Atem fiel mein Blick auf die Gestalt neben mir. Mirandas unbekleidete Silhouette versetzte mir einen zusätzlichen Schock. Was hatte ich getan? Ich brachte es nicht fertig, ihr zu antworten. Das Einzige, was ich immer wieder von mir gab, war »Nein«. Nein, nein, nein. Ich hatte ihn nicht angerührt! Die Heidenangst setzte sich in meinem Hals fest. Ich sprang aus dem Bett, keuchend. Schwindel überkam mich. Alles drehte sich. Das konnte nicht sein!

Mia setzte sich mit einem unglücklichen Murren im Bett auf. »Noah, komm wieder her. Wir haben noch Zeit.«

»Was mache ich hier?!« Ich wusste nicht, wie ich es schaffte, sie anzuschreien. Theatralisch seufzte sie.

»Müssen wir das wieder durchkauen?«, fragte sie müde und stützte den Kopf auf einen Arm. »Geliebter Bruder ... Mord. Klingelt's? Du hättest dich fast umgebracht. Warst schuldig. Nicht zurechnungsfähig. Und bist hier gelandet. Wie alle, die«, pausierte sie und drehte demonstrativ den Kopf, tippte sich mit dem Finger dagegen, »irre sind.«

Das war der Moment, in dem ich meinen Körper zu verlassen schien. Es war, als würde ich alles von oben betrachten. Als wäre ich nicht ich selbst. Ich klaubte meine Klamotten vom Boden auf, zog mir eine Hose und ein Shirt über.

»Das war ich nicht!«, blubberte es in Dauerschleife aus mir heraus. Ich hörte mein Röcheln, sah Miranda, wie sie sich verständnislos aufsetzte.

»Was drehst du ausgerechnet heute ab?« Ihre Artikulation war träge, als stünde sie unter irgendwelchen Medikamenten. Sie warf die Decke beiseite, stand auf und entblößte ihren nackten Körper. Dann wurde die Tür aufgerissen, genau in

dem Moment, in dem ich sie von mir stieß. André betrat den Raum, redete auf mich ein. Mia stürzte, wimmerte irgendetwas davon, dass ich es ›schon wieder‹ tat.

»Miranda, zieh dich an und geh nach drüben!«, raunte André ihr entgegen, kam mit beschwichtigend erhobenen Händen auf mich zu.

»Noah, verlier jetzt nicht die Nerven!« Er berührte meine Arme.

»Ist er tot?«, plärrte ich ihn an und mit einem Mal war ich zurück in meinem Körper, drohte zu ersticken.

André verdrehte die Augen, als ob ich ihn das jeden Morgen fragen würde. »Komm schon, du weißt, dass er tot ist. Die lassen dich nicht –« Ein Schrei. Ein Schlag.

Dann entriss ich ihm den Schlüssel. Mit pochendem Kopf rannte ich aus dem Raum. Hinter mir hektische Stimmen. Barfuß hechtete ich den Gang hinab. Tränen sammelten sich in meinen Augen, brachen sich Bahn, bis ich kaum mehr den Weg vor mir sah. Alles war taub vor Schmerz. Ich hatte ihn umgebracht!

***

Finger drückten sich fester in das Porzellan. Erneut. Inmitten der Dunkelheit war das Einzige, was ich wahrnahm, mein eigenes Wimmern. Unzählige Tränen tropften von meinem Kinn, landeten auf verkrampften Fingerknöcheln. Das Beben meiner Knie ließ mich fast vor dem Waschbecken zusammensacken. Forsch griff ich im Schein des Mondes nach der Tablettenpackung in einem Fach des offenen Regals. Ich schluchzte. Die Bilder zerstörten mich. Jedes davon. Die Rückschau an die Psychiatrie, Erinnerungen, die nicht meine sein konnten.

Ich hatte niemals mit Miranda geschlafen. Und hatte nie eingeräumt, kein Mörder zu sein. Ich wusste, dass ich Matthew getötet hatte. Mit dem Gefühl, an dem Kloß in meinem Hals zu ersticken, drückte ich bebend zwei Tabletten aus der Packung. Im hereinscheinenden Mondlicht war der Wirkstoff ›Diazepam‹ zu erahnen. Ich drehte das kalte Wasser auf, beugte mich über das Waschbecken, um die Medikamente herunterzuspülen. Sie kamen mir fast wieder hoch. Mein Herzschlag war auf hundertachtzig, als ich mir über den Mund rieb und den Wasserhahn abdrehte. Fest presste ich die Augenlider aufeinander. Zum ersten Mal, seitdem ich die Psychiatrie verlassen hatte, fragte ich mich, ob etwas mit mir nicht stimmte. Woher kam diese Erinnerung, wenn sie nicht meine war? Warum glaubte ich, Dinge erlebt zu haben, die so niemals passiert waren? Das Ticken der Uhr im Regal machte mich nervöser, als ich es ohnehin schon war. Mit einem Mal hatte ich den Eindruck, nicht alleine zu sein. Ich ließ die Hand sinken und glaubte, Atemzüge hinter mir zu spüren.

Dann das Hauchen einer Stimme. »Noah.« Die Panik brach sich Bahn. Gabriel war nicht zu Hause, war spontan zu dem Geburtstag eines Arbeitskollegen gegangen. Helena hatte ich nur Minuten zuvor schlafend zurückgelassen.

Ich griff nach dem erstbesten Gegenstand, den ich zu greifen bekam, drehte mich herum und schlug nach der Person, die vor mir stand. »Lass mich endlich in Frieden!« Meine Stimme übertönte den Schrei desjenigen, der vor mir in der Tür zu Boden ging. Das schmerzverzerrte Jaulen ließ mich mit zitterndem Atem zurückweichen. Hektisch tastete ich nach dem Lichtschalter neben dem

Spiegelschrank. Die plötzliche Helligkeit ließ mich die Augen zusammenkneifen. Mit einem Arm schirmte ich den Lichtschein ab. Das Herz rutschte mir in die Hose und ich ließ den massiven Glasflakon mit Helenas Lieblingsparfum fallen. Klirrend kam der Flakon auf dem Boden auf. Eine Ecke splitterte.

»Shit«, entwich es mir mit dünner Stimme. Helena saß mit halb abgewandtem Kopf im Nachthemd vor mir auf dem Boden. Die Locken verdeckten ihr Gesicht und doch erkannte ich das Blut an ihrer Hand, als sie sie von ihrer Wange senkte. Ihr Atem ging unstet, als ob sie mit den Schmerzen kämpfte. Sofort fiel ich vor ihr auf die Knie.

»Oh Gott, Helena, es tut mir leid!«, sprudelten die Worte von Angst ergriffen aus mir heraus. Mein Herz drohte mir aus der Brust zu springen. Mit brennenden Augen streckte ich eine Hand nach ihren Haaren aus. »Es tut mir so leid«, wiederholte ich mit brechendem Tonfall.

Ich rechnete damit, dass sie mir ausweichen würde. Stattdessen ließ sie jedoch zu, dass ich ihr die Strähnen vorsichtig nach hinten strich. Mit geröteten und tränenden Augen wandte sie mir langsam das Gesicht zu. Die Lippen im Schock geweitet, hielt sie immer noch die blutige Hand von sich gestreckt. Mir sackte das zuvor heftig pochende Herz in die Hose. Ihre rechte Wange war blutig, die Haut aufgeplatzt.

»Noah, was ...« Es war das Erste, was dünn über ihre Lippen kam.

Übervorsichtig schob ich meine Finger unter ihren Kiefer und verzog klagend das Gesicht. »Verzeih mir!« Was stimmte nicht mit mir? Erneut quollen meine Augen über und ehe ich verstand, warum, fand ich mich weinend in ihrem Arm wieder. Ich wusste, ich musste mich um die

Wunde kümmern. Doch ich saß einfach nur da und schrie mir die Seele aus dem Leib. Anstatt von sich zu schieben, hatte diese törichte Frau nichts Besseres zu tun, als die Arme um mich zu legen und mir über den Rücken zu streichen.

»Es wird alles wieder gut«, raunte sie heiser. »Aber du musst mit uns reden!« Sie schluchzte. Wir waren am Ende.

***

Die Dunkelheit umfing mich. Lediglich das fast zwei Dekaden alte Stofftier unserer leiblichen Mutter und Muffin, der am Fuße des Bettes schlief, leisteten mir Gesellschaft. Zugedeckt bis unter die Nase hörte ich meinem eigenen Atem zu. Die Medikamente zeigten Wirkung, ließen mich in einem Dämmerzustand zurück. Stimmen im Flur verrieten meinem Unterbewusstsein, dass Eli nach Hause gekommen war. Ich fragte mich, wie spät es war.

»Er hat sich erschrocken!« In gesenkter Tonlage und doch im Brustton der Überzeugung zischte Helena ihren besten Freund an. »Es ist nicht so schlimm, wie es aussieht.«

»Das hätte ins Auge gehen können«, wiederholte Eli mit mehr Inbrunst.

»Lass ihn schlafen!« Ein drohendes Fauchen direkt neben der Tür. »Hör mir lieber zu. Ich glaube, irgendetwas stimmt mit ihm nicht, Eli.«

»Das wissen wir schon länger. Willkommen auf dem neuesten Stand!« Er redete mit Helena, als ob sie das Problem wäre.

»Hör auf, zu klugscheißen. Ich meine es ernst. Er hat mir erzählt, dass er Flashbacks hat, an die er sich nicht erinnert.«

»Was für Flashbacks?«, hakte Gabriel nun doch leiser nach. Die Tür knarzte. Es hörte sich an, als würde sich jemand dagegen lehnen.

»Sie hatten irgendetwas mit Miranda zu tun. Gab, ich glaube, es war keine gute Idee, ihn zu dem Treffen mit ihr zu zwingen.«

»Zu zwingen? Hättest du mich eben nicht angerufen, wüsste ich bis jetzt nicht, dass sie sich getroffen haben!« Eli fluchte.

»Pscht! Er schläft endlich wieder, jetzt sei nicht so laut!« Merkte sie, wie viel lauter sie selbst war? »Ich sag das nicht gern: Aber das ist keine Borderline-Symptomatik. Und seine Wahnvorstellungen machen mir im Moment viel mehr Angst.« Ganz langsam driftete ich ab, spürte, wie der Nebel mich umgab, der mich ins Land der Träume brachte.

16
IM SCHATTEN DER BRÜDER

Zwei Tage nach dem Vorfall telefonierte Gabriel mit seinem jüngsten Bruder. Überfordert fuhr er sich durch die Haare und lief mit dem Handy am Ohr in seinem Zimmer im Kreis.

»Die Polizei tappt im Dunkeln. Es gibt keinerlei Indizien dafür, dass Miranda das Päckchen hier abgelegt hat. Wir haben keinen Schimmer, was hier los ist. Und währenddessen dreht Noah vollkommen am Rad«, fasste er zusammen. »Hat er mit dir geredet?« Am Ende mit seinem Latein ließ Gab sich auf die Bettkante sinken. Er hoffte inständig, dass die Benzodiazepine, die Bensley Noah verschrieben hatten, ihn wenigstens endlich wieder schlafen ließen. »Gestern, meine ich?«

Alex grunzte. »Erzähl mir lieber, wie dein Termin bei deiner Psychologin lief.«

»Das tut momentan nichts zur Debatte«, schmetterte Gabriel die Diskussion ab. Es reichte, dass es Noah zunehmend miserabler zu gehen schien. Seit Tagen schwankte er zwischen himmelhochjauchzend und zu Tode betrübt. Er war gereizt und schreckhaft wie ein Reh während der Jagdsaison. Nicht nur, dass Helena weiterhin immer mit ihrer verletzten Hand kämpfte: Jetzt kam auch noch eine Platzwunde über dem Wangenknochen dazu.

»Ich hab ihm ein paar Sachen zu Versicherungen erklärt«, murmelte Alex. »Worüber soll er mit mir geredet haben?«

Misstrauisch verengte Gabriel die Augen. Er kannte seinen Adoptivbruder lange genug, um zu wissen, wenn er ihm etwas verschwieg. »Alex, er vertraut dir. Hat er irgendetwas wegen seiner verqueren Erinnerungen gesagt? Oder etwas erzählt, von dem du weißt, dass es nicht stimmt?« Er ließ sich doch nicht für blöd verkaufen. Zuerst bekam er keine Antwort.

Dann aber ergriff sein jüngster Bruder finster wieder das Wort: »Ist gut, schön. Pass auf: Ich glaube, du solltest dich in einer ruhigen Minute mit ihm zusammensetzen und diese ganze Sache mit Matthew Rouens Tod durchkauen. Ich habe den Eindruck, da liegt einiges im Argen.« Alex seufzte. »Sag ihm nicht, dass das von mir kommt. Und mach das bestenfalls nicht, wenn unsere Eltern morgen kommen.«

Zaudernd vergrub Eli die Finger in den dunklen Locken. »Was hat das mit Matthew zu tun?« Er wollte immer noch nicht darüber sprechen. Wenn er könnte, würde er diesen Tag am liebsten aus seinem Gedächtnis tilgen. Und doch schienen sich alle Fäden dort zu treffen.

»Noah bezeichnet sich selbst felsenfest als Mörder, ohne dabei die Mimik zu verziehen«, antwortete Alex unheilvoll. »Langsam glaube ich, er denkt das wirklich. Und nicht nur das: Er spricht darüber, einen Menschen ermordet zu haben, als ob er dir aus einem Kinderbuch vorlesen würde.« Gabriel fuhr sich übers Gesicht.

›Du, Gabriel? Ich ich denke nicht, dass Noah dir für den Tod Matts die Schuld gibt. Ich kann mich auch irren, aber – ich glaube, er denkt selbst, er wäre es gewesen. Wie meine Eltern.‹

Er hatte Helena nicht ernstgenommen, als sie ihm das vor nicht ganz zwei Wochen offenbart hatte. Doch wie es aussah, hatte Bensley recht. Alle Stränge liefen an einem Punkt zusammen: Sein Bruder verdrehte die Realität. Irgendetwas sagte Gabriel, dass es bei Noah anders war als bei ihm. Es waren keine Gewissensbisse, die ihn dazu brachten, sich für einen Mörder zu halten. Es war etwas anderes.

»Ich rede im neuen Jahr mit ihm«, gab Gabriel gezwungenermaßen nach. Er hatte beileibe nicht vor, zwei Tage vor Silvester ein Fass deshalb aufzumachen. Kurz herrschte Stille in der Leitung.

»Gab?«, drang nach einigen Augenblicken leise an seine Ohren. »Ich glaube, das ist nichts, was wir ohne professionelle Hilfe hinbekommen.« Damit stand wieder das Thema im Raum, dass Noah dringend einen neuen Therapeuten brauchte.

***

Bis zu Mirandas Auftauchen auf der Bildfläche hatte Gabriel noch gehofft, dass alles wieder in rechte Bahnen rutschen würde. Die ersten Tage waren anstrengend gewesen, doch er hatte geglaubt, dass es mit Helena zusammen funktionieren könnte.

Doch jetzt schien ihm alles zu entgleiten. Eine Baustelle nach der anderen tat sich auf und Gabriel war mit der ersten noch nicht zurande gekommen, dann eröffnete sich das nächste Problem. Noah schluckte wieder exzessiv Tabletten, um annähernd auf der Höhe zu sein. Die Wunde an seinem Arm hatte sich am Morgen erneut ein Arzt angesehen, weil er bis zum heutigen Tag nicht die

Finger davon lassen konnte. So taugte die beste entzündungshemmende Salbe nichts. Bei jedem Klingeln des Telefons fuhr er derart heftig zusammen, dass Gabriel langsam befürchtete, er würde mit seinen dreiundzwanzig Jahren an einem Herzinfarkt sterben. Von dem Fakt abgesehen, dass Noahs Gedächtnisschnipsel verquer waren und Helena ihnen zu allem Überfluss offenbart hatte, im neuen Jahr endgültig das Haus ihrer Eltern wieder zu beziehen.

Gabriel konnte es ihr nicht verübeln. Sie bekam im Hause Castell kaum Schlaf, Muffin neigte dazu, ihnen die Tapeten zu zerkratzen, und überhaupt schluckte Gabriel inzwischen Antihistaminika, um den Kater zu ertragen. Seit wann er gegen Katzenhaare allergisch war, wusste er nicht. Zudem hatte Helena nur noch zwei Wochen Urlaub und würde danach von ihrem Job als Floristin wieder voll in Beschlag genommen werden. Da konnte sie nicht weiter den Babysitter für Noah spielen. Sie hatte ihm zwar dargelegt, dass sie sich nicht als solcher sah, aber am Ende des Tages war es genau die Aufgabe, die sie in letzter Zeit übernommen hatte.

Daneben waren sich er, Helena und Alex in manchem Punkt einig: Noah hielt sich für den Mörder, der er nicht war. Er erinnerte sich an Dinge, die nicht passiert waren. Und er brauchte zweifelsohne einen neuen Therapeuten, dem er auch vertrauen konnte. Aber abgesehen davon, dass es aktuell schier unmöglich war, so jemanden zu finden, war Noah die meiste Zeit nicht sonderlich kooperativ, was das anging.

Der Kalender in der Küche verriet den 30. Dezember. Es war Nachmittag und Alex war mit Noah unterwegs, um einige Besorgungen zu machen. Innerhalb der nächsten Minuten sollten die Castells zu Hause eintreffen. Ihre Eltern würden Silvester gemeinsam mit ihren Kindern verbringen. Gabriel hatte sogar Alex dazu überredet, mit Julia an Silvester zum Essen zu kommen.

In Gedanken versunken stand der hochgewachsene Mittzwanziger im Hausflur, starrte durch die Glasscheibe der Tür nach draußen. Es schneite schon den halben Tag und die Flocken wurden immer größer.

»Gabriel?« Helenas Stimme riss ihn aus seiner Melancholie. Seit zehn Minuten drehte er eine Zigarette zwischen den Fingern. Unangezündet. War es an der Zeit, mal wieder mit Rauchen aufzuhören? Seufzend blickte er zu dem Glimmstängel und ließ die Hand sinken. Mit einem fragenden Summen drehte er sich um – und wurde von der Aussicht in Staunen versetzt.

»Wow«, entwich es ihm wenig eloquent. »Gehst du zum Wiener Opernball oder heiratet jemand?« Sein Hals wurde trocken, als er die auflachende Frau musterte. Sie trug ein hellblaues Abendkleid, das unter der Taille in einen wasserfallartigen Rock mündete. Dezente Steine zierten die Schleife an der Körpermitte und die weiten Ärmel lagen gerade auf der Schulter auf, um die Schlüsselbeine zu betonen.

»Kann ich das morgen anziehen?«, fragte sie ihn und strich sich eine verirrte Locke zurück. Ihr bester Freund atmete geräuschvoll aus und schlenderte auf die junge Frau zu, die er um mehr als ein paar Zentimeter überragte. Mit einem reuevollen Lächeln strich er ihr kurz über die Haare.

»Natürlich.« Seine Mundwinkel zuckten. Sein Gewissen nagte an ihm. Er hatte sie in den letzten Tagen nicht fair behandelt. Mehr als einmal hatte er sich im Ton vergriffen. »Helena, ich …« Er unterbrach sich selbst, wandte den Blick ab.

»Wenn du dich entschuldigen willst: Behalt es für dich«, nahm sie ihm entschieden das Wort aus dem Mund. »Wir haben im Moment alle Stress.« Mit einem weichen Lächeln verschränkte sie die Arme vor der Brust.

Zögerlich verzog sich die Mimik des Älteren und er schob seinen Unterkiefer vor. »Das ist keine Entschuldigung.«

»Halt die Klappe. Du bist gruselig, wenn du so bist!«, schnaubte sie und schielte zu dem Glimmstängel in seiner Hand. »Willst du die nicht rauchen?«

»Ich glaub nicht«, beschloss er endgültig und gab ein Grunzen von sich. Wieder kam ihm ein Gedanke, der ihm seit Tagen im Hinterkopf herumschwirrte. Fest sah er in die blauen Augen. »Was ist aus deinen Gefühlen für Noah geworden?« Er sah ihr an, dass er mit der Tür ins Haus fiel. Sie blinzelte. Doch bevor sie ihm antworten konnte, klingelte es an der Tür.

»Ich glaub, das sind deine Eltern.« Sie zog beschämt die Schultern hoch.

Gabriel rieb sich beherzt über den Nacken und nahm die Augen von seiner besten Freundin, um sie zur Tür schweifen lassen. Tessa hatte sich vorgebeugt, winkte ihm breit grinsend durch die Scheibe der Haustür zu. Ihr ältester Sohn warf einen Blick auf seine Armbanduhr. »Pünktlich auf die Minute.«

Bevor er die Tür öffnete, erklang einmal mehr die melodische Stimme Helenas hinter ihm. »Frag mich das noch einmal, wenn das alles vorbei ist. Okay? Im Augenblick möchte ich darüber gar nicht nachdenken.« Gabriel bereute die Frage fast. Natürlich konnte sie das nicht.

»Irgendwann«, bestätigte er leise, bevor er das Thema fallen ließ und sich hoffnungsvoll gen Tür wandte.

***

»Er hat die Dokumente gecheckt und wird sich nach seinem Urlaub um den Fall kümmern«, erzählte Alex und lehnte sich auf seinem Stuhl zurück.

»Das heißt, er vertritt uns gegen Bensley?«, hakte Noah nach, legte die Hände auf die Tischplatte.

Die versammelte Familie saß am Tisch. Tessa war dabei, die Teller in die Spülmaschine zu räumen. Gleichzeitig hatte Pascall seine Konzentration den Kopien der Drohungen gewidmet, die seine Söhne erhalten hatten.

»Ich weiß gar nicht, was ich sagen soll«, seufzte Tessa mit deutlichen Sorgenfalten im Gesicht. Sie sah ihrem Mann mit Sorgenfalten im Gesicht über die Schulter. »Die Menschheit ist doch verrückt geworden.« Gabriel nahm wahr, wie Noah die Augen senkte und wie Helena seine Hand griff. Sie schaute nicht weniger bedrückt drein als seine Mutter.

»Menschen machen sich gegenseitig kaputt.« Helena fuhr sich durch die Haare. Die Schatten unter ihren Augen waren inzwischen ähnlich auffällig wie Noahs. Müde rieb Gabriel sich übers Gesicht.

»Vor allem tappen wir diesbezüglich komplett im Dunkeln. Wir wissen nicht, ob das mit Bensley irgendetwas zu tun hat«, trug Gab zum Gespräch bei und nippte an seiner Kaffeetasse. Alex strich mit dem Zeigefinger über den Rand des Bechers, zog ein Bein an die Brust und stellte den Fuß auf der Stuhlkante ab. Er schwieg. Seine Augen jedoch klebten an Tessa und Pascall. Ihr leiblicher

Sohn schaute seiner Mutter nach, als ob sie ihm etwas getan hätte.

»Na, wer bleibt denn außer Dr. Bensley noch?«, tönte Pascalls Stimme lauter durch den Raum. Gabriel glaubte, Adern an seinem kräftigen Hals pochen zu sehen. Der Familienvater ließ den Zettel sinken, rückte den Stuhl ein Stück zurück und legte ein Bein über das andere. »Es hat doch angefangen, als Noah die Behandlung abgebrochen hat, oder?«

»Ich bin nicht sicher«, antwortete Noah selbst. Er wirkte abgeschlagen und lugte seinerseits von Alex zu seiner Mutter.

»Es könnte genauso gut die Verrückte aus der Klapse sein.« Alex stöhnte und stellte die Tasse ab. »Wir haben doch überhaupt keine Beweise. Und die Polizei wird so lange nichts weiter tun, wie hier niemand mit dem Kopf unter dem Arm rumrennt!« Geräuschvoll trafen seine Hände auf die Tischplatte.

Noah zuckte zusammen. Ein Zischeln von Tessas Seite folgte. »Alex, schrei bitte nicht so!« Sie legte das Geschirrtuch beiseite, trat hinter Noah und strich ihm mit besorgter Mimik über den Hinterkopf.

»Hör auf«, kam es umgehend von ihm. Noah entzog sich ihr, bemühte sich nicht einmal darum, sie anzusehen. Bestürzt sah Helena zu ihm auf.

Alex grunzte, als er sich auf dem Stuhl zurückfallen ließ. »Ist klar.«

»Wenn wir Glück haben, hört alles auf, sobald Bensley merkt, dass es eng wird«, murmelte Gab und versuchte, die angespannte Stimmung bestmöglich zu übergehen. Dabei wusste er genau, dass der Psychiater nicht so dumm wäre, alles schlagartig zu beenden, wenn er in die

Bredouille kam. Damit machte er sich doch erst recht verdächtig.

Draußen war es dunkel und der Schneefall hatte noch längst nicht aufgehört. Am nächsten Tag durften sie sich in Anbetracht der Temperaturen vermutlich auf Matsch freuen. Im Gegensatz dazu gab das warme Licht der Küchenlampe dem Raum etwas Heimeliges. Gleichzeitig löste es bei Gabriel Unbehagen aus. Wie lange hatte er alleine hier gelebt und nun saßen alle gemeinsam am Tisch und diskutierten darüber, ob der Psychiater Noahs ihn umbringen wollte. Einen Tag vor Silvester. Großes Kino.

»Ich geh ins Bett.« Das kam plötzlich und mit einem Mal waren alle Blicke auf Noah gerichtet.

»Ich komme mit«, beschloss Helena und Gabriel hatte kaum etwas anderes erwartet. Doch entgegen der Vermutung schüttelte sein jüngerer Bruder den Kopf.

»Nicht nötig. Du kriegst bei mir doch sowieso keine Ruhe. Ich halte dich nur wach.«

Helena stutzte. »Noah, das ist wirklich okay. Ich kann –«

»Nein!« Energisch stand er auf, sah mit tieflila Augenringen zu ihr hinab. »Ich will dich und deinen Kater heute nicht in meinem Bett. Lasst mich einfach allein!« Er gab einen genervten Laut von sich. Sofort war Gabriel auf den Beinen.

»Ändere mal ganz schnell was an deinem Tonfall!«, übertönte er das überrumpelte Geräusch ihrer Mutter. Da war der Borderliner, dachte er sich. Der, der jemanden erst näher zog, um ihn dann eiskalt von sich zu stoßen.

»Gabriel, setz dich wieder hin«, fiel sein Vater ihm ins Wort. »Du redest mit ihm wie mit einem Kleinkind.« Mit aufeinandergepressten Lippen fuhr Noahs älterer Bruder sich mit der Zunge über die Zähne. Einen Moment lang leisteten Noah und er sich ein wortloses Blickgefecht.

»Sieh zu, dass du Schlaf bekommst. Vielleicht tut dir das dann morgen wenigstens leid, Mensch«, wandte Pascall sich seinem mittleren Sohn zu. Noah reagierte nicht darauf. Stattdessen eilte er aus der Küche. Dass er die Tür nicht knallte, war das Höchste der Gefühle.

Tessa stieß den Atem aus, als sie nach einem kurzen Moment den Platz ihres Sohnes neben Helena einnahm und ihr über den Arm strich. »Es tut mir so leid. Er ist anstrengend im Moment.« Gabriel hingegen stand noch immer, beäugte seine beste Freundin mitfühlend. Wahrscheinlich sollte er etwas sagen, doch noch bevor er die richtigen Worte gefunden hatte, mischte sich Alex ein.

»Wofür entschuldigst du dich bitte?«, warf er seiner Mutter ernst vor die Füße. »Gabriel erzählt ihr, er wäre kein kleines Kind mehr, aber tut so, als müsstet *ihr* euch für ihn rechtfertigen. Noah will doch nur nicht, dass Helena sich weiter schadet!« Gabriel schluckte hart.

»So meinte sie das nicht.« Pascall winkte ab, doch wie es schien, war für Alex das Thema noch nicht beendet.

»Wie denn?«, gab der jüngste Spross der Castell-Familie provokant zurück. Er klang feindselig, schob die Tasse ein Stück von sich. Nacheinander beäugte er seine Eltern. »Er ist also anstrengend momentan? Wisst ihr woher? Von den Erzählungen Gabriels, oder? Ihr bekommt doch nicht im Geringsten mit, was hier los ist.« Alex hatte es drauf, bei solchen Vorwürfen nicht laut zu werden.

»Was willst du uns damit jetzt sagen?«, fragte Pascall mit leiser Stimme. Seine gesamte Haltung hatte etwas Drohendes an sich und doch hielt Alex dem stand.

»Pascall, bitte.« Tessa versuchte zu schlichten, wirkte aber nicht, als ob sie für solche Situationen die Kraft hätte. Sie war zu sensibel dafür. »Alex, uns nimmt das alle mit. Vergiss doch bitte nicht –«

»Dass was?«, zischte der Angesprochene und warf fast den Stuhl um, auf dem er zuvor gesessen hatte. Mit dem Arm deutete er in Richtung Treppe. »Noah ist Borderliner. Er ist für seine Verhältnisse in einer Gefahrenzone, die uns allen zu denken geben sollte. Ich halte es nicht für sinnvoll, ihn alleine zu lassen. Wahrscheinlich ist Helena im Moment die Einzige von uns, die sich das wirklich zu Herzen nimmt. Und sie ist fix und fertig mit den Nerven.«

»Alex«, versuchte Helena es vorsichtig, wurde jedoch direkt wieder von ihm übertönt.

»Ihr taucht hier auf und tut jetzt so, als ob ihr euch unglaubliche Sorgen machen würdet. Aber eigentlich ist es euch doch scheißegal, oder?«

Gabriel griff entschieden seine Schulter. »Hey, ist gut jetzt!«

»Ist es nicht, Gab! Sie machen genau das, was sie damals mit mir gemacht haben: Hauen vor ihrer Verantwortung ab und sind dann nicht da, wenn sie am meisten gebraucht werden. Drücken dir und anderen die ganze Last auf. Und gaukeln uns dann eine glückliche Familie vor, die an einem Strang zieht!« Damit hatte Alex sich in Rage geredet und seine Stimme doch weit genug erhoben, dass selbst Noah das gehört haben musste. Seine Eltern hingegen waren sprachlos. Tessas Hände zitterten und Pascall starrte seinen Sohn an, als hätte er sich verhört.

»Ist doch so«, schob derselbe noch einmal resigniert nach und entzog kraftlos Gabriel seinen Arm. »Ihr braucht mit Julia und mir morgen nicht zu rechnen. Auf das Theater kann ich verzichten.« Damit war er aus der Küche, bevor sein Bruder verstanden hatte, was da gerade passiert war. Für einen Moment konnte er ihm nur fassungslos nachstarren.

»Ich geh ihm nach und rede mit ihm«, brummte Gab Sekunden später und rieb sich über die matten Augen. Sein Vater jedoch versperrte dem Ältesten mit einem Arm den Weg.

»Lass gut sein«, flüsterte er, bevor er angeschlagen zu seiner Frau schielte. Gabriel mied es, seine Augen folgen zu lassen. Er musste sie nicht ansehen, um zu wissen, dass sie weinte. Bei der plötzlich eingekehrten Stille, die nur von leisem Schniefen durchbrochen wurde, fiel Gabriel das stetige Tropfen des Wasserhahns am Spülbecken umso stärker auf. Einige Augenblicke dauerte es, bis die Haustür ins Schloss fiel. Alex war gegangen. Und mit ihm die Hoffnung auf ein paar ruhige Tage am Jahresende. Dabei hatte Gabriel gehofft, dass die Beziehung zwischen ihm und ihren Eltern sich in den letzten Jahren gebessert hatte.

✷✷✷

Es nieselte. Gabriel stand am Hang, der runter zum Sportplatz führte. Die kleine Tribüne, auf die er hinabblickte, leerte sich allmählich. Seine Zigarette zwischen den Lippen, machte er unter den langsam auseinanderströmenden Fußballern seinen jüngeren Bruder aus. Es war nicht allzu schwer, den Rotschopf zwischen seinen Teamkollegen und denen des gegnerischen Teams zu finden. Das rotweiße Trikot war völlig verdreckt. Dem Zustand des Rasens nach zu urteilen, war das Spiel hart gewesen. Alex schulterte seine Tasche und trat mit zwei Kameraden die Treppen hinauf.

»Weiß gar nicht, warum die noch gegen uns spielen. Die verlieren jedes Mal«, brüstete sich einer von Alex' Teamkollegen, als sie am oberen Treppenabsatz ankamen.

Gabriel trat den Glimmstängel aus, beobachtete, wie Alex sich durch die klammen Haare fuhr und sie zurückstrich. Er selbst hatte die Kapuze seines Mantels aufgezogen, konnte dabei zusehen, wie die Tropfen langsam in das filzige Material einsickerten.

»Die wollen halt auch besser werden.« Der jüngste Sohn der Castells zog die Schultern hoch. Er überragte die anderen um einige Zentimeter. Die Verabschiedung fiel knapp aus. Erst jetzt steuerte der Rothaarige auf seinen Bruder zu. Nur kurz zuckten die Mundwinkel, als er die Tasche von der Schulter hievte.

»Sorry, musste länger arbeiten«, murmelte der gerade Zwanzigjährige und trat zum Auto, das er wenige Meter weiter an der Straße geparkt hatte. Andere Menschen eilten zu ihren Fahrzeugen und der Platz leerte sich allmählich.

»Vergiss es. Hast mich vorgewarnt.« Gabriel wusste, dass Alex auf seine Anwesenheit keinen gesteigerten Wert legte. Die Brüder schafften die alte Sporttasche in den Kofferraum.

»Willst du nicht die Tasche benutzen, die unsere Eltern dir geschickt haben?« Gabriels Stimme kratzte und er räusperte sich, bevor er zur Fahrerseite trat und innehielt.

»Kann ich drauf verzichten. Und du rauchst zu viel.« Alex stieg in den Wagen und rutschte in seinem Sitz tiefer. Gabriel wusste, warum er die Sitzbezüge zusätzlich mit einem Handtuch bedeckt hatte. Beim letzten Mal, als es bei einem von Alex' Spielen geregnet hatte, hatte er die Matschflecken kaum aus dem Stoff bekommen.

Gabriel verfrachtete sich stöhnend auf den Fahrersitz. »Sie sind ziemlich stolz auf dich, weißt du das?« Er überging geflissentlich den zweiten Kommentar.

»Mir doch egal. Wenn sie das wären, wären sie hier!« Mit schmollender Mimik wandte Alex den Kopf ab, starrte stur aus der Seitenscheibe. Draußen liefen ein paar Jugendliche in seinem Alter vorüber. Zigaretten in der Hand, am Handy die Musik voll aufgedreht und laut mitrappend, kamen sie am Auto vorbei.

»Fahr!«, stöhnte Alex hörbar und hielt sich sein Handtuch vors Gesicht, das bis jetzt locker über seinen Schultern gelegen hatte. Gabriel, der gerade den Zündschlüssel gedreht hatte, zog eine Augenbraue hoch. Bevor er nachfragen konnte, blieben die Halbstarken mit dröhnendem Gelächter neben dem Auto stehen.

»Ey Junge, du bist nicht cool!«, grölten sie. »Hältst dich für geil, weil du Fußball spielst und kriegst nich' mal die Julia ins Bett!« Gabriel schielte verdutzt zu seinem Bruder, der ihm nur noch einmal anherrschte, loszufahren. Als er zögerte, kam der Erste der Idioten auf die Idee, gegen das Fenster der Beifahrerseite zu klopfen.

Gabriel schnallte sich ab, riss die Fahrertür auf. »Wenn ich aussehen würde wie ein übergewichtiger Mops mit Wassereinlagerungen, würd ich ganz die Klappe halten. Als Mädel hätte ich Angst, dass ihr mich überrollt!« Inzwischen stand er mit düsterem Blick neben dem Wagen. »Wenn einer von euch minderbemittelten Gorillas noch mal gegen mein Auto schlägt, fühl ich mich gezwungen, euch umzufahren. Und glaubt mir, ich hab keinen Bock, die Fettflecken vom Lack zu wischen, also zieht Leine!«

Die Gesichtszüge entglitten den Teenagern, doch mehr als ein aufmüpfiges »Jetzt haben wir aber Angst!« brachten sie nicht zustande.

»Gab, bist du doof? Steig wieder ein und fahr einfach!« *Alex hatte sich über die Mittelkonsole hinweg gelehnt und war zu den Sommersprossen und Dreckspritzern in seinem Gesicht hochrot angelaufen. Inzwischen waren die Halbstarken fluchend weitergegangen, drehten sich offensichtlich angegriffen immer wieder um und warfen blöde Sprüche in Gabs Richtung. Verspätet stieg der Dunkelhaarige wieder in den Wagen. Der Regen war stärker geworden, prasselte auf die Windschutzscheibe.*

»Wer sind die Idioten?«, fragte er deutlich gereizt und ließ endlich das Auto an.

»Die sind aus meiner Stufe. Und du bist peinlich, Mann!«

Gabriel verschluckte sich beinahe an seiner Spucke. »Die Spinner haben gegen mein Auto geschlagen!«

»Die haben an die Scheibe geklopft, Gab! Wenn du einfach gefahren wärst, wär das nicht passiert. ›Übergewichtiger Mops mit Wassereinlagerungen‹? Was soll das denn? Ich vermisse Noah echt, der hat die früher wenigstens vermöbelt.«

Tief atmete Gabriel durch. Sein jüngerer Bruder war ein rotes Tuch für ihn und Alex wusste das. »Noah ist aber weg, okay? Er kommt nicht wieder. Genauso wenig wie unsere Eltern, also wirst du wohl oder übel mit mir leben müssen!«, schnauzte er seinen Bruder an und prügelte den Gang rein.

17

IM VISIER DES VERFOLGERS

Alex' Drohung bewahrheitete sich. Er erschien weder am Silvesterabend noch zu Jahresbeginn. Stattdessen telefonierte er einzig mit Eli und mir. Dabei mied er es, über den Vorfall mit unseren Eltern zu sprechen. Unsere Mutter machte sich Vorwürfe und ich war nicht dazu in der Lage, sie zu beruhigen. Stattdessen war es Gabriel, der immer wieder das Gespräch suchte und daran arbeitete, den Familienfrieden wieder herzustellen. Seine Bemühungen waren vergebens in Anbetracht der Tatsache, dass Alex nicht vorhatte, irgendwas wiederherzustellen. So kam es, dass unsere Eltern am zweiten Januar 2012 ungeklärter Dinge wieder abreisten.

In den darauffolgenden Tagen halfen Gabriel und ich Helena dabei, ihre Sachen in das Rouen-Anwesen zu schaffen und ihr beim Umräumen zu helfen. Meine Gemütsverfassung hatte sich nur wenig verändert. Obwohl, oder vielleicht gerade weil es in den letzten Tagen so ruhig gewesen war, war ich dauerhaft angespannt. Bisweilen erwischte ich mich dabei, wie ich ohne ersichtlichen Grund wütend wurde. Ich reagierte wegen jeder Kleinigkeit über und Helenas Auszug war für mich weit mehr als nur eine Kleinigkeit.

Gerade legte ich die Farbrolle weg, mit der ich zuvor eine der Wohnzimmerwände in einem Apricot-Farbton gestrichen hatte. Mein Gesicht und die langen Haare waren mit Farbe besprenkelt – ganz abgesehen von den großen Flecken auf meiner Kleidung. Seufzend griff ich nach der Wasserflasche, die neben mir auf dem Boden stand. Nach der Arbeit noch den Malermeister zu spielen, missfiel mir. Gabriel hatte mich jedoch nicht daran erinnern müssen, dass wir seiner besten Freundin einiges schuldig waren.

»Hier bist du!« Wenn man vom Teufel sprach. Mit neutraler Mimik wandte ich mich zu der Floristin um, die gerade den Raum betreten hatte. Sie trug eine dunkle Jeans und einen türkisen Pullover. Mit etwas Fantasie glaubte ich, noch Überreste von Pflanzen darauf wahrzunehmen. »Seit wann seid ihr hier?«, fragte sie. Helena wirkte fast schon nervös. Sie strich sich eine störrische Locke hinters Ohr und trat zögernd auf mich zu.

»Seit zwei Stunden«, antwortete ich ihr knapp. Ich konnte mich nicht entscheiden, ob ich mit ihr reden wollte oder nicht. Gabriel hatte ihr gesagt, dass es besser wäre, würde sie bei uns bleiben und sie war trotzdem ausgezogen. »Eli ist oben und bessert das Silikon um die Badewanne herum aus.« Ohne ihr einen weiteren Blick zu schenken, griff ich wieder nach der Rolle und nahm Farbe auf, um die letzte verbliebene Bahn zu streichen.

»Ihr wart arbeiten, oder?« Da wollte jemand sehr dringend das Gespräch am Laufen halten. Sie hörte sich an wie ein Kind, das wusste, dass es etwas ausgefressen hatte.

»Waren wir.« Ich wischte mir über die Wange, stöhnte, als ich bemerkte, dass ich mir gerade Farbe im Gesicht verteilt hatte. Im selben Moment ertönte hinter mir ein Seufzen.

»Was ist los mit dir? Habe ich dir was getan?«, fragte Helena mich nun direkt. Sie krempelte ihre Ärmel hoch und stemmte die Hände in die Seite. »Ich kann nicht damit umgehen, wenn du so zu mir bist!«

Wenn ich ›so‹ zu ihr war? »Ich weiß nicht, was du meinst.« Ein Seitenblick reichte, um die Fältchen auf ihrer Stirn zu sehen. Stur stieg ich auf die Leiter und widmete mich wieder der Raufasertapete.

»Du bist eiskalt zu mir. Ich finde nicht, dass ich das verdient habe.« Diese Frau konnte derart überzeugt von dem klingen, was sie sagte, dass es mich fast zum Lachen brachte. Nachdenklich summte ich, ohne ihr anderweitig zu antworten. »Ich meine, ich habe die ganze Zeit bei dir geschlafen und war da, wenn du wieder Alpträume hattest. Ich habe verhindert, dass du deinen Arm bis auf den Knochen wund kratzt und ihn versorgt. Mal ganz abgesehen von den Malen, in denen ich dich durch die Gegend gefahren habe. Also womit –?«

»Du hast recht«, unterbrach ich sie mit einem Zucken der Achseln. »Du hast es nicht verdient. Schließlich kann ich dir nicht vorhalten, damit aufzuhören, wenn es dich so belastet hat.« Meine Worte wurden mit jeder Silbe schnippischer. Genervt drehte ich mich halb auf der Leiter und beäugte ihre zierliche Statur. »Was hättest du denn *noch* gerne als Entschädigung dafür?«, fragte ich bissig. Mein regelrechter Wink zu der Wand, die ich heute gestrichen hatte, sprach seine eigene Sprache. Dabei hatte ich nicht vorgehabt, ihr das vorzuhalten.

Wie es aussah, war Helena sprachlos. Sie stand vor mir, ließ die Schultern sinken. »Noah, was zum Teufel redest du da?«, kam es zögerlich von ihr.

»Hältst du uns für eine Zweckgemeinschaft?«, hakte ich angekratzt nach. »Du hilfst mir dabei, mir nicht wehzutun und ich streiche dein Wohnzimmer, nachdem du *endlich* nicht mehr bei uns wohnen musst. Jetzt, wo du endlich deine Ruhe vor mir hast.«

»Noah, du wirst unfair! Ich bin nicht ausgezogen, weil du oder die Situation mir zu viel wurde.« Ihr Ton wurde lauter. »Und ich bin einfach nur dankbar, dass ihr mir hier unter die Arme greift. Wir haben keine Beziehungsbank! Wo nimmst du den Unsinn her?«

Ich stieg von der Leiter, konnte den belustigten Ausdruck auf meinem Gesicht nicht unterdrücken. »Sowas nennt man selbsterfüllende Prophezeiung, Helena. Immer, wenn ihr glaubt, ich höre nicht hin, redet ihr darüber, wie dringend ich eine neue Therapie nötig habe.« Demonstrativ hob ich meinen linken Arm. Die Wunde fing langsam an, abzuheilen. Es war purer Trotz, der mich davon abgehalten hatte, weiter an der Kruste zu kratzen. »Das ist es doch, was typisch für Borderliner ist, oder? Stimmungsschwankungen und Beeinflussung ihrer Umgebung. Dass wir Menschen gleichzeitig bei uns halten und fertigmachen.«

Ich war es so leid. Einerseits wollte ich ihnen den Gefallen tun und ihnen zeigen, wie es war, mit einem Gestörten zusammen zu sein. Damit sie sahen, dass ich eben nicht geisteskrank gewesen war. Auf der anderen Seite wehrte sich ein Teil von mir so vehement dagegen, dass mir davon übel wurde.

»Sowohl Gab als auch ich wollen dir helfen«, brachte Helena schluckend hervor.

»Dann sucht vielleicht den Irren, der hier rumläuft und versucht, mich zurück in die Anstalt zu bringen! Gabriel selbst hat nächtelang nicht geschlafen und war mindestens genauso paranoid wie ich!« Energischer als geplant warf ich die Farbrolle auf die Malerfolie zu meinen Füßen.

»Warum brauche ich eurer Meinung nach einen Psychiater, aber er nicht? Weil ich 'ne Dekade in der Klapse war, in der ich fälschlicherweise festgehalten wurde?«

»Wir versuchen doch, denjenigen zu finden, Noah!«, schrie sie mich plötzlich an und ließ nur kurz ihren Blick der Rolle folgen. »Wenn du einfach mehr reden würdest, würde ich dich auch besser verstehen!«

»Und du?«, gab ich entschiedener zurück, ging auf sie zu. Wo andere vielleicht zurückgewichen wären, blieb sie starr auf der Stelle stehen. Aus dunkelblauen Augen sah sie zu mir auf, als ich direkt vor ihr emporragte. »Du sagst doch auch nicht, was du denkst oder möchtest! Du zählst auf, was du für mich getan hast, lässt aber alles andere außen vor. Die Momente, in denen du in meinem Arm Rotz und Wasser geheult hast, weil du schon wieder von Raphael geträumt hast. In denen du wieder geglaubt hast, dass er dich verprügeln würde. Die Stunden, bis –«

»Raphael hat dich verprügelt?«, schnitt die dunkle Stimme meines Bruders mir plötzlich die Luft ab. Er stand mit fassungslosem Gesichtsausdruck in der Tür. Auch er hatte die Hemdärmel hochgekrempelt, störte sich scheinbar nicht daran, dass er sich Silikon auf die dunkle Hose geschmiert hatte.

Helena sah aus, als hätte ich sie geschlagen. Sofort schaute sie zu Gabriel und wurde blass um die Nase. »Ich ...« Ihre Stimme brach.

»Warum weiß ich das nicht?«, raunte er düster und betrat das Wohnzimmer. Inzwischen ging die Sonne unter und der Raum wirkte mit dem dunklen Holz erstaunlich finster.

»Weil ich wusste, du würdest ihm den Hals umdrehen«, gab Helena verspätet zurück und zog schützend die Hände vor ihre Brust. »Ich wollte auch nicht, dass Noah es erfährt!«

»Ich habe –« – es erraten? Unweigerlich spürte ich, wie sich das schlechte Gewissen in mir breitmachte. Ich hätte es einfach darauf bewenden lassen sollen.

»Ich kann mir lebhaft vorstellen, woher du das weißt, Noah. Bitte keine Einzelheiten.« Grimmig stierte er mich an. Ich schaltete spät, fühlte mich einmal mehr bevormundet und zum Verstummen gebracht.

»So ist es nicht!« Helena reagierte, bevor ich es konnte.

»Tut auch nichts zur Sache«, bestätigte Gabriel. »Das ist euer Bier. Trotzdem dachte ich, du würdest mehr auf mich halten. Dass du mir mehr zutraust als sinnlos stumpfe Gewalt, mein Gott!«

***

»Willst du mir erzählen, was zwischen euch läuft?«

Ich kam mir vor wie bei einem Sonderverhör. Gabriel und ich saßen im Auto, waren gerade zu Hause vorgefahren. Den ganzen Weg über hatten wir uns quasi nicht unterhalten. In den letzten Minuten war ich zunehmend unruhiger geworden. Alex entfernte sich von uns und jetzt stritten wir auch noch mit Helena. Doch so sehr ich es verhindern wollte: Es gelang mir nicht. Ich war enttäuscht, weil sie auszog, und wollte mir nicht eingestehen, welche Rolle sie in den letzten Wochen zu spielen begonnen hatte. Abermals fragte ich mich, ob ich genau das tat, was meinem Profil entsprach: mir neue Bezugspersonen suchen. Band ich mich zu schnell an die Menschen, die ich mochte? Langsam hatte ich den Eindruck, dass ich einfach nicht alleinsein konnte.

»Ich weiß nicht, was zwischen uns läuft«, beantwortete ich monoton Elis Frage. »Aber langsam glaube ich, du bist eifersüchtig.« Ich hatte nicht erwartet, dass wir dieses Gespräch jemals führen würden.

Mein Bruder gab ein ungläubiges Geräusch von sich. »Ich bin nicht eifersüchtig. Es passiert nur, was ich vorhergesehen habe. Und ich weiß nicht, ob ich die Entwicklung gut finde.«

»Welche Entwicklung, Eli?« Ich schnallte mich ab, wandte mich ihm zu. Es bereitete mir Sorgen, dass er sich selbst in der derzeitigen Situation Gedanken darum machte.

Eli begutachtete seine Hände, legte dann den Kopf gegen die Rückenlehne und neigte ihn in meine Richtung. »Ich befürchte, dass du momentan nicht auf ihre Gefühle eingehen kannst.« Seine Stimme klang fest und doch erkannte ich die Unsicherheit dahinter.

»Du hast Angst, dass ich sie verletze?«

»Nach dem, was ich eben erfahren habe, noch mehr als vorher. Lassen wir den Unfall im Bad mal außen vor.« Er öffnete seinen Sicherheitsgurt und beäugte mich kurz.

»Ich würde ihr nie absichtlich wehtun«, verteidigte ich mich entschieden. Für mich war jeder Mann Abschaum, der einer Frau derlei Dinge antat. Raphael hatte so viel mehr verdient als das, was er bekommen hatte.

»Sieht die wütende Seite in dir das genauso?«, fragte der Ältere mich plötzlich unheilvoll.

***

Seit 24 Stunden zerbrach ich mir den Kopf über die Worte meines großen Bruders. Sah das die wütende Seite in mir genauso? Sie hatten mich hart getroffen und ich konnte nicht einmal verärgert darüber sein, dass er mir wieder eine schizophrene Ader anzudrehen schien. Mit einer Packung Kartoffelchips in der Hand saß ich auf einem Sessel im Hause Kane. Gabriel hatte mich zu Alex und Julia gebracht, weil er mal wieder mit Kollegen essen gegangen war. Ich fühlte mich abgeliefert. Wie ein Kind, das man für solche Termine bei den Großeltern ließ. Nicht dass wir jemals solche Großeltern gehabt hatten. Jedenfalls erinnerte ich mich nicht mehr an sie.

Im Fernseher lief ein Krimi, dem ich nur mit halber Konzentration folgte. Wie ein nasser Sack hatte ich mich quer über den Sessel gelegt und hörte dabei zu, wie Alex und seine Frau sich in der Küche über das Abendessen unterhielten. Dem Geruch nach zu urteilen, war es so gut wie fertig und ich saß hier und schob mir einen Kartoffelchip nach dem anderen in den Mund.

Mein Handy vibrierte in meiner Hosentasche und ließ es mich nach einigen Momenten hervorziehen. Ich setzte mich auf, konnte es kaum verhindern, dass mir flau wurde. Seit unserem Treffen hatte Miranda sich nicht mehr bei mir gemeldet. Dennoch blieb dieser kleine Floh in meinem Ohr, der mir sagte, dass es noch nicht vorbei war. Die aktuelle Nachricht kam jedoch von Gabriel und langsam beruhigte sich meine Herzfrequenz wieder. Widerwillig erhob ich mich von meinem Platz und schlurfte in die Küche.

»Eli meint, es wird spät. Ob er mich dann noch abholen soll«, murmelte ich desinteressiert. Alex deckte gerade den Tisch. Gleichzeitig stand Julia, eine nicht ganz schlanke, hübsche Schwarzhaarige, an der Arbeitsplatte und schnitt Baguette. Die Haare fielen ihr in langen

Wellen über die Schultern und glänzten fast synthetisch im Licht der hellen Küchenlampe. Im Gegensatz zum Haus unserer Eltern oder dem der Rouens war die Wohnung beinahe komplett mit hellem Holz ausgestattet. Neben Fichtenholz fanden sich weiße Fliesen und eine helle Arbeitsplatte. Die sterile Umgebung bereitete mir fast Unbehagen.

»Bleib bis morgen!«, entschied Julia mit einer unnachahmlichen Entschlossenheit. Sie hatte italienische Wurzeln und wenn man den Klischees glauben konnte, wunderte mich ihre Art kein Stück weit. Ebenso wenig wie der Fakt, dass unser jüngerer Bruder sich gern von ihr herumkommandieren ließ. Jedenfalls bewies er auch jetzt nicht das Gegenteil. Als mein fragender Ausdruck ihn traf, zuckte er nur mit den Schultern und stand dann auf. Er nahm seiner Frau den Brotkorb ab, stellte ihn auf den Tisch.

»Du hast die Chefin gehört. Meinetwegen kann er dich auch morgen holen oder ich bringe dich nach Hause.«

»Sofern es dich nicht stört, auf dem Sofa zu schlafen«, schob Julia nach und deutete ihrerseits zum Tisch, wo sie kurze Zeit später eine große Auflaufform mit Nudelgratin abstellte.

»Ich habe jahrelang auf einem Billig-Bettgestell und einer dünnen Matratze geschlafen. Ich bin mir sicher, das Sofa ist traumhaft!«, schmunzelte ich und steckte mein Handy weg. Gabriel konnte auch bis nach dem Essen warten. Zumindest war ich der Meinung, dass er das konnte. Nur Minuten, nachdem wir zu essen begonnen hatten, musste ich leider einsehen, dass ich mich geirrt hatte. Den ersten Anruf ignorierte ich. Beim zweiten war es Alex, der mich darum bat, abzuheben.

»Vielleicht ist was passiert.« Seiner Miene nach zu urteilen, glaubte er das doch selbst nicht.

Mir hingegen wurde prompt wieder unwohl, als ich wider Erwarten Helenas statt Gabriels Namen auf dem Display sah. Ich entschuldigte mich knapp, war sofort auf den Beinen und in Richtung Wohnzimmer verschwunden, wo ich abhob.

»Was ist los?« Mein Gefühl sagte mir, dass sie nicht nur Sturm klingelte, um ein einfaches Gespräch mit mir zu suchen.

»Hier ist jemand!«, tönte es panisch vom anderen Ende der Leitung. Umgehend blieb ich stehen, sah angespannt zu Alex und Julia. Der Rothaarige legte seine Gabel beiseite, nachdem er meine Mimik gedeutet hatte.

»Wo ist jemand?«, hakte ich nach und schob unseren Zwist beiseite.

»An der Tür. Hier schleicht wer ums Haus, schon seit einer Stunde.« Helena war aufgewühlt und die Nervosität sprang auf mich über.

»Hast du eine Person gesehen?«, fragte ich weiter und war schon auf halbem Weg in den Flur, um Schuhe anzuziehen.

»Ja! He, ich mein das ernst. Ich war eben draußen, um Muffin reinzuholen und habe jemanden im Gebüsch gesehen. Noah, ich habe eine Heidenangst!«

»Beruhig dich!«, gab ich ernst zurück, wo es doch mein eigenes Herz war, das mir bis zum Hals schlug. »Ruf die Polizei, ich mache mich gleich auf den Weg.«

»Hab ich versucht, die nehmen mich nicht ernst. Angeblich haben sie gerade keine Kapazitäten und schicken den nächsten Streifenwagen, der Zeit hat.« Ich glaubte, meinen Ohren nicht zu trauen. Geräuschvoll stieß ich einen Fluch aus, hörte Alex hinter mir in der Tür zum Flur.

»Was ist?«, fragte er alarmiert, als ich mir umständlich meine Jacke überzog.

»Bei Helena schleicht wer ums Haus.« Ich knurrte, fuhr mir durch die Haare.

»Noah?« Helenas Stimme wirkte zögerlich. »Wo ist Gabriel? Ich habe ihn nicht erreicht.« Oh, natürlich rief sie zuerst meinen Bruder an. Wahrscheinlich konnte ich ihr das nicht einmal verübeln.

»Mit Kollegen weg. Du musst wohl mit mir vorliebnehmen.« Beiläufig beobachtete ich, wie Alex seiner Frau ein paar Worte zuraunte und sich dann selbst Schuhe anzog und seine Jacke schnappte. »Und mit Alex.«

***

Eine halbe Stunde später bog Alex auf das Anwesen der Rouens ab. Die Bewegungsmelder reagierten und die Lichter am Wegesrand schalteten sich ein. Wie es aussah, hatte sich hier in den letzten Minuten niemand gerührt. Von der Polizei keine Spur.

»Wir sind da«, gab ich Helena am anderen Leitungsende durch und beendete erst jetzt das Gespräch.

Alex rangierte seinen Wagen bis vor die Terrasse, wo er jäh auf die Bremse trat. »Geh schon einmal rein. Ich versuche noch einmal, Gab zu erreichen.«

Mit knapper Zustimmung verließ ich den Wagen. Die weiße Eingangstür wurde zunächst einen kleinen Spalt geöffnet – dann komplett. Helena atmete auf. Im Schlafanzug kam sie mir kopfschüttelnd entgegen. Den Poncho, den sie trug, zog sie fester um ihren Oberkörper. Im Licht der Lampe, die neben der Tür hing, musste ich feststellen, dass ihre Augen geschwollen waren. Ohne Umschweife schloss ich sie in die Arme.

»Gott sei dank«, stieß sie heiser aus. Beruhigend strich ich ihr über den Rücken, sah mich unweigerlich misstrauisch um.

»Sind die immer noch nicht aufgeschlagen?« Und mit ›die‹ meinte ich die Polizisten, die offenbar Besseres zu tun hatten, als sich um ängstliche Frauen zu kümmern, die alleine zu Hause waren.

»Doch, sie waren hier«, gluckste es an meiner Schulter. Helena schmiegte sich dagegen und ich hatte den Eindruck, ihr aufgebrachtes Gemüt kam langsam wieder zur Ruhe. »Sind einmal ums Haus gelaufen und haben dann beschlossen, dass hier niemand ist. Waren nach ein paar Minuten wieder weg.«

Kurz strich ich ihr durch die Haare. Ich hatte mir Sorgen gemacht. »Aber du hast jemanden gesehen«, wiederholte ich, was sie mir schon zuvor versichert hatte.

Langsam löste Helena sich von mir. »Ich erzähl es dir drin. Was ist mit Alex?« Mit dem Kopf deutete sie zum Auto. Im gleichen Moment öffnete er die Fahrertür und stieg halb aus.

»Er wollte Gabriel noch einmal anrufen.« Wie es aussah, hatte er ihn erreicht. »Ich hol ihn ab. Er hat was getrunken und wollte eigentlich dort im Hotel übernachten!«, rief Alex uns zu und ich hatte den Eindruck, dass er genervt war.

Kurz winkte ich ihm mit einem Nicken zu, bevor ich Helena ins Haus lotste und die Tür hinter mir zuzog. Ich führte sie bis ins Wohnzimmer und drückte sie dort in eine sitzende Position aufs Sofa. Inzwischen waren alle

Wände gestrichen und die Möbel standen wieder an Ort und Stelle.

Gabriels beste Freundin vergrub einige Momente das Gesicht in den Händen, strich sich dann über die Halsseiten. Muffin, der bis dato auf einem Sessel gehockt hatte, kam angelaufen. Ich ließ mich neben Helena auf die Couch sinken und achtete darauf, ein Grundmaß an Abstand zu halten. Gleichzeitig streichelte ich mit einer Hand den Kater, der maunzend neben mir zum Stehen gekommen war.

»Als es dunkel wurde, wollte ich Muffin reinholen«, begann sie nach einer kurzen Verschnaufpause zu erzählen. Sie sah dabei zu, wie der Kater sich auf meinen Schoß schlich. »Der Bewegungsmelder hat ständig reagiert und laufend war das Licht an. Deshalb dachte ich mir, dass er vor der Tür sitzt.«

»Hat er aber nicht«, konkludierte ich.

»Nein. Ich hab die Tür geöffnet und nach ihm gerufen, aber er kam nicht. Dann bin ich raus gegangen, um nach ihm zu suchen.« Sie schluckte, atmete gezwungen gefasst ein. »Da war ein Rascheln im Gebüsch. Ich bin hingegangen und habe eine Person gesehen.«

Bestürzt sah sie in mein Gesicht. Ihre Augen glänzten und kurz befürchtete ich, sie würde erneut anfangen zu weinen. Möglichst fest sah ich sie an. »Hast du erkannt, wer es war? Oder hast du irgendeine Idee?«

»Nein.« Sie schüttelte bedauernd den Kopf. »Da hinten sind keine Lampen mehr. Ich bin fürchterlich erschrocken und habe geschrien. Dann ist die Person tiefer im Gestrüpp verschwunden.« Helena stockte, strich dem Kater über den Kopf und rieb sich über den Mund. »Das Haus ist so abgelegen, dass niemand mitbekommt, wenn hier was passiert.« Allein der Gedanke missfiel mir. Es war mir schleierhaft, warum sie zurück in das Anwesen hatte ziehen wollen. Wenn ich ihr glauben durfte, hatte das Haus für sie keinerlei nostalgischen Wert.

»Kannst du einschätzen, wie groß die Person war? Oder ob Frau oder Mann?« Eigentlich waren das Fragen, die die Polizei schon hätte stellen müssen.

»Gar nichts, keine Ahnung. Es war stockfinster!«, gab sie aufgebracht zurück. Ich legte meine Hand auf ihre und spürte, dass sie bebte. Meine eigene hob sich fast weiß von der selbst im Winter noch gebräunten Haut Helenas ab. Ich ließ meine Augen zum Wohnzimmerfenster schweifen, von wo aus das kleine Waldstück hinter dem Anwesen zu sehen war.

»Ich zieh den Rollladen zu.« Bewegung half mir dabei, zu denken. Wahrscheinlich war die Person längst fort. Ich schob den Kater in Richtung seines Frauchens, stand auf und trat langsam zum Fenster. Es hatte etwas Unheimliches, in die alles verschluckende Finsternis zu blicken. »Wie hast du Muffin gefunden?«

»Er kam mir von der anderen Seite der Terrasse entgegen, als ich reingerannt bin.« Angespannt biss ich mir auf die Lippe. Verzögert eiste ich mich los und zog den Rollladen endgültig zu. Auf dem Weg zurück zur Couch griff ich mir eine Wolldecke und reichte sie der noch immer verstört dreinschauenden Helena.

»Willst du Tee? Oder Kaffee?« Ich konnte nicht herumsitzen. Es machte mich nervös und das konnte gerade niemand gebrauchen.

»Du bietest mir in meinem Haus was zu trinken an?« Fast wirkte sie belustigt und kräuselte schmunzelnd die Lippen, während sie sich die Decke über den Schoß legte.

»Ich schätze.«

»Nimm dir, was du magst. Ich nehme einen Tee. Der ist in der —«

»Der obersten Schublade rechts, ich weiß«, beendete ich gedämpft ihren Satz. Das wissende Lächeln sprach Bände. Aus dem Wohnzimmer trat ich durch das Esszimmer in die Küche und auch dort war meine erste Amtshandlung das Herunterziehen des Ladens. Ich fühlte mich beobachtet und schmiss zur Ablenkung den Wasserkocher an. Am Rande bekam ich mit, wie Helena hinter mir den Raum betrat.

»Du hast Hummeln im Hintern«, tadelte ich sie und sah dabei zu, wie Muffin maunzend um meine Beine strich und Aufmerksamkeit forderte.

»Genauso wie der Kater und du«, meinte sie feixend und machte sich daran, Muffin Futter zu geben. Als ob ich das nicht hätte übernehmen können.

»Glaubst du, das war Miranda?« Ihre Worte durchbrachen das Geräusch des allmählich kochenden Wassers. Sie sah mich nicht an.

»Wenn ich das wüsste. Aber ich schätze, das hat was mit mir zu tun, ja.« Es raubte mir den Mut, dass scheinbar immer mehr Personen aus meinem Umfeld mit hineingezogen wurden.

»Ich glaube nicht, dass zwischen euch was gelaufen ist.« Helena hatte einige Augenblicke gezögert, taxierte mich nun aber dabei, wie ich Tassen aus dem Schrank nahm und nach Pfefferminztee kramte.

Die Teebeutel entglitten mir und mit deutlicher Verblüffung starrte ich sie an. »Wie kommst du darauf?«

»Na, du sagtest, du wüsstest es nicht. Und dass du Erinnerungen zu haben glaubst, die nicht deine sind, richtig?« Eine knappe Kopfbewegung deutete ihr, weiterzusprechen. Nachdenklich schlenderte sie zu mir und zupfte an meinem Pullover. »Das ist nicht die einzige Erinnerung, von der ich denke, dass dein Kopf sie verfälscht hat.« Bevor ich mich ihr entziehen und aufbrausend hätte reagieren können, schob sie nach: »Ich halte dich nicht für verrückt! Aber du hast schlimme Dinge durchgemacht. Und die können dafür sorgen, dass unser Kopf zum Selbstschutz die Wahrheit verdreht. Oder weil wir wollen, dass es anders war.« Nach den letzten Jahren fiel es mir schwer, mich auf solche Gespräche einzulassen.

»Und deshalb glaube ich, mich an Sex mit Mia erinnern zu können?« Ich klang gleichermaßen skeptisch wie belustigt. Helena zog eine Schnute und wirkte aufgesetzt beleidigt.

»Nein, aber die Tatsache, dass dein Gedächtnis stellenweise verfälscht zu sein scheint, sorgt dafür, dass du dir mehr Gedanken um derlei Dinge machst. Miranda hat gesagt, dass es so war und du glaubst es ihr, weil du dir selbst nicht traust, oder?«

Ich wollte ihr widersprechen, wollte ihr sagen, dass das Unsinn war. Dazu kam es jedoch nicht. Ein erstaunlich schrilles Klingeln ließ mir das Herz in die Hose rutschen. »Was zur Hölle?«

»Das ist das Haustelefon.« Helena war bereits halb aus der Küche und hob im Flur ab. »Rouen?«, drang es gedämpft an meine Ohren. Ich schenkte heißes Wasser in die Tassen. Beiläufig versuchte ich, auf Helenas Stimme zu achten. Doch sie sprach nicht. Mit gerunzelter Stirn peilte ich in den Hausflur zu der Blonden.

»Helena?« Wie zu einer Salzsäule erstarrt stand sie da. Es dauerte Sekunden, bis sie steif wie ein Brett das

Telefon vom Ohr nahm. Ein leises Piepsen offenbarte mir, dass niemand in der Leitung war. »Was war das?«

Als sie sich folgend wieder zu mir drehte, schien mit einem Mal alle Farbe von ihren Wangen gewichen zu sein. Sie schluckte, öffnete nervös durchatmend die Lippen.

»*Du solltest zu deinem Ex zurück*«, begann sie leise und mir war auf der Stelle klar, dass sie den Anrufer zitierte. »*Noah Castell zerstört jeden, der ihn jemals geliebt hat. Und du bist die Nächste.*«

***

»Jetzt auch noch ein Drohanruf?« Gabriel hatte gerade seine Jacke ausgezogen und sah aufgeregt von mir zu Helena. »Mit welchem Inhalt?« Ich hatte ihn noch nie angetrunken erlebt. Seine Augen waren glasig und die Haare zerzaust. Alex hatte gerade hinter ihnen die Tür geschlossen. Helena legte den Kopf gegen meine Brust. Den Arm um sie gelegt, drückte ich kurz ihre Schulter.

»Dass ich mich von Noah fernhalten soll«, schilderte sie abgeschlagen die Quintessenz dessen, was ihr am Telefon gesagt worden war.

»Wahrscheinlich dieselbe Person, die unserer Chefin den Brief und mir die Klingen geschickt hat.« Inzwischen war ich mir sicher, dass es sich um dieselbe Person handelte.

Eli ließ sich auf einen Hocker im Flur sinken. »Was ist das für ein krankes Arschloch?«

»Hast du die Stimme erkannt?« Alex versuchte, die Ruhe zu bewahren. Er ließ seinen kritischen Blick zwischen Helena und mir hin- und herschweifen.

»Hab ich nicht. Sie war verzerrt.« Helenas Tonfall wurde immer dünner und allmählich befürchtete ich, sie würde mir jeden Moment zusammenklappen. Unweigerlich blieb mein Augenmerk an dem Überrest der Verletzung hängen, die ich ihr im Gesicht zugefügt hatte.

»War wahrscheinlich der, der auch hier rumgeschlichen ist«, brummte Eli und rieb sich über die Augen. Selbst sein sonst so gepflegter Dreitagebart wirkte unordentlich. Wieder wurde mir klar, wie sehr mir missfiel, dass er ohne mich wegging. Alex verschränkte die Arme.

»Oder *die*selbe. Wer sollte es sonst gewesen sein, wenn nicht Miranda Leroy?« Er lief einige Schritte an Eli vorbei, trat dann grübelnd zu uns zurück. Demonstrativ hob er die Hände. »So ungern ich das zugebe, aber unser Vater hat recht. Es ist die einzig logische Erklärung.«

»Mia würde den Teufel tun und mir Rasierklingen schicken.« Ich wusste nicht warum, aber etwas war an der Sache faul. Es war zu einfach.

»Sie ist besessen von dir. Wer sonst würde Helena ins Visier nehmen?« Alex lehnte sich gegen die Wand neben Elis Sitz.

»Ich weiß nicht«, ergriff Helena nun wieder das Wort und richtete sich auf. Sie hielt sich den Kopf. Bevor die beiden gekommen waren, hatte sie mir das Versprechen abgerungen, Raphael nicht zu erwähnen. Sie befürchtete, dass Gabriel voreilige Schlüsse ziehen und zu ihm fahren würde. Nicht dass ich glaubte, dass mein Bruder an diesem Tag noch irgendwohin fahren würde. Nicht sicher, ob ich das Geheimhaltungsgebot für gut befand, betrachtete ich Helena von der Seite. Ich wollte sie nicht verraten, verstand ihr Argument. Sie jedenfalls war felsenfest davon überzeugt, dass Raphael mit der ganzen Aktion nichts zu tun hatte.

»Helena«, durchbrach Eli nun auf einmal meine Gedanken, »tu dir selbst und uns den Gefallen und halt dich vorerst von uns fern. Du hast noch ein paar Tage Urlaub. Vielleicht nutzt du die und fährst zu einer Freundin.« Das war fast vernünftig. Dennoch war ich nicht zufrieden mit der Entscheidung.

»Ich soll weglaufen?«, fragte sie mit hörbarer Empörung. »Ich lasse mir doch nicht von –«

»Doch, tust du.« Gabriel sah aus grünen Augen zu ihr auf. »Wer dir drohen, um dein Haus schleichen und Noah Suizidwerkzeug schicken kann, obwohl die Polizei längst im Spiel ist, hat auch keine Angst, seine Drohungen wahr zu machen.«

»Er hat recht.« Ich glaubte kaum, dass ich das sagte. Aber ich ertrug nicht einmal den Gedanken daran, dass jemand meinetwegen Helena etwas antun würde.

18
TOTE MENSCHEN REDEN NICHT

Die Situation spitzte sich zu. Gabriel war nicht entgangen, dass hier jemand versuchte, Noah seines Umfelds zu entfremden. Und dieser Jemand war in seinen Augen zweifelsohne Miranda. Er sah das ähnlich wie sein jüngster Bruder. Was genau jedoch ihr Ziel war, erschloss sich ihm nicht.

Das Schlimmste war: Was auch immer ihr Grund war, sie hatte Erfolg mit dem, was sie tat. Helena hatte gezwungenermaßen den Kontakt zu Noah auf ein Minimum reduziert und hatte vorerst für ein paar Tage die Stadt verlassen. Damit trennten sie etliche Kilometer voneinander – genug, um sie hoffentlich aus der Schussbahn zu bugsieren.

»Ich habe gerade mit den Beamten telefoniert«, erzählte Helena ihrem besten Freund am Telefon, während dieser nach der Arbeit eine Runde durch den Park spazierte, um seinen Kopf frei zu bekommen.

»Dann hoffe ich, dass das Gespräch ergiebiger war als mein letztes. Bensley hat mich eben angerufen und ist explodiert. Scheinbar hat er das Anwaltsschreiben bekommen. Eine leere Drohung nach der anderen. Kannst du dir nicht denken.«

Um den Weiher herum verlangsamte Gabriel seine Schritte und ließ seinen Blick über das stille Wasser schweifen. Die Bäume waren kahl, die Temperatur hingegen gestiegen. Ungewöhnlich viele Menschen tummelten sich auf der Wiese, spielten mit ihren Hunden. Ein älteres Ehepaar trat an Gab vorüber und grüßte ihn mit einem Nicken.

»Keine guten Nachrichten. Zu dem Zeitpunkt, als bei mir der Drohanruf einging, standen sie bei Miranda vor der Haustür. Ich hatte sie als mögliche Schuldige angegeben. Wenn es sich also nicht um eine Bandaufnahme gehandelt hat, ist sie aus dem Schneider. Sie war es nicht«, unterbreitete Helena ihm, bevor sie mit gesenkter Stimme jemand anderem etwas zuzuraunen schien. Offenbar war sie nicht alleine.

»Das würde heißen, sie müsste das von langer Hand geplant haben.« Es war zum Haareraufen. Gabriel zog seinen Mantel vor der Brust zusammen und trat zu einer der Holzbänke, die näher am Wasser standen.

»Gab, ich denke, dass eine weitere Person involviert ist. Eine, über die wir noch nicht nachgedacht haben. Die Beamten haben gesagt, dass das Gespräch von einer Telefonzelle aus geführt wurde. Einer, die in einer ganz anderen Richtung liegt als Mirandas Wohnung.«

»Der Psychiater womöglich«, überlegte Gabriel laut und zog die Augenbrauen zusammen. Nicht, dass er den Gedanken nicht schon etliche Male gehabt hatte.

»Wäre möglich. Aber nach unserer Theorie sollte der Terror dann spätestens jetzt aufhören, oder? Nun, wo er das Schreiben erhalten hat.«

»Oder er ist nicht so dumm. Es wäre auffälliger, jetzt einen Rückzug zu machen.« Gabriel stöhnte hörbar. »Ich kann mir beim besten Willen nicht vorstellen, dass ein betagter Psychiater nachts um dein Haus schleicht.«

»Ich glaub's ja eigentlich auch nicht. – Hey, Maja, schau mal.« Der letzte Teil war offenbar an eine Freundin gerichtet, was Gabriel dazu brachte, das Gespräch abzukürzen.

»Noah kränkelt, hab ihn eben nach der Arbeit nach Hause gebracht. Fahre erstmal wieder zu ihm und mach mir Gedanken drüber, welcher Irre hier keine Hobbies hat.« Gabriel rieb er sich über die Schläfe. Der kühle Wind bereitete ihm Kopfschmerzen. Oder war viel eher die Gesamtsituation dafür verantwortlich? »Ihr hört euch beschäftigt an.«

»Wir sind shoppen.« Helena klang ertappt. »Hey, Gab? Würdest du Noah eine gute Besserung wünschen und ihm sagen, dass er nicht schlappmachen soll?« Der Älteste der Castell-Brüder ließ die Schultern fast schon resignierend sinken. Ein Lächeln zupfte an seinen Lippen.

***

Mit schnellen Schritten trat Gabriel die Pflastersteine der Einfahrt entlang bis zur Haustür. Schon auf halbem Weg hatte er den Schlüssel herausgegraben. Noah hatte in seinem Zimmer in der ersten Etage den Rollladen heruntergezogen. Entsprechend leise schloss Gab die Tür auf und fischte beiläufig die Post aus dem Briefkasten. Mit dem Fuß hielt er währenddessen die Tür auf. Es war fast ungewohnt, dass Muffin ihm nicht motzend entgegenkam. Sich die Zeitung und zwei Briefe unter den Arm klemmend, trat er in den düsteren Flur.

Kaum waren Schuhe und Jacke abgelegt, machte er sich mit der Post auf den Weg nach oben. Gedankenversunken riss er den ersten Brief auf und überflog das Schreiben seiner Krankenversicherung. Nur für einen Moment löste er sich davon, um in Noahs Zimmer zu schielen. Es war wie erwartet dunkel und den gleichmäßigen Atemzügen nach zu urteilen, schlief er. Gabriel lehnte die Tür wieder an, legte den offenen Brief und die Zeitungen auf die Garderobe im Gang. Der zweite Umschlag ließ ihn in der Bewegung innehalten. Als Absender entpuppte sich die Forensische Klinik für Psychiatrie. Nicht die Klinik, die Bensley leitete, sondern die, in die ihre leibliche Mutter im Jahr 1997 eingewiesen worden war, nachdem sie ihren jüngsten Sohn beinahe zu Tode gebracht hatte. Es schnürte Gabriel die Kehle zu und ihm wurde hundeelend, als er auf dem Weg ins Schlafzimmer den Brief aufriss. Er schloss die Tür hinter sich und fingerte den gefalteten Zettel auseinander. Hektisch überflogen seine Augen das Schreiben und mit jeder Zeile verhärteten sich seine Gesichtszüge mehr. Das musste ein schlechter Scherz sein. Wie viel konnte in einer so kurzen Zeitspanne denn noch passieren?

***

Der Raum war von lauten Schreien erfüllt, als der kräftige Nachbarsjunge Gwendolyn vom Bett ihres jüngsten Sprösslings zerrte. Der Gürtel fiel auf den Boden und Gabriels Finger tasteten nach dem Lichtschalter. Das Pochen seines eigenen Herzens und das Rauschen des Bluts in seinen Ohren übertönten ihr Kreischen. Noah lag mit geschundener Kleidung regungslos auf dem Bett und je näher sein Bruder trat, umso sicherer war er, dass sie ihn umgebracht hatte. Flecken und Striemen überzogen seine Haut. Sie hatte ihm Haare rausgerissen und sein Gesicht zerkratzt.

Gabriel schnappte nach Luft, sah seine Mutter nicht an, die von dem stämmigeren jungen Mann an der nächsten Wand fixiert wurde. Umgehend war die Nachbarin, die er im Morgenmantel aus ihrem Haus geschleppt hatte, beim Bett. Lange Finger tasteten nach dem Puls des Kindes.

»Steh hier nicht rum! Ruf einen Krankenwagen, mach schon!« Mit einer Hand schob sie Gabriel forsch von der Bettkante. Alles fühlte sich taub an und doch wandte der Dunkelhaarige sich um und stürzte nach draußen zum Telefon, vorbei an seiner leiblichen Mutter, für die er jegliche Hoffnung und auch noch den letzten Respekt verloren hatte.

✳✳✳

»Weinst du?« Alex' Stimme klang derart überrascht, dass Gabriel beinahe in schallendes Gelächter ausgebrochen wäre, obwohl ihm wirklich nicht danach zumute war.

»Bin kurz davor«, brummte er in den Hörer und knackte mit den Fingergelenken. Noch immer in Anzughose und Jackett stand er beim Fenster und stierte gen Horizont. Die Sonne ging allmählich unter. Es war ironisch, wie passend das Bild doch war. »Ich hab heute einen Brief vom Maßregelvollzug bekommen.«

»Von wo?« Es wirkte nicht, als ob sein Bruder ihm folgen könne. Die Hintergrundgeräusche am anderen Leitungsende wurden leiser. Es folgte ein Klimpern und wie es schien, war Alex gerade von der Arbeit gekommen. Kaum hörbar begrüßte er seine Frau. Gabriel fuhr sich kopfschüttelnd über den Mund.

»Der Anstalt, in der Gwendolyn Bruckheimer gut vierzehn Jahre lang eingesessen hatte.« Mit einem Mal schien der Älteste wieder die volle Aufmerksamkeit seines Adoptivbruders zu haben.

»›Eingesessen hatte‹? Ist sie abgehauen?«

»Nicht ganz«, war die geflüsterte Antwort und Alex hörte sich kurz so an, als hätte er aufgehört zu atmen. Bevor er Vermutungen anstellen konnte, brachte Gabriel todernst hervor: »Sie ist vor ein paar Tagen gestorben. Ich habe eine Vorladung bekommen …«

Er stoppte, zog sich kurzerhand seinen Schreibtischstuhl heran und ließ sich darauf sinken. Zusammengesunken stützte er den Kopf auf eine Hand und binnen Sekunden kam die Verzweiflung hoch.

Alex' Reaktion ließ einige Sekunden auf sich warten. »Scheiße.« Es war kaum verwunderlich, dass ihm dazu nicht mehr einfiel.

»Kann man so nennen.« Gabs Stimme wurde immer leiser und sein Bruder seufzte hörbar.

»Du willst Noah nicht mitnehmen zu dem Treffen, oder?« Manchmal hatte Alex ein Feingefühl wie ein Rhinozeros.

»Hatte ich nicht vor.« Gabriels Hals war trocken. »Aber ich kann ihn auch nicht zu Hause lassen. Und Helena kann ich nicht mehr mit reinziehen.«

»Sag mir, wann und ich sehe nach ihm. Zumindest nach der Arbeit.«

»Ich fahre allein vier Stunden da hin, Alex. Er wäre den ganzen Tag alleine.« Gabriel lehnte sich zurück, starrte an die Decke und ließ den Kopf über die Rückenlehne des Stuhls fallen.

»Manchmal geht es eben nicht anders. Bisher ist nichts passiert. Niemand wird in eurem Haus einmarschieren und ihm den Garaus machen.«

»Woher weißt du das?«, herrschte sein älterer Bruder ihn an, stand etwas energischer auf als geplant und stützte sich auf der Tischkante ab. Schwindel überkam ihn. »Du kannst nicht beurteilen, ob es so ist. Wir wurden die ganze Zeit beobachtet und wer weiß, ob das nicht die perfekte Gelegenheit ist, ihm etwas anzutun!« Er hatte die Stimme erhoben. Alex schien seine Meinung zu wechseln wie seine Unterwäsche. Noch keine Woche war es her, dass er ihnen offenbart hatte, wie wenig sinnvoll es war, Noah alleine zu lassen.

»Er soll alle Türen abschließen und notfalls die Polizei rufen, Gab. Ich bitte dich – am helllichten Tag!«

»Es geht doch nicht nur darum. Du hast selbst gesagt, dass er nicht stabil genug ist! Könntest du dir verzeihen, würde in den paar Stunden was passieren?« Plötzlich hörte er ein Räuspern hinter sich. Gabriel fuhr herum. Noah stand mit zerzausten Haaren und in ein weites Shirt und Shorts gekleidet in der Tür. Er sah verschlafen aus und doch durchbohrte den Älteren sein fragender Blick.

»Nein, könnte ich nicht. Aber wir können noch einmal mit ihm darüber reden. Für diesen einen Tag«, raunte Alex in den Hörer.

»Moment, Alex …«, unterbrach Gabriel ihn, hielt die Lautsprecher des Telefons zu und ließ es sinken. »Sorry. Hab ich dich geweckt?« Die an Noah gerichtete Frage hörte sich gekrächzt an.

»Du schreist die halbe Bude zusammen. Damit hättest du einen Bären aus dem Winterschlaf geholt.« Noah sah noch blasser aus als sonst und wirkte zerknirscht. »Was willst du mir dieses Mal verschweigen?«

Er betrat den Raum, musterte seine Bezugsperson von oben bis unten und kam erst zum Stehen, als er direkt von unten in sein Gesicht sehen konnte. Gabriel verschlug es die Sprache. Er hatte sich keine Worte zurechtgelegt, wie er Noah sagen sollte, dass ihre Erzeugerin von ihnen gegangen war. Wenn er ehrlich war, wusste er nicht einmal, ob es seinen Bruder überhaupt kümmern würde.

»Wie kommst du darauf, dass etwas passiert ist?« Wie schwach die Frage war, wusste er selbst. Stocksteif stand Gabriel vor ihm und mied es, in die mehrfarbigen Augen zu sehen, die im Licht des Zimmers kaum mehr unterschiedlich wirkten. Und doch waren sie der Ursprung allen Übels. Noah zupfte an Gabriels Jacke und ein schiefes Grinsen zog sich über seine Lippen. Mit halb gesenkten Augenlidern blickte er ihm in die Augen.

»Du hast dich nicht einmal umgezogen. Im Flur brennt Licht und du telefonierst mit Alex, obwohl das Verhältnis momentan nicht das Beste ist. Abgesehen davon brüllst du schon wieder«, schlussfolgerte Noah zuckersüß, bevor er düster und bedeutsamer nachschob: »Wofür bin ich dieses Mal nicht stabil genug?«

Gabriel streckte die Waffen und ließ die Schultern sinken. Es gab Dinge, vor denen er Noah nicht schützen konnte. Also legte er ihm eine Hand auf die Schulter, bat ihn stumm um einige Sekunden Zeit. Dann hob er den Telefonhörer wieder zu seinem Ohr.

»Alex? Ich melde mich morgen. Noah ist aufgewacht und ich erzähle ihm, was los ist.« Im Hintergrund war Julias Gemurmel zu hören und es dauerte einige Sekunden, bis der Integrationshelfer reagierte.

»Ist notiert. Aber Gabriel? Lass dich nicht dazu breitschlagen, ihn mitzunehmen. Er wird dir jetzt sagen, dass es okay ist. Das wird ihn aber einholen, noch bevor ihr wieder zu Hause seid. Er kann den Stress gerade nicht gebrauchen. Halt ihn davon fern.«

Die Worte rieselten auf Gabriels angespannten Geisteszustand ein und nach einer knappen Zustimmung legte er auf. Das Handy warf er neben sich aufs Bett. Das ungute Gefühl im Hals wurde geschluckt und endlich fand auch seine zweite Hand den Weg an Noahs Oberarm. Er sah aus wie ein Kind, das auf Süßigkeiten wartete.

»Und?«, hakte Noah ungeduldiger nach. »Welche Hiobsbotschaft hast du jetzt für mich?« Seine Stimme war belegt und klang kratzig. Wahrscheinlich hatte er sich mit Medikamenten vollgepumpt, um schlafen zu können. Im Auto hatte er sich nur Stunden zuvor noch die Seele aus dem Leib gehustet. Hände rieben möglichst beruhigend über die Arme des Borderliners, während Gab nach den richtigen Silben suchte. Seine Augen brannten und sein eigenes Trauma biss ihn in den Hintern. Seine Hände wurden schwitzig und er hatte alle Mühe, nicht in Panik zu verfallen.

»Gwendolyn, unsere Erzeugerin, ist letzte Woche in der Klinik an einer Lungenentzündung gestorben«, presste er mit brechender Stimme hervor. Zunächst sah es nicht so aus, als ob die Nachricht bei Noah ankommen würde. Dann, nur Sekundenbruchteile später, sprudelte plötzlich ein Gluckern aus Noahs Kehle.

Er löste sich von Gabriel, trat schulterzuckend einen halben Schritt zurück und begann urplötzlich zu lachen. »Das ist das Problem? Für mich ist die Frau schon vor Jahren gestorben!«

***

»Es ist so, wie ich es Ihnen sage, Herr Castell«, wiederholte die Dame an der Anmeldung zum dritten Mal. »Ihre Mutter erfreut sich bester Gesundheit. Gerade ist sie in Begleitung draußen im Park. Sie müsste in einer halben

Stunde zurück sein.« Die Frau musterte Gabriel, als ob auch ihm ein paar Jahre in der Anstalt nicht schaden würden. Deshalb schob er den Brief über den Tresen, deutete noch einmal auf den Wisch.

»Wollen Sie mir sagen, dass es sich hier um ein Missverständnis handelt?« Er hatte alle Mühe, nicht an die Decke zu gehen. Die Dame hatte sich den Zettel bisher nicht einmal genauer angesehen.

»Wir verschicken keine derartigen Briefe, Herr Castell.« Empört schnaubte sie und stand auf. »Wenn Sie mir nicht glauben, warten Sie gerne vorne bei den Stühlen, bis sie –«

»Ich will die Frau nie wieder sehen!«, schleuderte Gabriel ihr mit deutlicher Betonung entgegen. »Das wird sich auch bis zu ihrer Beerdigung nicht mehr ändern.« Was auch immer hier los war: Gabriel war kurz davor, den Laden in seine Einzelteile zu zerlegen. Heftiges Schnaufen drang aus der Kehle der Empfangsdame. Sie zog den Kopf zurück, wirkte wie eine aufgeplusterte Eule ohne Hals.

»Dann bitte ich Sie, das Gebäude zu verlassen! Ich kann Ihnen nicht weiterhelfen.« Trotzdem griff sie nach ihrer Brille und ließ die Augen über das Schriftstück huschen. »Das ist nicht von uns, wie ich Ihnen bereits sagte.« Gabriel kochte, rieb sich mit der Rückseite der Hand über das Kinn.

»Okay.« Er nickte erkennend. Kurz sah er sich im Eingangsbereich um, wo er bereits von zwei Herrschaften tuschelnd beäugt wurde. Sein Kopf arbeitete und ziemlich plötzlich entriss er der Frau den Zettel. Unter Fluchen rannte er nach draußen. Der Mantel wehte um seine Beine und der Brief wurde in der Hand zerknüllt. So gerne er auch weiter die Dame angeschrien hätte: Sie wusste von nichts und das war alles andere als gut.

»Verfluchter Mist!« Fast hätte er vor der Tür gegen den nächsten Mülleimer getreten, entschied sich aber dagegen. Stimmen näherten sich und eine davon würde er unter Millionen auch in tausend Jahren noch wiedererkennen. Das Herz rutschte ihm in die Hose.

»Der Film wäre sicher auch etwas für dich, Gwen«, lachte eine junge Frau, die in dem Augenblick mit der grauhaarigen Patientin um die Ecke kam.

»Da bin ich mir sicher.« Die Antwort der Patientin war verhalten. Nur einen Sekundenbruchteil lang schenkte Gabriel seiner Mutter einen Blick. Ihre Augen trafen sich und als sie ihn zu erkennen schien, ergriff ihr Sohn die Flucht. Er hetzte über den Platz, hörte seinen Namen hinter sich. Zunächst schienen die Rufe unsicher, wurden dann lauter und verzweifelter, bis er beim Auto ankam. Er stellte sich vor, dass sie ihm folgte, wagte es aber nicht, noch einmal zu ihr zu sehen.

Mit sich heftig hebendem und senkendem Brustkorb sprang er in den Wagen, knallte mit bebenden Händen die Tür und warf das zerknüllte Papier in den Fußraum der Beifahrerseite. Hektisch fummelte er sein Handy in die Freisprechstation und startete den Wagen. Die Reifen quietschten auf dem Asphalt, als er den alten Volvo in Bewegung setzte. Erst im Rückspiegel sah er, dass seine Mutter ihm bis zum Parkplatz nachgelaufen war und dass die Pflegerin sie einsammeln musste. Die Kiefer fest aufeinandergepresst, suchte er nach seiner Beherrschung. Er war ein solcher Idiot! Warum hatte er nicht gleich daran gedacht, dass all das konstruiert sein könnte? Warum holte seine Vergangenheit ihn immer in einem solchen

Ausmaß ein, dass er erst handelte und dann nachdachte? Gabriel ließ den Parkplatz hinter sich und fuhr auf die Landstraße auf. Er musste sich beruhigen und dann musste er Noah anrufen und fragen, ob alles in Ordnung war. Denn je länger er darüber nachdachte, umso sicherer war er, dass ihnen hier irgendwer einen ganz bösen Streich spielte.

Weiter als bis zur Autobahnauffahrt kam er jedoch nicht. Denn kaum war er sich sicher, am Telefon nicht panisch zu wirken, klingelte sein Mobiltelefon. Gabriel fuhr zusammen, verriss das Lenkrad vor Schreck. Lautes Hupen neben ihm ließ seinen Puls zusätzlich in die Höhe schießen. Finger verkrampften sich um das Leder. Alex' Nummer leuchtete auf dem Display auf und sofort tastete Gabriel nach dem Headset-Mikrofon in der Mittelkonsole. Kaum hatte er es im Ohr und abgehoben, dröhnte ihm die Stimme seines Bruders entgegen.

»Gabriel, du musst nach Hause kommen. Sofort!« Die Stimmlage verriet ihm, dass sich seine Befürchtung bewahrheitete.

»Was ist mit Noah?« Sofort schielte er über die Schulter und fuhr auf die Überholspur, um dann das Gaspedal durchzutreten.

»Ich bin nicht sicher.«

»Genauer, Alex!«, schrie Gabriel aufgebracht ins Mikrofon.

»Als ich herkam, war er orientierungslos und stand völlig neben sich. Die Tabletten, die er von Bensley bekommen hat, lagen im Bad verteilt.«

»Hat er sich was angetan?«

»Er hat einen Filmriss.« Alex wirkte panisch und es sah ihm überhaupt nicht ähnlich. »*Er* ist unverletzt. Aber

Gabriel, hör zu, ich habe auf der Treppe blutige Klamotten gefunden.«

Für eine Sekunde glaubte Gabriel, er würde sich übergeben. »Es ist nicht sein Blut!«, unterstrich Alex noch einmal. »Ich habe ihn komplett ausgezogen. Er hat keine Verletzungen. Ich weiß nicht, wo das ganze Blut herkommt!«

***

Vor Tagen hatte Gabriel geglaubt, sie waren am Boden. Jetzt allerdings musste er erkennen, dass sie in einer Grube hunderte Meter unter dem Erdboden scheinbar unrettbar verloren waren. Er betrat das Haus wenige Stunden später, hatte sicher sechzig Minuten auf der Strecke gutgemacht. Im spärlich beleuchteten Flur saß Noah zusammengekauert auf der kleinen Treppe. Eine Wolldecke lag locker um seine Schultern und er hob schwerlich den Kopf, als Gab eintrat. Alex schien die Tür gehört zu haben und kam mit einem Glas Wasser und Pillen in der Hand zurück in den Eingangsbereich. Er war leichenblass.

»Eli«, röchelte Noah keuchend und machte Anstalten, aufzustehen. An der Wand stützte er sich ab, wurde dann schließlich von einer heftigen Hustenattacke übermannt und sackte zurück auf die Stufen. Umgehend war Alex bei ihm, legte ihm eine Hand auf den Rücken.

»Nimm die Medikamente, Noah.« Wie festgewachsen stand Gabriel in der Tür. Noahs Erkältung war in den letzten Stunden massiv schlimmer geworden. Alex versuchte, ihm zu helfen, doch bevor Gabriel sich versah, hatte Noah ihm das Glas aus der Hand geschlagen.

»Lass mich in Ruhe!«, fauchte er ihn stimmlos an. Alex wich zurück, als Gabriel aus seiner Starre erwachte und vor Noah in die Knie ging. Entschieden umfasste er das Gesicht seines leiblichen Bruders und zwang ihn, ihn anzusehen.

»Sag mir, was los ist! Was ist passiert?« Zum ersten Mal hatte er den Eindruck, halbwegs gefasst zu sein. Trotzdem schmerzte sein Brustkorb. Alex ging auf Abstand und begann damit, die Scherben einzusammeln.

Noahs Augen schwammen in Tränen. »Eli, ich weiß nicht, was geschehen ist«, entfuhr es ihm wimmernd. Der Ältere zog ihn resigniert in seinen Arm, als ein neuerliches Röcheln den Körper vor ihm schüttelte.

»Wir kriegen das hin.« Auch, wenn er noch nicht wusste, wie. Wenn Noah ihm nun entglitt, verlor er ihn.

»Ich habe Angst«, klagte Noah weiterhin unter Tränen und rasselnden Atemzügen.

»Das weiß ich.« Verzweifelt schielte Gabriel zu seinem Adoptivbruder, der einfach wie bestellt und nicht abgeholt daneben stand und mit leerem Blick den Kopf schüttelte.

»Es tut mir so leid«, flüsterte Alex und rutschte endgültig an der Wand hinab, bis er neben ihnen auf dem Hosenboden landete und sitzen blieb.

»Mir tut es leid, dass ich nicht hier war.« Er hätte des besser wissen müssen. Der in Gabriel aufkeimende Selbsthass schnürte ihm die Luft ab.

***

Erschöpft und mit brennenden Augen schleppte Gabriel sich die Treppe hinunter in die Küche. Er hatte sich nicht einmal mehr die Mühe gemacht, im Flur das Licht einzuschalten.

»Er hat leichtes Fieber und schläft.« Alex saß auf einem Küchenstuhl, hatte die Arme verschränkt und kaute auf seinen Fingernägeln. Nicht einmal Gabriels Eintreten ließ ihn den Blick von dem blutigen Shirt und der Hose abwenden, die auf dem Tisch lagen. Gabriel wagte es hingegen kaum, sich die Sachen genauer anzusehen. Die Hände an der Tischkante, schloss er die Augen und versuchte, durchzuatmen. Jetzt die Nerven zu verlieren, war das Schlimmste, was ihnen passieren konnte.

»Wann bist du hier angekommen?«, versuchte er so gefasst wie nur irgendwie möglich, den Rothaarigen zum Reden zu bewegen.

»Ein paar Minuten, bevor ich dich angerufen habe. Ich stand im Stau und bin später aufgeschlagen als geplant«, flüsterte Alex. »Noah hat mich selbst angerufen, als ich noch im Auto saß. Er hörte sich an, als würde er unter Drogen stehen.«

»Diazepam. Medikamente von Bensley«, erklärte Gabriel leise und hockte sich auf eine Stuhlkante. »Die sind eigentlich gegen die Panikattacken. Ich weiß nicht, wie viele er davon genommen hat. Er muss komplett weg gewesen sein.«

»Was, wenn er uns belügt?«, fragte Alex auf einmal und rieb sich mit beiden Händen über die Halsseiten.

Fast schon feindselig schielte Gab ihn an. »Hast du dir die Klamotten angeschaut?«, zischte er mit gesenkter Stimme. »Du wirfst ihm gerade vor, jemanden abgeschlachtet zu haben. Und zwar auf die denkbar auffälligste Art, die mir einfällt! Mich wundert es, dass er damit nicht schon draußen irgendwem aufgefallen ist.«

»Na, im Haus hab ich jedenfalls keine Leiche gefunden!« Der Zynismus war kaum zu überhören. Gabriel knirschte mit den Zähnen. »Was, wenn er das macht, um am Ende behaupten zu können, er wäre nicht zurechnungsfähig gewesen?«, vermutete der andere und stand auf. »Ich meine: Das ist definitiv Blut. Irgendwo muss das ja herkommen!«

»Wer weiß, ob das von einem Menschen stammt, verflucht!« Gabriel konnte nicht fassen, dass Alex ihm das wirklich zutraute. Er war wütend auf sich selbst. Hätte er Noah doch einfach mitgenommen!

»Na, von Helena ist es nicht«, gluckste Alex ironisch. »Mit ihr hab ich eben telefoniert. Sie macht sich auf sofort auf den Weg nach Hause.«

»Das ist nicht witzig, Alex!« Gabriel entwich ein Knurren. »Helena soll bleiben, wo sie ist, bevor wir nicht wissen, was hier los ist!«

Wie ein aufgescheuchtes Huhn lief sein Bruder im Raum auf und ab. »Sehe ich aus, als würde ich lachen?«, blaffte er zurück. »Sorry, Gab. Ich bin raus. Wir rufen jetzt verflucht nochmal die Polizei. Noah hat vielleicht einen Menschen umgebracht!«

19
DIE SUCHE NACH DER WAHRHEIT

Als ich am nächsten Morgen zu mir kam, fragte ich mich, ob ich die Ereignisse vom Vortag geträumt hatte. Ich fühlte mich miserabel, hatte Kopfschmerzen und hatte trotz der Hustenblocker die zweite Hälfte der Nacht vor mich hin gebellt. Diffus schienen die ersten Sonnenstrahlen durch den heruntergelassenen Rollladen.

Etwas in mir hielt mich an, aufzustehen. Gabriel war sicher arbeiten. Meine Beine fühlten sich an wie Wackelpudding, als ich den ersten Fuß auf den kühlen Boden setzte. Die Stimmen, die ich aus dem Erdgeschoss zu vernehmen glaubte, machten mich neugierig. Gleichzeitig lösten sie dasselbe beklemmende Gefühl in meiner Brust aus wie alles, was ich nicht vorhersehen konnte.

In Shirt und kurzer Hose machte ich mich auf den Weg in den Flur, der noch im Halbdunkel lag. Am oberen Treppenabsatz blieb ich stehen und lauschte den Gesprächen, die von unten an meine Ohren drangen.

»Gabriel hat recht. Ich würde für Noah die Hand ins Feuer legen, Alex. Ich glaube einfach nicht, dass er jemandem etwas angetan hat.«

Mir rutschte das Herz in die Hose und unverzüglich eilte ich die Stufen hinab. Der Schwindel erinnerte mich an meinen körperlichen Zustand. Ich musste mich auf halbem Weg am Geländer festhalten, um nicht von meinem Kreislauf und den wackeligen Knien niedergestreckt zu werden.

»Dann verratet mir bitte, wo das Blut herkommt.« Dumpf drang Alex' Stimme aus dem Wohnzimmer. »Ist nicht so, als wolle ich ihm nicht glauben, aber ... dir ist klar, dass wir gerade Beweisstücke verbrennen, ja?«

Meine Hand verkrampfte sich in meinem Oberteil, als ich in den Raum trat. Kurzatmig vom Reizhusten, rang ich nach Luft und glaubte, meinen Augen nicht zu trauen.

»Was machst du hier?«, fragte ich Helena heiser, die mit Alex vor dem lichterloh brennenden Kaminfeuer stand. Synchron wandten sich die Köpfe der beiden in meine Richtung. Helena ließ die Schultern hängen.

»Hey«, begrüßte sie mich stumpf. »Ich bin heute früh zurückgekommen. Ich habe es nicht mehr ausgehalten.« Die Arme legte sie um ihren Oberkörper »Und ich freue mich auch, dich zu sehen.« Entgegen der neutralen Worte glaubte ich zu erkennen, wie sie mich besorgt musterte.

»Du solltest im Bett bleiben.« Alex trat auf mich zu. »Vor allem: Zieh dir einen Pullover und Socken an! Es ist Januar und du läufst mit einer halben Lungenentzündung in Shorts und T-Shirt herum.« Warum hatten alle hier die Angewohnheit, mich wie ein kleines Kind zu behandeln?

»Fang jetzt nicht auch noch an«, erinnerte Helena ihn stöhnend. Ich trat an Alex vorüber, berührte kurz Helenas Taille. Die Augen hatte ich auf das Feuer im Kamin gerichtet. Ziemlich plötzlich holte mich die Erkenntnis ein, dass der Horror vom vorangegangenen Tag kein Traum gewesen war.

»Ihr – ihr verbrennt die blutigen Klamotten«, stellte ich ungläubig fest und starrte in das Gesicht der Blonden.

»Helena verbrennt sie, um genau zu sein.« Offenbar musste Alex das noch einmal betonen. »Ich halte das für unklug.«

»Dich fragt keiner.« Helena winkte ab, wandte sich mir wieder zu. Zu meinem Erstaunen streckte sie eine Hand nach meiner Wange aus und schenkte mir ein kurzes Lächeln. »Du siehst ziemlich platt aus.« Ihre Fingerkuppen berührten meine Haut, bevor sie offenbar mit dem Handrücken prüfte, ob ich immer noch fieberte.

»Schon klar. Würde ich auch, hätte ich unter Drogen ein Schwein geschlachtet.« Die Worte meines jüngeren Bruders trafen mich derart hart, dass ich geräuschvoll die Luft aus meinen Lungen presste.

»Bist du übergeschnappt?« Helena traute ihren Ohren nicht und ich musste sie am Handgelenk festhalten, damit sie nicht auf ihn losging. »Du solltest dich schämen!«

Mit einer Mixtur aus Ernst und Verzweiflung inspizierte ich Alex' Augen und erkannte nichts als Resignation und Mühseligkeit darin. Er ließ den Kopf hängen.

»Du glaubst wirklich, ich hab jemanden umgebracht?«, fragte ich ihn leise, strich Helena über den Arm. In der Lage, sauer zu sein, war ich nicht mehr.

»Ich will's nicht glauben, Noah. Echt nicht. Aber was scheinbar alle hier vergessen: Die Beweise«, setzte er an und deutete überdeutlich zum Kamin, »die ihr gerade abfackelt, sind real!«

»Gabriel hat mich darum gebeten«, erklärte Helena seufzend, als ob sie sich vor mir rechtfertigen müsste. »Er hat Angst, dass dich wieder jemand einsperrt, bevor wir überhaupt wissen, was los ist.« Ihre Hand rutschte auf meine Schulter. »In dubio pro reo. Im Zweifel für den Angeklagten.« Fassungslos trat ich zum Kamin, ging auf dem Teppich davor in die Knie.

»Vielleicht hat Alex recht.« Ich glaubte kaum, dass ich das sagte. Das Letzte, was ich wollte, war, dass mich wieder jemand wegsperrte. »Womöglich habe ich wirklich jemanden umgebracht.«

Unweigerlich rieb ich mir die kalten Hände, starrte in die Flammen, die auch das letzte Stück des Stoffes verschluckten. Sekunden später waren die Beweise vernichtet und keine Überreste mehr zu erkennen.

»Sag das bitte nicht!« Die weinerliche Stimme Helenas hinter mir ließ meine Mundwinkel nach oben zucken.

»Komm schon, Helena.« Ich schielte verzweifelt zu ihr auf. »Ich habe es einmal getan, warum nicht auch ein zweites Mal?« Kraftlos ging sie vor dem Feuer neben mir in die Hocke. Ihre Augen glänzten, als sie den Kopf schüttelte und zum Sprechen ansetzte.

»Lass einfach gut sein, Helena«, tönte Alex hinter ihr und lehnte sich gegen das Sofa. »Du hast ihn gehört.«

»Oh nein!« Erstaunlich aggressiv schrie die beste Freundin meines älteren Bruders das Wohnzimmer zusammen und lugte von mir zu Alex. »Verflixt noch mal, ich bin das Gespräch so leid! Noah, du hast noch gar keinen Mord begangen und bist mit Sicherheit auch nicht mit blutigen Klamotten durch den Vorort gelaufen. Als ob das niemandem aufgefallen wäre, ehrlich!« Aufgebracht begutachtete sie meine Züge, bevor sie Alex vernichtend anstierte. »Du weißt genauso gut, wie wir alle, dass Noah Matthew niemals absichtlich getötet hätte. Es ist wirklich enttäuschend, dass du jetzt die Flinte ins Korn wirfst, wo wir alle wissen, dass jemand hinter Noah her ist!«

»Helena, ich hab deinen Bruder mit voller –«

»Halt den Rand, Noah!«, keifte sie mich abschließend an und stand energisch wieder auf.

»Du willst es einfach nicht wahrhaben«, gab Alex entschieden zurück.

Hilflos saß ich neben den beiden am Boden. Mein Kopf drehte sich. Jahre lang war ich mir sicher gewesen, dass ich ein Mörder war. Jetzt aber hockte ich hier vor brennenden Beweisen für diese Theorie – und zweifelte. Meine Hand fuhr zu meiner Schläfe und ich presste die Augen aufeinander.

»Wenn du ihm nicht glauben willst, dann pack deinen Kram und geh einfach! Und wenn du nur ein bisschen Anstand und Glauben in deine verkorkste Familie hast, dann wirst du den Teufel tun, zur Polizei zu gehen!« Noch nie hatte ich Matthews Schwester so aufgebracht und wütend erlebt. Alex grunzte.

»Ich lass mich von dir nicht aus meinem Elternhaus werfen«, gab er kühl zurück. »Ist wundervoll, wie hier jeder Geheimnisse hat, ihr euch alle gegenseitig belügt und dann vortäuscht, euch aufeinander verlassen zu können.« Ich hatte ein Déjà-Vu.

»Helena ist nicht wie unsere Eltern«, erinnerte ich ihn und zwang mich, aufzustehen. »Jetzt hört auf, euch anzuschreien!« Noch ein bisschen mehr und ich wurde wahnsinnig. Ich ertrug es nicht. Genau genommen wusste ich selbst nicht mehr, wer ich war. Wahrscheinlich bewahrheitete sich Gabriels Vermutung. Wahrscheinlich stimmte etwas mit meinem Bewusstsein nicht. Vielleicht war ich schizophren. War das der Grund, warum ich mich an nichts erinnerte? Meine Finger suchten Halt am lauwarmen Stein über dem Kamin. Nur kurz spürte ich, wie die beiden mich ansahen.

»Ich habe niemandem irgendetwas verheimlicht«, zwang Helena verhaltener hervor, scheinbar um das letzte Wort zu haben. Dann griff sie meine Hand. »Bist du in Ordnung? Soll ich dir Tee kochen?«

»Nein, danke.« Der Geschmack, der sich in meinem Mund ausbreitete, war widerlich und mein Magen rebellierte.

»Leg dich ins Bett und ruh dich aus. Wir überlegen heute Nachmittag, wenn Gabriel hier ist, was wir machen.« Sie klang so zuversichtlich und doch wusste ich, dass wir uns im Kreis drehten.

Alex, der bis jetzt geschwiegen hatte, setzte sich plötzlich in Bewegung. »Alles klar. Schön, wenn ihr euch alles rosa und fluffig reden wollt. Zieht mich einfach nicht mehr mit rein.«

»Das hast du schon einmal gesagt. Läufst du immer weg, wenn es brenzlig wird?«

»Du meinst, wie du bei deinem Ex, Helena?« Alex griff sich seine Jacke vom Sofa, beäugte sie abfällig. »Beschwerst dich über Gabriel, der uns Dinge vorenthält und sitzt selbst im Glashaus!«

»Bitte?«

»Du weißt genau, was ich meine. ›Du solltest zu deinem Ex zurück‹, klingelt's? Wann hattest du vor, uns zu sagen, dass Raphael involviert ist?«

Kaum dass der Satz raus war, war mein Fass irreversibel voll. Ich drängte mich an den beiden vorbei, raus aus dem Wohnzimmer und stapfte die Treppen hinauf. Es reichte. Ich machte hier alles kaputt und so sehr ich Angst hatte, sie alle wieder zu verlieren – meine Freiheit wieder einzubüßen – ich konnte das nicht zulassen. In meinem Zimmer zog ich, so schnell mein Zustand es mir erlaubte, meine Schlafkleidung aus. Im Hausflur ertönte Geschrei. Dann wurde eine Tür geknallt und ziemlich jäh war es ruhig in der unteren Etage. Schluckend zog ich meine Hose an, streifte mir meinen Lieblingspullover über den

Kopf, band die langen Haare hoch und setzte mich auf die Bettkante, um Gabriel zu schreiben.

∗∗∗

»Wo waren Sie gestern zwischen 15 und 17 Uhr?«, fragte mich der Polizist mittleren Alters ruhig. Der Raum war beengend, obwohl er nur spärlich eingerichtet war. Die künstliche Deckenleuchte vermittelte ein trostloses Bild. In der Raummitte stand ein einfacher Tisch mit drei Stühlen und an einer Wand hing ein Bücherregal. Mehr Mobiliar gab es nicht und die halb verdorrte Pflanze, die in einer der fast dunklen Zimmerecken stand, machte den Eindruck kaum besser.

»Zu Hause.« Ich rieb mir über die müden Augen. Bis vor einigen Stunden hatte ich mich noch stellen wollen. Dann hatten Gabriel und Helena mich davon überzeugt, dass ich am Vortag das Haus nicht verlassen hatte. Fast hätte ich sie für die Verrückten gehalten.

∗∗∗

»Die Beweise sprechen gegen mich«, betonte ich noch einmal, hing erschöpft und zugedeckt bis zum Kinn auf dem Sofa. »Wir kommen damit im Leben nicht durch.«

»Welche Beweise?«, warf Gabriel trocken in den Raum, vollführte eine wegwerfende Geste. »Es gibt keine.«

»Weil du sie –«

»Kleiner Bruder«, unterbrach Eli mich flüsternd und setzte sich zu mir. »Es ist mir egal, ob du Miranda oder Raphael oder sonst wem den Kopf vom Körper getrennt hast.« Das klang derart ehrlich, dass es mir die Argumente raubte.

»Raphael lebt noch«, warf Helena ein, die gerade auf der Fensterbank die Blumen goss. »Der hat heute Morgen seine sozialen Netzwerke zugespammt.« Alex war zuvor abgezogen und nicht mehr erreichbar, ganz wie er es angedroht hatte. Die Stimmung war gedrückt und Gabriel hatte sich nach seiner Heimkehr minutenlang darüber ausgelassen, dass Alex sich über ihre Eltern beschwerte, nun aber selbst verschwand.

»Darum geht es auch gar nicht«, meinte Gabriel, bevor seine Augen wieder an meinen hingen. *»Es geht darum, dass ich nicht zulassen werde, dass sie Noah wieder einsperren.«* Der Kloß in meinem Hals wurde größer. Bevor ich etwas erwidern konnte, wurde ich mit einer Hand auf dem Mund zum Verstummen gebracht. *»Keine Widerrede.«*

»Leute? Haben wir einen Plan?« Helenas Tonfall ließ uns aufsehen. Ihr Gesicht hatte die Farbe gewechselt und sie stierte aus dem Fenster. Kreidebleich stellte sie die Gießkanne geräuschlos zurück an ihren Platz. *»Die Polizei.«*

Nur Minuten später erfuhren wir, dass am Vortag tatsächlich jemand ermordet worden war, für dessen Ableben man mich verantwortlich machen könnte: Dr. Shaw Bensley. In seinem Terminkalender war eine Verabredung mit mir vermerkt gewesen, die ich niemals vereinbart hatte.

***

»Gibt es dafür Zeugen?« Eine in die Tage gekommene, schlanke Polizistin schrieb etwas auf ein Blatt vor ihrer Nase, während ihr Kollege mich mehr als genau musterte.

»Erst ab half fünf ungefähr«, gab ich mit brechender Stimme zurück. Mein Hals kratzte und die Kopfschmerzen waren in den letzten Stunden nicht besser geworden. Ich hustete, in der Hoffnung, die Heiserkeit loszuwerden.

»Ich habe meinen Bruder gebeten, vorbei zu kommen, weil es mir nicht gut ging.« Mit aller Mühe versuchte ich, möglichst krank zu wirken. Wie sollte ich in dem Zustand jemanden getötet haben?

»Herr Castell, Sie haben eben angegeben, dass Sie den Psychiater nicht mehr aufgesucht haben«, startete der braunhaarige Polizist erneut. »Können Sie sich erklären, warum Sie laut dessen Kalender eine Verabredung mit Shaw Bensley hatten?«

»Nein, kann ich nicht. Wir haben Termine immer in der aktuellen Sitzung beschlossen und ich habe kein erneutes Treffen mit ihm geplant«, gab ich mit verengten Augen zurück.

»Wann war Ihre letzte Sitzung bei dem Opfer?«, warf die Polizistin ein.

»Ein paar Tage vor Weihnachten. Den genauen Termin müsste ich nachschlagen.« Ich vergrub eine Hand in den Haaren und atmete durch. »Seitdem hatte ich keinen persönlichen Kontakt mit ihm.«

»Aber über einen Anwalt.« Die Frau lehnte sich zurück, tippte sich mit dem Stift gegen die Unterlippe. Von unten herab blickte ich sie an. Wollten sie mir daraus einen Strick drehen?

»Richtig«, gab ich so fest zurück, wie ich es fertigbrachte, und setzte mich aufrecht hin. Kurz nippte ich an dem Glas Wasser vor meiner Nase. »Ich bin mir sicher, Sie haben längst die Unterlagen zu dem letzten Prozess.«

»Wir wollen aber von Ihnen hören, aus welchem Grund Sie einen Groll auf den Psychiater hatten.« Die Frau schien wenig amüsiert. Am liebsten hätte ich den beiden gesagt, sie sollten mich einfach in U-Haft stecken, wenn sie mir nicht glaubten.

»Der Grund war, dass Bensley Beträge im sechs- oder siebenstelligen Bereich dafür erhalten hat, mich über Jahre in seiner Einrichtung festzuhalten.« Die Antwort hörte sich nicht halb so giftig an wie intendiert. Für mich selbst klang ich nach einem rostigen Rohr und gab sicher ein ebenso jämmerliches Bild ab.

»Gut, andere Frage«, wechselte der männliche Kollege das Thema und tippte mit den Fingern auf den Tisch. »Wir haben eben von Ihrem Bruder erfahren, dass Sie gestern Medikamente zu sich genommen haben. Welche waren das?«

Unwillig, die Frage zu beantworten, nahm ich die Pflanze in der Raumecke in Augenschein. »Spielt das für den Fall eine Rolle?«

»Beantworten Sie einfach die Frage, Herr Castell!«, stöhnte die Polizistin.

»Sie könnte durchaus Relevanz haben und Ihre Unschuld bezeugen.« Es war kaum zu übersehen, dass die beiden hier die *Guter-Cop-böser-Cop*-Nummer abzogen.

»Beruhigungstabletten mit dem Wirkstoff Diazepam. Vermutlich eine Überdosis Benzodiazepine gegen meine Angstzustände. Außerdem verschiedene pflanzliche Medikamente gegen meine Erkältung«, brachte ich gepresst hervor. »Aber das wissen Sie spätestens morgen, wenn Sie die Resultate des Bluttests haben, nicht wahr?«

»Nicht alle Substanzen können im Blut nach der Zeit noch nachgewiesen werden.« Wieder kritzelte die Polizistin etwas auf ihr Blatt. »Können Sie uns sagen, wo Sie am ersten und neunten Dezember waren?«

Damit stand ich auf. »Am ersten Dezember war ich, wie Sie sicher auch bereits wissen, in einer geschlossen psychiatrischen Anstalt ohne Ausgang. Am neunten war ich wahrscheinlich mit meinem jüngeren Bruder unterwegs. Er ist mein Integrationshelfer.« Ich war die Fragerei satt. »Ich fühle mich nicht gut«, krächzte ich erschöpft.

»Gut«, beschloss der Polizist nachgiebig. »Wir sind auch jeden Moment fertig. Nur eine Frage hätten wir noch: Fallen ihnen Personen ein, die ein Problem mit Shaw Bensley hatten?«

Die Frage kam derart naiv daher, dass ich eine Augenbraue hochzog. Nach einigen Sekunden antwortete ich widerwillig: »Ich kenne wenige Personen, die ihn *nicht* verabscheut haben. Keiner seiner Patienten mochte ihn. Er war arrogant und hat sich enorm viel auf seinen Titel eingebildet. Unterhalten Sie sich doch mal mit Miranda Leroy, meiner ehemaligen Zimmerkollegin.«

»Mir scheint, Sie sind besessen von dem Gedanken, dass Leroy Dreck am Stecken hat.« Der Mann faltete die Hände und sah mich mit Pokerface an. Ich hatte diese Spielereien satt. Hätten sie wirklich etwas gegen mich in der Hand, würden sie keine blöden Fragen stellen.

»Wenn hier jemand besessen ist, dann sie. Statt mir hier stundenlang Fragen zu stellen, deren Antworten sie ohnehin schon kennen, sollten Sie lieber Miranda genauer unter die Lupe nehmen.«

※※※

Für mich war es ein schieres Wunder, dass die Beamten mich nach Hause entließen. Eli vermutete, dass der Mord auf den Serienkiller geschoben werden würde, der seit Wochen durch die Gegend rannte und Psychotherapeuten um die Ecke brachte. Es gab kein Muster, was es umso schwerer machte, Abweichungen auszumachen. Damit schien ich vorerst aus dem Schneider zu sein – zumindest für die Polizei. Denn wie wir bereits festgestellt hatten: Als die Morde angefangen hatten, war ich noch nicht wieder in die Freiheit entlassen worden. Dennoch konnte ich mir nicht vorstellen, dass Bensley eine Dunkelziffer im perfiden Plan eines Serienkillers war.

Am späten Abend lag ich auf meinem Bett und starrte an die Zimmerdecke. Draußen war es längst dunkel und die Nachttischlampe war die einzige Lichtquelle, die dafür sorgte, dass die Dunkelheit mich und meine Gedanken nicht verschluckte. Ich fühlte mich betäubt, wusste selbst nicht mehr, ob ich mir den Mord an Bensley zutraute. Klang es nicht nach mir, eine Krankheit vorzutäuschen, die mir ein Alibi gab? War ich nicht scharfsinnig genug, einen Mord auf einen Serienkiller zu schieben und alle um mich herum glauben zu lassen, dass ich unschuldig war?

Langsam schien ich zu vergessen, wer ich eigentlich war. Ich griff nach der alten Plüschkatze. Die alten Knopfaugen blickten mich tot an, während ich sie in die Höhe hielt. Inzwischen wusste ich, dass Gwendolyn nicht verstorben war. Hatte jemand versucht, Gabriel von zu Hause fortzulocken, um mir diesen Mord anhängen zu können?

»Wer hätte etwas davon, wenn ich verschwinden würde?« Die gehauchten Worte verliefen sich, bevor sie meinen Mund richtig verlassen hatten. Die Anzahl der möglichen Schuldigen sank drastisch. Was, wenn ich selbst derjenige war, der das alles inszenierte? Wenn ich wirklich eine zweite Persönlichkeit hatte, die es mir nicht erlaubte, ein normales Leben zu führen? Oder war der Schuldige ein ganz anderer? Jemand, über den wir noch nicht nachgedacht hatten? Oder jemand, dessen Beteiligung wir für unwahrscheinlich erachtet und den Gedanken daher verworfen hatten?

»Raphael«, entwich es mir leise. Mit einem Mal hockte ich mich auf. Ziemlich plötzlich hatte ich das Gefühl, etwas übersehen zu haben. Mit dem Plüschtier in der Hand stand ich auf, schlurfte zu meinem Schreibtisch, wo auch mein Handy lag. Mit sich drehenden Gedanken schrieb ich Helena einhändig eine Nachricht, fragte sie, warum sie sich dafür entschieden hatte, Alex in das einzuweihen, was der Drohanruf im Detail beinhaltet hatte. Ich ließ mich auf den Schreibtischstuhl sinken. Die Plüschkatze entglitt meiner Hand, landete auf dem Fußboden. Jäh trat ich sie von mir, stützte meine Schläfen in meine Hände.

»Das ist nicht möglich.« Mein Bewusstsein fing an, Karussell zu fahren. Gefühle schienen sich zu vermischen, Erinnerungen überlappten und gleichzeitig fühlte ich mich leer. Leer trotz der Eingebung, die sich in meinem Bewusstsein festsetzte. Die immer präsenter, logischer wurde und doch gleichermaßen so weit hergeholt schien, dass es mir die Tränen in die Augen trieb. Ehe ich mich versah, griff meine Hand in einer Woge aus Verzweiflung nach der Schere, die noch immer ihren Platz zwischen den ganzen Stiften hatte.

∗∗∗

Die Betäubung hatte noch nicht nachgelassen, als ich mich selbst schluchzend aus meinem Zimmer stürzen sah. Ich blickte emotionslos auf mein weinendes Selbst hinab, sah dabei zu, wie ich in das Schlafzimmer meines Bruders stolperte. Wie ich vor seinem Bett schreiend auf die Knie fiel, bis er alarmiert das Licht einschaltete und aus dem Bett sprang.

»Was zum Teufel?« Mit belegter Stimme hockte er sich neben mich, zog die blutige Hand von meinem Oberschenkel. Auf einen Schlag war ich wieder im Hier und Jetzt. Zitternd wie Espenlaub und so weit am Ende, wie seit Jahren nicht mehr. Tränen tropften von meinen Wangen, als ich verschwommen Gabriels geschockten Blick wahrnahm. Ich sah in seinen Augen, dass er gerade den Tag meiner Einlieferung noch einmal erlebte. Wie er scheinbar aufhörte zu atmen und in Schock sein Shirt auszog und es auf meinen blutenden Oberschenkel presste.

»Es tut mir so leid! Ich wollte das nicht«, winselte ich, lehnte den Kopf japsend an seine Schulter. Ich hatte das Gefühl, unter der Last zu ersticken. Gabriel saß vor mir, steif wie ein Brett und doch glaubte ich, seinen Körper beben zu spüren. Er fragte nicht mehr, hockte einfach nur noch vor mir und brach weiter in sich zusammen. Immer wieder entschuldigte ich mich bei ihm, flehte ihn an, es mir zu verzeihen. Es war, als würde alles aus mir herausbrechen, was ich zuvor vergraben hatte.

»Eli, ich hab ihn nicht getötet!« Noch immer drückte er mir das Shirt auf die Wunde, zog mich dennoch mit der anderen Hand näher.

»Ich weiß, dass du es nicht warst.«

»Nein! Nein, weißt du nicht!«, schrie ich das halbe Zimmer zusammen, ignorierte, wie Tränen in Strömen über die nackte Brust Gabriels flossen. Ich war mir nicht sicher, ob es nur meine eigenen waren. »Ich wollte Matt niemals töten!« Eli spannte sich an und ein leidlicher Laut entwich ihm.

»Du Idiot!«, presste er verzweifelt hervor, ohne mich dabei loszulassen. »Ich habe niemals geglaubt, dass du ihn absichtlich getötet hast! Er ist abgerutscht, als er dir helfen wollte. Gott, du hast –« Seine Stimme versagte. »Du hast schrecklich geweint, als er gefallen ist. Ich hätte nie – niemals sagen dürfen, dass es dein Fehler war! Dann wäre es nie so weit gekommen. Aber ich war so wütend, weil du nicht auf mich gehört hast.« Erschöpft und mit geröteten Augen drückte er mich ein Stück von sich.

»Ich habe gesagt, ich verliere dich nie wieder, hörst du? Du wolltest dich nie wieder selbst verletzen!« Verheult sah er mir ins Gesicht. Ich schaffte es nicht, dem Anblick standzuhalten. Stattdessen zog mein Herz sich derart schmerzhaft zusammen, dass ich beinahe das Bewusstsein verloren hätte.

Alles, was ich mich noch sagen hörte, war: »Eine Seite von mir versucht jeden zu zerstören, den ich liebe.« Wer auch immer Helena angerufen und ihr das gesagt hatte, hatte recht.

20
AUS DEN EIGENEN REIHEN

Der strahlende Sonnenschein am nächsten Morgen täuschte Gabriel kaum über die katastrophale aktuelle Lage hinweg. Er hatte zwei Stunden geschlafen und den Rest der Nacht mit seinem jüngeren Bruder in gleich zwei Notaufnahmen verbracht. Erst waren sie ins Krankenhaus gefahren, danach in eine psychiatrische Klinik.

Dass Noah sich freiwillig eingewiesen hatte, hatte bei ihm sämtliche Alarmglocken läuten lassen. Er musste irgendetwas tun. Erschöpft und mit einer großen Tasse Kaffee in der Hand trat er ins Büro, in dem er zuvor einfach nur seine Tasche abgestellt hatte.

»Du hast neue Manuskripte auf dem Tisch liegen«, murmelte seine Kollegin beiläufig und sah zu, wie er sich entkräftet auf seinen Stuhl fallen ließ. Seine Augen schweiften zu den Unterlagen und er rieb sich über die Stirn, nippte an seinem Kaffee.

Er startete den Computer und meinte verzögert: »Ich bin gleich in einer Besprechung. Die müssen warten.« Der Medienkaufmann tippte sein Passwort am Rechner ein, nahm wahr, wie der Grafiker ins Büro spaziert kam. In einer Hand balancierte er Sandwiches auf einem Teller. In der anderen hielt er seine Jacke und eine Zeitung.

»Guten Morgen allerseits. Holla, Gabriel – du siehst aus, als hättest du eine harte Nacht gehabt.« Auf die ausgiebige Musterung hätte der Angesprochene gut und gerne verzichtet.

»Frag nicht«, brummte er. Am liebsten hätte er sich den Kaffee direkt intravenös zugeführt. Beiläufig schnappte er sich sein Handy. Er glaubte selbst nicht so richtig, dass er das tat. Innerhalb seiner Kontakte stöberte er nach Mirandas Nummer.

»Habt ihr mitbekommen«, drang es am Rande an seine Ohren, »dass schon wieder'n Therapeut hopsgegangen ist?« Der Grafiker wedelte mit der Zeitung.

»Langsam frag ich mich, ob das nich' alles gestellt ist«, vermutete die Dritte im Raum wenig interessiert. Gabriel hingegen gefror das Blut in den Adern und er hielt inne.

»Na, das wär 'ne ziemlich krasse PR-Maßnahme, ne? Der Typ wurde mit über zwanzig Messerstichen an einen Sessel gefesselt in seiner Bude gefunden.« Der Kollege grunzte. Gabs Hals wurde trocken und er erhob sich.

»Ich bin kurz telefonieren.« Noah hatte gesagt, dass er sich rächen würde. Bei dem Gedanken wurde dem Dunkelhaarigen ganz anders. Bensley hatte ihn gewarnt. Gabriel verließ den Raum und blieb auf halbem Weg durch den Flur stehen. Kaum hatte er Mirandas Nummer gewählt, teilte eine Bandansage ihm mit, dass sie nicht erreichbar war. Skeptisch und gleichermaßen verwundert versuchte er es mit der nächsten. Schließlich hatte Miranda ganze drei SIM-Karten genutzt, um Noah auf die Nerven zu fallen. Doch nichts. Keine von ihnen funktionierte, der Gesprächspartner war nicht erreichbar.

***

Der Arbeitstag hatte wieder nicht enden wollen. Das Meeting war miserabel gelaufen und Gabriel hatte Schwierigkeiten gehabt, sich zu konzentrieren. Bei den neu eingesendeten Manuskripten war nichts dabei gewesen, bei dem er auch nur über das Exposé hinausgekommen war. Jessica war sicherlich nicht sehr glücklich. Zwischendurch hatte er Alex, den er ebenso wenig erreichte, eine E-Mail geschrieben mit dem recht kühlen Hinweis, dass Noah in einer psychiatrischen Klinik lag. Vielleicht hatte ihr Bruder ja die Güte, sich wenigstens nach ihm zu erkundigen. Stunden später war Gabriel auf dem Weg zum Auto, hatte das Handy am Ohr.

»Hast du auch nur die geringste Idee, wo Miranda wohnt? Hat sie dir irgendwas in der Richtung erzählt?«

»Ich habe keinen Schimmer, Eli«, kam es geflüstert aus dem Hörer. »Wenn du Glück hast, kannst du über das Einwohnermeldeamt eine Nachforschung anstellen. Aber ob sie die Adresse rausgeben, weiß ich nicht.« Noah klang zermürbt.

»Danach hab ich online schon geschaut«, seufzte Gabriel, als er über den Parkplatz trat. »Solche Anfragen können bis zu zwei Wochen dauern. Dafür haben wir keine Zeit.«

Für einige Augenblicke blieb die Antwort aus. Dann aber nuschelte Noah: »Die Polizei wird sich mit ihr beschäftigen. Wenn begründeter Verdacht besteht, werden sie sie ohnehin einsperren, richtig?«

Er hörte sich mutlos an und der bloße Gedanke machte Gab Sorgen. Am Wagen angekommen, hielt er für einige Sekunden inne, suchte nach dem Schlüssel.

»Wir haben gesehen, wie zuverlässig die arbeiten.« Gabriel vertraute den Beamten nicht. »Und wir wissen, dass dir vermutlich jemand den Mord anhängen wollte. Miranda selbst hat uns wissen lassen, dass sie genau weiß, wo wir wohnen. Ich bin mir sicher, dass sie für die blutigen Klamotten verantwortlich ist.« Mit gesenkter Stimme blickte er sich um.

»Dann müsste sie im Haus gewesen sein,« erinnerte ihn Noah. »Das waren nicht irgendwelche Klamotten, sondern die, die ich ein paar Tage vorher anhatte!« Gabriel knabberte an seinen Nägeln. Sein Kopf arbeitete, doch bevor er zu einem Ergebnis kommen konnte, ließ ein Piepen in der Leitung ihn stutzen.

»Noah, irgendwer klingelt mich an. Ich meld mich, wenn ich was weiß. Vielleicht hake ich auch mal bei Bensleys Kollegen in der Anstalt wegen ihrer Adresse nach.« Damit wurde das Gespräch beendet und der nächste Anruf entgegengenommen.

»Hey, Kleine. Sorry, dass ich mich noch nicht gemeldet habe.« Helena. Ein schlechtes Gewissen machte sich bei Gabriel breit und er bereute es, ihr noch nicht von den Geschehnissen der letzten Nacht berichtet zu haben. Eigentlich hatte er sie aus dem ganzen Drama heraushalten wollen.

»Wir müssen reden. Jetzt.« Die Antwort kam derart nüchtern, dass Gab für einen Augenblick den Drang hatte, aufzulegen. Noch mehr Unglücksbotschaften ertrug er nicht.

»Warum ist das so?«

»Ich befürchte, ich weiß, wer uns hier an der Nase herumführt. Und du darfst mich treten, wenn ich falsch liege: Aber ich glaube, Noah weiß es auch.«

✳✳✳

Als Gabriel vor dem Blumenladen hielt, wartete seine beste Freundin bereits auf ihn. In einem roten Wintermantel hockte sie auf der Bank vor dem Eingang und erhob sich, als sie den Wagen ihres Freundes entdeckte. Ohne Umschweife stieg sie auf der Beifahrerseite ein und verstaute ihre Handtasche im Fußraum.

»Was hast du herausgefunden?«, fragte Gabriel sofort und ordnete sich wieder in den laufenden Verkehr ein.

»Nicht *ich* habe etwas herausgefunden, sondern Noah«, verbesserte sie ihn. »Fahr bitte zu Alex nach Hause.«

Gabriel stand die Verwirrung ins Gesicht geschrieben. »Gestern habt ihr euch noch gestritten und jetzt willst du ihn hinzuziehen, bevor wir etwas Genaueres wissen?« Kurz schielte Gab seine Freundin verwundert an. Die junge Frau lachte auf, klang aber keinesfalls amüsiert.

»Ihn hinzuziehen? Die Leitung ist heute ziemlich lang, Gab«, gab sie unheilvoll zurück. »Ich würde gerne von ihm wissen, woher er den Wortlaut des Drohanrufs kennt.«

Schlagartig wurde Gabriel heiß. »Welchen Wortlaut?«

»*»Du solltest zu deinem Ex zurück«*. Mir ist es in meiner Wut nicht aufgefallen. Aber bei dem Streitgespräch mit Alex gestern Morgen hat er mir vorgeworfen, dass ich euch eine mögliche Verbindung des Anrufers zu Raphael vorenthalten habe.«

Noahs älterer Bruder hatte seine Not, ihr zu folgen. »Du hast uns gesagt, dass −«

»Die Quintessenz war, dass ich mich von Noah fernhalten solle, ja. Nur Noah wusste, dass der Satz, ich solle zu meinem Ex zurück, gefallen ist. Ich habe euch nicht eingeweiht, weil ich befürchtet habe, dass du dich auf Raphael als Schuldigen fixierst.« Gabriel blinzelte, fuhr beim nächsten Wimpernschlag rechts ran und stoppte den Wagen.

»Helena! Raphael wäre durchaus eine Option!«, brummte Gab ungläubig. »Warum verschweigst du mir sowas laufend?«

»Nein, wäre er nicht.« Entschieden wandte Helena sich dem Älteren zu, sah ihn fest an. »Wenn Raphael um mein Haus geschlichen wäre, hätte er Muffin mitgenommen! Er hat den Kater abgöttisch geliebt und mehr vermisst als mich.«

»Woher weißt du das?«

»Ich hab Kontakt zu einer gemeinsamen Freundin«, warf Helena entschlossen ein. »Das ist gerade nicht das Thema, Gab!« Es fiel ihm schwer, sich nicht übergangen zu fühlen. Er nahm einige tiefe Atemzüge.

»Vielleicht hat Noah mit Alex über den Drohanruf gesprochen«, gab er zu bedenken. »Komm schon, das ist unser Bruder!«

»Und genau deshalb ist niemand von uns auf ihn gekommen.« Helena kramte ihr Handy aus ihrer Jackentasche. »Noah hat mir gestern Abend geschrieben. ›*Warum hast du Alex von dem Anruf erzählt?*‹ Ich wusste zuerst nicht, was er meinte, habe ihm geantwortet und nachgehakt. Doch es kam nichts mehr. Heute während der Arbeit fiel mir dann ein, was er meinte. Ich habe ihm das Versprechen abgerungen, mit niemandem darüber zu sprechen – also woher weiß Alex davon, wenn er es nicht selbst war?«

Gabriel blieben die Worte im Hals stecken. »Er kann nicht an zwei Orten gleichzeitig sein. Er war mit Noah zusammen, als jemand ums Anwesen geschlichen ist. Außerdem war er mit uns zusammen, als wir das Auto ohne Nummernschild entdeckt haben.« Zugegeben, womöglich hatte das Auto überhaupt nichts damit zu tun.

»Ich weiß. Und genau deshalb«, warf Helena resolut zurück, »fahren wir jetzt zu ihm und fordern eine Erklärung. Wenn er etwas damit zu tun hat, kann er das nicht alleine gewesen sein.«

Keuchend rutschte Gabriel tiefer in seinen Sitz. »Gott, Helena! Das gilt doch dann auch für Raphael«, grantelte er, rieb sich übers Gesicht. »Wenn er nicht selbst dort war, konnte er den Kater nicht mitnehmen!«

»Stimmt! Aber wir wissen trotzdem nicht, woher Alex den Anruf zitieren kann. Er hätte die Chance gehabt, anzurufen, während er dich abgeholt hat.« Helena beugte sich über die Mittelkonsole. »Du willst das nicht hören, aber selbst du Dickkopf musst einsehen, dass daran was faul ist.«

Besagter Dickkopf schielte seine beste Freundin unglücklich an. Trotz dessen gab er nach und machte sich auf den Weg zur Wohnung der Kanes. Unsortierte Flashbacks der letzten Wochen vermischten sich zu einem undurchdringlichen Knäuel an Informationen, bis sein Schädel zu bersten drohte.

*

»Lasst ihr euch von einem Mädchen wirklich so aus der Fassung bringen? Sie will Noah Angst machen, mehr nicht.«

*

»Wer sollte es sonst gewesen sein, wenn nicht Miranda Leroy? ... Sie ist besessen von dir. Wer sonst würde Helena ins Visier nehmen?«
»Noah ist Borderliner. Er ist für seine Verhältnisse in einer

Gefahrenzone, die uns allen zu denken geben sollte. Ich halte es nicht für sinnvoll, ihn alleine zu lassen.«

*

»Ich fahre allein vier Stunden da hin, Alex. Er wäre den ganzen Tag alleine.«

»Manchmal geht es eben nicht anders. Bisher ist nichts passiert. Niemand wird in eurem Haus einmarschieren und ihm den Garaus machen.«

*

»Diazepam sind eigentlich gegen die Panikattacken. Ich weiß nicht, wie viele er davon genommen hat. Er muss komplett weg gewesen sein.«
»Was, wenn er uns belügt? ... Sorry, Gab. Ich bin raus. Wir rufen jetzt verflucht nochmal die Polizei. Noah hat vielleicht einen Menschen umgebracht!«

*

»Ich habe nie behauptet, dass Alex für Bensleys Tod verantwortlich ist«, betonte Helena noch einmal, eilte neben Gabriel her. Das Auto hatten sie in einer Nebengasse geparkt und legten die restlichen Meter zu Fuß zurück. Helena wirkte gehetzt. Wer konnte es ihr verübeln?

»Das habe ich auch nicht«, erinnerte Gabriel sie leise. »Dennoch: Mir geht nicht aus dem Kopf, was Noah eben sagte. Die blutigen Klamotten stammten zweifelsohne von ihm. Ich selbst habe sie in den Wäschekorb geräumt und ihn auf den Treppenabsatz zum Keller gestellt, um abends die Waschmaschine anzuwerfen.«

»Das heißt, selbst wenn Noah nach draußen gegangen wäre —«

»Er hätte niemals schmutzige Kleidung aus dem Wäschekorb genommen«, konkludierte Gabriel und bog mit Helena in die nächste Straße ab. »Ja, das ist der eine Gedanke.« Gabriel kroch der Horror bis ins Rückenmark. »Ich will nicht darüber nachdenken, aber Alex hat einen Haustürschlüssel, auch wenn er ihn nie nutzt.«

Helena verlangsamte ihre Schritte, fuhr sich mit beiden Händen durch die Haare. »Er wäre an die Kleidung dran gekommen«, beendete sie das, was Gabriel sich nicht auszusprechen wagte. Ihr bester Freund neigte nur den Kopf, sah sie nicht an. »Wo ist Noah jetzt?«

Der Kaufmann verzog das Gesicht, als ob er körperliche Schmerzen hätte. In dem ganzen Tumult hatte er sie immer noch nicht eingeweiht. »Ich«, begann er tief durchatmend. »Habe ihn letzte Nacht auf eigenen Wunsch in die psychiatrische Notaufnahme gefahren.«

Scharf sog Helena die Luft ein und blieb abrupt einige Meter vor Alex' Haustür stehen. »Du hast *was*? Warum weiß ich das nicht?« Vorwurfsvoller hätte sie kaum klingen können und Gab schloss die Augen.

»Entschuldige, ich wollte es dir eben sagen, als du angerufen hast, aber du warst schneller.«

Helena senkte den Blick. »Warum wollte er das?« Ihre Stimme klang hilflos. Sie verstand es nicht.

»Er hat sich gestern Abend selbst eine Schere ins Bein gejagt.« Zögernd berührte Gabriel Helenas Hand, die seine ohne Umschweife nahm und ihn aus großen Augen ansah.

»Das – das hat ihn alles so fertiggemacht. Ich habe das Gefühl, wir haben versagt.« Ihre Augen glänzten verräterisch. Gabriel zwang sich, zu lächeln, drückte kurz ihre Finger.

»Wir holen ihn da wieder raus. Aber zuerst sollten wir uns mit meinem anderen Bruder auseinandersetzen.«

***

»Eigentlich müsste er jeden Moment nach Hause kommen.« Julia deutete zum Küchentisch. »Ich habe gestern Kuchen gebacken, falls ihr Hunger habt.«

Die stämmige Frau schenkte den beiden Besuchern ein unwissendes Lächeln. Fast tat es Gabriel leid, dass sie sie nicht einweihten. Allerdings war es unsinnig, sie oder Noah verrückt zu machen, solange sie nur Vorahnungen hatten. Zumal Gab ernstlich befürchtete, dass Noah etwas Dummes tat, wenn er erfuhr, dass sie Alex im Visier hatten. Wahrscheinlich war er in der Klinik gerade am besten aufgehoben. Was Gabriel viel eher beschäftigte, war die Vermutung, dass sein leiblicher Bruder womöglich Bescheid wusste. Ob er aus dem Grund in der letzten Nacht ständig wiederholt hatte, dass er alle um sich herum kaputtmachte? Weil er Alex zutraute, in die ganze Sache verstrickt zu sein und sich selbst dafür verantwortlich machte?

»Ich nehme eine Tasse Kaffee«, stimmte Helena lächelnd zu und stieß Gab in die Seite. Er keuchte, wurde aus seinem Gedankengang gerissen.

»Mir reicht ein Wasser, danke.« Angespannter hätte er schwerlich klingen können. Helena schielte ihn vielsagend und gleichermaßen tadelnd an.

»Keinen Kuchen?« Die Schwarzhaarige stemmte eine Hand in die Seite. »Na hört mal, irgendwer muss den doch essen.«

Verlegen lachte Helena auf. »Wenn er weg muss, nehme ich eventuell doch ein Stück!« Es war beeindruckend, wie sie sich in der Situation noch verstellen konnte. Gabriel hätte keine feste Nahrung herunter bekommen, da war er sich sicher. Unruhig zupfte er an seinen Hemdärmeln.

»Mich wundert, dass du hier bist, Gabriel. Alex hat erzählt, ihr hättet euch gestritten«, wechselte Julia das Thema und bewies damit einen sechsten Sinn, den niemand im Raum gebrauchen konnte.

»Kann man so sagen, ja. Aber er ist mein Bruder«, brachte Gab gepresst hervor. Bei seinen eigenen Worten wurde ihm übel. Mit rauchiger Stimme schob er nach: »Ich kann das so nicht stehenlassen. Immerhin bin ich der Ältere.« Kurz rieb er sich über den Unterkiefer.

»Darf ich dich was fragen, Julia? Ich habe das Gefühl, dass Alex zu Noah immer eine ganz besondere Beziehung hatte. Irgendwie anders als zu Gabriel, oder?«, schritt Helena ein, bevor Gabriel sich um Kopf und Kragen reden konnte.

Alex' Ehefrau stand an der Arbeitsplatte, wartete darauf, dass der Kaffee durchlief und verfrachtete ein Stück Streuselkuchen auf einen kleinen Teller. Erst als sie ihn auf die Tischdecke vor Helenas Nase gestellt hatte, antwortete sie.

»Oh, ich glaube«, begann sie grübelnd mit südländischem Akzent, »dass Alex und Noah immer – wie sagt man? – kompatibler waren. Alex hat immer zu Noah aufgesehen. Für ihn war es ganz schwierig, als er plötzlich weg war. Aber ich denke, Gabriel kann das noch besser einschätzen, nicht?« Ihre langen Haare waren locker geflochten und fielen ihr über die Schulter, als sie sich Gab zuwandte.

»Ja«, stimmte er zögerlich zu. »Ich schätze, er hat sich unglaublich gefreut, als Noah endlich nach Hause durfte.« Aus dem Augenwinkel stierte er in die fast schwarzen Augen, die von einem ebenso dunklen, dichten Wimpernkranz eingerahmt wurden.

Julia klopfte auf den Tisch. »Das war so! Wie ein kleiner Junge, sag ich euch. Er konnte fast nicht schlafen deshalb und hat nur erzählt, dass er endlich seinen großen Bruder wiedersieht. Ständig hat er mir Geschichten von früher erzählt und wie cool Noah war.« Die Frau schlenderte zurück zum Schrank, nahm ein Glas heraus und griff nach der Wasserflasche auf der Anrichte.

Nur kurz trafen sich die Blicke von Helena und Gabriel. Wieder kam ihm die Frage, wie weit Alex in der ganzen Story drinsteckte. Vielleicht hatte er nur die Anspannung genutzt und wollte einen Keil zwischen Helena und Noah treiben, weil sie so viel seiner Aufmerksamkeit beansprucht hatte? Womöglich war der Drohanruf isoliert von den anderen Ereignissen zu betrachten. Es war deshalb nicht in Ordnung, aber Gabriel konnte sich vorstellen, ihm einen derartigen Ausrutscher zu verzeihen. Schließlich hatte selbst er sich von Noahs und Helenas plötzlicher Annäherung überrumpeln lassen. Leise bedankte er sich für das Glas Wasser, das Julia ihm zwischendurch gereicht hatte. Tapfer kaute Helena auf einem Stück Kuchen.

»Wie geht es Noah?«, warf Alex' Frau plötzlich ein und Gabriel räusperte sich.

»Er ist immer noch krank«, krächzte er. Den verschwörerischen Blick von Helenas Seite schien Julia nicht zu bemerken.

»Ach!« Mit einem Tablett mit Kaffee und Tassen kam sie zurück und setzte sich endlich an den Tisch. Ihre Rennerei hatte Gab nervöser gemacht, als er ohnehin schon war. »Ich habe von Alex gehört, dass er zusammengebrochen ist. Er muss viel trinken, dass es ihm besser geht.« Julia schenkte Helena und sich Kaffee ein.

»Es geht ihm psychisch im Moment auch nicht gut, Gab. Sag doch, wie es ist.« Helenas Tonfall ließ ihren Freund die Augenbrauen zusammenziehen. Er wusste zunächst nicht, worauf sie hinauswollte, bis die Blonde mit besorgtem Ton ergänzte: »Dass sein ehemaliger Therapeut ermordet wurde, macht ihm ziemlich zu schaffen.« Gabriel schwieg, trank einen Schluck Wasser, um dazu nichts sagen zu müssen. Selbst wenn Alex involviert in den Mord an Bensley war: Glaubte sie, Julia wusste davon?

»Heilige Maria, ja.« Julia schnalzte und verschränkte die Arme. »Alex hat mir gestern davon erzählt, nachdem du ihn angerufen hattest.« Wieder schüttelte sie den Kopf. »23 Messerstiche – der arme Mann!« Kaum hatte sie den Satz beendet, entschuldigte sie sich, weil das Telefon klingelte. Als sie ins angrenzende Wohnzimmer trat, verzog sich Gabriels Mimik.

»Gestern?« Beinahe stimmlos formte er das Wort und brachte Helena mit einer Handgeste dazu, innezuhalten. Fragend linste sie zu ihm.

»Was meinst du?«, hauchte sie und behielt die Tür zum Wohnzimmer im Auge. Gabriels Herz fühlte sich an, als ob es jeden Augenblick seinen Dienst versagen würde.

»Ich habe ihn angerufen, nachdem wir bei der Polizei waren, um ihm zumindest Bescheid zu sagen, wie es gelaufen ist. Aber ich habe nichts von 23 Messerstichen erzählt«, antwortete er kraftlos. »Das kam erst heute in den Medien.«

Helenas Züge vereisten. Der Horror stand ihr ins Gesicht geschrieben. Binnen Sekunden war Gabriel auf den Beinen, zog seine beste Freundin ebenfalls hoch. Sie mussten hier weg und die Polizei rufen. Spätestens jetzt war beiden klar, dass das hier nicht nur ihre Möglichkeiten, sondern auch ihre schlimmsten Befürchtungen überstieg.

Gerade als die beiden sich erhoben, kam Julia zurück in den Raum. »Gabriel, es tut mir sehr leid. Aber Alex hat gerade angerufen. Er kommt heute spät nach Hause. Er hat noch einen Termin.«

21

ZURÜCKGELASSEN

Es war, als würde ich auf etwas warten. Unheilvoll schwebte das Gefühl über meinem Gemüt. Während ich am ausgetrockneten Brunnen auf dem Vorplatz der Klinik saß, checkte ich im Minutentakt mein Handy. Um mich herum schien alles unglaublich trostlos. Die Bäume waren kahl, die Blumenbeete verdorrt. Helenas Antwort war spät gekommen und doch hatte ich es nicht mehr über mich gebracht, Licht ins Dunkel zu bringen. Vielleicht war meine Befürchtung vollkommener Unfug. Ich konnte es nicht riskieren, meine Familie weiter zu zerstören.

Bensley hatte mir eine anhaltende wahnhafte Störung diagnostiziert. Laut ihm zeichnete sie sich dadurch aus, dass ausgeprägte Wahnvorstellungen meine Weltsicht und meine Erinnerungen beeinflussten, während andere Symptome, die für Psychosen typisch waren, nur in geringem Maße auftraten. Fast hätte ich aufgelacht, wäre es nicht so verflucht traurig. Zehn Jahre lang hatte ich allem und jedem erzählt, dass ich mit voller Absicht den besten Freund meines Bruders zu Tode gebracht hatte. Weil er mir ein Dorn im Auge gewesen war. Ich hatte nie Gewissensbisse gehabt, nie aktiv bereut, für Matthews Sturz in die Tiefe verantwortlich gewesen zu sein.

Nun aber saß ich hier und brauchte nur eine Sitzung mit einem anderen Therapeuten, um zu erkennen, dass genau dieses traumatische Erlebnis der Tropfen gewesen war, der das Fass zum Überlaufen gebracht hatte. Matts

Tod hatte dafür gesorgt, dass ich meinem Leben zum ersten Mal hatte ein Ende setzen wollen. Ich erinnerte mich daran, wie schlecht es mir an dem Tag meiner ersten Einlieferung in die Anstalt wirklich gegangen war.

✳✳✳

Ich lag auf meinem Bett, hatte mir das Kissen über den Kopf gelegt. Doch so sehr ich darauf hoffte, dass ich so meine eigenen Gedanken nicht würde hören können: Sie wollten nicht damit aufhören, mich anzuschreien. Immerzu brüllten sie mich an, dass meine eigene Dummheit Matthew getötet hatte.

Gleichzeitig war da die unverwechselbare Stimme meines älteren Bruders, der mich heulend für das Geschehene verantwortlich gemacht hatte. Ich sah wieder, wie er mich hinter sich herzog. Im Wald war ich über Steine und Äste gestolpert, während wir uns von der Unglücksstelle entfernt hatten. Gabriel hatte mein Handgelenk so fest umklammert, dass meine Finger langsam taub geworden waren. Unaufhörlich waren mir die Tränen über die Wangen gelaufen. Im Minutentakt hatte Gabriel versucht, irgendjemanden zu erreichen. Matthew hatte den Sonnenuntergang, den er uns hatte zeigen wollen, nicht überlebt. Mir rauschte das Blut in den Ohren, vermischte sich mit den Vorwürfen meines älteren Bruders:

»Nur, weil du dich immer wichtig machen musst!«

Unsere Eltern waren fort, im Zimmer wurde es allmählich dunkel. Mit der Helligkeit im Raum schien das Gefühl aus meinem Körper zu weichen, so lange, bis nur noch Taubheit zurückblieb und die Frage, was mit mir geschehen würde. Als mein dreizehnjähriges Selbst kraftlos das Kissen beiseitezog, erkannte ich das in meiner stillen Verzweiflung zuvor verursachte Chaos im Raum nicht mehr. Stattdessen fragte ich mich, was mit mir geschehen würde. Würde man mich einsperren?

Vielleicht ging es Eli besser, wenn ich einfach verschwand. Dann konnte ich ihm keinen Kummer mehr machen, fiel ihm nicht mehr auf die Nerven. Vor allem musste er nie wieder Rücksicht auf mich und meine eifersüchtigen Gefühle nehmen. Als ich vom Bett aufstand, hatte Alex' Betteln vor meiner Tür nachgelassen. Womöglich war er gegangen oder ich inzwischen weit genug betäubt, dass ich ihn nicht mehr hörte. Mit hängenden Schultern schlurfte ich zu meinem Schreibtisch, hockte mich davor und zog eine der Schubladen auf. Unachtsam riss ich die Blätter und Hefter heraus, verteilte sie auf dem Boden. Bereits am Tag zuvor hatte ich aus dem Badezimmer eine von Pascalls Rasierklingen entwendet. Zwei Menschen in meinem Leben hatten sich meinen Tod gewünscht. Gerôme hatte recht gehabt: Ich war ein Dämon, der alle um mich herum in die tiefsten Kreise der Hölle stürzte.

✳✳✳

Das Vibrieren meines Mobiltelefons zerrte mich aus dem Abriss der Erinnerung und ließ mich ziemlich unsanft zurück auf den Steinboden der Realität fallen. Ich lebte immer noch und saß schon wieder vor einer verdammten Klinik mit Psychiatern, die so taten, als ob sie meinen Fluch würden brechen können. Seufzend erhob ich mich, öffnete das Briefsymbol auf dem Display. Nur um mit einem ehrlichen Lächeln den Kopf zu schütteln.

»Warum wusste ich, du würdest dich melden, kleiner Bruder?«, flüsterte ich in meinen Schal. Folglich steckte ich mein Handy in die Tasche meiner Winterjacke und verließ über den Kiesweg das Gelände der Klinik. Zwei Gebäude ließ ich hinter mir, trat an den weniger gut besuchten Parkplätzen und den Wegweisern zur Tagesklinik vorbei. Niemand hier hatte mich für akut suizidgefährdet gehalten, weshalb ich mich trotz meiner Einweisung frei bewegen konnte. Mein Oberschenkel schmerzte von der Verletzung und ich hatte eine Schonhaltung eingenommen. Leicht humpelnd gab ich mir Mühe, das Bein nicht zu sehr zu belasten.

Wie auch immer das hier künftig weitergehen würde, ich musste mit Alex sprechen. Umso einfacher war es doch, dass er an dem Trampelpfad, der versteckt hinter dem letzten Gebäude der Klinik lag, auf mich wartete. Der beigefarbene Mantel erinnerte mich schon auf Entfernung an den Trenchcoat, den Eli immer trug. Die roten Locken stachen vor dem fast tarnfarbenen Hintergrund allzu deutlich hervor.

»Gabriel hat gepetzt, dass ich hier bin, hm?«, rief ich dem Jüngeren schon entgegen, bevor ich ihn auch nur erreicht hatte. Alex schenkte mir ein Schmunzeln.

»Hat mir eine Mail geschrieben, das Goldstück.« Ironischer hätte er kaum klingen können und sein Tonfall zeigte mir, dass der Mann, der gerade vor mir stand, nicht der kleine Bruder war, der sich früher hinter mir versteckt hatte. Tatsächlich überragte er mich an Höhe ausreichend, dass ich mir neben ihm lächerlich vorkam.

»Ich bin froh, dass du gekommen bist«, offenbarte ich ihm. »Gehen wir eine Runde? Hinter dem Waldstück ist ein Café, das Helena mir empfohlen hat.«

Der Rothaarige ließ mir mit einer Geste den Vortritt. »Ich würde mich verlaufen. Nach dir.«

Ich spürte den Blick auf meinem Bein, doch er kommentierte es nicht. Damit war ich der Erste, der einen Fuß auf den Trampelpfad setzte. Ich hörte, wie Alex mir folgte. Äste unter meinen Füßen knackten. Der Winter hatte dem Wald zugesetzt. Einige Bäume hatten in den unteren Bereichen kaum noch Äste, der Boden war übersät mit morschem Holz. Nach einigen Schritten hatte mein Bruder zu mir aufgeholt, vergrub die Hände in den tiefen Manteltaschen.

»Wie geht's deiner Erkältung?«, fragte er beiläufig. Ich wusste, dass er nicht deshalb mit mir hatte sprechen wollen.

»Die Antibiotika und Schmerzmittel sind ein Segen«, antwortete ich glucksend und kräuselte meine Lippen. »Habe seit heute Morgen Gliederschmerzen und bin froh, wenn es in ein paar Tagen besser ist.« Mein Hals kratzte noch immer und ich zog den Schal enger.

»Und psychisch?« Ich hatte den Eindruck, er musterte mich von oben bis unten. Wieder wurde mein Bein genauer begutachtet und ich konnte es ihm kaum verübeln. Ein Blinder mit Krückstock hätte gesehen, dass ich Belastung größtmöglich zu meiden versuchte.

»Die Wunde war nicht zu tief«, nahm ich vorweg und wandte mich Alex halb zu. »Meine Nerven sind gestern mit mir durchgegangen.« Dass ich untertrieb, war mir bewusst. »Bist du deshalb hier? Um Smalltalk zu führen? Du hast geschrieben, du willst reden.«

»Ich könnte auch einfach schockiert gewesen sein, dass du dich freiwillig wieder einweisen lässt«, murmelte Alex und presste die Lippen aufeinander. Ich suchte nach seinem Blick, der weit in die Ferne gerichtet war. Seufzend trat ich über ein Loch im Boden.

»Seien wir doch ehrlich: Wir wussten beide, dass ich wieder in der Anstalt landen würde.«

Ein unsicheres Summen schälte sich aus Alex' Kehle. Noch immer wich er mir aus und das ungute Gefühl, dass ich in den letzten Stunden zu verdrängen versucht hatte, kam zurück.

Verspätet antwortete mir der Jüngere: »Du hast recht. Ich habe Julia gesagt, ich muss länger arbeiten. Ich muss dir einige Dinge erklären.« Alex spähte durch die kahlen Baumkronen in den Himmel.

»Du meintest in der Nachricht, dass ich das hier für mich behalten soll«, brachte ich so neutral wie möglich an, ohne über meine Schulter zu sehen. Mein Adoptivbruder fiel zurück und ich verlangsamte meine Schritte. »Wegen unserer Auseinandersetzung?«

»Nicht ganz«, brummte Alex. »Ich habe befürchtet, dass die anderen auch hier aufschlagen.«

»Und du wolltest nicht mit ihnen reden, sondern nur mit mir«, konkludierte ich, war mir aber nicht ganz sicher, worauf das hinauslief. Ich blieb stehen.

»Sozusagen.« Nicht mehr als ein Hauchen in meinem Rücken. Und als ich mich zu Alex umwandte, glich seine Mimik der einer Puppe. Es war, als würde er durch mich hindurchsehen.

»Was gibt es, was du nur mir beichten würdest?«

»Bist du wirklich so unaufmerksam?«, fragte der Rothaarige mich trocken und der weiche Tonfall von zuvor war gewichen. Wo er zuvor noch ins Nichts gestarrt hatte, schien sein Blick mich jetzt zu durchbohren.

Ohne nachzudenken, fiel es von meinen Lippen: »Der Drohanruf auf dem Anwesen der Rouens kam von dir. Ist es das?«

Alex klatschte kurz in die Hände. »Bingo. Ich dachte schon, es wäre dir nicht aufgefallen.« Seine Stimme klang belegt und er verstaute erneut die Hände in den Taschen.

Das Unwohlsein in meiner Brust breitete sich aus und das Erste, das mir in den Sinn kam, war: »Ich habe gehofft, ich hätte mich geirrt. Also – warum?« Der gesamte Ausdruck meines Adoptivbruders versetzte mich in Nervosität. Diese abweisende Haltung passte nicht zu ihm, ebenso wenig wie der Fakt, dass er Helena am Telefon drohte. Mir fiel so lange nicht auf, dass ich einen halben Schritt zurücktrat, bis es unter meinem Fuß knackte. Unweigerlich fuhr ich zusammen, linste zu dem Ast. Als ob ich damit die Hölle losgetreten hätte, verzerrte sich Alex' Mimik. Mit einem Mal strahlte er etwas Bedrohliches aus. Schlimmer, als ich es von seinem Vater kannte.

»Ich habe so sehr gehofft, dass du zurückkommst und alles wird wie früher.« Seine Stimme bebte.

»Wovon sprichst du?« Verwirrt starrte ich ihn an, kam nicht umhin, die Augenbrauen zusammenzuziehen.

»Stell dich nicht blöd, Noah. Du kommst aus der Psychiatrie und alles, was von dir übrig ist, ist ein launisches Kind ohne die geringste Ahnung, wie die Realität wirklich ist.« Langsam schlenderte er auf mich zu und ich zwang mich, dem übermächtigen Drang, wegzulaufen, nicht nachzugeben. All meine Instinkte sagten mir, dass ich Abstand halten musste. Weit wäre ich mit dem Bein jedoch ohnehin nicht gekommen.

»Und weiter? Was hast du von mir erwartet?«, hakte ich mit gesenkter Stimme nach. Ich hörte mich heiser an.

»Ich weiß es nicht. Aber nicht das.« Alex gluckste, ließ die Schultern hängen, als wäre ich ein hoffnungsloser

Fall, an den er all seine Ressourcen verschwendet hatte. »Du warst nicht mehr mein Held aus Kindertagen. Ich meine, wirklich: Ich war es gewohnt, dass du ständig an Eli gehangen hast.« Alex neigte den Kopf, als er mich aus blaugrauen Augen taxierte. Ich legte eine Hand an den Baum neben mir und fühlte, wie meine Atemzüge kürzer wurden.

»Aber?« Angespannt sah ich zu, wie er einige Schritte lief und von einem Stück Holz auf dem Boden auf das nächste trat.

»*Aber*?«, wiederholte er ungläubig, als ob er nicht verstand, warum ich ihm nicht folgen konnte. »Wieso hast du dich ausgerechnet Helena an den Hals geworfen?« Ruckartig wandte er sich zu mir um und hob seine Stimme. »Hey, ihre Familie war doch Schuld an der ganzen Misere!« Alex schnaubte ungläubig. »Ich versteh nicht, wie du das einfach so vergessen kannst! Wir haben uns – verflucht nochmal – den Arsch dafür aufgerissen, dich da raus zu holen. Und du?« Eine wegwerfende Geste folgte und die Enttäuschung in seinem Gesicht war kaum mehr zu verbergen. »Du bandelst mit der Schwester von Matthew an?« Ich hörte zu, hatte mich nicht von der Stelle bewegt. Stattdessen schielte ich in die Richtung, aus der wir gekommen waren.

»Wenn jemand Grund hätte, verärgert auf die Rouens zu sein, dann ich«, antwortete ich gezwungen leise. »Wenn ich damit leben kann, warum kannst du es nicht hinnehmen? Helena hat nie jemandem etwas getan.«

»Das spielt keine Rolle mehr«, stellte er trocken fest und rieb sich kurz über die Wange. Wie aus dem Nichts wechselte er das Thema: »Hast du irgendwem erzählt, dass *ich* Helena angerufen hatte?«

Die plötzliche Frage jagte mir einen neuerlichen Schauer über den Rücken.

»Alex.« Mein Tonfall war gleichzeitig bittend und warnend. »Was wäre, wenn nicht? Es war ja scheinbar nur der Anruf, oder? Dafür hau ich dich nicht in die Pfanne.«

Das gezwungene Lächeln auf meinen Lippen ließ die Muskeln in meinem Gesicht steif werden. Mein Herz schlug schneller und ich musste einsehen, dass ich die Angst, die in mir aufkam, kaum mehr unterdrücken konnte. Immer wieder rief ich mir ins Gedächtnis, dass das immer noch Alex war und kein Irrer aus der Anstalt. Es war mein kleiner Bruder, der da vor mir stand. Ich musste keine Angst haben. Alex Lippen öffneten sich zur Erwiderung, wurden aber sehr abrupt wieder geschlossen, als in einiger Entfernung Sirenen ertönten. Mich rissen sie aus meinem beruhigenden Mantra und ließen mich erstarren.

»Was hast du getan?« Alex Worte klangen ebenso vernichtend wie gehetzt.

»Ich habe nichts getan!«, gab ich sofort zurück. Panik machte sich breit, als ich Alex' weit aufgerissene Augen sah. Der Versuch, sie zu überspielen, scheiterte kläglich. Mein Atem überschlug sich, als ich resigniert den Kopf schüttelte. »Oh Gott, Alex. Was hast *du* getan?« Meine Schultern zog ich zurück, knackte mit den Fingern.

Nachdem die Frage über meine Lippen war, wurde mir klar, dass ich die Kontrolle über die Situation verloren – sie womöglich nie gehabt hatte. Alex war nach einem Zwinkern bei mir, zog eine Schusswaffe. Eine Colt im Kaliber .45, sofern ich das auf den ersten Blick einschätzen konnte. Mir rutschte das Herz in die Hose. Wie gelähmt vor Schreck wehrte ich mich nicht, als er mich plötzlich am Kragen packte und hinter sich her zerrte. Fast wäre ich gestürzt, griff nach seinem Handgelenk.

»Alex, nein …« Meine Stimme brach, überschlug sich und ging in Schluckauf über.

»Ich wollte das nie, Noah!«, schrie er mich über die Schulter hinweg an. Mir blieb die Spucke weg und für eine Sekunde fühlte ich mich wie das Kind, das vor so vielen Jahren schon einmal durch ein Waldstück gezerrt worden war.

»Was wolltest du nie?«, zischte ich atemlos zurück, den verschwommenen Blick starr auf die massive Pistole in seiner Hand gerichtet. Grob riss er mich immer tiefer ins Gestrüpp und zum ersten Mal fragte ich mich, ob ich wirklich sterben wollte. Wollte ich, dass es so endete oder warum war ich überhaupt hergekommen? Mein Bein schmerzte mit jedem Schritt mehr.

»Nichts«, setzte er mit schwerem Atem an, »wollte ich mehr, als meinen Bruder zurück. Ich wollte nur, dass alles wird wie früher! Aber du – du hast alles einfach kaputt gemacht!«, wiederholte er, als ob ich es die ersten beiden Male nicht verstanden hätte.

Unsanft schlug mir ein Ast ins Gesicht, während Alex' Worte auf mich einprasselten. »Als du mir erzählt hast, dass deine Zimmernachbarin auch entlassen wird, hab ich sie an dem Tag abgefangen, weißt du?« Noch einmal schielte er in meine Richtung. Seine Augen schwammen in Tränen. »Mir war schon nach zwei Tagen klar, dass deine Anwesenheit nichts besser, sondern alles nur noch schlimmer machen würde. Ich war endlich mit Gabriel ausgekommen. Aber dann bist du zurückgekommen und mit dir sein Trauma. Ich hab zuerst gehofft, dass Miranda einen Rat für mich hätte. Einen, wie wir mit dir umgehen müssen, weil Gab sich so unfassbar blöd angestellt hat!« Alex drehte sich, ging dazu über, mich vor sich her zu treiben. Wahrscheinlich wollte er mich im Auge behalten.

»Das heißt, du hast mit Mia gemeinsame Sache gemacht – die ganze Zeit«, presste ich ungläubig hervor. Ich hatte befürchtet, dass er Helena hatte loswerden wollen, aber dass er so tief involviert war, hätte ich mir im Traum nicht vorstellen können. Aus mehrfarbigen Augen versuchte ich, seinen Blick aufzufangen. Verzweiflung und Schuldgefühle fraßen an mir.

»Alex, es wäre besser geworden«, versicherte ich ihm. »Wir hätten das schaffen können!«

Das ironische Auflachen von Seiten des Rothaarigen ließ meinen Puls erneut in die Höhe schießen und mit ihm die Hitze. Die Beklemmung raubte mir die Luft zum Atmen und ich rang um Sauerstoff.

»Hätten wir nicht. Miranda hatte recht: Nachdem ihr in unserer Familie aufgetaucht wart, ging alles den Bach runter. Meine Eltern haben diese bescheuerte Agentur eröffnet und waren immer weg! Sie sind nie damit klargekommen, dich an die Krankheit verloren zu haben! Du hast deine neue Familie genauso ruiniert wie deine alte.« Alex knurrte und ich sah, wie ihm Tränen über die Wangen flossen. »Herzlichen Glückwunsch, du Psycho!«

Die Waffe in meinem Rücken ließ mein Herz stolpern. »Alex, du musst das nicht tun.« Es war, als ob Scheuklappen mir die Sicht aufs Wesentliche nehmen würden. Unbändige Angst paralysierte meine Schritte und ich hatte den Eindruck, alle paar Meter über meine Füße zu stürzen.

»Zu spät, großer Bruder.«

»Was willst du von mir? Mich umbringen?« Ich hörte mich nicht so an, als ob ich ihm das abkaufen würde. Und doch wurde meine Stimme brüchiger. Ich musste reden, so lange, bis mir irgendetwas einfiel. Etwas, was mir dieses eine Mal noch den Hintern rettete. Denn wenn mir eines klargeworden war, dann der Fakt, dass mein Tod niemanden glücklich machen würde. Ganz besonders nicht Gabriel. »Wann habt ihr das beschlossen?«

»Wir? Die Irre hatte nur vor, dich wieder in die Klapse zu bringen. Ist um Rouens Haus geschlichen, um dich von ihr abzukapseln und ist mit dem widerlichen Alten ins Bett gegangen, um ihn dazu zu bewegen, dich wieder einzuweisen.«

»Und dann hab ich die Therapie beendet.« Ich knickte um und verzog das Gesicht.

»Bleib nicht stehen!« Bedrohlich nah neben meinem Kopf spürte ich die Waffe.

»Wenn du das tust, machst du dich doch nur selbst unglücklich.« Entgegen der Forderung stoppte ich, nutzte den Moment, um mich herumzudrehen und gehetzt nach dem Lauf der Pistole zu greifen. Das Pochen in meinem Kopf wurde stärker und ich betete, dass das Adrenalin reichen würde, um gegen meinen Adoptivbruder anzukommen.

Zwar hatte ich eine Menge Medikamente intus, doch die Antibiotika täuschten nur bedingt über die Gliederschmerzen und das Schwächegefühl hinweg. Ganz abgesehen von der Verletzung des Oberschenkelmuskels, die mit mehreren Stichen genäht worden war. Im Handgemenge versuchte ich, ihm die Waffe zu entwenden, fand mich jedoch allzu bald an einen Baum gedrückt wieder. Mit zusammengebissenen Zähnen und zitternden Händen hielt ich Alex davon ab, abermals die Waffe auf mich zu richten.

»Ich habe nie«, setzte der Rothaarige knurrend an, »niemals gewollt, dass du dich umbringst, weißt du? Und doch hab ich so sehr gehofft«, schob er nach, »dass du dich mit den Klingen so verletzen würdest, dass sie dich wieder wegsperren!« Viel zu langsam sickerte die Realisation ein. Also steckten doch er und Miranda hinter alledem. Er hatte mir die Rasierklingen geschickt.

»Du hast es in Kauf genommen!«, warf ich ihm vor. Keuchend schaffte ich es, Alex meine Stirn gegen die Nase zu donnern. Ich bekam kaum Luft. Stöhnend ließ er locker und ich entriss ihm die Waffe. Er fing mich am Arm ab, die Pistole fiel.

Ich schlug nach ihm und brüllte den halben Wald zusammen: »Es war deine Aufgabe, mir zu helfen, Alex! Ich hab dir vertraut, zur Hölle!« Der Jüngere versuchte, die Colt zu erreichen. Ich zerrte ihn davon weg, hielt ihn fest, soweit es mir möglich war. In weiter Ferne hörte ich Stimmen, die Sirenen waren verebbt. Es durfte selbst im Dickicht nicht allzu schwer sein, uns zu finden. Ich musste nur Zeit schinden. Ich musste nur überleben.

»Ich hab dir auch irgendwann einmal vertraut. Und dann hast du mich mit deinem Ekelpaket von Bruder allein gelassen!« Der Ellenbogen, der mich im Gesicht traf, brachte mich endgültig zu Boden. Benommen hielt ich mir die pochende Wange, versuchte, mit der anderen Hand die Kaliber .45 zu greifen. Meine Fingerspitzen berührten das schwere Metall. Der Schmerz, als Alex mir auf die Finger trat, ließ mich aufjapsen.

»Mia hat so damit gerechnet, dass du an diesem Tag auftauchen würdest, Noah. Damit sie dir den Mord an

Bensley in die Schuhe schieben kann. Aber du kamst nicht.« Alex lachte und das Gluckern in seiner Stimme zeigte den Wahnsinn, der längst Einzug gehalten hatte. Er verlagerte das Gewicht auf den vorderen Fuß und mein eigener Schmerzensschrei hallte in meinem Kopf wider. *Ich kam nicht?* Ich wusste nicht einmal, warum ich in seinem Kalender gestanden hatte!

»Und dann warst du zur Stelle und hast meine Klamotten dorthin gebracht«, riet ich fassungslos ins Blaue. »Du hast mich unter Drogen gesetzt«, knirschte ich schmerzerfüllt, »und versucht, mir den Mord anzuhängen.« Ich hörte mich an, als ob ich jeden Moment vor Schmerzen losheulen würde.

Alles, was mir nur noch im Geiste herumschwirrte, war die Frage nach dem Warum. Ich hörte Alex' Worte, aber ich verstand sie nicht. Er hatte mir die Klingen geschickt, hatte sich mit Bensley und Mia zusammengetan, um mich zurück in die Anstalt zu bringen. Er hatte Helena Drohanrufe zukommen lassen und steckte mit Miranda hinter dem Mord an Bensley, als der ihnen keine Hilfe mehr gewesen war. Vielleicht hatte ich sogar genau deswegen in dem Terminplan gestanden. Weil Bensley gemerkt hatte, dass ihm die Situation entglitt und er versuchen wollte, Miranda zu täuschen. Immerhin wusste kaum jemand besser, wie geistesumnachtet diese Frau war. Und zu was sie fähig war.

»Du warst uns allen im Weg!«, plärrte Alex derart aggressiv, dass ich ihn nicht wiedererkannte. Sein Gesicht war zu einer wütenden und doch verweinten Maske verzogen. Wahrscheinlich war auch er es gewesen, der unserer Chefin den Brief hatte zukommen lassen. Eine Entlassung hätte mich psychisch weiter belastet.

»Und Gwens Tod?« Mehr brachte ich nicht heraus, versuchte mit zusammengebissenen Zähnen, ihm meine Hand zu entziehen.

»Die Frage kannst du dir selbst beantworten. Die ganze Zeit über hat Gabriel Paranoia geschoben. Aber darauf ist er sofort angesprungen«, grunzte der Jüngere mit schweren Atemzügen.

Ein plötzliches Rascheln hinter ihm lenkte Alex ab. Nur für eine Sekunde war er unaufmerksam. Gerade lange genug, um mich die Pistole greifen zu lassen. Schwer lag die Colt in meiner Hand, als ich sie auf meinen Bruder richtete. Niemals hätte ich abdrücken können, doch das musste ich auch nicht. Scharf sog Alex die Luft ein, dann ertönte ein Schuss, gefolgt von seinem Aufschrei. In meiner Starre sah ich, wie er mit schmerzverzerrtem Stöhnen neben mir in die Knie ging. Er hielt sich fluchend das Bein, presste die Hand auf die klaffende Schusswunde an seiner Wade.

Ich hörte mich selbst seinen Namen schreien, verstand nicht, wie ich die Sorge noch vor mir selbst rechtfertigen konnte. Mit zusammengebissenen Zähnen kauerte er zwischen Blättern und Geäst, stierte angespannt über seine Schulter. Bevor ich wusste, was hier eigentlich passiert war, wurde ich von einem schwarzen Haarschopf auf die Beine gezogen. Wie ein Stück totes Holz hing die Pistole in meiner Hand.

»Hau ab, Noah.« Einen Sekundenbruchteil hatte ich mit Eli gerechnet, dann aber blickte ich in die großen runden Augen einer Frau.

»Mia.«

»Ich mein's ernst, geh schon!« Die zierliche Frau hatte ihre Mühe, mich auf die Beine zu befördern. Trotz der

Temperaturen trug sie einzig ein T-Shirt und eine weite Hose. Eiskalt starrte sie zu Alex hinab. »Du bist 'ne Enttäuschung, Kane! Auf ganzer Linie.« Die Waffe auf Alex gerichtet, stieß sie mich von sich. Ich taumelte gegen den nächsten Baum.

»Wofür das Ganze? Was hast du von all dem hier?!« Angewidert musterte ich Miranda, drückte die freie Hand auf die pochende Wunde an meinem Bein.

»Ich hab mir einfach unsere scheiß Luftblase zurück gewünscht, okay?«, blaffte sie mich an und ehe ich mich versah, wurde erneut eine Schusswaffe auf mich gerichtet. »Die Polizisten suchen an der falschen Stelle. Was für ein Haufen unfähiger Vollpfosten. Aber Gabriel und deine Geliebte sollten außerhalb des Gebiets auf dich warten. Verzieh dich oder ich denk noch einmal drüber nach, ob ich's über mich bring, dich abzuknallen.« All das überragte mein Verständnis um Längen. Hatten sie und Alex nicht an einem Strang gezogen? Ich biss mir auf die Unterlippe, meine Hand fühlte sich gebrochen an.

»Noah.« Mir war klar, dass das die letzte Drohung war, als Miranda die Pistole höher hob, bis ich dem Lauf Auge in Auge gegenüberstand. Auf die Idee, die eigene in meiner Hand zur Selbstverteidigung zu nutzen, kam ich nicht. Wahrscheinlich wäre ich tot gewesen, bevor ich sie auch nur erhoben hätte.

Ein letzter Blick traf meinen Adoptivbruder, der mit beinahe kindlicher Panik in den Augen zu mir aufsah. Alles an ihm schrie um Hilfe, erinnerte mich daran, dass ich sein großer Bruder war. Ein Richter sollte eigentlich über das urteilen, was mit ihm geschehen würde.

»Tut mir leid, Alex«, flüsterte ich tonlos und schloss die Augen, bevor ich mich abwandte. »Aber wir wissen

beide, was Jahrzehnte hinter Gittern aus uns machen.«
Ohne mich noch einmal umzudrehen, lief ich. Weg, so
weit weg, wie ich nur konnte. Verschloss meine Ohren
vor dem, was hinter mir geschah. Und hoffte doch inständig, dass ich ihn jemals lebend wiedersehen würde.

22
GESCHÜRTES MISSTRAUEN

Gabriel wollte nicht derjenige sein müssen, der Julia Kane mitteilte, dass ihr Mann womöglich ein Mörder war. Immerhin wollte er es selbst nicht glauben. Demnach verabschiedeten er und Helena sich mit der Ausrede, gerade eine Nachricht von Noah bekommen zu haben. Sie mussten zu ihm. Immerhin war das keine Lüge.

»*Ich kann nicht glauben, dass Alex so weit da drin steckt.*« *Helena stand der Schrecken ins Gesicht geschrieben, als sie auf mittelhohen Absätzen neben Gabriel hereilte.*

»*Sobald wir im Auto sitzen, rufst du die Polizei.*« *Gabriel war nicht einmal bewusst, wie herrisch er klang. Anscheinend war seine beste Freundin jedoch zu betroffen, um sich daran aufzuhängen, wie sie es wohl sonst getan hätte.*

»*Ich versuche erst einmal Noah zu erreichen*«, *keuchte sie.* »*Er soll auf gar keinen Fall das Gebäude verlassen!*«

Zögerlich sah Gabriel zu ihr, biss sich auf die Innenseite der Wange. Eigentlich hatte er verhindern wollen, dass Noah auf diesem Weg erfuhr, was Sache war. Aber nach den Informationen, die sie gerade erhalten hatten, blieb ihnen keine andere Wahl. Natürlich war es möglich, dass Alex sich Bensleys entledigt hatte, weil er sich für Noah hatte rächen wollen. Aber in Anbetracht dessen, dass er es Noah anzuhängen versucht hatte, konnte Gab daran leider nicht mehr glauben. Gemeinsam mit Helena überquerte er die Straße. Während sie in ihrem Handy nach Noahs Nummer suchte, knirschte Gabriel mit den Zähnen, schob sich zwischen zwei parkenden Autos hindurch.

»Alex muss der Arsch auf Grundeis gehen«, schlussfolgerte er. *»Er hat sich an einem Tag gleich zweimal verraten.«* Das alles sprach doch dafür, dass sein jüngster Bruder kein Mörder war! Umso mehr schmerzte es ihn in der Brust, dass sie nun diejenigen sein würden, die ihn an die Justiz auslieferten.

Helena horchte mit angespanntem Blick in den Hörer. Sekunde um Sekunde verging, doch Noah hob offensichtlich nicht ab.

»Das hab ich befürchtet.« Gabriel stieß einen Fluch aus. Dann vibrierte sein eigenes Handy in seiner Tasche. Umgehend zog er es hervor, blickte alarmiert aufs Display.

»Miranda«, stellte Helena neben ihm schockiert fest, äugte über seinen Arm. *»Was will sie denn von dir?«*

»Ich hab heute versucht, sie zu erreichen. Um zu fragen, was sie weiß.« Nicht mehr als ein Murmeln, bevor Gabriel abhob. Inzwischen hatten sie das Auto erreicht und er verlor keine Sekunde, es aufzuschließen. Beide stiegen ein.

»Hallo Miranda.« Er klang unheilvoll. Gleichzeitig hatte er nicht die Muße, sie weiterhin zu siezen, wie er es bei ihrem ersten Telefonat getan hatte.

Bevor er sich seine folgenden Worte zurechtlegen konnte, ertönte ihre bitterernste Stimme: *»Noah ist in Lebensgefahr.«* Fast hätte Gabriel sein Handy fallenlassen.

»Kurzen Moment.« Er beförderte das Gerät in die Freisprechanlage und schaltete den Lautsprecher ein.

Ein ungläubiges, blechernes Lachen echote durch das Auto. *»Den Moment hat dein Bruder vielleicht nicht. Euer ach-so-geliebter Rotschopf ist auf dem Weg zur Anstalt. Mit geladener Waffe, Schätzchen.«*

Helena entwich ein angstverzerrter Laut. *»Er hätte keinen Grund, Noah etwas anzutun!«* Und doch waren sie beide sofort alarmiert gewesen und hatten sich Sorgen um ihn gemacht.

»Rouen, bist du das? Dann haben wir ja alle zum Finale versammelt. Großartig.« Miranda zischelte. »Glaubt ihr, ich würde euch anrufen, wenn ich das nicht ernst meinen würde?«

»Woher weißt du das?« Gabriel hatte den Wagen angelassen, sich in den fließenden Verkehr eingegliedert und bog an der nächsten Ampel in Richtung Autobahn ab.

»Er hat mich angerufen«, dröhnte es aus dem Gerät. »Wollte, dass ich ihm dabei helfe.«

»Mit welcher Begründung, Miranda?« Gabriel glaubte, Helenas Herzschlag neben sich spüren zu können. Er trat aufs Gas, war längst über der Geschwindigkeitsbegrenzung.

»Oh, vielleicht hat er Blut geleckt.« Nicht mehr als ein Unheil verkündendes Nuscheln. »Ich bin auf dem Weg zur Klapse und versuche, ihn aufzuhalten.«

»Du weißt, wo er ist?«, hakte Gabriel weiter nach. »Hat Alex es dir gesagt?« Helena zog neben ihm die Luft ein, als er eine rote Ampel überfuhr. Ein Seitenblick ließ sie jedoch verstummen und die Augen auf ihr Handy senken.

»Ich rufe die Polizei.«

»Wow, ich helfe euch und ihr jagt mir schon wieder die Bullen auf den Hals.« Mirandas Lachen schallte durchs Auto.

»Es geht nicht um dich!«, untergrub Gabriel jegliche Diskussion.

»Natürlich tut es das nicht. Und ich weiß ziemlich genau, wo Noah ist. Ich kann jeden seiner Schritte nachvollziehen – über mein Handy. Ich muss jetzt leider auflegen, sonst stirbt uns der Schnuckel weg. So hab ich mit Kane nicht gewettet.«

***

Die untergehende Sonne brach sich diffus an den knorrigen Baumkronen. Unter ihren Füßen raschelte es, Holz knarzte. Helenas keuchender Atem ließ ihn die Hand nach ihr ausstrecken.

»Langsamer«, bat Gabriel sie außer Puste. Aus irgendeiner Richtung vernahm er Schreie, deren Echo sich im Wald zerlief.

Mit geröteten Augen und Wangen blickte seine beste Freundin zu ihm, löste ihren Arm aus seinem Griff. »Wir müssen ihn finden!«

Was hatten sie sich dabei gedacht, ihr Auto zu verlassen? Die Polizisten hatten sie dazu angehalten, unter keinen Umständen einen Fuß aus dem Volvo zu setzen. Statt darauf zu hören, rannten sie unvorbereitet durch diesen Wald, in völligem Unwissen, was sie eigentlich erwartete.

Es fiel Gab schwer, sich das einzugestehen: »Helena, wir müssen damit rechnen, dass Alex bewaffnet ist.« Er knirschte mit den Zähnen, nahm ihre Hand. »Lauf nicht blindlings durchs Gestrüpp.« Wenn sie sich verloren, war niemandem geholfen.

Verunsichert checkte die Blonde ihre Umgebung. Hier sah alles gleich aus. »Was, wenn sie gar nicht mehr hier sind?«

Viel wichtiger war doch die Frage, was sie tun wollten, wenn sie sie gefunden hatten. Die Kiefer fest aufeinandergepresst, trat Gabriel mit zügigen Schritten durchs Dickicht, lauschte der Geräuschkulisse. Es erschien ihm unmöglich, auszumachen, woher die Stimmen kamen. Sie waren zu leise, um sie zu verstehen, und Helenas schwere Atemzüge schmälerten seine eigene Konzentration. Immer wieder schielte er zu ihr.

»Du solltest zurück«, versuchte er es erneut und legte besorgt die Stirn in Falten.

»Auf keinen Fall!« Resolut löste sie die Hand aus seiner, entfernte sich einige Schritte von ihm. »Jetzt komm! Wenn wir ihn nicht finden –«

Ein Knall ließ sie mit einem entsetzten Aufschrei zusammenfahren. Auf der Stelle war Gabriel bei ihr.

»War das ein Schuss?«, fiepste sie verstört, die Augen in Schrecken aufgerissen. Am liebsten hätte Gabriel gar nicht geantwortet.

»Scheiße!« Umgehend setzte er sich in Bewegung, rannte los. Zum Teufel mit dem, was passieren konnte. Womöglich war die Polizei längst involviert und hatte sie gefunden. Falls nicht, wussten die Beamten jetzt, wo sie waren. Helena hechtete hinter ihm her und hielt sich zeitweilig an seinem Mantel fest, um wegen des unebenen Untergrunds nicht zu straucheln.

Jede Sekunde wurde es im lichten Wald düsterer und nach wenigen Momenten erkannte Gabriel zwei der Beamten zu ihrer Rechten.

»Gabriel!« Helena deutete in ihre Richtung.

»Hab sie gesehen«, keuchte der Ältere, machte mit Handzeichen auf sich aufmerksam. Zu groß war die Gefahr, dass die Polizisten sie verwechselten.

»Was tun Sie hier?!«, wurde ihnen ungehalten zugerufen. »Ist Ihnen bewusst, wie gefährlich die Aktion hier ist?« Einer der Männer stapfte ihnen entgegen, versuchte, sie zum Umkehren zu bewegen.

»Wenn mein Adoptivbruder auf irgendwen hört, dann auf mich«, gab Gabriel entschieden zurück. »Sie haben keine Ahnung, was Sie erwartet!«

Die dreiste Antwort ließ den Polizisten das Kinn vorschieben. »Großes Kino, Herr Castell. Sie bringen Ihre Freundin und sich in Lebensgefahr!«

»Wir können nicht rumsitzen und darauf warten, dass Sie einen Mord verhindern! Sie haben es wochenlang nicht einmal geschissen bekommen, eine Verschwörung aufzudecken«, fuhr Helena endgültig aus der Haut. Sie widersetzte sich dem abschirmenden Arm des Beamten, schlüpfte daran vorbei. »Bensley geht auf Ihre Kappe!«, blaffte sie die Polizisten an.

»Hey!«

»Jason, da hinten!«, unterbrach ihn sein Kollege, der mit einem der Spürhunde bereits einige Meter vorausgelaufen war. Mit inzwischen eingeschalteter Taschenlampe deutete er in eine Richtung.

»Oh mein Gott, Noah!« Helena lief los, bevor der Uniformträger sie noch einmal zu greifen bekam. Gabriels Herz setzte für einige Schläge aus und anscheinend gab der Polizist den Versuch auf, sie zurückzuhalten.

Augenblicklich setzte Noahs älterer Bruder sich in Bewegung. Helena erreichte den Blonden einige Momente vor ihm, fiel Noah um den Hals – japsend. Seine langen Haare waren völlig zerstruppt, seine Klamotten verschmutzt und die Wange zerkratzt. Gleichzeitig war sein Augenweiß von unzähligen geplatzten Adern durchzogen und doch schien er nicht schwer verletzt zu sein.

»Oh Gott«, wiederholte Helena immer wieder völlig aufgelöst. »Du lebst. Du lebst wirklich.« Gabriel starrte in die Augen seines Bruders und erkannte den Horror, der dahinter lag. Zögernd streckte er eine Hand nach Noahs Arm aus. Doch bevor er ihn auch nur berührte, sackte sein kleiner Bruder mit Helena auf die Knie und vergrub das Gesicht in ihren Haaren. Ein Schütteln zog sich durch seinen Leib und er mied es, Gabriel noch einmal anzusehen.

»Bist du verletzt?« Alarmiert ging Gab neben ihm in die Hocke und schluckte den Kloß in seinem Hals. Nur beiläufig nahm er die Ankunft der beiden Polizisten wahr.

»Herr Castell!«

»Sie hat ihn erschossen, Eli. Ich …« Noah blieben die Worte im Hals stecken und er klammerte sich mit einem Arm an die schluchzende Helena, die offensichtlich nicht vor hatte, ihn so schnell wieder aus ihrem Klammergriff zu entlassen.

»Wir haben das Opfer, scheinbar unverletzt«, tönte es leise im Hintergrund. »Sein Bruder ist immer noch vermisst, wurde eventuell selbst angeschossen.« Einer der Polizisten gab wenige Meter von ihnen entfernt den aktuellen Stand an seine Kollegen weiter.

In einem Anflug von Schwäche sank Gabriel ins alte Laub am Boden. Der bloße Gedanke, dass Alex tot sein könnte, grub grauenhafte Bilder aus seinem Unterbewusstsein, die er nur mit Mühe zurückdrängte. »Das ist gerade unwichtig. Geht es *dir* gut?«, fragte er noch einmal und versuchte, sein pochendes Herz zu beruhigen.

Statt Noah war es jedoch seine beste Freundin, die ihm mit schier untröstlichem Leid entgegenwarf: »Wie sollte es, wenn sein Bruder gerade versucht hat, ihn umzubringen?«

***

Zum zweiten Mal wurde der Schlüssel im Schloss gedreht und der schwere Vorhang vor die dunkle Holztür gezogen. Der Flur lag im Halbdunkel, einzig aus der Küche drang Licht. Vor der Holztreppe standen zwei Taschen, ein Koffer und die Transportbox von Muffin, der seinerseits misstrauisch die Stufen nach oben schlich und sich umsah.

Gabriel warf einen letzten Blick zur Tür, bevor er in die Küche trat. Helena hing über der Spüle, hatte das Fenster geöffnet, um die schweren Holzläden von außen zu schließen. Ihr bester Freund konnte sich nicht daran erinnern, dass die Läden jemals mehr als Dekorationszwecke erfüllt hatten.

»Hat er einen Haustürschlüssel?«, fragte sie leise.

»Nein. Er wollte mit dem Landhaus nie etwas zu tun haben.« Gabriel sah dabei zu, wie Noah stumm vor einer Packung fertigem Kartoffelsalat saß und durch den Tisch hindurch starrte. Den ganzen Weg über hatte er kaum gesprochen und Gabriel bereute fast, ihn hergebracht zu haben. Allerdings waren weder Alex noch Miranda auffindbar gewesen.

Im Nachhinein hatten sie von der Polizei erfahren, dass Miranda seit dem Mord an Bensley auf der Flucht war. Wenn man ihren Eltern glauben konnte, wusste niemand, wo sie sich aufhielt. Sie wurde gesucht und Alex stand nun auf derselben Liste.

Immerhin wussten sie jetzt, dass der mysteriöse Wagen, den sie nachts auf dem Anwesen der Rouens gesehen hatten, Miranda gehörte. An ebendiesem waren sie auf dem Weg zum Waldstück vorbeigefahren. Er hatte noch immer keine Nummernschilder und war ihnen aufgefallen, weil die Fahrertür der alten Rostlaube offen und das Auto leer gewesen war. Als sie sich jedoch mit Noah von der Klinik entfernt hatten, war das Auto verschwunden gewesen.

»Er ist noch am Leben, richtig?«, warf der Blonde leise ein und verschränkte die Arme vor der Brust. Aus glasigen Augen sah er zu seinem Bruder auf. Gabriel hatte seinen Mantel ausgezogen und die Schuhe durch Pantoffeln ersetzt. Helena trug inzwischen ihren Hausanzug, den sie bereits zu Hause beim Packen des Koffers übergezogen hatte. Sie rutschte von der Anrichte und ging seufzend zu dem Problemkind. Vorsichtig umarmte sie ihn von der Seite, beugte sich zu ihm hinab.

»Ich bin mir sicher«, flüsterte sie niedergeschlagen. Gabriel hatte für einen Moment einfach nur daneben gestanden und setzte sich mit Verspätung in Bewegung, hockte sich seinerseits an den Tisch und streckte die Hand nach der seines Bruders aus. Noah zuckte, zog sie jedoch nicht fort. Stattdessen lehnte er sich in Helenas Umarmung und schloss halb die Augen.

»Miranda hätte nie seinen Körper alleine wegschaffen können.« Gabriel runzelte die Stirn, erntete einen bösen Blick von seiner besten Freundin. Er war nicht gut darin, drückte kurz entschuldigend Noahs Hand. »Ich meine nur: Dass sie ihn nicht gefunden haben, ist ein gutes Zeichen«, korrigierte er leise. Hoffentlich sah er nicht genauso mies aus, wie er sich fühlte.

Ein Husten brachte Noah dazu, sich halb von den beiden abzuwenden und den Kopf zu schütteln. »Ich verstehe«, setzte er folglich nach einem Räuspern an, »einfach nicht, warum er so weit gegangen ist.«

Gabriel zog seine Hand zurück, fuhr sich über die Bartstoppeln und lehnte sich auf dem Stuhl zurück. »Wer weiß das schon.«

»Kann mir einer von euch erklären, was Miranda eigentlich wollte?« Helena hockte sich neben Noah auf den Boden, die Hände auf seinen Beinen, fuhr beruhigend in Kreisen darüber.

»Mich«, war die heisere Antwort Noahs. Gabriel beobachtete, wie seine Finger in die erdbeerblonden Strähnen wanderten und damit spielten. Gleichzeitig stellte er fest, dass er sich wohl damit arrangieren konnte – wenn das alles hier vorbei war.

»Sie hat am Ende darauf plädiert, dass wir beide wegen des Mordes an Bensley in den Maßregelvollzug kommen«, nuschelte er und schien mit den Gedanken ganz woanders zu sein. »Weil sie mich anders nicht in die Anstalt bekommen hat und ich keinen Kontakt mehr zu ihr wollte. Sie hätte nach dem Mord sicher auf Unzurechnungsfähigkeit plädiert. Dann wären wir wieder zusammen gewesen. In ihrer Luftblase.« Inzwischen war Noah sich sicher, dass Miranda sich bei Bensley hoch geschlafen hatte. Um an Informationen über Noah zu kommen, seine Handynummer, seine Adresse. Womöglich sogar, um verfrüht entlassen zu werden.

»Wenn sie eines ist, dann zurechnungsfähig.« Gabriel stützte sich auf der Tischplatte ab, strich mit dem Finger einen Kratzer im Holz nach. »Als ob ihr die Nummer irgendwer abgekauft hätte.« Damit stand er auf und verschwand in Richtung Flur.

»Wohin gehst du?« Helena sah ihm nach.

»Ich bringe die Taschen hoch«, war die knappe Antwort. Ein paar Momente alleine würden den beiden mit Sicherheit guttun. »Und rufe noch einmal unsere Mutter an und frag sie, wann sie hier sind. Der Schlüssel steckt von innen. Nur zur Sicherheit.« Kaum war er aus dem Raum, hörte er dumpf Noahs Stimme. Zunächst blieb Gab stehen, folgte dem Gespräch vom Gang aus.

»Mia ist intelligent genug, um ihren Plan durchzusetzen. Wahrscheinlich hätte er auch funktioniert, wenn ich wirklich einen Termin bei Bensley gehabt hätte.« Dann wäre Noah am Tatort gewesen und sie hätte ihn für ihre Zwecke nutzen können. Ihm entwich ein ungläubiger Laut. »Ich kann das alles nicht fassen! Wahrscheinlich wollte sie ursprünglich mit mir zusammen Bensley in den Knast zu bringen. Deshalb die ganzen Nachrichten und Anrufe. Wir hätten zusammengearbeitet und sie hätte mich wieder in ihrer Nähe gehabt. Die ganze Zeit wollte sie nur mich.«

»Aber du wolltest nicht mit ihr zusammenarbeiten«, wisperte Helena. »Und von vornherein keinen Kontakt.«

»Und ich habe mich weder von Bensley zurück in die Anstalt bringen lassen, noch war ich am Tatort. Ich hab all ihre Pläne zunichtegemacht. Keine Ahnung, was Bensley sich bei dem Eintrag im Kalender gedacht hat.«

»Vielleicht hat er geahnt, wie gefährlich sie ist und wollte vertuschen, dass er die Kontrolle über dich verloren hat?«, spekulierte Helena leise. Stühle wurden gerückt. Gabriel stand noch immer nachdenklich im Flur und sah Muffin dabei zu, wie er sich auf einer der Reisetaschen herumrollte.

»Was ich nicht kapiere …«, schob Helena nach, »wenn sie ihn vorher benutzen wollte, um dich in die Anstalt zu bekommen – warum hat sie ihren Plan dann geändert und beschlossen, ihn umzubringen? Du hast doch noch immer in seinem Terminkalender gestanden. Ich meine: Sie kann doch gar nicht gewusst haben, dass er versagt hat. Sonst hätte sie an dem Tag nicht mit dir gerechnet.«

Gabriel schnaufte, setzte sich schlussendlich in Bewegung. Um sich die Frage zu beantworten, brauchte er Noah nicht. Sicher war ihr einfach nur klargeworden, dass Noah sich von Bensley niemals in ausreichendem

Maß beeinflussen lassen würde, um sich noch einmal von ihm einweisen zu lassen. Und nachdem sein leiblicher Bruder ihr ebenso deutlich gemacht hatte, dass er nicht mit ihr zusammenarbeiten wollte, hatte sie ihre Strategie geändert. Mit den Gedanken im Sinn verscheuchte er den Kater von der Tasche und machte sich mit zwei geschulterten Taschen auf den Weg nach oben.

***

Gabriels Gedanken liefen immer wieder auf denselben Punkt hinaus: Was hätte er anders machen müssen, um die Katastrophe zu verhindern? War er ein so schlechter Bruder gewesen, als ihre Eltern sie sich selbst überlassen hatten? Hatte er zu viel gearbeitet, zu wenig Emotionen gezeigt?

Im Halbdunkel stand er in einem der Schlafzimmer im Obergeschoss und räumte seine Tasche aus. Nach bisherigem Stand würden sie wohl einige Tage hierbleiben. Der Raum war düster, die schräge Deckenverkleidung aus Fichte gab dem ganzen etwas Rustikales. Gab hatte das Fenster aufgerissen, um Luft in das Zimmer zu lassen. Das Knarzen hinter ihm brachte ihn nicht einmal dazu, aufzusehen. Der Kater war ruhelos. Er schlich seit Minuten in der oberen Etage herum, um bei seiner Erkundungstour bloß keine Ecke zu vergessen. Erst als Gabriel Schritte hörte, ließ er von seinen Hemden ab und wandte sich um.

»Ich habe dich nicht gehört«, offenbarte er seinem Bruder leise und beäugte Noah so wenig auffällig wie möglich. Er sah nicht gut aus. Die langen Strähnen hingen platt hinab, seine Augen zeigten die Beklemmung und seine gesamte Haltung wirkte abgespannt. »Wo ist Helena?«, fragte Gab in einem Anflug aus Sorge, als Noah zwar mit gesenktem Blick nähertrat, aber zunächst nicht sprach. Der Film, den sein Kopfkino schob, wurde in die allerletzte Schublade seines Geistes verbannt. Der Anfang Zwanzigjährige trat zum Bett seines Bruders, ließ sich auf die Kante sinken und fuhr sich nach einem geräuschvollen Schnauben übers Gesicht.

»Duschen«, war die mehr als knappe Erwiderung. Gabriel schnappte sich den letzten Stapel Hemden, die er gerade neu gefaltet hatte und legte sie in den großen Kleiderschrank, ehe er über den alten Teppich zurück zum Bett trat und sich neben Noah hockte.

»Was passiert ist«, meinte er, um die richtigen Worte bemüht, »ist nicht deine Schuld.« Er war noch nie gut darin gewesen, das zu sagen, was ein anderer hören musste.

»Das weiß ich.« Die Worte kamen derart entschlossen, dass Gabriel für einen Augenblick die Gesichtszüge entglitten. Noah hob unheilvoll den Blick und zum ersten Mal verstand er, warum ihr Erzeuger Angst vor ihm gehabt hatte. Er musste an das Gespräch mit Helena nach Noahs Entlassung denken. Darüber, dass Noah die Oberhand über seine Dämonen gewinnen musste und nur er ihm dabei helfen könne. Nur für eine kurze Sekunde ließ Gabriel sich von dem im künstlichen Licht rötlich schimmernden Auge ablenken.

»Du hättest Pascall und Tessa nicht anrufen dürfen«, presste Noah düster hervor.

So sehr Gabriel versuchte, das Motiv dahinter zu verstehen, es gelang ihm nicht. »Warum glaubst du das?«, hakte er mit gesenkten Lidern müde nach.

»Sie werden mich hassen.« Die Worte lagen schwer in der Luft und Gabriel konnte nicht glauben, dass sein Bruder das wirklich dachte.

»Sie machen sich Sorgen«, korrigierte Gab ihn entschieden und stützte die Hände auf seine Oberschenkel. »Und sind schockiert wegen allem, was geschehen ist.«

»Hast du es ihnen gesagt?« Noah klang vorwurfsvoll, als er aufstand. Missmutig verzog sich sein Gesicht. »Was, wenn sie auf Alex' Seite sind?«

»Wenn sie – was?!« Gabriel traute seinen Ohren nicht und erhob sich seinerseits. Seinen Bruder um ein gutes Stück überragend, sah er todernst zu ihm hinab. »Das glaubst du nicht wirklich?«

»Hast *du* etwa geglaubt, dass Alex da mit drinsteckt? Und dass ausgerechnet *er* versuchen würde, mir etwas anzutun?«, ging Noah ihn an. Die Dielen unter seinen Füßen knarzten.

»Natürlich habe ich das nicht!« Aufgebracht stellte Gabriel seine Reisetasche vom Bett auf den Boden, um sich zu bewegen. »Aber ich habe auch nicht erwartet, dass Miranda dir das Leben retten würde.« Wusste der Teufel, wann sie den Peilsender unter Noahs Kragen befestigt hatte, aber genau das hatte ihn beschützt.

»Siehst du!« Noah krempelte die Ärmel seines Pullis nach oben. »Woher willst du wissen, dass unsere Eltern nicht mit Alex unter einer Decke stecken?«

»Jetzt mach mal halblang, Noah. Ich will davon keinen Ton mehr hören. Unsere Eltern haben alles getan, um –«

»Mich aus der Anstalt zu holen?«, beendete Noah mit einem künstlichen Auflachen. »Ja, das hat Alex auch. Und dann fiel ihm auf, dass ich nicht mehr der bin, den er zurückholen wollte. Hat sich gewundert, dass ich mich nach zehn Jahren in einer geschlossen psychiatrischen Anstalt verändert habe.«

»Alex ist ein dummes, naives Kind«, presste Gab zwischen zusammengebissenen Zähnen hervor. »Er wollte so dringend erwachsen sein, aber offenbar habe ich bei dem Versuch, ihm das beizubringen, versagt.« Ein unvermittelt ertönendes Klingeln verhinderte, dass Gabriel seinem Bruder an den Kragen sprang, um ihn zu schütteln. Er konnte nachvollziehen, dass Noah panisch wurde und in seiner Weltsicht erschüttert war, aber derartig harsche Worte über die Eltern, die ihn aufgenommen hatten, konnte er nicht ertragen.

»Zweifle lieber an mir als an unseren Eltern«, warf Gabriel ihm noch vor die Füße, ehe er nach seinem Handy griff, das auf dem Bett lag und abhob. »Hallo Mutter. Ich komme runter und mache euch auf.«

23

AM ENDE DER FAHNENSTANGE

Ich wusste nicht mehr, was ich fühlen sollte. Mein jüngerer Bruder war einer der wenigen Menschen gewesen, denen ich mein Leben anvertraut hätte – auch dann noch, als ich mein Vertrauen in die Menschheit verloren hatte. Jetzt, wo ich hatte erkennen müssen, dass ausgerechnet Alex meinen Tod nicht nur hingenommen, sondern beinahe selbst verschuldet hatte, war mein Glaube in seinen Grundfesten erschüttert. Einerseits zerfraß mich mein schlechtes Gewissen, weil ich nicht versucht hatte, ihm zu helfen. Andererseits war ich keiner dieser Gutmenschen, die ihren Hals für ihre Vorstellung einer Person riskierten, die so nicht existierte.

Wer geglaubt hatte, dass sich mein Misstrauen in den nächsten Tagen legen würde, kannte mich nicht. Denn es wurde schlimmer. Sehr viel schlimmer. Die Stimmung war gedrückt, unsere Eltern vermeintlich am Boden zerstört. So sehr ich es wollte: Ich glaubte ihnen nicht. Jedes Wort legte ich auf die Goldwaage, überdachte es fünfmal und gab entsprechende Antworten. So lange, bis Gabriel mir massiv auf die Füße trat.

***

»Ich wünschte, er hätte einfach mit uns geredet«, wiederholte Tessa, während sie im Eintopf rührte. Wir waren inzwischen seit drei Tagen hier und es gab kein anderes Thema mehr.

Helena und mich hatte sie zum Gemüseschneiden abkommandiert. Der Kommentar sorgte dafür, dass ich energisch das Messer neben die halb geschnittene Paprika knallte.

»Und dann was? Hättet ihr ihm zur Hand gehen können?« Die Worte waren raus, bevor ich nachgedacht hatte. Der schockierte Blick Helenas ließ mich die Worte direkt bereuen.

»Noah!«, fuhr meine Adoptivmutter mich mit empörtem und gleichermaßen fassungslosem Unterton an. »Weißt du, was du da gerade gesagt hast?« Ich hatte sie selten ihre Stimme erheben gehört. Sie ließ den Kochlöffel in den Topf sinken und umklammerte mit den Fingern die Anrichte.

Helena sah mich an, als ob eine Entschuldigung angebracht wäre. »Das meinst du nicht so.«

Mit den Zähnen malträtierte ich meine Unterlippe, wandte mich ab. »Wer weiß«, antwortete ich zögernd. »Alle jammern hier um den verlorenen Sohn. Alex hier, Alex da. Aber dass er derjenige war, der mich um ein Haar um die Ecke gebracht hätte, ist zweitrangig!« Ich war enttäuscht und drauf und dran, die Flucht anzutreten. »Ist doch so: ›Die Polizei hat Alex immer noch nicht gefunden‹, ›Hoffentlich ist ihm nichts passiert‹«, äffte ich unsere Eltern nach. »Wir hören hier den ganzen Tag nichts anderes!« Ich blickte von dem von Sorgenfalten durchzogenen Gesicht meiner Mutter zu Helena, die ganz tief Luft holte und den Kopf schüttelte.

»Was er getan hat, ist nicht zu entschuldigen«, versuchte die ältere Frau es leise und gezwungen um Haltung bemüht.

»Ja, stimmt«, grunzte ich. »Vor allem, dass er meine verfluchte Existenz nicht aus eurem Leben verbannt hat!«

Damit stürmte ich zur Tür, wollte den Raum verlassen. Meine Brust tat dermaßen weh, dass ich mir am liebsten das Herz rausgerissen hätte. Womit ich nicht gerechnet hatte, war mein großer Bruder, in den ich ungebremst rein rannte. Er

stand im Türrahmen, starrte eisern zu mir hinab und fing mich nicht einmal ab, als ich kurz das Gleichgewicht verlor. Es gelang mir gerade so, nicht zu stürzen. Nur für einen Moment trafen sich unsere Augen.
 »*Red noch einmal so mit unserer Mutter und ich bin wirklich stinksauer*«, *warf er mir vor die Füße.* »*Sei froh, dass Vater das nicht gehört hat.*«

***

Danach hatte ich aufgehört zu reden. Ich ging ihm aus dem Weg und mied es, mit unseren Eltern zu sprechen. Stattdessen verbrachte ich den halben Tag im Haus und wartete darauf, dass Alex irgendwann vor der Tür stehen würde, um das zu beenden, was er angefangen hatte.

Wir waren donnerstags angekommen. Inzwischen war Dienstag und wir hatten immer noch keinen neuen Stand. Gabriel arbeitete zu Hause, ich war offiziell krank, was als Aushilfe vorerst keine größeren Schwierigkeiten bereitete. Helena hingegen war die letzten beiden Tage tatsächlich zur Arbeit gefahren und danach immer wieder zurück zum Landhaus gekommen. Als sie an diesem Tag ankam, war es bereits dunkel. Ich hatte in unserem gemeinsamen Zimmer gehockt und angefangen, einen alten Krimi aus dem Bücherregal im Wohnzimmer zu lesen. So wie ich Helenas Stimme im Flur hörte, klappte ich das Buch zu und stand auf. Es war, als wäre sie mein einziger Lichtblick. Das Einzige, was mich davon abhielt, wahnsinnig zu werden. Sie kam mir am oberen Treppenabsatz entgegen und lächelte. Mit offenen Armen empfing ich sie.

»Wie war die Arbeit?«, fragte ich sie mit gesenkter Stimme neben ihrem Ohr. Wann ich damit begonnen hatte, mich derart wohl bei ihr zu fühlen, musste mir entgangen sein. Warme Hände strichen über meinen Rücken.

»Anstrengend«, gab sie weich zurück. »Meine Chefin lässt ihre Eheprobleme an uns aus.« Langsam löste sie sich von mir und legte für eine Sekunde eine Hand an meine Wange.

»Wie geht es dir?« Ich erkannte die Sorge in ihren Augen, zwang mich zu schmunzeln. Es war nicht mein Ziel, ihr noch mehr Sorgen zu machen. Dass ich vor Angst beinahe umkam, wollte ich ihr nicht zeigen. Ebenso wenig wie die Tatsache, dass sie mich dazu gebracht hatte, die Waffe, mit der Alex mich bedroht hatte, stillschweigend zu behalten. Die Pistole lag unter einem T-Shirt im offenen Fach des Nachttisches. Für alle Fälle.

»Die Stimmung ist immer noch gedrückt«, gab ich so ehrlich wie möglich zurück, zuckte mit den Achseln. Das säuerliche Gefühl im Hals schluckte ich, legte Helena für einen Moment die Hände auf die Arme. »Wird schon wieder.«

Ich konnte sie nicht weiter ansehen, ließ meine Augen die Treppen hinab schweifen. Gerade noch bemerkte ich, wie Pascall die Haustür hinter sich ins Schloss fallen ließ, das Handy am Ohr. Unweigerlich verzog sich meine Mimik.

»Wo ist Muffin?«, presste ich hervor und unterdrückte das Beben, das mitkam, als ich mich von Helena löste. Ich spürte ihren verdutzten Blick auf mir, als ich die Treppe ansteuerte.

»Wahrscheinlich noch draußen«, vermutete sie. »Ich bin gerade erst gekommen und habe ihn nicht gesehen.«

»Ich hol ihn.« Ohne weitere Umschweife eilte ich die Treppen hinab. »Was hältst du von einem gemeinsamen

Bad?«, warf ich mit einem verzogenen Grinsen über die Schulter.

Der verdatterte Laut zeigte, dass ich mein Ziel erreicht hatte. »Sympathisch, Noah. Unglaublich, du machst deinem Bruder Konkurrenz.«

»Ich hoffe, dem richtigen«, nuschelte ich mir in den nicht vorhandenen Bart, warf dann auf halbem Weg nach unten aber zurück: »Lass schon einmal Wasser in die Wanne. Ich sammle nur den Kater ein.«

Damit hatte ich sie anscheinend ausreichend abgelenkt. Kaum war ich am Fuß der Treppe angekommen, lugte ich kurz in die Küche. Tessa sortierte mit Acryl und Öl bemalte Leinwände, hatte sie auf dem Boden ausgebreitet. Das leise Geräusch aus dem Wohnzimmer verriet, dass Pascall vermutlich ferngesehen hatte, bevor er auf der Terrasse verschwunden war. Gabriel arbeitete meines Wissens nach noch im Obergeschoss. Kaum war ich sicher, dass ich keine weitere Aufmerksamkeit auf mich zog, trat ich leise zur Haustür, öffnete sie so lautlos wie möglich einen Spalt. Die Veranda wurde von den Nachtlichtern erhellt. Pascall war nirgendwo zu sehen und erst, als ich auf Socken in die Kälte getreten war, entdeckte ich ihn. Er hatte mir den Rücken zugewandt, stand am Ende der Veranda am Geländer und telefonierte. Wie zur Salzsäule erstarrt, blieb ich stehen. Muffin war vergessen und ich konzentrierte mich darauf, die leisen Worte zu verstehen, die er in den Hörer murmelte.

»Lange werden wir nicht mehr hier sein. Also entweder morgen oder nie.« Er klang wenig amüsiert und ich stellte fest, dass er eine Zigarette in der freien Hand hielt. Der Qualm stieg in die Dunkelheit der Nacht und wurde ebenso von ihr verschluckt wie seine Worte. Mein

Atem ging flach und doch ließ das Gespräch meinen Blutdruck in die Höhe schnellen. Mit der Hand tastete ich nach dem Türknauf, war versucht, nach drinnen zu flüchten. Mit einem Mal zweifelte ich daran, ob ich das wirklich hören wollte.

Es war schlimm genug, dass unsere leiblichen Eltern uns verraten und Alex sich als wahnsinnig herausgestellt hatte. Ganz abgesehen davon, dass ich keinem Polizisten mehr traute. Wie sollte ich auch? Mein Psychiater war korrupt gewesen und Helenas Eltern, ein Anwalt und eine Chirurgin, hatten bewiesen, dass ihre Berufe kein Garant für ein Leben nach Gesetz waren.

»Ich kann dich reinlassen, aber du musst dir im Klaren sein, ob du das wirklich willst«, drang es gerade an meine Ohren, als ich mit zusammengebissenen Zähnen die Haustür wieder aufreißen wollte. Ein plötzlicher Zug an der Tür entriss mir den Knauf und ich wäre um ein Haar längs im Flur gelandet. Vor mir stand Tessa. Mit Mühe fing ich mich wieder, bevor ich vor ihren Füßen auf den Boden krachen konnte. Sie wich erschrocken zurück, sah mich mit großen Augen an und drückte sich im nächsten Moment eine Hand auf den Bauch.

»Himmel, Noah! Was machst du denn da?« Sie klang entsetzt. Ich bildete mir ein, dass ihre Reaktion heftiger war, als sie hätte sein dürfen. Immerhin wohnte sie nicht alleine hier. Hatte sie etwa nicht mit mir gerechnet? Mit Mühe verbiss ich mir den Kommentar und sah aus dem Augenwinkel, wie Pascall zur mir herüberblickte.

»Hab den Kater gesucht«, antwortete ich minimalistisch und schob mich an ihr vorbei nach drinnen. »Aber ich hab meine Schuhe vergessen.« Ohne sie noch einmal anzusehen, eilte ich die düstere Treppe nach oben und hörte hinter mir, wie mein Adoptivvater seiner Frau mitteilte: »Er wird sich heute noch entscheiden.«

***

Die Tür fiel ins Schloss. Aufgebracht wie Wasser im Angesicht des Tsunamis lehnte ich mich gegen das Holz.

»Wir müssen hier weg.« Mit starren Augen durchbohrte ich Helena, die gerade ihren Zopf geöffnet hatte. In Bustier und Panty stand sie vor mir.

»Warum?« Alarmiert ließ sie die Arme an ihre Seiten sinken und kam auf mich zu. »Wo ist Muffin?«

»Weiß ich nicht.« Panisch ging ich zum Bett, drückte Helena die Bluse und die Jeans in die Hand, die sie vermutlich gerade erst ausgezogen hatte. »Zieh dich an.« Bittend taxierte ich ihre Züge. »Ich flehe dich an.« Nicht mehr als ein Hauchen. Gabriel würde mir nicht glauben. Aber er war auch nicht in Gefahr. Ihm würde niemand etwas tun. Doch Helena und ich, wir standen auf der Liste ganz oben. Schon einmal hatten sie sie ins Visier genommen. Ich konnte das nicht zulassen. Es war schlimm genug, dass Helena überhaupt noch zur Arbeit fuhr. Ich wurde die Befürchtung nicht los, dass Alex ihr irgendwo auf dem Weg auflauern könnte.

Verständnislos drückte sie die Kleidung an ihre Brust. »Was ist denn passiert?«

»Alex. Er wird kommen. Und meine Eltern wissen es.«

»Noah, nein.« Verzweifelt schüttelte Helena den Kopf, legte die Klamotten zurück aufs Bett. Mit hängenden Schultern sah sie mir in die Augen. »Du hast was falsch verstanden!«

»Ich habe es gehört.«

»Das haben sie sicher so nicht gesagt. Du interpretierst das falsch. Beruhig dich bitte!«

»Er wird uns umbringen.«

»Nein, das wird er nicht.« Sofort war sie bei mir, berührte die Seite meines Halses. »Sieh mich an: Deine Eltern wollen uns nichts Böses!« Ich konnte das nicht hören. Wollte es nicht hören. Aufgebracht entzog ich mich ihrem Griff.

»Was, wenn ich recht habe?«, fragte ich sie fest, rieb mir über die Augen. »Wenn sie ihm helfen, mich loszuwerden.«

»Das tun sie nicht, Noah! Bitte sag das nicht.« Die Verzweiflung in der Stimme der Jüngeren brach mir das Herz. Sie drückte sich eine Hand vor den Mund, streckte die andere wieder nach mir aus. »Komm einfach her.«

»Was, wenn doch?!«, schrie ich sie plötzlich an, breitete die Arme aus.

»Dann verteidigen wir uns!« Ich wusste, dass sie über die Antwort nicht nachgedacht hatte. Und doch sorgte sie schlagartig dafür, dass mein Puls absackte. Mein Atem setzte einige Züge aus. Dann blieben meine Augen am Nachtschränkchen hängen. Wir mussten uns verteidigen. Ich konnte uns verteidigen. Auch wenn sie nicht wusste, wovon sie sprach. Helena hatte mich daran erinnert, dass ich nicht ausgeliefert war. Die Pistole war noch immer in meinem Besitz. Und ich wusste, wie man sie benutzte.

***

Der Grat zwischen Traum und Wirklichkeit schien zu verschwimmen. Die Beruhigungstabletten verstärkten den Effekt und doch konnte ich mich in keinen erholsamen Schlaf fallen lassen. Immer wieder gaukelte mein Kopf mir Schatten im Zimmer vor. Da waren Geräusche, die ich nicht zuordnen konnte, vermischten sich mit Erinnerungen an längst vergangene Zeiten. Die Angst war allgegenwärtig, mein Kopf hellwach, während mein Körper den Dämmerschlaf willkommen hieß. Dieses Mal wollte mir die warme Gestalt neben mir keinen Frieden schenken. Ich war an einem Ende angelangt, stand vor einer Tür, von der ich nicht wusste, dass ich sie öffnen konnte. Dahinter lag die Realität, die mir nach und nach zu entgleiten drohte. Ich wälzte mich von einer Seite auf die andere, hörte mir im Traum eine fadenscheinige Entschuldigung von Alex nach der anderen an.

»Ich wollte nur, dass ihr mich hört!«, hallten seine Tränen in meinem Kopf. »Dass ihr mich seht, ich aufstehen und sagen kann: Ich bin auch noch hier!«

»Du bist nicht aufgestanden«, kam es über meine Lippen.

»Du warst meine letzte Hoffnung! Du hättest mir helfen können. Aber stattdessen hast du dich wieder ins Rampenlicht gerückt. Egoistisch, narzisstisch, nur auf dich selbst bedacht und hast mich als Spielfigur in deinem Feldzug übers Brett geschoben, als wäre ich einer der gesichtslosen Irren aus der Anstalt.« Ich sah die Tränen, die über die geröteten, von Sommersprossen übersäten Wangen rollten. Meine Hand streckte sich wie von selbst nach ihm aus. Doch bevor ich meinen jüngeren Bruder erreichen konnte, sah ich mich wieder von Angesicht zu Angesicht mit dem Lauf einer schmalen Pistole konfrontiert.

»Auf Nimmerwiedersehen, großer Bruder.«

***

Schweißgebadet riss ich die Augen auf. Panik schnürte mir den Atem ab. Sekundenbruchteile dauerte es, bis ich die Person neben dem Bett wahrnahm. Ein weiteres Augenzwinkern später hatte ich die Pistole in der Hand. Ich wusste nicht, ob es Schweiß oder Tränen waren, die über meine Wange flossen. Doch ehe ich wusste, was ich tat, hatte ich die schwere Waffe entsichert.

Mein keuchender Atem erfüllte den Raum. Das Blut rauschte mir in den Ohren. Und Worte, die zu mir hätten durchdringen müssen, verloren sich im ohrenbetäubenden Knall des Schusses. Ich hatte abgedrückt und der Körper vor mir sackte mit einem abgewürgten Geräusch vor der Matratze zusammen.

Mit weit aufgerissenen Augen starrte ich in die Finsternis. Erst dann wurde mir klar, dass Helena sich neben mir aufgeregt in Bewegung gesetzt hatte. Dumpf klang mein gejapster Name an meine Ohren. Dann wurde das Licht eingeschaltet. Kurz war ich gezwungen, die Augen zusammenzupressen. Plötzliches Kreischen in der Tür zwang mich, sie zu öffnen. Nach dem Bruchteil eines Augenblickes musste ich erkennen, dass das hier kein Traum war. Ungebremst traf mich der Horror, der sich vor mir abspielte. Brannte sich in mein Gedächtnis und sollte von dem Tag an mein ewiger Begleiter sein. Gepaart mit unendlicher Traurigkeit, den Schreien unserer Eltern und der unbeschreiblichen Reue, die sich einstellen sollte. Entrückt blickte ich auf den sterbenden Körper meines Bruders hinab. Ich hatte ihn erschossen. Allerdings nicht den, den es hätte treffen sollen.

Wie unbeteiligt saß ich auf dem Bett, die Colt locker in der Hand und sah dabei zu, wie unser Vater im Schlafanzug zu Gabriel stürzte. Er drehte ihn auf den Rücken, flehte ihn an, wach zu bleiben. Blut sickerte aus Elis Mundwinkel und mit jeder verstreichenden Sekunde wurde sein Blick glasiger. Unsere Mutter war neben ihnen zusammengebrochen und Helena stand herzzerreißend weinend daneben und versuchte, einen Rettungswagen zu rufen. Ich hörte konturlos, wie sie in den Hörer schrie. Wie aus meinem eigenen Körper gezerrt, sah ich dabei zu, wie ich mich mit tauben Gliedmaßen vom Bett erhob. Wie viel Zeit vergangen war, wusste ich nicht mehr. Auch nicht, welchen Wochentag wir hatten und wie viele Nächte ich schon wieder aufgeschreckt war.

Mit leeren Augen und rasselndem Atem starrte ich auf Gabriel hinab. Seine Lider zitterten, als er in mein Gesicht sah. Ich beobachtete hilflos, wie das Leben aus seinem Körper wich. Blut sickerte aus der Schusswunde in seinem Oberbauch und durchtränkte die Hände unseres Vaters, der hilflos versuchte, seinen Sohn zu retten. Ich wandte den Blick nicht ab. Stattdessen hob ich abermals die Pistole. Wir alle hatten gegen meine Dämonen verloren.

****

Ich riss die Augen auf. Panik und Übelkeit machten sich in mir breit, nahmen mir die Luft zum Atmen. Alles war weiß. Schon wieder.

Der Raum war in Pastell getönt, draußen vor dem Zimmer hörte ich Stimmen. Meine Augen zuckten, als ich mich in einem Anfall aus heftiger Beklemmung für Sekunden nicht zu rühren vermochte. Finger griffen die Decke über meiner Brust. Ich konnte nicht atmen. Das war nicht passiert.

»Ich habe das nicht getan«, hörte ich mich selbst japsen. Wie ein Mantra sprudelten die Worte stimmlos aus mir heraus. »Ich war das nicht. Ich habe ihn nicht umgebracht …«

Neben mir bewegte sich etwas. Ich schnappte nach Luft, als ein Arm sich um meine Mitte legte und mir ein Wust aus Haaren ins Gesicht gedrückt wurde.

»Sonst sagst du immer, du hättest ihn getötet«, raunte die verschlafene Stimme. »Ist doch egal.«

Ich hatte Schwierigkeiten, die Situation zu erfassen. Mich dem Griff entziehend, setzte ich mich hektisch auf. Die dünne weiße Decke rutschte von meiner nackten Brust. Mit rasselndem Atem fiel mein Blick auf die Gestalt neben mir. Mirandas unbekleidete Silhouette versetzte mir einen zusätzlichen Schock. Was hatte ich getan? Ich brachte es nicht fertig, ihr zu antworten. Das Einzige, was ich immer wieder von mir gab, war »Nein«. Nein, nein, nein. Ich hatte ihn nicht angerührt! Die Heidenangst setzte sich in meinem Hals fest. Ich sprang aus dem Bett, keuchend. Schwindel überkam mich. Alles drehte sich. Das konnte nicht sein!

Mia setzte sich mit einem unglücklichen Murren im Bett auf. »Noah, komm wieder her. Wir haben noch Zeit.«

»Was mache ich hier?!« Ich wusste nicht, wie ich es schaffte, sie anzuschreien. Theatralisch seufzte sie.

»Müssen wir das wieder durchkauen?«, fragte sie müde und stützte den Kopf auf einen Arm. »Geliebter Bruder … Mord. Klingelt's? Du hättest dich fast umgebracht. Warst schuldig. Nicht zurechnungsfähig. Und bist hier gelandet. Wie alle, die«, pausierte sie und drehte demonstrativ den Kopf, tippte sich mit dem Finger dagegen, »irre sind.«

Das war der Moment, in dem ich meinen Körper zu verlassen schien. Es war, als würde ich alles von oben betrachten. Als wäre ich nicht ich selbst. Ich klaubte meine Klamotten vom Boden auf, zog mir eine Hose und ein Shirt über.

»Das war ich nicht!«, blubberte es in Dauerschleife aus mir heraus. Ich hörte mein Röcheln, sah Miranda, wie sie sich verständnislos aufsetzte.

»Was drehst du ausgerechnet heute ab?« Ihre Artikulation war träge, als stünde sie unter irgendwelchen Medikamenten. Sie warf die Decke beiseite, stand auf und entblößte ihren nackten Körper. Dann wurde die Tür aufgerissen, genau in dem Moment, in dem ich sie von mir stieß. André betrat den Raum, redete auf mich ein. Mia stürzte, wimmerte irgendetwas davon, dass ich es ›schon wieder‹ tat.

»Miranda, zieh dich an und geh nach drüben!«, raunte André ihr entgegen, kam mit beschwichtigend erhobenen Händen auf mich zu.

»Noah, verlier jetzt nicht die Nerven!« Er berührte meine Arme.

»Ist er tot?«, plärrte ich ihn an und mit einem Mal war ich zurück in meinem Körper, drohte zu ersticken.

André verdrehte die Augen, als ob ich ihn das jeden Morgen fragen würde. »Komm schon, du weißt, dass er tot ist. Die lassen dich nicht –« Ein Schrei. Ein Schlag. Dann entriss ich ihm den Schlüssel. Mit pochendem Kopf rannte ich aus dem Raum. Hinter mir hektische Stimmen. Barfuß hechtete ich den Gang hinab. Tränen sammelten sich in meinen Augen, brachen sich Bahn, bis ich kaum mehr den Weg vor mir sah. Alles war taub vor Schmerz. Ich hatte ihn umgebracht!

Das Schlimmste war: So sehr ich versuchte, mir das Gegenteil einzureden: Das hier war die Realität. Ich war wieder in der Psychiatrie. André war hier und warum auch immer ich ausgerechnet an diesem Platz gelandet war, warum auch immer ausgerechnet Miranda an meiner Seite war ... Dieses Mal war es kein Traum.

Ich rannte durch die langen Flure, die ich so gut kannte. Wissend, welche Türen ich vermeiden musste, umging ich einen der Aufenthaltsräume der Pfleger, öffnete die nächste schwere Tür und stürzte die Treppen hinauf. Schon einmal war ich diesen Weg gegangen. Es war nicht das erste Mal, dass ich mich unter Tränen nach der Metalltür ausstreckte. Eines war letztes Mal jedoch anders gewesen: Mein Versuch war mit der Hand an der Klinke gescheitert, die Tür verschlossen gewesen. Dieses Mal aber hielt ich den Schlüssel in den Händen, der allem endlich ein Ende setzen würde.

Ich hatte meinen Bruder ermordet. Gabriel war Ende Januar 2012 durch meine Hand gestorben. Mein einziger Ausweg: verschwinden. Es war ironisch, wie ich vor ein paar Tagen noch ums Überleben gekämpft hatte, und ebenso erschreckend einfach, einem Menschen alles zu nehmen, was sein Leben lebenswert machte.

Als ich die Tür öffnete, peitschte mir die eisige Kälte entgegen. Die dünne weiße Baumwollkleidung hielt den Wind nicht ab. Achtlos ließ ich den Schlüssel stecken und legte die Arme um meinen Körper. Mit verschwommenem Blick trat ich über die großen Steine der Dachterrasse. Barfuß. Die Kälte schmerzte unter meinen Zehen und je näher ich an den Rand des Dachs trat, umso tauber fühlten sich meine Gliedmaßen an. Es war unnatürlich kalt im Vergleich zu den letzten Tagen. Reuevoll und mit tränenden Augen stand ich am Abgrund und blickte in die Tiefe hinab auf den Parkplatz der kleinen Klinik. Die

Bäume sahen von hier oben gefroren aus. Ein weißer Schleier hatte sich über die Borke gelegt.

Wie sehr ich diese Farbe hasste. Schluckend schob ich meinen Fuß bis zur Kante, blickte in den wolkenverhangenen Himmel. Unwillkürlich strichen Finger über meinen Unterarm, den ich in den letzten Monaten immer wieder aufgekratzt hatte. Nur um plötzlich in der Bewegung innezuhalten. Ich hob den Arm vor mein Gesicht und starrte ungläubig die Haut an. Die Wunde war verschwunden und nicht einmal mehr ein Überrest davon zu sehen.

»Wie lange bin ich hier?«, kam es erschüttert über meine Lippen. Ich drehte den Arm in der Luft, streckte die Finger aus. Im nächsten Augenblick sank er leblos an meiner Seite hinab und ich griff mir mit der anderen Hand in die Haare, hielt meinen pochenden Kopf. Meine Erinnerungen waren verzerrt, durcheinander. Ich wusste nicht, wie ich hergekommen war. Denn das letzte, an das ich mich erinnerte, war Helenas Stimme, die meinen Namen rief. Hatte ich mich erschießen wollen?

»Noah!« Es dröhnte in meinem Schädel und ich schreckte zusammen. Fast hätte ich das Gleichgewicht verloren, fing mich ab und landete auf meinem Hosenboden. Meine Augen schweiften von der tödlichen Tiefe über meine Schulter und den eisigen Boden bis hin zu der Person, die einige Meter vor mir stand. Mein Herz raste, als ich von den in Stiefeln gehüllten schlanken Beinen über die dunkle Jeans und den karierten Mantel in das Gesicht der Frau blickte. Für einige Momente lenkte der glatte, hellblonde Bob mich ab. Doch die unverkennbare Stimme, gepaart mit der leicht gebräunten Haut und den großen puppenhaften Augen zerschlug jeglichen Zweifel.

»Helena.« Meine Augen brannten und doch konnte ich sie nicht von ihr abwenden.

»Lange nicht gesehen«, schmunzelte sie, versuchte mehr schlecht als recht, ihre Panik zu überdecken. Mit gebeugtem Körper kam sie auf mich zu, eine Hand nach mir ausgestreckt. »Was machst du denn hier? Komm schon, wir sind hier, um dich abzuholen.« Etwas stimmte nicht. Erst verspätet erkannte ich zwei der Pfleger hinter ihr, die aber ihrerseits an der Tür stehengeblieben waren und es nicht wagten, sich zu rühren.

»Du kannst mich nicht retten.« Erschöpft sah ich zu ihr auf. Meine Hand tastete nach dem Abgrund hinter mir und mit einiger Mühe brachte ich mich auf die zitternden Knie. Traurig lächelte ich sie an. »Es es tut mir so leid.«

»Was redest du da?«, fragte sie mich leise, kam erneut näher. Noch einmal rutschten meine Füße näher zur Kante, brachten Helena dazu, stehenzubleiben. »Noah, komm schon. Mach keinen Mist! Wir haben alles gegeben, um dich heute nach Hause zu holen. Tu das nicht.« Sie sog den Atem ein. »Gabriel wird jeden Moment hier sein. Tu ihm das nicht an.« Immer leiser wurde ihre Stimme und doch war es der letzte Teil, der wie ein Aufschrei zu mir durchdrang.

Mit stockendem Atem erstarrte ich. »Ich habe ihn getötet«, flüsterte ich erschüttert. »Er kann überhaupt nicht hier sein!«

Ich hatte die Worte noch nicht ausgesprochen, da hörte ich ein Poltern im Treppenhaus. Ehe ich fassen konnte, was hier passierte, betrat Eli keuchend die Dachterrasse. Als ob mich das nicht ausreichend aus der Fassung gebracht hätte, fiel mein Blick zu dem grauhaarigen Mann hinter ihm.

»Bist du jetzt übergeschnappt, Junge?« Die lange Visage gehörte zweifelsohne Shaw Bensley. Ich war verstummt. Gabriel deutete Bensley mit einer Hand, sich nicht vom Fleck zu bewegen, raunte ihm etwas entgegen, was ich nicht verstand. Dann aber fielen seine Augen zu mir und er trat näher zu seiner besten Freundin, die ein paar Meter von mir entfernt festgewachsen zu sein schien.

»He, kleiner Bruder«, fing er mit rauchig-kratziger Stimme an und schüttelte langsam den Kopf. »Es ist vorbei. Die Rouens sind tot. Komm zu mir und ich bringe dich nach Hause.«

»Das ist unmöglich«, hauchte ich, sog zitternd die Luft in meine Lunge. Die Kälte ließ meine Gelenke schmerzen und doch rückte ich vom Abgrund ab. Langsam wagte ich es, Schritte in seine Richtung zu setzen. »Wie kannst du hier sein? Ich – Ich habe dich erschossen!«

Das Stöhnen Bensleys im Hintergrund versetzte mir einen Stich und ich biss mir auf die Unterlippe.

»Gehen Sie einfach!«, blaffte Helena dem Psychiater zu, der seinerseits die Pfleger dazu anleitete, wieder im Treppenhaus zu verschwinden.

Gabriel hingegen hatte keine Sekunde den Blickkontakt gebrochen. Grüne Augen schienen mich zu durchbohren und die markanten Gesichtszüge kamen mir allzu vertraut vor. »Nein. Nein, das hast du nicht. Das ist nur dein Kopf, der dir das sagt. Mir geht es gut. Und wenn du jetzt mit mir kommst, wird das auch so bleiben.«

Mein Herz stach. Ich konnte es nicht fassen und doch blieb mir keine andere Wahl. Leise stieß ich einen Fluch aus und nach drei großen Schritten hing ich meinem älteren Bruder im Arm. Ich umklammerte seine Mitte, als ob er sich jeden Moment auflösen würde, vergrub das

Gesicht an seiner Brust. Der stechende Geruch seines Parfums stieg mir in die Nase.

Dann wurde mir klar: Ich hatte das alles schon einmal erlebt. Ich hatte schon einmal hier oben gestanden. Hatte mir Miranda nicht von diesem Tag erzählt? Hatte sie mir nicht vorgeworfen, mit ihr ins Bett gegangen zu sein, um sie dann fallen zu lassen? Wen glaubte ich, getötet zu haben? War es wirklich Gabriel gewesen oder vielmehr Matthew, dessen Tod mich einfach nicht hatte loslassen wollen?

Wir schrieben den 04.12.2011 – gut sechs oder sieben Wochen, bevor ich Gabriel im Landhaus unserer Eltern aus Panik erschossen hatte. Sechs Wochen, bevor wir alle geglaubt hatten, dass Alex ein Mörder war. Es war der Tag, an dem ich nach dem Tod von Helenas Eltern endlich aus der Psychiatrie entlassen werden sollte.

****

Mein Name ist Noah Castell. Ich bin Borderliner und leide unter einer Posttraumatischen Belastungsstörung und Wahnvorstellungen, seitdem mein Freund Matt umgekommen ist.

Den dafür verantwortlichen Unfall hatte ich mit meinem Leichtsinn verursacht, doch es war nie meine Absicht gewesen, ihn zu töten. Das weiß ich heute. Niemand hatte damit gerechnet, dass ich noch einmal in dem Ausmaß rückfällig werden würde, wie ich es am Tag meiner Entlassung geworden war. Gabriel hatte aus Unsicherheit unsere Kindheitsfreundin Helena darum gebeten, ihn an diesem Morgen zu begleiten. Bensley hatte meinem Bruder im Gespräch mitgeteilt, dass ich im letzten Jahr meines Klinikaufenthaltes zeitweise unansprechbar gewesen war und ins Leere gestarrt hatte. Auf Videoaufzeichnungen hatte ich vom Verrat meiner engsten Familienmitglieder gesprochen und sie zusammenhanglos beschuldigt, mich umbringen zu wollen.

Hätte Helena bei der Aufklärung Gabriels durch Shaw Bensley nicht vor der Tür gewartet und den Aufruhr der Pfleger als Erste mitbekommen, wäre ich nun vermutlich nicht mehr am Leben. Trotzdem setzte Eli es an diesem Tag durch, dass ich mit ihm nach Hause durfte. In den folgenden Monaten unterzog ich mich einer intensiven, wenn auch ambulanten Therapie. Und musste erkennen, dass nichts von dem, was ich zu erinnern geglaubt hatte, wirklich passiert war.

Im Gegenteil: Mir fehlten Erinnerungen an ganze Sequenzen in der Psychiatrie. Die, während derer ich mir eine Wahrheit zusammengebastelt hatte, die so nicht existierte. Meine Erinnerungen an Kindertage, an die Zeit vor meiner Einweisung, waren hingegen stabil. Was soll ich sagen?

Meine Familie lebte. Alex und Gabriel verstanden sich blendend und Konflikte mit unseren Eltern waren längst ausgemerzt. Miranda sah ich nie wieder und Bensley wurde zwei Jahre später, nach einem erneuten Prozess, verurteilt. Helena hatte nicht nur gegen ihre Eltern ausgesagt und ihr Elternhaus verkauft, sondern sich gleichermaßen jede freie Minute um unsere Familie gekümmert. Und Raphael?

Ich musste mich einer Sache für schuldig erklären: Um eine Frau zu kämpfen, die seit Jahren in einer Beziehung war, war vielleicht nicht ganz fair. Dennoch werde ich das

Hochgefühl nicht vergessen, das unsere erste gemeinsame Wohnung bei mir ausgelöst hatte.

Ich bin bis heute nicht vollkommen gesund, denn die Vergangenheit hat mich geprägt, wie sie es bei jedem tut. Schlussendlich sind wir alle nicht mehr als ein Widerhall unserer Vergangenheit.

EPILOG

Das Fenster wurde aufgerissen und tief atmete der Endzwanziger die frische Morgenluft ein. Über Nacht hatte es geregnet und der Tau hatte sich auf den Stiefmütterchen auf dem äußeren Fensterbrett abgesetzt. Der Rasen im Vorgarten schimmerte feucht und der klare Morgenhimmel versicherte, dass dem Dorf ein schöner Frühlingstag bevorstehen würde. Noah steckte sich mit der Spange in der Hand locker die Haare hoch und rieb sich über den schwitzigen Nacken. Der Raum hinter ihm war unordentlich und überall flogen leere Flaschen, zusammengeknüllte Blätter und Verpackungen von Schokoriegeln und Keksen herum. Es war stickig. Kein Wunder, dass er langsam Kopfschmerzen bekommen hatte.

Er rieb sich über die piksende Wange. Es wurde Zeit, dass er sich rasierte und endlich eine Mütze Schlaf bekam. Das Fenster ließ er offen. Wer um die Uhrzeit an einem Sonntagmorgen auf die Idee kam, in den ersten Stock zu klettern, hatte seine Ausbeute definitiv verdient. Abgesehen davon passierte in dem Kaff, in dem er mit Helena seit einigen Monaten wohnte, nie etwas. Was Spannung anging, war hier das höchste aller Gefühle, wenn der Nachbarshund die preisgekrönten Rosen seines Frauchens fraß und die ganze Nachbarschaft darauf wartete, dass sie ihn schalt. Der Blonde trat in Schlafanzughose und Tanktop zu seinem Laptop, blickte noch einmal auf die letzten Worte des offenen Dokumentes. Ein geschwungenes ›Ende‹ machte den Abschluss. Nach 23

Kapiteln war er endlich fertig mit dem Werk, das ihn in den letzten Wochen gefühlt seine Seele gekostet hatte. Der Laptop wurde in den Ruhemodus versetzt und zugeklappt, bevor er gähnend das Arbeitszimmer verließ und leise ins Schlafzimmer trat. Die ersten Sonnenstrahlen schienen durch die Vorhänge. Der Raum war erfüllt von einem kaum merklichen Lavendelduft. Leise maunzend kam eine verschlafene schwarze Katze auf ihn zu. Kurzerhand hob Noah sie auf den Arm, streichelte grinsend über das weiche Fell, bevor er mit ihr zum Bett trat und sie dort wieder absetzte. Sie war die Katze, die er als Kind nicht hatte haben dürfen, und die Helena nie gehabt hatte.

»Pscht, deine Mama schläft noch«, flüsterte er dem jungen Kätzchen zu. Ein zerzauster blonder Schopf lugte zwischen einem Berg an Kissen hervor. Der dazugehörige Körper war in die Satinbettwäsche eingewickelt. Das Schmunzeln auf den Zügen des Schriftstellers hätte ehrlicher nicht sein können, als er sich auf die Matratze stahl und vorsichtig über die verdeckte Schulter seiner Freundin strich. Umgehend ertönte ein leises Murren und als der Kopf minimal angehoben wurde, lugte ein halbgeöffnetes verschlafenes Auge zu ihm auf.

»Hey«, flüsterte Noah weich und strich Helena die Strähnen aus den Augen. Sich selbst schob er einen Arm unter den Kopf und bettete sich auf sein Kissen. Nur Sekunden später kletterte die vierbeinige Mitbewohnerin auf seine Hüfte, versuchte, sich dort zusammenzurollen.

»Morgen«, murrte Noahs Freundin im Halbschlaf und robbte näher. Dabei rutschte die Katze von seiner Seite und sprang motzend vom Bett. Nur kurz schielte Noah ihr hinterher und sah zu, wie sie aus dem Raum stiefelte.

»Hast du schon wieder nicht geschlafen?«, zog Helena seine Aufmerksamkeit wieder auf sich.

Es war beeindruckend, wie sie selbst verschlafen derart vorwurfsvoll klingen konnte. Entschuldigend zupfte er die Decke etwas tiefer und legte ihre Schulter frei, um darüber zu streichen.

»Zu wenig. Ich weiß, ich weiß«, singsangte er gut gelaunt. »Aber ich bin fertig. Ich hab das letzte Kapitel gerade beendet.«

Sofort schien Helena wach zu sein, stützte sich auf den Ellenbogen. »Ernsthaft?«

Verdattert sah der Ältere ihr ins Gesicht. »Ja, hab gerade ›Ende‹ druntergesetzt.«

»Oh, super!« Helena setzte sich auf und streckte sich. Noah zupfte an dem lockeren Nachthemd, das sie dabei halb verlor. »Das heißt, du gehst dich gleich rasieren, duschst wieder ohne meine Anweisung und isst wieder was anderes als Süßigkeiten und Minifrikadellen?« Mit noch nicht ganz geöffneten Augen feixte sie ihn an, beugte sich zu ihm hinab, um ihm einen kurzen Kuss zu stehlen. »Das ist großartig!«, freute sie sich. Fast hätte sie ihm ein schlechtes Gewissen bereitet.

»Ich muss wirklich ein grausamer Freund sein«, gab er tonlos zurück.

»Bist du nicht. Aber ich mache mir zwischendurch Sorgen, dass du krank wirst. Bei deinem Kaffeekonsum und der Luft in dem Raum würd's mich nicht wundern. Abgesehen davon bist du mit der Katzentoilette dran.« Verspielt streckte sie Noah die Zunge raus, legte das Kinn auf die verschränkten Finger auf seiner Brust.

»Schon wieder?« Er runzelte die Stirn, schob dann trocken nach: »Ich habe drüben gelüftet, die Luft ist quasi blendend.« Noah seufzte. »Hey, was hältst du davon, wenn wir später zum Friedhof gehen und Matt neue Blumen bringen?« Darüber dachte er bereits seit einigen Tagen nach. Binnen Sekunden war Helena auf den Beinen.

»Find ich super. Aber erst die Katzentoilette! Und dann kannst du Matt direkt erzählen, dass deine Biografie fertig ist.« Sie wickelte sich erneut in die Decke ein und schlurfte zum angrenzenden Ankleidezimmer.

»Es ist keine direkte Biografie«, erinnerte Noah seine Freundin und richtete sich in eine sitzende Position auf.

»Aber so ähnlich! Immerhin verbaust du deine eigenen Erlebnisse«, rief sie aus dem Raum, in dem sie verschwunden war. »Und dann kannst du Gabriel anrufen und ihn fragen, ob er am Wochenende zum Essen kommt«, wurde beiläufig nachgeschoben.

Noah lugte zu den Vorhängen, ehe er selbst mit einem zustimmenden Summen aufstand und sie aufzog. Als ob es zu seinen allmorgendlichen Aufgaben gehörte, kippte er das Fenster und begann, das Bett zu machen.

»Leni?«, fragte er nach einigen Sekunden des Raschelns im Nebenzimmer unsicher. »Bin ich ein schlechter Freund?« Er wusste, dass er nicht einfach war und heute noch mit Aussetzern zu kämpfen hatte. Das war für jeden in seiner Umgebung eine Zerreißprobe. Trotzdem glaubte er, dass dieses Buch ihm dabei geholfen hatte, die Geschehnisse zu verarbeiten. Psychosen zu behandeln war ein hartes Stück Arbeit und die Borderline-Störung trug ihren Teil dazu bei.

Es dauerte einen kurzen Moment. Dann aber trat Helena in Unterwäsche und mit halb über den Kopf gezogenem Shirt ins Schlafzimmer zurück. »Wenn das so wäre, wäre ich nicht mit dir zusammen. Ich hab aus Raphael gelernt.«

Ein wenig begeistertes Geräusch gurgelte aus der letzten Ecke von Noahs Kehle, als er sein Kissen aufschüttelte. »Ich käme auch niemals auf die Idee, dich zu verprügeln«, grollte er mit unheilvoller Intonation. Wäre er dem Kerl noch einmal begegnet, wäre die Stadt zu klein gewesen. Auf einen Schlag war es ruhig im Raum und irgendetwas brachte Noah dazu, seiner Freundin einen fragenden Blick zuzuwerfen. Sie stand auf dem Teppich, als hätte sie einen Geist gesehen, starrte ihn mit überfahrenem Gesichtsausdruck an. Dann plötzlich verzogen sich ihre Augenbrauen.

»Noah«, setzte sie um Fassung bemüht an. »Woher weißt du das?«

Fast hätte ihr Freund das Kissen fallenlassen. »Woher weiß ich was?«, hakte er nach, konnte die Verwirrung kaum verbergen.

»Dass Raphael mich geschlagen hat.« Sehr abrupt klang Helena fast verzweifelt. »Ich habe das nie irgendwem erzählt.« Fassungslos warf sie die Arme in die Luft. »Ich hab so darauf geachtet, dass du es nie erfährst!«

Noah öffnete die Lippen, schloss sie dann aber wieder und rutschte im nächsten Augenblick kraftlos auf die Bettkante. Kurz versuchte er, eine Erklärung zu finden. Dann aber lächelte er resigniert. Er benetzte seine Lippen, faltete die Hände. »Ich hab nicht die geringste Ahnung.«

Danksagung

Was wäre ein Autor ohne die Menschen, die ihn unterstützen und an der Entstehung seines Werkes teilhaben? Ob Freunde oder Kollegen, die zündende Ideen einwerfen, oder diejenigen, die sich nach der Fertigstellung mit dem Manuskript auseinandersetzen, Fehlerchen aufspüren und den Autor auf Schnitzer hinweisen: Ihr seid Gold wert!

An dieser Stelle ziehe ich meinen Hut vor allen, die an ›Grenznebel‹ teilhatten. Das ist, allen vorweg, meine Verlobte Larissa, die den gesamten Schaffungsprozess begleitet hat. Die jedes Kapitel gelesen und mir von vornherein Input gegeben hat. Die, die sich stundenlang meine Plotideen angehört und Vorschläge in den Raum geworfen hat. Die, die als Psychologiestudentin sicher einen ganz eigenen Bezug zu Noah hat. Und natürlich die, für die ich dieses Buch geschrieben habe.

Ein weiterer großer Dank geht an meine Testleserinnen, die mich liebevoll, aber bestimmt, auf Ungereimtheiten hingewiesen haben und teils bis ins Detail inhaltliche oder sprachliche Vorschläge für mich auf Lager hatten: Danke an Stefanie, die mir ihr juristisches Wissen zur Verfügung gestellt und damit Logikfehler ausgemerzt hat. An Silvia, deren Begeisterung nicht nur mein Herz erwärmt, sondern mich auch zur Veröffentlichung motiviert hat. Und natürlich an Franziska, deren kritischer Blick mir an mancher Stelle geholfen hat, das Ganze aus anderen Augen zu sehen.

Daneben ein großes Danke an meine Eltern und meine angehende Schwiegermama für ihre Rückmeldungen zu ›Grenznebel‹ und für die Unterstützung, auf die ich stets bauen kann und konnte. Standing Ovations gehen zudem an meinen Großvater, der das Manuskript durch gleich zwei Korrekturdurchgänge gejagt und mir mit manchem Vorschlag zu einer Eingebung verholfen hat.

Außerdem: Liebste Loredana, für mich war es ein unglaubliches Lob, dass du ›Grenznebel‹ gelesen und mitgefiebert hast, obwohl dein Genre ein ganz anderes ist. Ich lege großen Wert auf deine Meinung als Autorin und Freundin und freue mich auf unsere weitere Zusammenarbeit.

Und last but not least: Ein herzliches Dankeschön geht an dich, lieber Leser. Ohne dich wäre das Buch nicht das, was es ist und für mich ist es das größte Kompliment, dass du dich für ›Grenznebel‹ entschieden und es gekauft hast.

Lightning Source UK Ltd.
Milton Keynes UK
UKHW040631200219
337685UK00001B/189/P